ステリ

CAROLINE B. COONEY

かくて彼女はヘレンとなった

BEFORE SHE WAS HELEN

キャロライン・B・クーニー
不二淑子訳

A HAYAKAWA
POCKET MYSTERY BOOK

BEFORE SHE WAS HELEN
by
CAROLINE B. COONEY

Translated by
YOSHIKO FUJI
First published 2022 in Japan by
HAYAKAWA PUBLISHING, INC.
This book is published in Japan by
arrangement with
CURTIS BROWN LTD.
through JAPAN UNI AGENCY, INC., TOKYO.

装幀／水戸部 功

かくて彼女はヘレンとなった

登場人物

クレメンタイン（クレミー）……サンシティに住むラテン語教師。現在の名はヘレン

ドミニク（ドム）・スペサンテ……ヘレンの隣人

ウィルソン……………………ドムの親類

ジョイス
ジョニー……………………ヘレンの向かいに住むカップル

ベイ・ベネット………………保安官

ペギー…………………………クレミーの姪

ベントレー（ベント）……………クレミーの又甥

ハーパー（ハープ）……………クレミーの又姪

ピート…………………………クレミーの兄。故人

ヴェロニカ……………………〈山の学校〉でのクレミーの親友

バーバラ………………………クレミーの大学時代のルームメイト

ボロバスク（ボロ）……………ガラス職人

ラドヤード・クリーク…………高校のバスケットボール部の監督

1

その日、クレミーはほかのことをするまえに、隣人のドムの様子を見にいかなければならなかった。

なぜドムがサンシティに引っ越してきたのかはよくわからない。彼は何かに参加したことも、何かに出席したこともなければ、何かに興味を示したことすらない。ただ自宅でテレビを見ているか、テレビゲームをしているか、煙草（たばこ）を吸っているかだけなのだ。彼は住居が三戸連なるテラスハウスで一番小さな家――側面に窓がなく日当たりの悪い真ん中の家――を所有している。

クレミーはそのテラスハウスの左端の家に住んでいる。右端の家は、ほとんど会ったことのない夫婦のもので、孫を訪ねるときにホテルがわりに利用していた。その夫婦はごくたまにやってきたかと思うと、ガレージのドアをリモコンで開け、車を入れて、ドアを閉めた。それでおしまい。その後、誰ひとり彼らの姿を見かけることはない。クレミーは顔を見て隣人夫婦とわかるかどうかすら自信がなかった。

クレミーはサンシティで一番付き合いがいのない隣人たちと同じテラスハウスに住んでいる――というのがもっぱらの意見だ。

幸いなことに、彼女の莢（ポッド）――サンシティが〝区域〟という意味で使っているちょっと不気味な集合名詞――には、美しく整えられた袋小路（クルドサック）に、小さなテラスハウスが近接して建てられており、クレミーはほかのテラスハウスの住民たち全員と顔見知りだ。とてもフレンドリーな人たちで、バーベキューパーティに招待してくれたり、ボウリングに連れていってくれたり、みんなでカロライナ・パンサーズの試合を観にいくときには車に相乗りさせてくれたりする。クレミーはアメフトのことはさっぱりわからなかったが、ほかのみんなに倣って、いまはパンサーズを応援している。サンシティというのは、ほかのみんながしていることをする場所だからだ。

ドムはひとり暮らしだった。昨年家のなかで転倒したとき、携帯電話まで這っていき助けを呼ぶのに一日半もかかった。そんなわけで、いまは毎朝クレミーにショートメールを送り、無事を知らせることが日課となっている。彼女は『じゃあ、いい一日を!』などと明るく返信するものの、ドムがいい一日を過ごすとはとても思えなかった。なにしろ、彼には政治トーク番組の攻撃的な司会者たちしか友だちがいないのだから。

ところが今朝にかぎって、ドムがメールを送ってこなかった。クレミーが送ったメールにも返信がない。そのあと電話もかけてみたが、電話にも出ない。ドムは慢性閉塞性肺疾患や関節炎を患っているし、足首は腫れているし、顔には変なシミもあるし、ビールを飲んでばかりいるのはもちろん、肺が悪いのに煙草まで吸っているが、実のところかなり健康だ。それでも。きっと何か起こったにちがいない。

クレミーは緊急用にドムの自宅の鍵を預かっていた。預かるにあたり、合鍵を持っていることは誰にも言わないと約束させられた。年を取ると被害妄想に陥るのはめずらしいことではないので、クレミーは了承した。実際には、クレミーがドムの合鍵を持っていることは、みんな薄々気づいているだろう。サンシティでは誰もが隣人に鍵を預けるものだから。とはいえ、クレミーのほうは、ドムに合鍵を渡してはいない。ドムことドミニク・スペサンテは、クレミーにとって、絶対に家にはいられたり、健康状態を確認されたりしたくない相手だった。合鍵は、通りの向かいに住む隣人、ジョイスとジョニーに預けてある。

そんなわけで、クレミーは躊躇（ちゅうちょ）していた。隣りの家を見にいって、もしドムが死んでいたら？　あるいは、もしドムがインフルエンザにかかっていて、彼を医者に連れていって、処方箋を受け取ったり、食料を買ったりするはめになって、自分もインフルエンザにかかってしまったら？　もちろん、クレミーはインフルエンザの予防接種を受けていたし、いまはインフルエンザの季節でもなかったが。去年の秋の注射で撃退しそびれた病気にかかるなんて、いかにもドムらしい。

別にクレミーの心が狭いというわけではない。ふだんは喜んで人のために何かをするのだが、悪態をつく以外にこれといった個性もない残念な人柄のドムのために、何かをしようという気になれないだけである。

クレミーはため息をつき、玄関のドアを開けた。まだ午前九時だというのに、サウスカロライナの暑さで息が詰まりそうになる。小さな前庭を横切って、ドムの家の玄関に行き、ベルを鳴らした。

返事はない。

玄関のドアの上半分にはめ込まれたガラスを強くノックする。ガラスの向こうにはブラインドが取りつけられていて、家のなかをのぞくことはできない。やはり返事はなかった。

向かいのテラスハウスに行って、ジョイスかジョニーに声をかけて、一緒にドムの家にはいってもらおうかしら。クレミーは迷った。ジョイスとジョニーはどちらも七十代で、結婚はしていないが、一緒に暮らしているカップルだ。ふたりはその話題を持ちだすのが大好きで、「わたしたち同棲してるの」と小声で打ち明けては、クスクス笑っている。

ジョイスの子どもたちは、母親が恋人と同棲するのに反対している。オレゴン州に住む娘は、オレゴンに来るべきだと考え、ニューハンプシャー州に住む息子は、ニューハンプシャーに来るべきだと考えている。

ジョイスに言わせれば、子どもたちは無料のベビーシッターが欲しいだけで、彼女はこの先も、孫の世話とは無縁でいたいということだった。

ジョニーのほうは、子どもたちにジョイスのことを知られていないと信じている。というのも、彼はサンシティ内の一キロ足らず離れた別のポッドに自分の家を所有しており、いまでも隔週火曜の午後にハウスクリーニングの女性スタッフに来てもらい、家族が訪ねてきたときは、その家に戻っているからだ。子どもたちはジョニーが母親と離婚したことに、いまも激怒していた。それも金婚式目前（子どもたちは盛大なパーティを企画していたそうだ）の結婚四十九年目に。そんな子どもたちを納得させるよりも、騙すほうが簡単だというわけだ。メリーランド州にいるジョニーの元妻は、いまでも自分の身に起こったことがショックで、体調を崩している。子どもたちは当然、ジョニーに責任があると思っている。そんなわけで、ジョニーはサンシティに引っ越し、新しい恋人と出会ったことが、人生で最高の出来事だと子どもたちに言うつもりはなかった。

でも、とクレミーは思った。ジョイスにドムの家に一緒に行ってくれと頼んだところで、きっと断られるわ。ジョイスはドムが大の苦手で、気味が悪すぎるというのがその理由だった。それに、もうトランプゲームに出かける準備をしているはずだ。ジョイスとクレミーはカナスタ（通常四人で行なう、ジン・ラミーやセブンブリッジに似たゲーム）が大好きで、週に二回クラブハウスでプレーしている。サンシティを魔法の王国にしているのは、そのクラブハウスだ。ふらりと立ち寄って、気の向いたものに参加するだけでいい。ポーカー、麻雀、陶芸、卓球、アコースティックギターのジャムセッション、ワインテイスティングのグループ、オハイオ州立大学のファンクラブ。いまごろ、ジョイスは華やかな服やアクセサリーを選び、化粧をしているところだろう。髪はすでにブローして巻いてあるにちがいない。ジョニーのほうは、今日はピックルボール（中空のボールを固いパドルで打ち合うテニスに似た球技）の日だから、すでに出かけているはずだ。

クレミーはしぶしぶ、ドム・スペサンテの玄関のドアに合鍵を差し込んだ。ちゃんと生きていてよ、ドム。心のなかでそうつぶやきながら。

彼女の家は日当たりがよくて快適だが、ドムの家は側面に窓がなく、暗くて辛気臭かった。ドアの隙間から頭を突っ込むと、かび臭いにおいがする。「ドミニク！　わたしよ、ヘレン。大丈夫？」

返事はない。

クレミーは一歩踏みだした。それまで一度もドムの家にはいったことはない。ドムは気味が悪いというジョイスの意見に全面的に賛成なのだ。ただし、ほかのテラスハウスの真ん中の家には何度もはいったことがあり、間取りは正確に知っていた。小さな玄関ホールはキッチンにつながっている。キッチンの片隅にある朝食コーナーは狭くて暗い。通りに面した窓があるわりに朝陽が差し込まないからだ。家具は標準仕様の白いキャビネット、白いカウンター、白い家電製品が並んでいるはずだ。ドムは御影石とステンレスのオプションは選択していないだろうから。

「ドム！」

返事はない。クレミーはキッチンをのぞいて、ドムが床に倒れていないか確認した。

カウンターに置かれていたのは、〈キューリグ〉のコーヒーメーカー、コーヒーカプセルの箱、ピクニックに持っていくようなボール紙製の塩と胡椒入れ、ビニール包装をはがしていないペーパーナプキン。食洗機の扉は開けっ放しで、なかに数枚の皿とコップが見える。

ドムは朝食コーナー用のテーブルは購入せず、小さなカウンターにスツールをひとつ置くだけにしたようだ。とはいえ、まちがいなく三食とも、テレビのまえで食べているにちがいない。お皿やテイクアウトの食事を膝にのせて。

ドムは車を持っていないが（膝と足首の関節炎がひどく、アクセルやブレーキをしっかり踏むことができないのだ）、ゴルフカートには乗っている。サンシティに隣接するショッピングモールには、おしゃれな大型スーパーが便利な位置にある。サンシティの舗道からそのまま店まで行けるため、ゴルフカートは一般道路で車と争わなくてもすむのだ。モールにはほかに薬局、銀行、格安カットサロンもある。図書館の分館や高級ギフトショップにドムが行くとは思えないが、ファストフード店は四店舗あるから、アジア料理、ハンバーガー、ピザ、バーベキューを日替わりで食べられる。ドムは日に一度か二度、モールまでゴルフカートでのろのろと出かける。どんなに暑い日でも、ゴルフカートをすっぽり覆うビニール製カバーのファスナーをきっちり閉めていて、ゴルフカートに乗っているドムはいつもぼやけて見える。あのなかで料理をしていないのが不思議なくらいだ。

ドムは近所のバーベキューやトランプゲームパーティの誘いを一度も受けたことがなかった。クレミーたちのポッドでは、毎週金曜の晩には誰かの家のドライブウェイでカクテルパーティが開かれる。各自折りたたみ椅子と飲み物を持って集まる形式で、手軽で楽しいパーティをクレミーは気に入っているが、ドムが参加したことはない。

クレミーはにおいを嗅ぎたくなくて、口で息をした。たぶんただのむさくるしい老人のにおいなのだろうが、鼻にツンとくる強烈なにおいが家じゅうに充満しているように思えた。

玄関ホールとキッチンの奥にはリビング・ダイニングルームがある。分厚いカーテンを閉め切っているのでとても暗い。クレミーは自宅のリビングのガラスの引き戸のカーテンをほとんど閉めたことがない。網戸で囲まれた小さなポーチとその向こうの木々を眺めるのが好きだからだ。彼女はドムのリビングの天井のライトをつけた。ファンのスイッチも同時にはいり、ゆっくり回転しはじめる。しんと静まり返った家のなかに、ファンの音だけが響く。

茶色のリクライニングチェアと黄褐色のソファが、ガス暖炉の上に固定された巨大なテレビに向き合うように置かれていた。暖炉のパイロットランプは青く点滅している。フロアランプの横にはどっしりとしたコーヒーテーブルがひとつ。その上には空のピザの箱がいくつか、携帯電話の充電器がひとつ（本体はなし）、テレビのリモコン。昔ながらの重そうなガラス製の三角形の灰皿は吸い殻で半分埋まっている。ともあれ床に倒れている死体はなし。よかった。

「ドム！　わたしよ、ヘレン！」

返事はない。

一番近くにあるのはゲストルームなので、ドアを開けてのぞいてみる。狭い部屋にツインベッド。まるでときどき実際に誰かが泊まっているかのようにベッドメイクされている。気の毒な来客には、ベッドサイドテーブルもランプもドレッサーも用意されていなかったが。ウィルソンがここに泊まっているわけではないだろう。ウィルソンというのはドムの唯一の親類で、クレミーが会ったことのあるドムの唯一の訪問客だ。そのウィルソンは、いつも一時間以上滞在することはない。一時間もいられるだけたいしたものだとクレミーは思う。彼女は五分とドムのそばにはいられなかったから。

勇気を奮い立たせて、主寝室にはいった。キングサイズのベッドが置かれていた。ベッドメイクされておらず、シーツがしわになっている。そして誰もいなかった。ドムが丸くなって寝た跡がシーツに残っていて、見てはいけないものを見てしまった気分になる。ベッドの大きさも、ドムがときどき誰かと一緒に寝ていることを連想させて、ますます見てはいけないものを見てしまった気分になる。

　ウォークインクローゼットの床にもバスルームの床にも、意識を失って倒れたドムはいなかった。

　ドムはゴルフカートで出かけて、ショートメールを送り忘れただけではないだろうか。クレミーはふと思った。ただ、どうして電話に出ようとしないのかはわからなかったが。ベルの音が聞こえなかったとか？　耳が遠くなっているのに、誰かに話しかけたり、誰かの話を聞いたりすることがほとんどないから、気づいていないとか？　テレビが友だちだと、ボリュームをどんどんあげていけばすむことだから。

　奥の廊下は洗濯機と乾燥機を並べるのにちょうどいい広さで、ユーティリティルームと呼ばれている。クレミーはそこを通り抜け、ドアを開けて窓のないガレージの入り口に立つと、天井の電気をつけた。

　サンシティの各戸のガレージは、どこも車を二台置ける広さがあるが、ドムはゴルフカートしか持っていない。かかりつけの病院も、図書館とスーパーのあいだの医療センタービルにある。それ以上遠くへ出かける必要があれば、ウィルソンに来てもらうのだ。

　ウィルソンは、名字みたいな名前を持つ、よくある若い世代の一員だ。クレミーの又甥と又姪――クレミーの姪の子どもたち――のように。ベントレーとハーパー。まるで法律事務所の名前のようだ。愛らしい女の子の名前はどこへ消えてしまったのだろう？

　〝y〟や〝ie〟で終わる、抱きしめたくなるような名前は？　最近では、コニーやナンシーやジェイニーと名付けられる子どもはいない。

　ウィルソンとドムがどういう関係なのか、クレミーにはよくわからなかった。息子ではないはずだ。ウィルソンはドムのことを〝パパ〟とは呼ばないし、とくに気遣っている様子もない。といっても、クレミーの若い親戚だって気遣いがあるというわけではない。クレミーは一、二週間に一度、メッセージを送るが、向こうは大叔母が生きていることを思いだすだけである。

クレミーはほっと胸をなでおろした。ドムのガレージは空っぽだ。つまり、ドムは元気なのだ。きっと買い物にでも出かけたのだろう。

実のところ、ドムのガレージは異常なほど空っぽだった。

たいていの人々は、物欲まみれの現役生活中に貯め込んだものと一緒にサンシティに引っ越してくる。そしてガレージに収納棚をいくつも設置し、段ボールやプラスチックケースを何十個と押し込んでいる。そのなかには思い出の品、クリスマスの飾り、余分な食器、昔の趣味のもの、季節の衣類、それからどうしても手放したくない品々が山のように詰まっている。男たちがガレージに木工や配管の工具を詰め込んでいることもある。ガレージに私物を詰め込みすぎて、車が二台どころか、一台もいれられないような家も多い。するとハイウェイ沿いに並ぶ巨大施設にあるレンタル倉庫を借りなければならなくなるというわけだ。

ところが、ドムのガレージにあるのは、住民向けのキャスター付きごみ容器、リサイクル回収ボックス、箒（ほうき）が一本、そして驚いたことにドアがひとつ。クレミーがいま開けているドア——ガレージとドムの家をつなぐドア——のことではない。ガレージの側面の壁をくり抜いて、ドアが取りつけられているのだ。その向こう側には、三番目の住居のガレージしかない。クレミーが一度もちゃんと会ったことのない夫婦が所有する、テラスハウスの右端の家のガレージだ。

いままでずっと、ドムはひとりで家にいるとばかり思っていたのに……。クレミーはぼう然とした。実際には、ドムはこの秘密のドアをさっと通ってすばやく隣りに移動して、あの夫婦と一緒に食事をしていたの？ それから閉め切ったカーテンの奥に三人で隠れて、ほんとうはドムに友人がいることを誰にも知られないようにしていた？

サンシティには禁止事項が山のようにある。物置を置くこと。前庭を派手に飾りつけること。ドアを黒以外の色で塗ること。景観委員会に承認されていないフェンスを設置すること。鳥の餌箱をふたつ以上置くこと。隣家との壁をくり抜いてドアを作るなんて、もってのほかのはず。そのドアは奇妙な位置に作られていた。ドアの下の部分が床に接しておらず、十五～二十センチほど上になっている。おそらく、室内の配線やパイプを傷つけないようにするためだろう。ガレージの床にどんな配線やパイプが通っているのか、クレミーにはわからなかったけれども。普通の、サンシティ以外のガレージには、サイドドアがあることが多いが、サンシティの住宅とガレージの設計には、そんなオプションはない。それなのに、クレミーはドムのガレージにサイドドアがあることにまったく気づかなかった。ガレージのドアというのはその存在があたりまえすぎて、いちいち目に留まったりしないものなのだ。

クレミーはドムのユーティリティルームから二段の階段を慎重におりて（慎重なのは転倒するのが怖いからだ）ガレージにはいると、その奇妙なドアのところに行き、ノブをまわしてみた。

鍵はかかっていない。クレミーは驚いた。被害妄想に取りつかれたドムが、特注のドアに鍵をかけていないですって？

ドアの向こう側の夫婦が在宅しているとは思えなかった。でも、もし在宅しているなら、たったいま、ドムがふたりを訪ねているところなのかもしれない。いいえ、ちがうわ。ドムのゴルフカートがないということは、彼も外出しているのだもの。

肝心の夫妻の名前を、クレミーはさっぱり思いだせなかった。最後にあの夫妻に手を振ってから、一年ほど経っている。名前を忘れることは、サンシティでは よくあることだった。認知症の前兆なので、誰もが即座に互いを慰め合った。友人たちは「まあ、わたしなんていつも名前をど忘れしちゃうのよ！」などと言って、一緒に嘆いてくれるだろう。

クレミーはドムの家のなかに戻り、玄関から外に出て、狭い芝生の前庭を横切り、三番目の家の玄関の小さな三角屋根の下に立った。マーシャとロイのコグランド夫妻だ。クレミーは名前を思いだせて、安堵した。人々が子どもにマーシャやロイと名付けなくなってから、もう何十年も経つ。時代遅れの名前だ。娘にクレメンタインと名付けた人は、そもそも全然いなかった。だから、クレミーの名前はめずらしく、かつ時代遅れだ。彼女は玄関のベルを鳴らした。

もし夫妻が出てきたら、今日ドムを見かけていないかと尋ねるつもりだ。

しかし、なんの反応もなく、物音ひとつ聞こえない。

彼女はまたベルを鳴らした。それから三回目も。ようやく夫妻が出てきて、どうして何度も鳴らしたのかと訊かれたら、こう言うつもりだ。〝ドムがここにいるかと思って、ほら、彼は耳がとても遠いでしょう？〟

サンシティの家々のリビングは、どの家も前庭ではなく、裏庭に面している。つまり、起きている住民のほとんどは通りを見ていない。そのうえ、ここの住民はみんなカーテン（厚手から薄手まで）、ロールスクリーン、プランテーション・シャッター、ブラインドに多額の投資をしているから、ブルーライラック通りを挟んで東向きに建つテラスハウスは、朝は唯一の正面の窓を何かで覆っている。隣家の玄関のベルを鳴らすという、クレミーの完璧に普通の行動が誰かの目に留まった可能性はほとんどないはずだ。

クレミーはドムの家に戻った。あの秘密のドアを開けたくてウズウズしている自分に驚き、羞恥を感じながら。

これは不法侵入になるのかしら。彼女は思った。いいえ、鍵がかかっていないんだから、不法侵入ではないわ。ただの進入よ。それにわたしには理由がある。ドムの様子を確認している。もし誰かに「だけど、ゴルフカートがなかったんだから、外出中だってわかってたでしょ」と言われたら、「まあ、そこまで考えつかなかったわ」と言えばいい。

あなたは犯罪にも軽犯罪にも手を染めてはならないのよ。クレミーは自分に言い聞かせる。考えることすら許されないの。不法侵入なんてやめなさい。それに、あのドアの向こうには、別の家のガレージしかないわ。

ということは、厳密には不法侵入とは言い切れないともいえる。マーシャとロイの住居そのものにはいるわけではないのだから。

もし秘密のドアからのぞいているときに、ドムがゴルフカートで戻ってきたら？　ゴルフカートの音が聞こえたら、ドムの家のなかにさっと戻ることにしよう。クレミーはそう心に決めた。ゴルフカートはほとんど音がしないため、おそらく彼女の耳には届かないし、さらに、さっと動くには、彼女は少々ガタがきすぎていたけれども。

ただのぞくだけよ。クレミーはまた自分に言い聞かせた。敷居の向こう側に足を踏み入れてはだめ。高さがあって、いくぶん危険な敷居があることをうっかり忘れたら、転んでしまうことになるわ。

彼女は謎のドアを開けた。

ドムのガレージの光は、コグランド夫妻のガレージにはほとんど届かなかったが、クレミーはどんなときでも携帯電話を持ち歩いている。生まれてから最初の六十年間は、携帯電話なしで過ごしていたとは――グーグル検索ではなく図書館で調べ物をし、カメラを持ち、念入りに選んだ便箋で手紙のやりとりをしていたとは――なんと驚くべきことか。未来ではテクノロジーを極めた薄くて平らな長方形の機器によって、もっと充実した電話生活が――それどころか、もっと充実した人生全般が――もたらされるなど、誰が想像できただろう？

そんなわけで、クレミーはアイフォンの懐中電灯（フラッシュライト）をつけた。

コグランド夫妻のガレージは――外に面した窓がひとつあるが、閉じたブラインドがかけられている――文字どおり空っぽだった。住民向けのキャスター付きごみ容器も、リサイクル回収ボックスもない。といっても、別に不思議ではなかった。夫妻がこの家に来ることはめったにないのだから。おそらく、ごみは持ちかえっているのだろう。ごみは週に一度しか収集されないし、ごみ容器をガレージにしまうためだけに、わざわざ来たくはないだろう。それに、サンシティではごみ容器を縁石に置きっぱなしにするのは御法度（ごはっと）なのだ。

ガレージを十歩ほど歩いた先にドアがある。すべての住居同様、コグランド家のユーティリティルームに通じている。間取りはクレミーの家をちょうど逆にした形のはずだ。

ほとんどの住民は、玄関ではなくガレージから外に出るので、ガレージのドアを降ろして鍵をかけたら、普通、内部のドアにはわざわざ鍵をかけない。クレミーは秘密のドアの高い敷居をまたいだ。まるで誰かが耳を澄ましているかのように、忍び足でガレージを歩き、コグランド夫妻のユーティリティルームのドアノブに触れた。

ノブはまわった。

家に帰りなさい。クレミーは自分に命じた。が、命令に背いて、コグランド夫妻の家に足を踏み入れた。

2

コグランド家のユーティリティルームは、ガレージ同様空っぽだった。キャビネットの扉はすべて閉じられ、洗濯機と乾燥機のそばに洗濯かごもなく、棚の上には洗剤の容器すらない。

さらに十歩ほど歩くと、クレミーはまったく何もないキッチンにいた。カウンターの上にはコーヒーメーカーもミキサーもトースターもない。塩と胡椒入れもない。コンロは、まるで鍋やフライパンを一度も載せたことがないかのように輝いている。

室内は暑かったが、湿度は高くなかった。カビが生えないように、ときどきエアコンがつく設定にしてあるにちがいない。でも、家を涼しくする気はまったくなかったようだ。

リビングのところどころに置かれた月並みな家具は、まるでレンタル品のように見えた。本も雑誌も鉢も花瓶もソファのクッションもなし。真っ白な壁には絵の一枚すら掛けられていない。テレビもなかった。

夫妻はほんとうにこの家をモーテルとして使っていたようだ。食事を作ることも、くつろぐこともなく。となると、ドムのガレージとつながるドアの存在がいっそう不可解になる。コグランド夫妻とドムは、なんのために顔を合わせていたのか？

そのとき、おそらく外で太陽が雲のうしろから顔をのぞかせたのだろう。何も掛けられていない真っ白な壁に、ふいに七色の光が踊った。

クレミーは何が虹を描きだしたのか確かめようと、リビングに足を踏み入れた。すると裏庭に面した引き戸の手前、小さな丸テーブルの上に、見たこともないようなガラス細工が置かれていた。それは木（ツリー）であり、同時に龍(ドラゴン)でもあった。龍の尾は、力強く振りあげられた鞭(むち)のように弧を描き、背骨と爪は燃える木の葉にもなっている。エメラルドグリーンに赤と金の輝きがほとばしるように散った、有機的でエレガントな逸品だ。複雑な形状で、弓なりになったガラスの龍の尻尾部分は取っ手に、頭部分は注ぎ口になっている。

彼女はそのツリードラゴンの美しさに目を奪われた。テーブルのまわりを歩いて、いろんな角度からしげしげと眺めた。それから、手のなかの携帯電話の重みに気づいて、一枚写真を撮ってから、コグランド家のガレージに戻った。秘密のドアの敷居を注意深くまたいでから振り返り、その規則違反のドアの写真も一枚撮った。あとでこの奇妙な話をジョイスとジョニーに話して聞かせるために。そしてドアの鍵をすべて当初と同じように開けたままにしてドムの家に戻ると、玄関から外に出て、預かっている合鍵で鍵をかけた。

クレミーの気分は高揚していた。隣家のガレージを嗅ぎまわることは、悲しいかな、セミリタイアしたラテン語教師にとって冒険の範疇(はんちゅう)にはいるらしい。それに低俗な行為でもある。結局、ジョイスとジョニーには黙っていることになりそうだ。

それにしても、どうしてあんなドアを作ったのかしら? クレミーは頭を悩ませた。ドムがコグランド家に行くのを見られたくないなら、リビングのガラスの引き戸から裏庭に出ればすむはずなのに? クレミーたちのテラスハウスは、裏手が深い森に面しているから(まあ、高度に開発された地域にしてはという意味で、たぶん奥行き十五メートルくらい)、森側から見られることはない。裏庭の小さなテラスは、仕切りとしてヒイラギが植えられており、いまではすっかり背も高くなって密に生い茂っている。たとえクレミーが裏庭で座っていても、隣人の動きは見えないだろう。しかも、クレミーには外で座る習慣がない。彼女の家はリビングの先に小さな長方形の網戸付きポーチがあり、新鮮な空気を吸いたいときにはいつもそこに座っているからだ。そこからはドムの敷地の様子などまったく見えない。

あるいはドムはマーシャと不倫しているのかもしれない。クレミーは想像をめぐらせた。ロイはあまりここには来ていなくて、マーシャがひとりのことが多くて、それでドムと意気投合したとか。あの太っていて、不潔で、不機嫌で、臭くて、よろよろ歩くドムと？　マーシャだってもっとマシな相手を選ぶはずだ。それに、年に二、三回しか会わない不倫などあるだろうか？

クレミーはクスクス笑うと、携帯電話の画面に目を落とし、すばらしいガラス製のツリードラゴンの写真に感嘆した。

又甥や又姪とつながりを保つことは、クレミーにとって死活問題だった。さもないと、完全に孤独な独居老人となってしまう。とはいえ、ベントレーとハーパーはクレミーの生活には興味がなかった。まあ、二十代の若者が高齢女子のトランプゲームの話で盛りあがらなくても驚きではない。でも、この写真ならきっと……。クレミーは又甥や又姪の興味を引けそうな写真を撮れたことがうれしかった。

さっそく写真をもう一台の携帯電話――家族用電話――に転送し、その電話から、ふたりの姪孫（てっそん）とのチャットグループにメッセージを送った。**『お隣りさんのガラスの彫刻を見て！』**という一文に、写真を添付して。

それから、やることリストをとっくりと眺めた。クレミーは日々、〈ホールマーク〉のメモ帳から新しい一枚をはがし、その日の予定を書き込んでいる。家事、クラブの会合、トランプゲーム、約束、用事、食料品の買い出しリスト。

彼女はいまも郡の高校で非常勤のラテン語教師をしているので、八月下旬から五月中旬までは充実した生活を送っていたが、夏のあいだは、生活のほとんどが赤の他人とのトランプゲームに費やされ、自分の存在が縮んでしまうような恐れを抱いていた。そんなクレミーにとって、このやることリストは心の拠りどころとなっている。

もちろん、一緒にトランプゲームをする仲間たちはもう赤の他人ではなく、親しい友人だ。とはいえ、人々は過去からも知り合いからも離れて、サンシティにやってくる。彼らはグループに参加し、そこで友人をつくるけれど、多くの場合――まさにクレミーのように――自分の過去を語ることはない。「やめてくれ、聞いたって退屈なだけだ」と言った人が、のちに有名な心臓外科医だったとわかる。「去年のことなんて、とうに時代遅れよ」と答えた人が、どこかのコングロマリットの国際関係担当の副社長だったと耳にする。あるいはドラッグストアの店員だったとか。

クレミーはコーヒーテーブルのコースターにマグカップを置き、ソファにもたれた。両手に二台の携帯電話を持ったまま。最近の誰もがそうであるように、彼女も携帯電話をおしゃぶりがわりに使っている。画面をさっとタッチして、心地よい数々のアプリを開く。ワードゲーム、天気予報、ヘッドラインニュース、そしてインスタグラム。まさに親指をしゃぶる行為とそっくりだ。

家族用電話から、ベントレーがインストールしたクレイジーな音の洪水が流れだした。案の定、ツリードラゴンの写真を見たベントレーだ。クレミーは又甥からの連絡に興奮した。ベントレーは年老いた大叔母にほとんど見向きもしない。もしクレミーが介護施設に入所したり、(そんなことにはならないように祈りたいが)アルツハイマー病棟に入院したりしたら、ベントレーが訪ねてくることはまずないだろう。**『すごい!』**と又甥は書いていた。**『でもこれ、彫刻じゃないね。マリファナ喫煙具(リグ)だよ』**

クレミーはあんぐりと口を開けた。あの豪華なガラス細工でドラッグを吸う？　どうやって？　いったいどこに口をつけるの？

数秒後、ハーパーからメッセージがきた。『たしかにきれいだよね、うんうん。大叔母さんのお隣りさんは、重度の麻薬常習者なのね』

『超金持ちの重度の麻薬常習者だね』ベントレーがつけ足した。

マーシャとロイの家のなかで唯一の装飾品がマリファナリグ？　クレミーはドムの家で感じたにおいを思いだした。あれは実はマリファナのにおいだったの？

クレミーは温室育ちだったわけではないが、マリファナは経験したことがない。そういえばどこかで読んだことがある――彼女は新聞を三紙取り、スマートフォンでさらに三紙の見出しに目を通している――高齢化したベビーブーマーがマリファナに回帰して、再びよく吸われるようになったという記事を。

クレミーはあちこちのサークルで知り合った男女全員を頭に思い浮かべた。トランプゲームのピノクル、ユーカー、カナスタ。ドミノゲーム、ラインダンス、ウォーターエアロビクス、読書クラブ、陶芸、ビーズ、ピックルボール（一度転倒して足首をひねったので、もうやっていないが）。月曜の夜の講座と、火曜の朝の聖書の勉強会で知り合った全員のことを考えた。二十一軒の住居からなるクレミーのポッドに住む、カップルや独身者ひとりひとりの顔を思い浮かべた。あの人たちが全員マリファナを吸っている？

ありえない。

それに、もしドムとコグランド夫妻がマリファナをやっていたとしても、そのためにガレージをドアでつなぐ必要はない。

すると、またベントレーからメッセージが届いた。誕生日カードもクリスマスカードも、お礼状すら送ってこないベントレーから。『どのお隣りさん？』と又甥は尋ねた。**『関節炎の人？　きっと気分がよくなるんだろうね』**

関節炎の人というのはドムのことだ。クレミーは過去にドムの病気のリストを聞かせて、姪孫（てっそん）たちを退屈させたことがあったにちがいない。ベントレーがわたしの愚痴を覚えていたなんて驚きだわ。クレミーは思った。マリファナは実際にドムの関節炎に効くのかしら？　それとも痛みを紛らわすだけ？

トーストを焼いていると、またしてもメッセージが届いた。クレミーがこんなにも姪孫（てっそん）を興奮させたことはない。

『そのガラス細工を画像検索で調べてみたんだ』とベントレーは書いていた。**『それ、盗品だったよ。ボロバスクっていうガラス職人が作ったものなんだって。インスタグラムで彼の投稿を読んでみて』**

クレミーの口のなかがざらりと乾く。薬のせいでときどき起こることだが、いまは恐怖のせいだ。三番目の家にある唯一の装飾品が盗品？　彼女はまったく知らない隣人が盗品の麻薬道具を保管してある場所に、べたべたと指紋を残してきたというのか？

クレミーは画像検索という言葉を聞いたことがなかった。撮影した画像につなぐと、仮想世界を駆けめぐり、同じ写真を探しだすようなアプリでもあるのだろうか？

インスタグラムのアイコンをタップし、そのボロバスクとかいう奇妙な単語を注意深く入力する。するとたしかに、彼女が不法侵入したときに見たのとまさに同じガラス細工の写真がパッと現れた。

このボロバスクという男は、なんと八万ものフォロワーがいて、自分の苦境を「くそっマジかよ」を多用しながら表現し、激怒していた。ガラス細工がどういう経緯で盗まれたのかははっきりしない。おそらく以前の投稿であらましを説明しているのだろう。

はっきりしたのは、クレミーの又甥、ベントレーがすでにボロバスクの投稿にコメントをつけていたことだ。『あなたのリグが、ぼくの大叔母さんの隣りの家のテーブルに置いてあったみたいですよ』とベントレーは書き、クレミーが送った太陽の光に照らされたツリードラゴンの写真を添付していた。

ベントレーはクレミーを窃盗事件に巻き込んでいたのだ。

汚い語彙を使うこのボロバスクという男は、クレミーの家に来れば、盗まれた麻薬道具が見つかることを知った。警察に通報され、窃盗犯は逮捕されるだろう。そうなったら、ドムはクレミーが彼の家に忍び込んで、壁をくり抜いたドアを見つけ、それを勝手に使ったことを知ることになる。盗品の持ち主であるコグランド夫妻は、クレミーが彼らの住居に不法侵入し、彼らの所持品を撮影し、密告したことを知ることになる。

ドミニク・スペサンテという名前を聞くたびに、クレミーはいつもマフィアの名前のようだと思っていた。人を殺して、死体をニュージャージーの沼に捨てるような男の名前だと。クレミーは迂闊にもドムを敵にまわしてしまったのか？　とはいえ、マフィアが息子にウィルソンと名付けたりするものだろうか？

実は、クレミーは奇妙な事実を知っていた。昨年、小さな自宅のまえに立ち、とりわけおもしろみのない低木を引っこ抜いて、お気に入りのシジミバナに植え替えようかと悩んでいたときのことだった。ドムの家のガレージのドアが開き、耳障りなバックの警告音がして、ドムのゴルフカートが出てきた。ドムはいつもガレージから完全に出るまえにドアを閉めはじめるので、降りてくるドアにカートが引っかからないか心配になったものだが、いま思えば、ガレージのなかの秘密のドアを誰にも見られたくなかったのだろう。

その日にかぎって、彼はカートをすっぽり覆うカバーのファスナーを閉めていなかった。風が吹いて、ドムの手から、あるいは助手席から、一枚の紙がクレミーの前庭まで飛んできた。

　彼女は手を伸ばしたが、紙はさらに遠くに飛ばされた。すばやくつかもうとしたが、また逃げられた。三度目の正直で、今度はその紙――封筒だった――を足で踏んで止め、拾いあげた。活字中毒の彼女は、その封筒に記された宛先をなんの気なしに読んだ。

　その手紙は、サル・ペサンテという人物に宛てられていた。ドムの名字、スペサンテにとてもよく似ている。

　S・ペサンテ。

　スペサンテという名前が存在しない可能性はあるだろうか？　イニシャルと本物の名字を組み合わせた名前なのだろうか？　クレミーは笑いながら封筒を返した。芝生の上でぎこちない追いかけっこをしたからではなく、この静かで平凡なサンシティのなかで、彼女もドムも――おそらく――身分を偽っていると知ったからだ。

「何がそんなにおかしい？」ドムが不機嫌そうに言った。

「人生が」彼女は答えた。

　ドムはじろりと睨むと、封筒とハンドルを同時につかんで走り去った。もちろん、ドムに別名らしきものがあることは誰にも話していないし、今後も言うつもりはない。偽名で生きるという離れ業をやってのける人に対しては、無条件で称賛の気持ちがあふれてくるからだ。それがどれほど大変なことか、クレミーはよく知っていた。

　そのときふいに、家族用の携帯電話が鳴った。メッセージではなく、電話だ。この電話番号を知っているのは、姪のペギー（月に一度かけてくる）と、ペギーの子どもたち、ハーパーとベントレー（直接話そうとしたことは一度もない）だけである。

　発信者の番号も市外局番も心当たりがなかった。とはいえ、クレミーは姪孫の電話番号を暗記しているわけではない。いつも又甥や又姪の名前の横にある小さな吹き出しをタップして、番号を見ずにメッセージを入力しているからだ。そして、ここサンシティには、全国から人が集まっており、みんな元の携帯番号をそのまま使っているので、どんな市外局番だろうと、彼女のポッドの誰であってもおかしくないのだ。ただし、この通りには、クレミーの家族用の電話番号を知る人はひとりもいない。隣人にはサンシティ用の電話番号を教えてある。ちなみに、固定電話は新聞購読や配管業者など、電話番号を知らせたくないが知らせなければならないときのために引いてある。彼女はそれをもうひとつの防衛線と考えていた。

「ミセス・レイクフィールド？」知らない男の声が言った。

ミセス・レイクフィールドなる人物はいない。これはクルーズツアーか雨樋カバーのセールスにちがいない。クレミーは礼儀正しく、しかし断固として、お決まりのフレーズを口にした。「電話では買い物をしないことにしているんです、すみません。わたしの名前を電話リストから削除してください」

「セールスじゃありません」男は早口で言った。「あなたが見つけたガラス細工は、ぼくのものです、感謝してます。取り戻す方法についてご相談できますか？」

クレミーの目が虚ろになる。まるで何かが彼女の心を流し去ってしまったかのように。ベントレーはクレミーの写真を勝手に投稿しただけではなかった。電話番号まで見ず知らずの人間に教えていたのだ。しかもその相手は、控え目に言っても、怪しい経歴の持ち主だとわかっていたのに。クレメンタイン・レイクフィールドは、自称麻薬の売人はもちろん、どんな相手だろうと住所を教えるつもりはない。「わたしが投稿したわけではないの」彼女はボロバスクに言った。「又甥がしたのよ」

「あなたには、なんとお礼を言えばいいのかわかりません」彼は正しい言葉づかいで話した。クレミーにとって、それは重要なことだった。くそマジ語で怒鳴るほど愚かではないということは、完全な最下層ではなさそうだ。「どちらにお住まいですか？」彼は尋ねた。

「見ず知らずのかたに、お話しできることはありません」

男の声が温かく心地よくなった。「慎重になるのは当然ですね。ぼくも、伯母や祖母には他人にむやみに住所を教えてほしくないですから」

麻薬道具を作る人間にも祖母がいる？　クレミーは想像すらしたことがなかった。

彼は続けた。「喫煙具(リグ)を引き取りに行きたいんです」

もう何十年もここまでのパニックを感じたことはなかった。クレミーは話をそらした。「なぜ掘削装置(リグ)と呼ぶの？」

「ああ、この場合、喫煙油に使うからです。マリファナオイル。だから、オイルの装置(リグ)といっても、サウジアラビアの石油的なオイルとは関係ないんです」

大麻が油だとは初耳だ。埃(ほこり)っぽい乾燥した葉っぱの小さな山を想像していた。クレミーはつぶやくように言った。「ただ美しい彫刻だと思っただけなの。ツリードラゴンのプリズムがきれいで。この件に関わることはできません。もうかけてこないでください」

彼は声を荒らげることもせず、腹を立てた様子もなく、やさしく言った。「わかりますよ、こんなことを言われても困りますよね、ミセス・レイクフィールド。どうでしょう。ぼくは甥御さんに連絡しますから、三人で問題を解決しましょう。何ひとつ心配はいりませんからね？」

心配はいらない？　この男のガラス細工を手に入れるには、じきにドムが戻ってくる家に、また忍び込まなければならないのに？

クレミーはめずらしく不作法に、さよならも言わずに電話を切ると、リグの写真を見つめた。キラキラと輝くツリードラゴンは、どうやって吸うのかも、どこからオイルをいれるのかも、どうやって火をつけるのかも（喫煙するときには火をつけるものでしょう？）、なんの手がかりも与えてくれなかった。

サンシティ用の携帯電話から、ダラララララという ドラム音が鳴り響いた。ずっと変更したいと思っている横柄な音が。その着信音は、クラブハウスで誰かの孫がクレミーのために設定したものだった。無礼な振る舞いをしたくなくて、その音はいやだと伝えられなかったのだ。

「五分前よ、ヘレン！」ジョイスが歌った。彼女はいつも半分歌うような調子で話す。クラブハウスにトランプゲームをしにいくときは、ほとんどいつもジョイスが運転した。クレミーはおなじみの返事（互いにその意味をよく理解している）をした。「お化粧を直してくるわ」

頻尿のことを生々しく語る人たちもいるが、クレミーはそこには含まれていない。彼女は出かける直前に欠かしたことのない検診のためにバスルームに行ったが、ボロバスクの電話が気になりすぎて、シモの状態にも影響が出ていた。トランプゲームに行くのはやめて、ボロバスクとベントレーのことを考えようかとも思ったが、外に出て新鮮な空気を吸いたかった。ジョイスはゴルフカートをビュンビュン飛ばすので、助手席にいるとたっぷり新鮮な空気を吸えるのだ。

少し手間取ったが、クレミーはバスルームで用を足し、ウィッグを整え、口紅を塗り直した。それからハンドバッグの場所を見つけて（キッチンカウンターに置くことにしているのに、ときどき玄関のドアとカウンターのあいだで行方不明になる）、玄関を出ると、注意深く鍵を閉めた。彼女たちはアメリカでもっとも安全な郵便番号のエリアに住んでいるし、誰かがサンシティの住宅に空き巣にはいるとしたら、こんな小さな家ではなく、三階建ての三百八十平方メートルの豪邸を狙うだろう。それでも、クレミーは注意を怠らなかった。

それにしてもコグランド夫妻は、誰にも姿を見られたくなくて内部にドアを取りつけたのに、どうして鍵をかけておかなかったのか？　クレミーは訝った。きっと外の鍵が頑丈だから、内部の鍵には気を留めなかったのだろう。

ジョイスとジョニーは熱烈なパンサーズファンで、ジョイスはパンサーズのボクサーパンツを縫い合わせて、ゴルフカートの屋根にフリルの飾りをつけている。そのゴルフカートに乗ったジョイスが、ちょうどガレージからバックで出てくるところだった。クレミーの検診が終わるまでに丸々十分はかかると見込んでいたのだろう。大半の住民と同じように、ジョイスもバックの自動警告音が鳴らないように設定していた。そうでなければ、サンシティじゅうで、あの耳障りな高音を延々と聞かされることになりかねない。

ゴルフカートの最高速度は時速二十キロだが、ジョイスはまるで時速百四十キロで走っているかのように、興奮してハンドルを握った。クレミーはゴルフカートを持ったことがない。毎年検討して、毎年却下した。ひとりで行くより、友だちに乗せてもらうほうが楽しいし、彼女の家はショッピングモールに近いので、歩いて図書館の本を返しにいったり、処方箋薬を取りにいったりするのも、気持ちのいい散歩になる。

ジョイスはいつものように巨大なハンドバッグを持っている。生活のすべてを持ち歩くのが好きなのだ。そのバッグがゴルフカートの床を占領するので、クレミーの足の置き場はほとんどなかった。

ジョイスはピノクルサークル（クレミーは補欠メンバー）の先週のマイラの家での集まりの様子を詳しく話しはじめた。マイラは軽食の新ルール――ダイエット中の参加者を誘惑してはならない――に従うことを拒否しただけでなく、にんじんスティックとひよこ豆のフムスではなく、太りやすいデザートを七品も出すという暴挙に出た。しかも、薄くスライスせずに厚切りで。どれもこれも許しがたい行為だった。とくにすべての品を数個ずつ食べてしまったジョイスにとっては。

ふたりはクラブハウスにはいった。ジョイスは携帯電話の入館証を見せ、クレミーは財布から小さなラミネートカードを出した。そのとき、携帯電話を二台とも持ってきてしまったことに気づいた。家族用の携帯電話は家に置いていくというルールを、一度も破ったことはなかったのに。クレミーは両方の電話を消音モードにすると、ジョイスのあとを追ってカードルームに向かった。

みんなで互いにハグをして、体の不調について尋ね、子どもや孫の裏切りや活躍の報告をすませてから、カードが充分にシャッフルされたと確認されると、ゲームは驚くべき速さで進んだ。クレミーはボロバスクのことが心配でたまらず、ゲームの進行にほとんどついていけなかった。次から次へと自分の番がまわってくるような気がした。もしかしたら脳卒中を起こしているのではないかと思った。

「ほら、あなたの番よ、ヘレン！」パートナーのイヴリンが大きな声で言った。「ちゃんと集中して！」

クレミーはテーブルの山札と捨て札、それから自分の手札を見つめたが、何をどうすればいいのかわからなかった。「度忘れ（シニアモーメント）したみたい」彼女は言った。ほんとうのことだった。イヴリンに名前を呼ばれるまで、自分がいまクレミーなのか、ヘレンなのか、わからなくなっていたのだから。「いまはなんのゲームをしているんだったかしら？」

みんながクスクス笑った。シニアモーメントはつねに訪れる。対処法は笑いとばすか、抗アルツハイマー薬を飲む時期になったのかとひと晩じゅう悶々と悩むか、どちらかしかない。一般的な薬、アリセプトは不眠、倦怠感、ふらつきやすさと引きかえに、記憶障害の進行を遅らせるかもといわれている。しかし、それが効いたかどうかは自分では判断できない。ほかの誰かに教えてもらわなければならない。「カナスタのハンド・アンド・フット（五組のカードを使ってチームごとに得点を競う、カナスタのバリエーション）よ！　あなたとイヴリンには、もう一セット、ワイルドカードなしのカナスタ（ピュア）が必要」ジョイスが言った。ゲームは猛スピードで続いた。

クレミーは思案した。あの家にある唯一の装飾品は、盗品のマリファナリグだ。盗品が発見されたら、警察に通報される。わたしの指紋はふたつのドアノブについている。いえ、ドアノブは四つよ。ふたつのドアの両側にひとつずつ。いえ、六つだわ。ドアは三つだもの。ドムのガレージのドア、秘密のドア、それからコグランド家のユーティリティルームのドア。

彼女は何十年もかけて自分を守ってきた。それなのにたった一度の愚かな、好奇心の気まぐれで、自滅の道に踏み込んでしまったのだろうか？

そろそろ、ドムが帰宅しているはずだ。もう二度と彼のガレージのあの秘密のドアを通り抜けることはできない。

警察が来たら、認知症という切り札を出せばいい。クレミーは思った。ドムに戸締まりの確認を頼まれたから、言われたとおり、全部のドアを確認したんです。

それで押しとおせるかもしれない。このあたりでは認知症の事例には事欠かないから。

でも、警察が指紋から身元を特定したらどうなるのだろう？

3

いくつかメッセージをやりとりしたあと、ハーパー・マッキーゼンは兄のベントレーに電話をかけた。無視やあとまわしが手軽にできるコミュニケーション方法を好む兄妹にしては、めずらしいことだった。「このボロバスクって人？」彼女は兄に言った。「彼のインスタグラムの投稿をまとめて読んだけど、盗難を警察には通報してなかった。ただ怒りをぶちまけてるだけで」

「マリファナを売るのが合法じゃない州に住んでるんじゃないかな。だから用心しないといけないんだよ。警察を巻き込むのは安全じゃないのかも」ベントレーはそのコンセプトが気に入った。警察に用心しなければならない男。ベントレー自身が用心しているのは、炭水化物だったが。

「もっと古い投稿も読みなよ」ハーパーは言った。「彼の工房の名前は、〈ボロ・バスキング〉で、コロラド州にあるの。コロラドではマリファナは合法だよ。工房名は、ホウケイ酸（ボーロシリケイト）から取ったんだと思う。ボーロシリケイトっていうのは、リグやパイプを作るのに使うガラスのことね。ま、どうでもいいけど。その泥棒がどうしてリグをひとつしか盗まなかったのか、みんな不思議に思ってる。工房には、ありえない値段のついたすごい品物がたくさんあるんだって。こっちには二千ドルのが、あっちには八千ドルのが、なかには二万五千ドルのまであるらしいよ！　ガラスにだよ、ベント！　ガラスにそんな値段を払う人がいるんだって！　すごいガラス細工をひとつ盗める状況なら、いくつかまとめて盗めるはずだろってコメントしてる人もいる」

「持ち運びの問題じゃないかな」ベントレーは言った。

「ガラスは割れるから。枕カバーに突っ込んで、通りを走って逃げるってわけにはいかないし」

「そのとおり。高価なガラスパイプを持ち運ぶには銃ケースを使うんだよ。ペリカンブランドの」

「なんでおまえは知ってるのに、ぼくは知らないんだ？」

「まさに中流階級ね、ベントレー。パパとママは何を期待して、高級車（ベントレー）なんて名前をつけたんだろう」

「名前といえばさ、ハープ。連絡先のリストを見てるんだけど、クレミー大叔母さんの住所が載ってないんだ。郵便の宛先はシャーロットの私書箱になってて。手紙を書いたことがあるわけじゃないけど、どういうわけか私書箱の番号は載ってる。それで大叔母さんの住所を調べようと思って人名で検索かけたらさ、何がわかったと思う？　ノースカロライナ州のシャーロットにはサンシティはないし、クレメンタイン・レイクフィールドって名前も出てこないんだよ」

「どこで出てこないの？」

「アメリカ合衆国」

　ハーパーはクスクス笑った。「たぶん大叔母さんはミドルネームを使ってるんじゃないの？　だからいまはクレメンタインじゃなくて、エレノアなのかも。それか、こっそり結婚してたとか。兄さんがスペルをまちがえたとか。有料の検索を使わないと出てこないとか。なんでそんなこと気にするの？」

　ベントレーはボロバスクとメッセージと電話でもやりとりしたことを、ハーパーには言わないことにした。ベントレーは好ましいキャリアをスタートさせていた。高価なスーツを着て、シルクのネクタイを何本も持ち、流行のレストランで食事をし、流行の酒を飲んでいる。ところがいま、考えもなしに、麻薬売人の射程範囲にみずから飛び込んでしまったのだ。

　ガラス職人だ。彼は断固として自分に言い聞かせる。

あの男が売っているのはガラス細工だ。麻薬じゃなくて。

ベントレーは、あの生真面目でお堅くて退屈な高齢の大叔母クレミーが、高齢者向け高級住宅地で麻薬常習者と窃盗犯の隣りに住んでいるという衝撃から、まだ立ち直れていなかった。ベントレー自身は喘息持ちで、煙の出るものはなんでも恐れていたので、大麻を試したことはない。ボロバスクは、大叔母を訪ねて隣家のリグを引き取りたいと言っていた。それは具体的にはどうやって行なわれるのだろう？　ボロバスクが隣家のドアをノックして、「盗んだ品を返してくれ」と泣きつくだとか？

「ああいう検索は、固定電話を中心にデータを集めてるんだと思う」ハーパーは言った。「だからもし固定電話がなくて、住宅ローンも組んでなくて、賃貸に住んでて光熱費を別の誰かが支払っていたら、そんなに簡単に名前は出てこないんじゃないかな。それでいま〝サンシティ〟で検索してみたんだけど、たしかにシャーロットにはないね。でもほんの数キロ離れた、サウスカロライナのフォートミルって町にはあったよ。フォートミルって変な名前だよね。砦と工場の両方を一緒くたにするべきじゃない。どっちかにしないと。まあともかく、クレミー大叔母さんは、たんにわかりやすくシャーロットって言ってただけなんじゃない？　地理的には北になるけど。大叔母さんがどこに住んでるのか知らないっていうのはちょっとさみしい気もするけど。大叔母さんには感謝祭かクリスマスに会うだけでしょ。それ以外のときに、大叔母さんのことを考えたことってなかったなあ」

携帯電話がボロバスクからの再度の着信をベントレーに知らせた。ベントレーは身動きが取れなくなったような感覚に陥った。まるであの男とエレベーターのなかに閉じ込められたかのような。ほんの一瞬、妹に話そうかと考えた。大叔母に住所を教えてくれとメッセージを送ったとき、どんな返事が返ってきたのかを。

『わたしの電話番号を他人に教えたような人を信用できません。住所なんてもってのほかよ。あの人に電話して、もうわたしを巻き込まないでちょうだい』

しかし、妹はすでに話題を変えていた。「ねえ、兄さんは結婚式に行くの、行かないの？」

「行かない」

「ママがすごく落ち込んでるんだよ、兄さんもあたしも行かないから」ハーパーは言った。

「何があろうと、ママは落ち込んだりしないよ」

「それはそうだね」ハーパーは同意した。「それからもうひとつ、〈祖先ドットコム〉にはもう資料を出した？」それは妹から兄への誕生日プレゼントだった。家系をたどることが流行っていて、ベントレーもその波に乗りたがっていたからだ。

「送った」彼は答えた。「唾液の結果を待ってるところ」ママなら――ベントレーは思いついた――クレミー大叔母さんの住所を知ってるはずだ。

ベントレー・マッキーゼンは、誰よりも騒々しく、誰よりも忙しない人生を過ごしている母親が好きだった。母親はいま四番目の夫と結婚しようとしていたが、ベントレーは過去二回の結婚式に出席しており、もうそれで充分だった。

「もしもし、ダーリン」母親はけっして彼の名前を呼ぼうとしない。ベントレーという名前を選んだことを、後悔しているのだろうか？「こちらはとっても忙しくて！」母親はうれしそうに叫んだ。「出発の準備をしていてね、てんやわんやで荷造りしてるの。あなたも計画を変更して来てくれない？」

「いや、ママ、ほんとに行けないんだ。仕事があるから。あのさ、クレミー大叔母さんの住所を知りたいんだけど」それを知ってどうするつもりなんだ？ベントレーは自問した。ボロバスクに知らせるわけにはいかない。かといって、ぼくが大叔母さんのところに行くわけにもいかない。そんなことをしても無駄だし。近所の人に盗品の返還を要求する方法なんて、ぼくにはわからないんだから。

「ああ、ダーリン。叔母さんはちっとも教えてくれないのよ。クレメンタイン大叔母さんは、CIAにいるか、証人保護プログラムを受けてるんじゃないかってずっと思ってるの。いつも私書箱を使ってるし。家には招いてくれなくて、向こうから訪ねてくるばかりだし」

「大叔母さんはラテン語の教師だと思ってたけど」

「それは表の顔よ。もう誰もラテン語なんて学ばないもの。だけどいまは引退して、サンシティに住んで、ドミノで遊んでるわ。ねえ、知ってる、ダーリン？　ハープも結婚式に来てくれないんですって。わたし、少し傷ついてるわ」

「ハープはお金がないんだよ」ベントレーは言った。

「そんな遠くで式を挙げなきゃよかったのに」

「アーチがどうしてもそこがいいって言うの」

「モーガンって名前じゃなかったっけ」

「そうよ、でも彼、ゴールデン・アーチズ（マクドナルド）が大好きで、ずっとマクドナルドに勤めてたから、アーチズって呼ばれてたんですって。だから、わたしは縮めてアーチって呼んでるの。彼、それを気に入っちゃって。わたしがアーチって呼ぶと笑うのよ。わたしに何か取り柄があるとしたら、人を笑わせられることね」

「うん、でさママ、ママがクレミー大叔母さんに連絡を取らないといけないとしたら、どうする？」

「んもう、電話すればいいでしょ。CIAだなんて言ったのはふざけただけ。叔母さんはほんとうにラテン語の先生なの。いまでもそうなんじゃないかと思うわ。家（うち）に来たとき、何百枚も宿題を添削してたもの。わかる、ダーリン？　退職したと思ってたのに、まだ宿題を添削してた気がするってことは、まだ退職してないのかもしれないわね。臨時でやってるのかしら？　七十代の正気な人が、臨時教員なんて引き受けると思う？　二十代の正気の人でもやらないんじゃない？　あ、もう行かないと、ダーリン。ごめんなさいね、力になれなくて。こんなに小さな家族なんだし、ほんとうならもっと親しくあるべきなのに。心が痛むわ」母親は明るく言った。「じゃあね！」

トランプゲームは二時間半ほど続き、もちろんゲームのあとにはおしゃべりをして、セーターを集めて（クラブハウスは肌寒かった）、駐車場でみんなに挨拶して（炎天下だから、セーターはまた脱ぐことになった）、それから家に帰る途中で、ジョイスが一リットルの牛乳を買うために、スーパーに立ち寄らなければならなかった。ようやく自宅でひとりになれたとき、クレミーは七十歳以上の宿命ともいうべき忌々しい疲れを感じていた。足をあげて休め、読みかけのミステリを一章分読み、クロスワードパズルのアプリで遊びたかった。

ツリードラゴンの問題を処理しなければならなかったが、無理そうなので、メールを読んだ。

クレミーの母親は文通が好きだった。現代では完全に消失した人生の習慣である。母親が死んだとき、クレミーの義姉、ジーニーが、毎週手紙を書く役目を引き継いだ。手紙とは男ではなく、女が書くべきものだった。クレミーの兄、ピートは妹に手紙を書くことなど考えもしなかっただろう。ジーニーはおもに愛娘のペギーについて書き、毎回地元の新聞の切り抜きを同封した。高校のチームの勝利と敗北。教会のニュース。訃報。婚約や結婚。吉報は多かった。当時は誰もが結婚したから。クレミーをのぞいて。

長い年月を経て、犯罪とスキャンダルという新しい話題がそこにはいり込んだ。最初の数年は、ジーニーはショックを受けていたが、やがて犯罪やスキャンダルを誰よりも楽しむようになった。それから彼女は不動産業者になり、手紙を書く役目を娘のペギーに任せた。その頃にはペギーは大学を卒業し、結婚していた。

当時は、誰もが郵便が大好きで、手紙を受け取ったら、返事を出さなければならない時代だった。だから、誰もがすてきなカードや便箋をたくさん用意していた。お礼状、カードセット、お悔やみ状。それから上質な便箋のストック。たいてい上端にイニシャルか、細いギリシア雷文(らいもん)の模様が刻印されたもの。電子メールが発明されると、ペギーはさっそく使いはじめた。手紙を出すよりもずっと簡単で、切手を買う必要もない。クレミーは教師で、学校のシステムが急速にデジタル通信化されたため、ペギーの手紙の受取人のなかで最初に電子メールに移行したのはクレミーだった。

『クレミー叔母さん』とペギーは今日届いた最新のメールに書いていた。『コスタリカよ！　覚えてる？　叔母さん、来てくれる？　飛行機の予約をいれて、請求書をまわしてちょうだい。こっちで払うから。叔母さんには来てほしいの。たったひとりの叔母さんがいない結婚式なんて、さみしすぎるじゃない？』

愛してるわ、ペギー。クレミーは思った。あなたがしたいなら何回だろうと結婚式に行くつもりよ。でも、どうしてコスタリカでなくてはならないの？　ここよりもさらに暑いでしょう。ウィッグが蒸れると不快でたまらないの。あなたはウィッグをつけていないわたしを見たことがないのよ。

ペギーはユーチューブの動画、フェイスブックの名前、新聞記事へのリンクを添えていた。

クレミーはユーチューブのナンセンスな動画を開くことはほぼないし、フェイスブックの名前にも見覚えがなかった。しかし、新聞記事については、ペギーはリンクを貼るだけでなく、『パパはいつもこのことで怒ってたわ』と書き添えていた。パパとはずっと以前に亡くなったクレミーの兄、ピートのことである。クレミーはリンクをクリックした。

『未解決事件（コールドケース）を再捜査』と見出しにある。**『高校の部活動の監督が殺害された昔の殺人事件を検証へ』**

クレミーは息を呑んだ。

殺された男は、ピートの高校のバスケットボール部の監督だった。

クレミーはその事件に関わったすべての人物とすべての場所を知っていた。すべての秘密を知っているという確信があった。それでも、誰も事件と彼女を結びつけることはないだろう。誰も彼女に尋問しないだろうし、彼女を覚えてすらいないだろう。しかし、警察は五十年後に再捜査するとき、事情聴取で何かが変わるとは思っていないはずだ。未解決事件はＤＮＡと指紋で解決されるものだ。

指紋。

ドアノブに残された指紋。ドムの家とコグランド夫妻の家に。リグを所有者のもとに戻すために、まもなく警察が呼ばれるであろう場所に。

4

高校時代のことを考えるとき、クレミーは楽しかった一年目のことだけを思いだそうとする。大勢の友だちに囲まれ、美しく成長し、人気者になった興奮に満ちた一年だけを。当時、彼女は小柄で丸みを帯びた体つきをしていた。クルクルとカールした黒髪、当時流行っていた深紅の口紅から、誰かがベティ・ブープという渾名をつけた。ベティ・ブープは――当時のクレミーは純真無垢だったので、命名の理由を分析することはなかったが――性的なアニメのキャラクターで、くっきりと際立つ胸、セクシーに突きでた尻、ミニスカートから伸びる長い脚、キスを待つような小さな口が特徴だった。

とはいえ、クレミーがミニスカートを穿いていたというわけではない。一九五〇年代には誰もミニスカートを持っていなかったし、チアリーダーですらミニスカートを穿いていなかった。高校では、若い女生徒たちは太ももを露出することなく、足首をぴったりくっつけて、膝をそろえていた。脚を組むときは、注意深くスカートの位置をずらした。学校にショートパンツやズボンで通学する女生徒はいなかった。冬のすごく寒い日でも、女の子の脚を保護しているのは足首までのソックスか、ガーターベルトで留めたストッキングだけだった。

しかし、体育の時間には体操服を着用しなければならなかった。半袖のシャツと短パンが一体になった、葉っぱの色をした体に合わない服で、くだらない無意味なポケットとかわいい細いベルトがついていた。その体操服を着ると、たいていの女の子は間抜けに見えたが、クレミーは颯爽として見えた。

当時は女子用の体育館と男子用の体育館に分かれていた。ただし、フィールドホッケーという、女子全員に必修のおぞましい競技のときには、口笛を吹き、歓声をあげる男子生徒のまえを小走りで通らなければならなかった。バスケットボール部の監督、クリーク監督もよくそこに来ていて、男子用の体育館の開け放たれた大きなドアのまえで、脚を広げ、腰に手を当て、肘を突きだし、まるでギリシアの神のようにそびえ立っていた。当時、男は髪を短く刈っていたが、それでも彼の髪がどれだけ豊かな巻き毛かが見てとれた。男性教師や男子の体操服のタンクトップは襟ぐりが深くゆったりしていたので、彼の胸元の毛も豊かな巻き毛だとわかった。女生徒の誰もがラドヤード・クリークのすてきな笑顔と完璧な歯並びに憧れていた。当時、子どもが歯列矯正をすることはあまりなく、完璧な歯並びはめずらしかった。それだけでなく、実際にラドヤード・クリークはすべてが完璧だった。もちろん、彼の指導するチームが輝かしい記録を残していたことも、彼の評価を押しあげていた。

男子も、女子と同じように監督を尊敬していた。女子以上だったかもしれない。少年たちが望むものを監督は持っていた。体格。人気。スタイル。勝利。

二年生になる頃には、クレミーは体育館棟の廊下を歩いているとき、監督が自分を見るためだけにそこに陣取っていることに気づいていた。気づかないふりをしていたが、ほかの女の子たちはみんな確信していた。「監督はあなたがかわいいと思ってるのよ」女生徒のひとりがささやき、みんながクスクスと笑った。監督からの称賛はクレミーの立場を高めた。クレミーは顔を真っ赤にして、それにしても監督は何歳なのだろうと思った。

ピートが高校のバスケットボール部に在籍していた頃、独身の監督を夕食に招くことは、大人同士で友情を深め、そしておそらくピートがもっと長い時間プレーできるようにするためのすばらしい方法だったようだ。だからクレミーは入学前から、食事を給仕するときに、多少、監督と接する機会があった。彼女の両親はラドヤード・クリークが大のお気に入りだった。やがてピートは大学生になったが、大学でプレーする実力は持ち合わせていなかった。バスケットボールのシーズンの週末に帰宅すると、ピートはいつも母校の試合を観戦しにいき、できるかぎり後輩たちのチームの近くに座って、監督が自分に気づいてくれるのを待ち、いつも特別な笑みを向けられた――ああ、きみはわたしの仲間だ、きみのことはよく覚えているよ。

ピートの父親が一緒に観戦にいったときには、父親にも特別な笑みが向けられた。

二年生のその学期、クレミーは健気で実りある片思いに真剣になっていた。彼女は今でもボビーのことを思いだす。彼がどれほど温かく立派な人柄だったか、一緒になれたらどんな人生を送れていただろうか、と。

女友だちはクレミーをつついては、訳知り顔で微笑み、ささやいた。「あなた恋してるのね」男子たちが彼女のことでボビーをからかっていて、彼がそれを気にしていないことも知っていた。

ボビーから交際（ゴー・ステディ）しようと言われたときが、彼女の人生で一番すばらしい瞬間だった。ボビーとは一度ならずキスもして、クレミーは彼のことを夢見て眠れない夜を過ごした。ただし、セックスのことを夢見ることはなかった。それがどんなものなのか、ほとんど知らなかったからだ。いまの子どもたちは幼稚園児の頃からセックスがどういうものなのか知っている。勃起不全のことまで知っている。しかし、クレミー・レイクフィールドが十六歳のときに夢見たのは、ネッキングすることだった。そこには、抱き合ったりキスしたり、クレミーはまだ心の準備はできていなかったが、腰から上を互いに知り合うことが含まれていた。

一九五〇年代から六〇年代初めにかけて、複数の性的パートナーを持つことはめずらしかった。支払うべき代償が高すぎた。少女たちにとって唯一の真の目標は、良き男性との結婚であり、それには自分も良き娘でいなければならない。つまり、初夜まで処女でいなければならない。火遊び（フール・アラウンド）をしたら（この表現はとても適切だ。なぜなら、愚か者（フール）しかそんなことはしないから）、妊娠する可能性がある。コンドームという避妊具はあったが、その仕組みを想像できる女の子はほとんどおらず、ましてやそんなものを入手することもできなかった。ピルはまだ発明されていなかった。妊娠を避ける唯一の方法はセックスをしないことであり、クレミーは、彼女の知るかぎり、実際にした女の子と知り合ったことはなかった。

その日、生物の授業中に、ボビーからメモを渡された。これといって何かが書かれていたわけではない。ただX（キス）が並んだ列とO（ハグ）が並んだ列があるだけ。文字を書けない人が書いたラブレターのようだとクレミーは思った。そのXとOはどんな言葉よりもずっとうれしかった。彼女はバッグの奥深くにそのメモをしまい、永遠に取っておくためにどこに保管しようかと考えた。

監督に車で送ってもらったのは、そんなときだった。彼女はもちろん、まえのシートに座った。運転席と助手席がひとつにつながった横長のシートだ。当時はまだ、シートベルトは一般的ではなく、クレミーは一度も使ったことがなかった。監督はボビーのことを尋ねた。大好きな話題を振られて、彼女は顔を輝かせ、ボビーのすばらしい点や長所を並べたてた。すると監督が奇妙なことを言った。「わたしにはそれ以上のものがある」。そのしゃがれた声は彼女を妙に不安にさせた。やがて監督はクレミーの自宅方向とはちがう通りを進んだ。

クレミーは困惑した。監督が道を知らないはずはないのに。「この角を右に曲がったほうがいいのでは？」彼女は言った。大人のまちがいを指摘するのは少し気が引けたけれども。
「わたしたちはちがう方向に曲がるんだ、きみとわたしは」ラドヤード・クリークは言った。突然、晴れやかな笑顔が、醜い薄ら笑いに変化した。クレミーは、怖がらせないでとは言わなかった。いますぐ降ろしてとも言わなかった。彼女はほかの友だちと同様に、感じのいいことが言えないのなら、何も言わないほうがいいと信じるように育てられていた。

彼女は監督の家にはいるつもりなんてこれっぽっちもなかった。しかし、監督は彼女の手をつかみ、譲らなかった。彼女は大人を、ましてや家庭や学校で尊敬されている男を、拒む方法を知らなかった。好感を抱いていた男を。称賛を向けてくれ、学校での自分の価値を高めてくれた男を。

それから、短く残酷なことが起こった。監督はその最中には恐ろしい憎悪の目で彼女を見おろし、終えたときには粗野な笑い声をあげ、彼女が血を流している部分をギラついた目で見つめた。監督はバスルームを指さした。彼女は体をきれいに洗い、それから家まで送ってもらうしかなかった。監督はクレミーを数ブロック手前で車から降ろした。彼女はそこから歩かなければならなかった。痛かった。体じゅうが痛かった。

これだけ長い歳月が経ったあとでも、クレミーはあのときの様子を思い浮かべる気になれない。あまりに恐ろしく、あまりにショックで、屈辱的で、ぞっとする出来事だった。彼女の脚のあいだで起こったことは、結婚した夫婦がすること——どんなことをするのであれ——と同じではなかったはずだ。ラドヤード・クリークの暴力、熱を孕んだ荒い呼吸、笑みを浮かべながら、同時に彼女に向ける激しい憎悪は、いまでも悪夢のなかでクレミーを震えあがらせている。

クレミーは両親にそのことを話さなかった。伝える語彙がなかった。適切な機会もなかった。さらに一九五〇年代には——そして六〇年代にかけても——レイプというものはそもそも存在しなかった。女の子が同意していたか、男をそそのかしたか、受動的に受け入れたとみなされた。いずれにせよ、女側の責任となった。もしクレミーが〝加害者〟という言葉を使ったら、母親や父親でさえそれを訂正していただろう。むしろ母親と父親こそが、とりわけクレミーの行動を恥じたことだろう。

恐怖はそこで終わらなかった。第二の恐怖は、ラドヤード・クリークが彼女の人生に現れつづけたことだ。クレミーは高校の廊下で頻繁に彼に出くわした。クレミーの記憶では、ラドヤード・クリークは山道で遭遇したハイイログマのように、小柄な彼女のまえに立ちはだかり、クレミーの体を上から下まで舐めるような笑みを向けてきた。

第三の恐怖は、ボビーに触れられたとき、たじろいでしまったことだ。この恐怖は彼女のその後の人生を暗いものに変えた。ボビーはいい人のままなのに、彼女のほうは知るべきではないことを知り、すべきではないことをしてしまった。ボビーは突然クレミーに冷たくされて戸惑いながらも、先へ進んだ。彼の心は張り裂けることなく、たんに別の恋人を作ったのである。クレミーは自分の心に何が起こったのかわからなかった。しかし、彼女の心はもう以前と同じように鼓動を打つことはなく、以前と同じように慈しむことも、以前と同じように希望を抱くこともなかった。〝無垢〟という言葉は、もはやクレミーのものではなかった。

彼女は〝被害者〟という言葉を知らなかった。その当時は、どんなことが起こっても、みずから望んで引き寄せたこととされた。

しかし今日、サンシティでクレミーに起こったことは――それがどんな結果をもたらすにせよ――彼女がみずから望んで引き寄せたことだった。不法侵入し、写真を撮り、それを転送することによって。

ボロバスクは腸(はらわた)が煮えくり返っていた。ベントレー・マッキーゼンの電話は何度かけても留守電につながった。そうでなくても、この数日ずっと煮えくり返っていたのだが、ここへきて怒りが毛穴から噴出しはじめ、ようやく男と連絡がついたときには、実際に息が切れていたほどだ。そしていま彼は、マッキーゼン家の誰ひとりとして大叔母の居場所を知らないという、くだらない話を長々と聞かされるはめになっていた。ボロはリグを見つけなければならないし、それもいますぐ見つけなければならないのに、この負け犬ときたら延々としゃべりつづけている。暴言を吐かないようにするために、自制心を総動員させなければならなかった。彼はなんとかこの低能な又甥と友好的に話を続けつつ、同時にグーグルで可能なかぎりの情報を調べた。「大叔母さんはずっと看護師をしていたんだっけ?」ボロは唐突に切りだした。

「ちがいます。ラテンの先生です」愚か者が答えた。この男は、どうせたいした仕事はしてないんだろう。ボロは思った。デスクで見ず知らずの人間相手に無意味な話を延々としているくらいだから。

「英語が第二言語の?」〝ラテン語〟を〝ラテン系〟と勘ちがいして、ボロが尋ねた。

「いえ、ほら、ジュリアス・シーザーとかキケロみたいな。ラテン語です。古代ローマの」

「まだ学校で教えてたとは知らなかった。それで、たしかピッツバーグで教えてたんだよね?」

「ピッツバーグ! いったいどこから出てきたんです? いや、教えてたのはオハイオです。それから、よく知らないけど、ほかの場所でも。それで数年前にサンシティに引っ越して。いまは、トランプゲームとか陶芸とか、ほら、ああいうところでやるようなことに片っ端から夢中になってます」

サンシティ? ボロは思った。たしかアリゾナにある、文字も読めないデブの白人がラミーをプレーしてるとこじゃないのか？　なんでおれのリグが隠居老人タウンにあるんだ？　誰がそこに持ち込んだ？「へえ、サンシティか」彼は言った。「それはウケるね。ぼくの祖母はアリゾナに住んでてさ。ガラスのリグを取りにいくついでに、祖母の顔を見にいけそうだ」

「残念ながら、サンシティはあちこちにあるんですよ。ぼくの大叔母はシャーロットのサンシティにいるんです」

「なんだ、大叔母さんの住んでる場所を知ってるんじゃないか」ボロはそう言って、クックッと笑った。心から出た笑いではないので、ラリったアヒルみたいな声になったが、愚か者には笑い声に聞こえたようだ。こう続けたところを見ると。「えっと、そうなんですけど、番地がわからないんです。私書箱しか知らなくて。たぶん大叔母さんは家を借りてるだけなのかも。だから人名で検索かけても名前が出てこないんです」

または、結婚したことを家族に秘密にしているか。ボロは考えた。または、彼氏と同居していて家族に秘密にしているか。または、彼女と同居していて家族に秘密にしているか。ベントレーが話しているあいだ、ボロはフェイスブックをチェックした。レイクフィールドという名前のアカウントはひとつもない。フェイスブックが〝もしかしてウェイクフィールド？〟と訊いてきた。それなら二十人ほどいた。クールじゃねえか。二文字変えて、どろんと消える。

そんなわけで、フェイスブックは役に立たなかった。ボロはシャーロットのサンシティのウェブサイトを開いた。そこは州境を越えたサウスカロライナ州にあり、住民名簿もメンバーにしか公開されておらず、アクセスできないとわかった。「大叔母さんはもう引退してるんだよね？」ボロは温かいフレンドリーな口調を保って尋ねた。

「まだ教えてるみたいですよ」

「へえ」ボロは言った。「八十代でまだ教えてるんだ？　自慢の大叔母さんにちがいないね」

「そこまで年を取ってはなかったと思います」ベントレーは言った。「七十代前半じゃないかな」

「あのさ、ベントレー？　ぼくらはもう盗品のガラス細工のことは忘れたほうがいいと思うんだ」ボロは言った。なるべく思いやりのありそうなやさしい声を出そうと努めながら。どちらも彼の性格にはない資質だったが。「つまり、こういうことは起こるものなんだ。ぼくは別のリグを作ればいい。もうこれ以上、きみの哀れな大叔母さんを困らせたくない。損失を受け入れようと思う」

「ええっ、それはほんとうにすばらしい」愚か者は言った。「大叔母さんに電話して、心配しなくていいって伝えます」

「いやいや、それはぼくにやらせてほしい」ボロは愛想よく言った。「ぼくには大叔母も祖母もいて、仲もいいんだ。もう一度、ミセス・レイクフィールドと話して、安心させてあげるのが楽しみだよ」


　クレミーはチーズサンドイッチを作りながら、もう一度ドムに電話をかけたが、やはり彼は出なかった。こんなに長いあいだ、どこにいるのだろう？　クレミーには見当もつかなかった。ウィルソンと一緒にバカンスに行ったとか？　想像できない。じゃあ、コグランド夫妻とバカンス？　それも想像できない。それにゴルフカートの問題もある。もし、ウィルソンかコグランド夫妻がドムをどこかに連れていったのなら、彼のゴルフカートはおとなしくガレージに収まって、充電器につながれているはずだ。

　サンドイッチを作るのはあとまわしにして、クレミーはリビングの引き戸を開け、網戸付きポーチを抜けて、建築業者が中庭(パティオ)と呼ぶ小さなコンクリートのエリアに出た。カロライナの七月らしい、湿度の高いむせかえるような陽射しが容赦なく降りそそいでいる。まるで小鍋（スキレット）で殴られたような猛烈さだ。彼女は窓拭き洗剤と雑巾を入れたトートバッグをそこに置くと、家のなかに戻って玄関から外に出た。それからドムの玄関にいき、体を前傾させてベルを押した。またドムの家にはいって、パティオに置いた掃除用品を裏庭から回収し、指紋をふき取るつもりだった。そのとき、通りの向こうからジョニーの声がした。「どうしたんだい、ヘレン？」

誰に対しても、とくによく顔を合わせる人に対しては、好感を持つこと。それがクレミーのマイ・ルールだ。ドムを好きになることは無理で、礼儀正しくするのが精一杯だったが、実はジョニーを好きになるのも、少々手こずっている。彼はある意味、独裁的なところがあり、ジョイスはそれを楽しんでいるようだけれど、クレミーには許容しがたかった。たとえば彼は、三人で外食に出かけたときに、女性陣の希望を聞かずに勝手に注文したりする。三人で映画Aを見ると決めたのに、車でAが上映されていない映画館に連れていき、ジョイスを肘でつついて、笑いながら、おれは映画Bが見たかったんだと言ったりする。ジョイスはまるで主人風を吹かせる彼の行動が気に入っているかのように、クスクス笑ってすませる。クレミーは暴力的な映画を見るはめになり、上映中ずっと目を閉じていることになる。

クレミーは手を振って、通りの反対側にいるジョニーに呼びかけた。テラスハウスの前庭はとても小さく、ブルーライラック通りはとても狭いので、声を張りあげる必要はほとんどない。「おはよう、ジョニー。ドムの様子を見にきたのよ。毎朝、元気だとメールをくれるのに、今日はメールがこなかったし、電話にも出ないの。だから、なかにはいるところ」彼女はすでに一度ドムの家にはいったことはほのめかさなかったが、ジョニーも訂正しなかった。ということは、彼は最初の訪問を目撃していないのだ。もし目撃していれば、密会はどうだっただの、意味ありげなコメントをするはずだから。

がっかりしたことに、ジョニーは駆け寄ってきた。サンシティでは誰もがとても忙しく過ごしているものの、実際には誰もやるべきことがあるわけでもなく、隣家をのぞくことは、日々の繰り返しのなかの愉快な気晴らしだからだ。「おれも一緒にはいろう、ヘレン」ジョニーは父親気取りの声で言った。おれが行かなきゃ、おまえはどうすればいいのかわからないからとでも言わんばかりに。「何かあったときのために」

「まあ、ほんとにありがとう」クレミーは心にもないことを言った。ジョニーは合鍵を取ろうと手を出したが、彼女は自分で錠に鍵を差し込み、一歩さがってジョニーを先になかにはいらせてから、鍵をポケットにしまった。ジョニーは敷居で立ち止まることもせず、まっすぐリビングにはいっていき、大声で怒鳴った。

「おい！　ドミニク！」

返事はなかった。

ジョニーはまるでアニメのキャラクターのようにせかせかと動いて、キッチン、狭いゲストルーム、リビング、トイレ、主寝室と付属のバスルームをのぞいてまわった。「床で死んでるわけじゃなさそうだ。どっかに出かけたんだろう」ジョニーは言った。「ゴルフカートを調べてみよう」

「それはいい考えね」そう言いながらも、クレミーの頭は故郷の未解決事件のことでいっぱいだった。なぜ警察は再捜査をしようとしたのか？　どんな証拠が出てきたというのだろう？　それに、誰かあの事件を気にする人がまだ残っているのだろうか？

真ん中の住居は百平方メートルほどしかないので、ジョニーがガレージの入り口のドアまで歩くのに、数秒しかかからない。クレミーはカーペットが敷かれたリビングの窓際に駆け寄り、重いカーテンの隙間に手を入れてガラスの引き戸の鍵を開けると、また元の位置まで戻った。

ジョニーがリビングに戻ってきた。「ドムは何か用があって留守にしてるにちがいない。心配はいらないよ」彼は足を止めずにそのまま玄関に向かうと、クレミーのためにドアを開けた。

どうやら、ジョニーはガレージの内部のドアに目を留めなかったか、見たけれども、どこの家にもそんなドアはないという事実に気づかなかったか、どちらかのようだった。ジョイスとジョニーの家は、通りを挟んでほぼ真向かいにあるから、ドムのガレージドアが上下に動くところをいつも見ているはずだが、おそらくふたりはクレミーほどには観察していないのだろう。ドムが出入りしているのになんとなく気づいているだけで、他人のガレージのなかまでじっくり見て時間を浪費したりしていないのかもしれない。あるいは、一番ありそうなのは、ドムの外出のしかた――完全にカートが外に出るまえにドアを閉めはじめる――のせいで、ふたりの視線は、ガレージの右奥ではなく、ドムに向けられていたのかもしれない。「一緒に来てくれてありがとう。ここにひとりで来るのは気まずくて」

「気まずいやつだからな。あいつがきみに鍵を渡していたとは驚きだ」

「ほんとうは内緒にしておかなくてはならないの」クレミーは認めた。

ジョニーはクックックッと笑った。「いい一日を。お役に立ててよかった」

クレミーは慎重にドムの玄関のドアを施錠し、ポケットに鍵を入れた。それから自分の小さな家にたどり着いた。色彩豊かで棚にずらりと本が並んだ、愛する安全なわが家にはいったとたん、昔の記憶がよみがえり、涙がどっとあふれてきた。

5

数週間が数ヵ月になり、一学期の期末試験が終わった頃、クレミーは妊娠していることを受け入れざるをえなくなった。妊娠――このおぞましい言葉。自分には当てはめることのできない、当てはまってはならない言葉。クレミーは自分の母親にさえ、その言葉を使うことができず、泣きながら遠まわしに話して、なんとか窮状を説明した。

「ママとパパはきちんと育てたのに、あなたにはがっかりよ」母親はそう言って、泣きながら、父親を部屋に呼び、恐ろしい知らせを伝えた。

両親はクレミーを抱きしめなかった。それでも愛しているよとは言わなかった。父親は厳しい顔で言った。

「相手はボビーか？」

「いいえ」クレミーは言った。「彼は何もしてない。一度キスをしただけ」

「あなた、同時に別の子とも付き合っていたの？」おびえた顔をした母親が涙声で尋ねた。

「そのもうひとりの相手は誰だ？」父親が激しく問い詰めた。

クレミーは監督の名前を出そうかと考えたが、両親が信じるとは思えなかった。もし両親が信じて、ラドヤード・クリークと話をする度胸があったとしても、監督はショックを受けたふりをすることだろう。クレミーの醜い告発を否定しながらも、その哀れな少女のために静かに悲しむふりをするだろう。両親はクレミーではなく監督の言葉を信じ、ラドヤード・クリークのような立派な男を貶(おとし)めようとした身勝手な娘をいっそう憎むことだろう。

「相手は誰だ？」父親は声を荒らげて、繰り返した。

クレミーはショットガン・ウェディングについて聞いたことがあった。婚前に娘を妊娠させられて憤った父親が、相手の男にショットガンを突きつけて責任を取らせ、娘と結婚させるのだ。監督か、または無実の罪を着せられたどこかの男の子と一生暮らすために、無理やりバージンロードを歩かされる――クレミーはそんな滑稽な結婚式を思い浮かべた。父親の問いには答えられなかったので、ただ肩をすくめた。当時、女の子が肩をすくめる仕草などすることはなかったし、ましてや両親に対してするものではなかった。しかし、クレミーの父親は涙を軽蔑していた。どんなことであっても――膝を擦りむいたとか、ほかの子に冷たくされたとか――クレミーが泣くたびに、父親は怒鳴りつけた。「泣いてばかりいると、もっと泣きたい目に遭わせてやるぞ！」父親は大きな手をしていた。その手でお尻を叩かれるとものすごく痛かった。子どもの頃に叩かれたことが三回あり、何十年も経ったいまでも、クレミーはその三回のことをよく覚えている。

　クレミーが妊娠したことを認めたとき、父親は殴ってやりたいと思ったが、拳を握っただけにとどめ、その期間は家を離れるようにと命じた。そうすれば父親はお腹が大きなクレミーを見なくてすみ、町で、友人たちのまえで、恥をさらさずにすむからだった。

　当時はそういうものだった。そのことが高校生の気軽なセックスの抑止力にもなっていた。いまの若者は、昔から若いうちは誰彼ともなくセックスしていたと思っているが、それは事実ではない。経口避妊薬が発明されるまえは、女の子たちはもっと慎重で、男の子たちの押しもずっと弱かった。当時の社会は、いまの社会とは真逆だった。衣服は性的な魅力を強調するのではなく、やわらげるようにデザインされた。クレミーの高校では、女生徒は〝セクシー〟ではなく、〝慎み深い〟と評されることを望んだ。そして既婚の女が妊娠したときは、ゆったりしたワンピースや裾を出したブラウス、カーディガンを着て、大きくなるお腹を隠すようにした。膨らんだ体を写真に撮らせるような女はいなかった。お腹にぴったり張りつくトップスを着て、体の線を見せるような女もいなかった。それどころか、〝お腹〟という言葉を使うことすらなかった。〝妊娠（ベビー）で膨らんだお腹（バンプ）〟という言葉が生まれるのは、二世代あとのことだ。

クレミーの両親は、前年まで〈放埒（ほうらつ）少女のための山の学校〉と呼ばれていた施設を探しだした。そのときはたんに〈山の学校〉に変更されていたが、建物のなか、事務室の入り口の上部の石の壁には旧名が刻まれ、その名が忘れられることはなかった。

そこでいう少女たちの〝放埒さ〟とは、全員が妊娠しているのに、誰ひとり結婚していないという、軽蔑されてしかるべき状態を指していた。

〈山の学校〉では、お腹が大きくなるとムームーという服を共有した。ムームーとは、たっぷりとしたウエストを締めない綿のワンピースのことだ。施設の外には出ないので、外の気候は関係なく、コートもジャケットも必要なかった。少女たちはただそのときを待つだけだった。

ほとんどの少女たちと同じように、クレミーにも来客はなかった。故郷の友だちの誰ひとりとして、彼女の居場所を知らなかったし、両親は小さな娘のお腹が膨れた姿を見たがらなかった。

十代の少女が赤ん坊を自分で育てることはなかった。放埒な娘が自宅に素行の悪さの証拠を連れ帰ることを許す親はいなかった。託児所のようなものは存在せず――母親は子どもと一緒に家にいるものなので――子どもを預ける場所がないため、若い母親は働いて生計を立てることも、家を見つけることもできなかった。また私生児を連れた素行の悪い少女は、良き男性はもちろんのこと、誰とも結婚はできなかった。

〈山の学校〉は匿名で養子縁組を手配した。養父母は実母を見ることも、会うことも、どんな人物なのか知ることすらなかった。学校でも、放埒な少女たちが母親と呼ばれることはなく、彼女たちが産んだ赤ん坊はただ乳児と呼ばれた。

クレミーは妊娠を恐ろしいと感じた。妊娠をもたらしたおぞましい経緯や、自宅を追いだされたことだけではなく、自分の体の変化のせいで。つわり、体重の増加、腰痛、顔のシミ。

陣痛が始まったら、病院に行き、麻酔をかけられて、目が覚めたら妊娠が終了しているという流れになっていた。乳児を見ることも抱くこともなかった。

クレミーは昔から赤ん坊が大好きだった。教会ではよく託児室でボランティアをした。赤ん坊を抱くことが何より好きだったのだ。

こんなに大変な思いをしているのに――クレミーは思った――見ることもできないの、わたしの娘を？　または、わたしの坊やを？　わたしの赤ちゃんを抱くこともできないの？　小さな頬にキスして、小さな足の指を数えることもできないの？

〈山の学校〉でのクレミーの親友、ヴェロニカはすさまじくタフな少女だった。もしヴェロニカがフィールドホッケーの敵チームにいたら、スティックを武器にして襲いかかってくるのではないかと恐れたことだろう。ヴェロニカはこう言い切った。「あたしの子どもなんだから、あたしが育てます」

「ばかなことをおっしゃい」寮母先生は言った。「ご両親は家に入れてくれませんよ。住むところも収入もない。赤ん坊を連れていけるような仕事はないから、仕事にも就けません。まともな奥さまがたはあなたとは付き合わないし、乳児は飢えることになります」

どれも事実だった。そもそも女が就ける仕事自体が少なかった。製造業の単純作業。単純な事務。教職。看護職。せいぜいそれくらいだった。

ヴェロニカは癇癪を起こしたが、やがてそんな彼女ですら理解するようになった——放埒な少女は頭をさげ、放埒だったことなど一度もなかったふりをして、家に帰らなければならないということを。

わたしは放埒ではないわ。クレミーはよくそう考えたものだった。放埒なのはあの男のほうよ。

あれから半世紀経ったが、クレメンタイン・レイクフィールドはいまでも、ラドヤード・クリークが若くして死んだことを喜んでいる。

ベントレーはボロバスクとの電話のあと、ほっと胸を撫でおろした。これでもう巻き込まれずにすむ。どこにあるのかわからないところまで車で行く必要もないし、もう心配もしなくていい。

彼はボロのウェブサイトを一分間ほど見て、ボロがガラス細工で稼いでいるらしい金額を知ってがく然とした。一番奇妙な品は、ガラス製の綿棒入れで、千五百ドルで売れたばかりだった。五十二件のコメントがついていて、ボロのガラス細工のカッコよさを褒めたたえていた。たしかにきれいな品だけど、千五百ドル？

ベントレーはフェイスブックに行き、大学時代の友人のページを開いた。その友だちは二代目のガラス職人で、彼の父親はガラス工芸の世界ではそこそこ有名であり、家族全員が重度の麻薬常習者だった。その一家なら綿棒入れを何に使うのか教えてくれるだろう。

ベントレーはボロバスクの投稿につけた自分のコメントのことで、まだ議論が続いていることに気づき、少し驚いた。ボロバスクに八万人のフォロワーがいることは知っていたが、八万人がベントレーのコメントを読み、それについてさらにコメントする可能性があることに、あまりピンときていなかったのだ。

その大叔母さんって人？　ヤバいんじゃね。

ボロの工房にはたぶん月に百万ドルは流れ込んでる。現金が多けりゃ、盗むのも簡単だろ。一番ありえそうなのは、誰かが彼の金を盗んで、記念品としてリグを持ち去ったってとこ？　その大叔母さんは、ボロと彼の金のあいだに立たされてる。

一年に百万ってことでしょ？

おいおい、コロラド州だけで、去年のマリファナの売上は九億ドルあるんだぜ。ボロはメジャーじゃないけど、月に百万くらいはいけるだろ。

ベントレーは四捨五入した。コロラドはマリファナの売上が年に十億ドル近くある？　そんなことがありえるのか？

ラスベガスのパイプ展示会ってあるじゃん？　あそこでは靴箱に現金入れて持ち歩いてる人がいるけど、すげえ持ってるよ。それも全部百ドル札。

ベントレーはそのコメントはありえないと思った。土曜の朝のアニメでは、悪いやつらが靴箱に現金を入れて持ち歩いているだろうし、一世紀前、給料がまだ現金払いだった頃ならそうだったかもしれない。でも、吹きガラスの工芸職人が銀行口座を使えないとは思えなかった。資金洗浄の方法を考えたり、少しずつ預金したり、カリブ海だかどこかの島に送金したりはするだろうが、いまどき靴箱を使うわけがないだろう？

彼は大学時代の友人のページに投稿された写真や動画をざっと眺めた。友人のガラスパイプのコレクションは、ヤバかった。すばらしいという意味でも、胸くそ悪いという意味でも。とくに、ミッキーマウスがへロインを注射しているものはひどい。ベントレーには許せなかった。世の中には穢してはならない神聖さというものがある。

そのあいだにもボロバスクの投稿に続々とコメントがつけられていった。

その大叔母さん、まずいやつからまずい訪問を受けることになるよ。大叔母さん、もしこれを読んでたら、いますぐ走って逃げろ。

だけど、速く走れなかったら？　まあ、そんときはそんときか。なるようにしかならないし。

でも、なんであのリグを盗んだんだろ？

すばらしい品だもん。見たら誰だって欲しくなるでしょ？

わかんないんだけどさ、そんなに簡単に現金なんて盗めるものなのか？　ボロだって店じゅうにブービートラップとか仕掛けてあるだろ？

その店ってのが、客向けの店か工房かで、ちがってくるだろうな。

ボロバスクは今週忙しくなるぞ。イメージは崩すわけにはいかないし、金を取り戻して、リグを回収して、盗んだやつは殺さないとだし。

おもしろそうじゃん。みんなで見にいこうぜ。

ベントレーはこのメロドラマと興奮の狂騒を、電話に出た丁寧な口調の礼儀正しい人物と結びつけることができなかった。これは典型的なソーシャルメディア上の雪崩(なだれ)だ。小石から始まった雪崩が、やがてスイスの山の村を圧しつぶすまでになる。

　とはいえ、〝大叔母さんがヤバい〟という考えについては、セカンドオピニオンを求めてみようかと思った。なにしろ、大叔母をヤバくしたのは彼だったから。ベントレーはハーパーに電話をかけた。妹はこう言った。「ベントレー、いいかげんにしてよ。あたしたちだって、クレミー大叔母さんがどこに住んでるかわからないのに、ドラッグでフラフラしてるガラス職人がどうやって見つけだすっていうの？　ハイになった男がシニアタウンをふらふら歩きまわって、大きな緑のガラス細工のリグを持ったおばあさんを見つけるところでも想像してるわけ？」

「じゃあ、ぼくは何もする必要はないって思うんだね」

「クレミー大叔母さんから、心配しなくていいってメッセージがきたんでしょ？　大叔母さんがなんとかするわよ、ベント」ハーパーは言った。「たしかに大叔母さんはちょっと変わった人生を送ってるけどさ。死んだ言語を教えて、彼氏も作らず、親戚から隠れて暮らしてるなんて。でも、誰の人生だって、ちょっとは変わってるものでしょ」

　まだ教えている——ボロは考えた。

　シャーロット広域圏の地図をじっと見つめる。百万人が暮らす地域だ。一番の希望は、その老婆がどこかの大学のラテン語教師であることだが、二番目の希望は、数少ないラテン語教師に横のつながりがあり、引退した、あるいは現役のラテン語教師が小さなグループを作って、みんなでランチに出かけて構文か何かについて話し合っていることだ。誰かひとり、名前がわかりさえすればいい。そのラテン語の先生に何と言えばいいのかはわからないが、何か適当な理由を見つくろい、クレメンタイン・レイクフィールドを探しだし、彼女の隣人と対峙する。

　サンシティはランカスター郡にある。ランカスター郡は、サウスカロライナ州のほかのふたつの郡に接し、ノースカロライナ州のふたつの郡にも接していた。つまり、サンシティ周辺には、さまざまな自治体の学校がたくさんあるのだ。

　ボロはまず、メクレンバーグ郡シャーロット市の学校から始めた。その大規模な学校制度のホームページには、ラテン語を教える中学や高校がいくつかあると書かれていた。彼は代表番号に電話をかけ、電話に出た相手に説明した——自分と妻はシャーロットに引っ越すことを考えており、また娘たちにラテン語を習わせたいと思っている。ついては、どの高校を検討すべきですか？

　事務員は学校のリストは出したが、教師の名前は教えようとはしなかった。

「わたしたちはぜひとも、担当の先生とお話ししたいんです。そうすれば、どんな教科書を使ってらっしゃるのかもわかりますし」ボロは言った。

「こちらではどうしようもありません。個人情報保護の規則ですから。各学校の校長先生にお電話されてみてはどうですか」

　彼はラテン語を教えている学校のホームページを見たが、教員リストにはアクセスできなかった。最終的には校長に電話することになるだろう。ボロが「妻とわたしとしては、そちらの学校のラテン語の先生が、ミセス・レイクフィールドだといいのですが。彼女のいい評判をたくさん伺っておりますから」とでも言えば、どいつもこいつも愚か者だから、校長はうっかり口を滑らせるかもしれない。「いえ、うちのラテン語の担当はミセス・Xですよ」とかなんとか。それならそれでいい。ボロは足がかりを得ることになるのだから。

クレミーは家族用の電話を確認した。新しいメッセージはなかったが、留守番電話にハーパーからの伝言が残されていた。『もしもし、クレミー大叔母さん。ベントが麻薬売人をけしかけちゃったんじゃないかって心配してる。実際のところはどうなの？　あたしがそっちの警察に電話しようか？　あたし、大叔母さんのこと調べたんだ。ランカスター郡には保安官がいるんだね。なんか西部劇みたい。いかにも役に立たなさそう。折り返し電話して。一緒に考えよう。愛してる』

クレミーの心は感動で貫かれた。ベントレーは妹に相談していた。つまり自分のしでかしたことの重大さを理解しているのだ。そして、心配してくれるハーパーのなんと愛しいことか。又姪はまったくの考えなしではないということだ。

クレミーはメッセージを返した。『わたしのことを調べてくれるなんて、なんてやさしいの、ハーパー。でも、こちらはすべて順調で問題ないの。警察に電話する必要はないわ――保安官はよく連続講座で話を聞かせてもらってるし、とても魅力的で、いつでも訪ねてきてくれるとは思うけれどね。あなたが元気で、近いうちに会えることを願っています。愛情をこめて、あなたのクレミー大叔母さんより』

これがわたしの人生の定義なんだわ。クレミーは思った。〝愛する人々を突き放すこと〟。彼女は無益で愚かな涙を拭きとり、またドムにショートメールを送った。『大丈夫？　家にいるの？』

返事はなし。

夜になってからずっとクレミーはキッチンの暗がりにいた。朝食用テーブルの椅子のふわふわしたクッションに座り、ギンガムチェックのカーテンを開けて、そこから小さな通りを――それからもう一本向こうの袋小路(クルドサック)、ピンクカメリア通りに垣間見えるものを――眺めていた。住民たちは夜遅くまで起きている。ジョイスとジョニーは、おなじみのテレビ番組が終わるといつもニュースを見ている。ジョーンとエドのシュワルツ夫妻もどうやら同じようだ。ベティ・アンとラルフはバスルームで多くの時間を過ごしていた（サンシティの住宅では、どこもトイレの上部に小さなガラスブロックを並べた長方形の窓があるので、バスルームの位置がすぐにわかるのだ）。リンダとフランクは小さな玄関ポーチに座って、その日最後の煙草を吸っていた。

ブルーライラック通り――クレミーのテラスハウスのあるクルドサック――とその向こうの通りに並ぶ家々の明かりが、一軒、また一軒と消えていく。

ドムは帰ってこなかった。

ウィルソンと一緒にどこかに出かけたわけではないはずだ。彼らはいつも、ウィルソンの車で出かけるか（その場合はドムのゴルフカートはここに置いていく）、ドムのゴルフカートで出かけるか（その場合はウィルソンの車はここに置いていく）のどちらかだから。

どこかに駐車して、ゴルフカートに座ったまま、心臓発作を起こしたのだろうか？　ドムはゴルフカートをすっぽり覆うビニールカバーをつけていて、なかは透けて見えるが、うねってぼやけている。ハンドルに突っ伏したが、通りすがりの人が不思議に思わない程度には普通に見えているのかもしれない。あるいは、助手席に倒れ込み、外から姿が見えないとか。ゴルフカートの床に倒れて、息もたえだえに助けを呼ぼうとしているうちに、何時間も何日も経ってしまっただとか。

良き隣人なら、ドムの失踪を報告するだろう。クレミーは自分のことを良き隣人だと思っている。

ここの警察は、ハーパーが言ったとおり、ベイ・ベネット保安官が管轄している。感じのいい雄弁な人物で、サンシティで講座が開かれる月曜の夜には、よく講師をしている。講座のテーマは幅広く、講師は実にバラエティに富んでいる。南部地質学の客員教授、変わった専門分野を持つ皮膚科医、カロライナ州での独立戦争に詳しい歴史家など。ベネット保安官はすばらしいテーマ——鑑識や殺人——で話すので出席率もよく、魅力的な南部なまりと相まって人気が高い。クレミーは彼の話ならひと晩じゅうでも聞いていられそうだった。

それでも、クレメンタイン・エレノア・レイクフィールドが、司法当局にみずから接触することはない。

深夜一時半、クレミーは掃除用の手袋をはめ、引き戸をそっと抜けて、パティオに置いてあったキャンバス地のトートバックを手に取ると、ヒイラギの茂みをまわり込んで、ドムのパティオにはいった。携帯電話のフラッシュライトの明かりを頼りに、ドムの引き戸の取っ手を見つけると、そっと引いて開け、分厚いカーテンのあいだに身をすべり込ませた。クレミーは不安で泣きだしそうになる。誰も家にいないと知ってはいるが、もし誰かがいたとしたら？

フラッシュライトの光が遠くの家のキッチンの窓から見えないように、携帯電話を自分の足に向ける。キッチンは半分の高さの壁でリビングと仕切られているので、足元のわずかな光ならば、通りから見えることはないだろう。クレミーはコーヒーテーブルと椅子をよけ、慎重に歩いて、ユーティリティルームからガレージのドアに向かった。

どの家のガレージにも人感センサーがあり、頭上のライトが自動的に点灯するのだが、ガレージのなかに数歩はいらないと作動しないようになっている。ライトを必要としている場合には、最初の数歩にもライトが必要なわけで、設計の不備といえるが、いまのクレミーにとっては好都合だった。奥の壁にへばりついて歩けば、暗いままにしておける。とはいえ、それが不可欠というわけではない。ふたつの住居に挟まれたドムのガレージには窓がないのだから。しかし、いま彼女がしていることには暗闇がふさわしい。

ここで転んで、腰の骨を折ってドムのガレージの床で動けなくなったらどうしよう。そんな恐怖に襲われながら、クレミーは足元を照らしつづけた。ドムのごみがにおいはじめている。口で息をして、秘密のドアの敷居を慎重に踏み越え、コグランド夫妻のガレージにはいると、ユーティリティルームのドアを開けて家のなかにはいった。影が大きく膨らみ、家を占拠しているかのようだ。

月明かりが盗品のガラス細工をきらめかせているが、光が弱すぎて色までは見えない。リグはまるで幽霊のようにそこに在(あ)った。クレミーはツリードラゴンを慎重にトートバッグにいれると、ユーティリティルームに戻った。ガレージのドアの両側のノブをきれいに拭き、同じように秘密のドアのノブも拭いた。残るはドムのガレージのドアノブだけだ。いったん窓拭き洗剤と雑巾をトートバッグのツリードラゴンの横にしまって、ドムのガレージの壁際をそろそろと戻りはじめる。

そのときだった——彼女の手のなかで携帯電話が揺らぎ、フラッシュライトの光がドムのゴルフカートを照らしだしたのは。

クレミーはあやうく悲鳴をあげかけた。

、、、、ドムのゴルフカート？

ドムはここにいるの？　出かけているんじゃなくて？　家にいる？

家のなかをこっそり歩いているところを、ドムに見られていたんだわ。クレミーは真っ青になり、それから考え直した。いいえ、彼は侵入者を見かけたら即座に撃ち殺すタイプよ。つまり、数分前は熟睡していたということだ。

ついさっきガレージを通ったときに、どうしてゴルフカートに気づかなかったのだろう？　とにかく転倒しないようにと足元ばかりに気を取られて、ガレージの奥までフラッシュライトで照らさなかったから？　それとも、コグランド家にいるあいだに、ドムが帰ってきたのだろうか？　いいえ、秘密のドアは開けっ放しだったから、ドムのガレージのドアが開閉すれば、音が聞こえたはず。どちらにしても、ドムは秘密のドアが開いていることに気づいて、調べようとしただろう。

ジョニーと一緒にドムの家をチェックしてから午前一時半までのどこかの時点で、ドムは帰宅したにちがいない。ドムに何度もショートメールを送ったのに！　クレミーは心のなかで叫んだ。ドムが帰ってこないか、ずっと見張っていたのに！

とはいえ、彼女は何度かバスルームに行ったし、家にひとりでいるときでもバスルームのドアはつねに閉めている。夕食の準備もしたし、行ったり来たりしながら、未解決事件の記事を何度も読み返した。それから大量の洗濯も始めた。洗濯機の音はうるさい。どうやらそのせいで、ドムが帰宅した音が聞こえなかったようだ。

心配してメールを送ったのに、ドムは返事すら寄越さなかった。そう、わかっていたことだ。隣人が心配したくらいで、ドムが気にするわけがないではないか。

パニックで涙があふれ出し、クレミーのなけなしのエネルギーを奪った。手袋をはめたまま、コグランド家の住居に引き返した。トートバッグを落としてはだめ。クレミーは自分に言い聞かせる。転んだらだめ。床に涙を落としてはだめ。ここから出るのよ。あと少しで終わるわ。

ほんとうに終わるのであれば。コグランド夫妻も在宅しているのでなければ。夫妻はドムのゴルフカートに同乗して、秘密のドアから自宅に戻っていたのかもしれない。何もない寝室で眠っているのかもしれない。シーツもないベッドで。

いいえ、それはないわ。車がここにないのだから。

車がないのに人がいるわけがない。

クレミーはコグランド家のリビングの引き戸を開けて、外に出て閉めた。鍵をかけようにもかけられなかった。そのまま芝生を歩いて家に戻った。たとえドムが起きていても、クレミーが通りすぎるところは見えないはずだ。カーテンが閉め切られているから。自宅に戻ると、引き戸の鍵を閉めた。ドムの家とコグランド家の引き戸は、鍵を開けたままだったが。それから使い捨ての手袋を捨て、ガラス細工を入れたトートバッグを自分の車の後部座席に置いた。

もっと合理的な対処方法があったはずだが、もう遅すぎた。朝になったら、ボロバスクとかいう人物の携帯電話に電話して、彼の住所を聞きだし、盗品のガラスを返送しよう。ここで起こったあれこれはともかく、クレミーは自分の住所を守り切ったのだ。

ドムは自分の家に誰かが侵入したことに気づかないかもしれない。彼が分厚いカーテンを開けることはないから（どうやって耐えているのだろう？　全然陽射しがはいらないのに！）、引き戸の鍵が開いていると気づくまでに、しばらく時間がかかるかもしれない。でも、マーシャとロイのコグランド夫妻は、誰かが侵入したことにかならず気づくだろう。ガラスのツリードラゴンが消えているのだから。

クレミーの心臓がばくばくと跳ねた。盗品で生活を成り立たせている人々は、監視カメラを設置しているだろう。きっとコグランド夫妻は、わたしがあのガラスを盗み返すところを見ていたのだ。彼らは知っている。

でも、ツリードラゴンは盗品だから、警察に通報するわけにはいかない。わたしのところに直接来るだろう。または、ドムにわたしのところに行けと言うだろう。夫妻とドムは明らかにぐるなのだから。ところで、〝ぐる〟の語源は何なのかしら？　みんないまでも〝ぐる〟を使うものなの？

ともかく、絶対にペギーの結婚式に行くべきだわ。クレミーは決意した。こうなってみると、コスタリカの遠さがすてきに思えた。明日、ツリードラゴンを発送したら、次の飛行機でコスタリカに向かおう。

ボロはデンバー発の最終便のチケットを手に入れた。ゲートで待つあいだ、ノートパソコンで、ラテン語教師の名前を探した。

メクレンバーグ郡シャーロット市の学校で空振りした彼は、サンシティから放射状に広がるほかのエリアの高校を当たりはじめた。それぞれの学区のホームページには、カリキュラムの一覧が掲載されているが、面倒なことに、それをいちいちダウンロードして、ラテン語を教えているかを確認しなければならなかった。いまのところラテン語を教える学校は、なし、なし、なしといった状況だ。

とはいえ、ラテン語教師の数は明らかに少ないので、〝ひとりを見つければ、芋づる式に全員見つかる〟という仮説は、現実味があるように思えた。ただ、その最初のひとりを見つけていないだけなのだ。

いったん学校調査をやめて、フェイスブックに戻った。ラテン語のグループは十一あったが、そのほとんどが閉鎖されていた。活動中のグループのサイトを見ても、なんの手がかりも得られなかった。また学校調査をして、それから飛行機に搭乗した。四時間という長いフライトの最中は、何も調べられなかったので、彼は眠った。

飛行機は、学校や老婆に電話するには早すぎる時間に到着した。巨大なフードコートの白いロッキングチェアを確保すると、朝食用にブリトーを買い、学校調査を再開した。ボロはノースカロライナ州のユニオン郡にある、デクスター・リヴァー高校のホームページを開いた。

デクスター・リヴァー高校のホームページには職員

名簿があり、姓か名、または最初の一文字を入力することができた。そこで姓の欄にAを入力すると、Aから始まる姓を持つ三人の名前が出てきた。それぞれの名前の横の列には担当教科が書かれ、その横の列には、その教師の学校用メールアドレスが記載されていた。

ボロはアルファベットを順番に入力した。すると〝S〟から始まる姓のなかに、ヘレン・スティーブンスというラテン教師がいた。

誰が盗んだのであれ、そいつはボロと彼の工房をよく知る人間だ。ただそれが誰なのかがわからないだけだ。その泥棒はボロの現金を詰めた箱とツリードラゴンを持っているだけではない。その男か女は、老婆の隣りの家でボロを笑い者にしているのだ。

笑っていられるのもいまのうちだ。このヘレン・スティーブンスが鍵となる。

ボロは人名検索でヘレン・スティーブンスの電話番号を検索した。メールだと無視されたり、何日も返事を待たされたりしかねないが、ボロの話術なら彼女から情報を引きだせると知っていたからだ。彼女の固定電話は簡単に見つかった。それから住所も。ヘレン・スティーブンスは、サウスカロライナ州フォートミルのブルーライラック通りに住んでいた。

ボロはグーグルマップでブルーライラック通りを探した。

なんとサンシティのなかにある。

これはこれは。ベントレーは正しかったのかもしれない。クレメンタイン・レイクフィールドは、別のラテン語教師と一緒に暮らしているのかもしれない。少なくとも、知り合いであることはまちがいない。

ボロは痛みと正義の鉄槌をくだす場面を夢見つつ、レンタカーを借りた。

6

翌日の朝早く、大量の洗濯を始めたジョイスは、ユーティリティルームの床にふと目を留めた。タイルが汚れている。すぐさまタイルの目地をゴシゴシと磨いた。ジョニーはすでに出かける準備をしていた。蹄鉄投げのコートは日が高くなると灼けつくような暑さになるからだ。蹄鉄投げのあとは、クラブハウスでポーカーやユークレをする。それから仲間と一緒にバーベキューを食べにいく。

ふだん、ガレージにはジョイスの車とゴルフカートがあるので、ジョニーはドライブウェイに車を停めている。それでも彼には玄関を使う習慣がなく、いつもガレージから出入りする。しかし、その日の朝は、ジョイスと掃除道具が通路をふさいでいて、ガレージのドアは使えなかった。「あなたが歩くと、いつも床にこすった跡がつくんだから」彼女は顔もあげずに言った。

「ここはユーティリティルームだ」ジョニーは言った。「そのためにある場所だよ。こすった跡がここに集まるように」彼は彼女の頭のてっぺんにキスをして、玄関から出ていった。

ジョイスは慌てて立ちあがると、キッチンに急いだ。キッチンの窓から見えるのは家の正面だけだ。窓からは右も左も隣家は見えない。自分の家のドライブウェイすらほとんど見えない。やがてバックしながら進むジョニーの車の後部が見えた。彼はこちらに目を向けることもない。おそらくもう蹄鉄投げのことを考えているのだろう。それからゆっくりと車は走り去った。ジョイスは掃除道具を片付けてから、髪を整え、メイクを済ませた。いつでも出かけられる準備ができた頃、八時半に鍵師が到着した。

黄色いバンに、でかでかと緑のブロック体の数字と文字で〝24時間出張鍵屋〟と書かれている。もし隣人の誰かがバンを見ていたら、なぜジョニーとジョイスが同時に鍵をなくしたのかと、電話かメッセージで尋ねてくるだろう。連絡がないところを見ると、誰も気づいていないようだった。ヘレンでさえも。

ジョイスはヘレンとどんなことでも話すことができた し――服から、トランプゲーム、音楽、天気、胃腸の具合、関節炎、テレビ番組、政治家まで――ヘレンのすばらしいコメントやおもしろい切り返しに喜んだり驚いたりする。しかし、ジョイスはずいぶん昔に離婚した元夫のことはめったに話さなかったし、ヘレンもそれまでの七十年の人生に出会った男のことはめったに話さなかった。

シニアタウンには、誰もが生まれたてのような無垢な状態でやってくる。誰も自分のことを知らない。話したいと思うことだけ話せばいい。実際、新しい友人たちは、他人の過去などまったく気にしない。誰かのキャリアがどんなものだったのか、誰かの運勢がどれほど輝いていたか、またはくすんでいたのかも気にしない。結婚生活が長くしあわせなもので伴侶と死別したのか、それとも三度離婚して怒りを抱えているのかも気にしない。ここで重要なのは、トランプやゲームをプレーできるかどうか、毎週の近所の女子会ランチに車を出せるかどうか、誰かのクルーズや手術の詳しい話に耳を傾けられるかどうかなのだ。

鍵師が玄関のドアの作業をしているあいだ、ジョイスは自分の車のトランクと後部座席に、ジョニーの服や持ち物を全部積み込んだ。二年間、週に何日も彼女の家に泊まっていたことを考えると、たった一度の往復で彼を追いだせることに驚いたが、それもそのはず、ジョニーはジョイスの家では彼女のものを使い、自宅はそのままにしていたのだ。もし彼の子どもたちが訪ねてきても（訪ねてはこなかったが）、父親が実は近所の女性と暮らしているとは思いもしないだろう。

彼女はいろんなものが詰まったガレージの棚を見た。ペンキの缶、ネジを入れたガラス瓶、釘の箱、園芸用品、ピクニック用のクーラーボックス、延長コード、クリスマスツリーを立てるスタンド、封をしてある段ボール箱やプラスチックの箱。なかにはジョニーのものもあるが、いまのところは目をつむるしかない。鍵師に料金を支払い、黄色のバンがドライブウェイを出た瞬間、ジョイスは車をガレージからバックで出し、ドライブウェイに停めてアイドリングした状態で、ガレージドアのリモコンの暗証番号を変更した。これでジョニーの車のサンバイザーについているドアオープナーは使えないし、玄関のドアを開けることもできない。裏手の引き戸には錠前はついていないが、内側から鍵をかけておいた。つまり、もうこの家には彼女以外はいることができない。

彼女は車を走らせ、サンシティの反対側のエリアにあるジョニーの家に向かった。地所にできるかぎり多くの家を建てるために、同時に居心地のいい小さなエリアをつくるために設計されたクルドサックがいくつも並ぶ、まるで無限に続くように思えるカーブした道をいくつも通り抜けて、彼の家に到着すると、ジョニーのガレージドアのリモコンを使って、車を入れた。

ジョニーの家は、彼女のテラスハウスの家よりも少し広いだけだが、一軒家である。このあたりの家は、玄関は奥まった位置に、ガレージは突きでた位置にあるため、ブルーライラック通りよりも、さらに通りの様子が見えづらい造りになっている。

ジョニーの隣人たちは、サンシティに高いお金を余分に払っていながら、施設のひとつも使わず、サークルのひとつにもはいらないという理解しがたい人々だった。彼らはただ家でテレビを見ているだけなのだ。それなら、もっとほかの場所でお金をかけずにできるだろうに。ともあれ、彼らには、ジョニーの家を見ることはできないのだった。

ジョイスはとても几帳面なので、彼の服を全部寝室に運んで、しわにならないようにベッドの上に丁寧に置くつもりでいた。しかし、いざガレージまで来ると、自分に問いかけた——そこまでやる義理ある？　そこでコンクリートの床に全部放りだして自宅に戻った。

ジョイスは誰にも、ヘレンにすら、ジョニーが彼女の当座預金口座からお金をくすねる方法を見つけたことを打ち明けていなかった。その口座には多すぎる額（現在は四万ドルほど）を入れてあった。手軽に使える快適さを気に入っているからだ。

彼はどうやら、ジョイスは口座の残高を気にしたりせず、困らない程度にお金をいれておくだけだから、二百ドル、百ドルとちょこちょこ使うぶんには気づかれはしないと思っているようだ。実際、そんな彼の推測は何カ月間も正しかった。ジョニーが許可も得ずに彼女のキャッシュカードと暗証番号を使ってお金を引きだしていることにようやく気づいたとき、ジョイスは何日もひそかに涙した。彼女はジョニーを愛していただけでなく、いつか結婚式を挙げられたらしあわせだと想像すらしていた。彼がしょっちゅうお気に入りのデザートを焼いてくれとせがみ、そのたびに彼女は彼が喜んでくれるのがうれしくて、いそいそと手作りした——思いだすのはそんな日々ばかりなのに、まさにそんな日々に、彼は彼女から盗みを働いていたのだ。しかも彼には盗む理由はない。経済的に困っているわけではない。おそらく娯楽のためにやっているのだろうとジョイスは思っている。ボッチャ、蹄鉄投げ、ポーカー、窃盗。

ただし、ジョニーは追いだしたいが、直接対決は避けたかった。

一度、ジョニーがジョイスのキッチンのシンク下にある生ごみ処理機を交換していたときに、新しい処理機を取付リングにはめ込むことができなかったことがあった。彼は怒りをどんどん募らせ、突然、その器具を大型の調整式レンチで殴りはじめた。まるで蛇を殺しているかのように、何度も何度も打ちつづけて。「ハニー、平気よ」彼女はびくびくしながら声をかけた。「修理屋さんを呼ぶわ」すると彼は彼女を見あげた。その顔に浮かんだ憎悪を見た瞬間、ジョイスの身の毛がよだった。

そのことは忘れようとしてきた。独り身よりはカップルのほうがすてきだし、くだらない生ごみ処理機のせいで、ふたりの関係を台無しにしたくなかった。でも、ジョニーに何も知らせずに家から締めだしてみると、ジョイスは自分が彼を恐れていることに気づいた。

彼女の胸に不安が湧きおこる。ジョイスはこんなことをする人間ではなかった。ほんとうになかったのに、取り消しのできない道に踏みだしたせいで、いまにも吐きそうだった。

その日、クレミーもまた早起きしていた。

暑い夏のあいだは、日々の散歩ができる時間は明けがたしかない。でも今日は、まだ朝陽が昇りはじめたばかりだというのに、気温はすでに摂氏二十五度もあり、蒸し暑かった。昨夜三番目の住居に忍び込んだときの恐怖がまだ残っていて、ふだんはゆったりした気分にさせてくれるはずのコーヒーを飲むと体が震えた。一歩も外に出る気力がなかったので、小さな網戸付きポーチのシーリングファンをまわして、心地のいい背もたれのある長椅子に寝そべって、木々の向こうの太陽を眺めた。

クレミーは頭のなかで何度もあの瞬間を再現していた。又甥と又姪にグループメッセージを送り、写真を添付した瞬間を。できることなら時間を巻き戻したいが、やり直しはきかなかった。昨夜の不法侵入もやり直しはきかなかった。

昨夜、ドムはクレミーを見たのだろうか？　監視カメラがあって、今日か明日にそれを見るのだろうか？　これからクレミーを詰問しようとしているのか？　詰問されたら、なんと答えればいいのだろう？　いまのところ認知症カードを切るしか道はなさそうだ。

マーシャとロイはあの家に誰ひとり招いたことがない。誰かの大叔母がどうやってはいったのかと不思議がっているにちがいない。監視カメラの映像を見ても、一度もちゃんと会ったことのないクレミーが誰なのかわからないだろうが、ドムから聞いて知るだろう。夫妻はこちらに向かうはずだ。

クレミーにはもうどうしようもなかった。ツリードラゴンを梱包しよう。ボロバスクの番号は携帯電話に登録してある。電話をかけて、住所を聞いて、ガラス細工を発送するのだ。

小さな書斎には、ハサミやテープと一緒に、プレゼント用の包装箱が仕舞ってあった。前回発送したときに使ったエアクッションシートも丁寧に畳んで取ってある。さあ、起きあがって、仕事を片付けてしまいなさい。クレミーは自分に言い聞かせた。しかし、体はぐったりして動かない。暑さのなか、不安を抱えて長椅子に横たわったまま、時間がじりじりと過ぎていく。

ドムからの元気だという返信は来ていない。

もう一度、様子を見にいくべきなのだろうか？　今日がごく普通の日であるようなふりをして？　彼は家にいるにちがいない。ゴルフカートがあそこにあったのだから。クレミーはショートメールを送った。返信はなし。電話をかけた。応答はなし。

ポーチの暑さに耐えられなくなり、家のなかに戻って、キッチンのシンクに冷めたコーヒーを捨てたとき、鍵師のバンがジョイスのドライブウェイに進入するところが見えた。変ね。クレミーは訝った。ジョイスが鍵を失くしたのなら、どうしてジョニーの鍵からコピーをとらないのかしら？

ジョイスと出会えたことは幸運だ。通りの向かいに女友だちがいて、小学生の頃のようになんの気兼ねもなく、クスクス笑ったり、おしゃべりしたり、トランプゲームをするのはなんと楽しいことか。しかし、ジョイスはとても詮索好きであり、すっかり気が滅入っている今朝のクレミーは、ジョイスの機関銃のような質問攻めに耐えられそうにない。

充電器に差し込んであるふたつの携帯電話が、まるで手榴弾のように感じられる。彼女は家族用の電話を手に取り、又甥がさらに何かしでかしていないかをチェックした。

いいえ、ちがうわ。クレミーは思った。何かしでかしたのは、わたしなのだ。

サンシティは空港から南東の方角に、車で四十五分ほどのところにあるとわかった。楽勝だ。ボロはアクセルを床まで踏み込んで運転したい気分だったが、警察の注意を引くわけにはいかない。

ありがたいことに、州間高速道路沿いにアウトドアショップの看板が見えた。そこでスイス・アーミーナイフを購入した。ボロはかなりの数のスイス・アーミーナイフを持っている。飛行機に持ち込めないからだ。たいてい必要な場所で購入し、事が終わると自宅に郵送しているのだ。

それからサンシティに向かった。入り口には小さな守衛の詰め所があったが、前方の車がスピードを落とすだけで通り抜けたので、ボロも同じようにした。おもしろい。お飾りの門番がいるコミュニティというわけか。

敷地内は景観がきれいに整えられている。緑が多く、美しく、左右対称の造りだ。

レンタカーのGPSの指示に従い、ボロはメインのクラブハウスを通りすぎて、サンシティを八百メートルほど奥に進み、ゴルフ場のクラブハウスを左折して、レンギョウ通りを右折した。レンギョウ通りには、ほとんど同じに見える黄褐色の大きな家が並んでいた。それぞれ車二台分のガレージが突きだしている。基本的な庭の造りは二種類あり、それが各住居に交互に配置されていた。それぞれのドライブウェイをつなぐ歩道のそばには、敷地を区切るようにまったく同じ大きさのカエデの木が植えられている。人の気配はない。

ボロはなぜ自分のガラス細工がシニアタウンに行き着いたのか不思議だったが、サンシティの奇妙な匿名性を実際に目にして、なんとなく合点がいった。ドラッグの仕入れ値は東部よりも西部のほうがはるかに安いし、州間高速道路を慎重に走る車が警察に停められる可能性は低い。だから西部のコロラドで仕入れて、東海岸の学園都市で売ればいい収入になるというわけだ。マリファナをオイルの状態で売れば、無臭で場所もとらない。隠しようもないにおいがするうえに、かさばる草のまま持ち歩くリスクを冒さずにすむ。

サンシティにドラッグ取引の拠点(トラップハウス)があるかもしれないと思うと、ボロは笑いがこみあげてきた。とはいえ、実際に客がここに足を運んでいるとは思えない。この静かで動きのない黄褐色の住宅地を、クラックやコカインや大麻の使用者がぞろぞろ出入りしていたら目立ちすぎる。クレメンタイン・レイクフィールドが写真を撮った家は、おそらく中継地点だ。

この曲がりくねった小さな通りに住む者たちは、誰もが顔見知りで、互いに名前で呼び合っているのだろう。ボロは推測した。だが、誰にも何も言わないことも選択できる。じいさんやばあさんがどこかに出かけて麻薬取引をしにいくとしても、クルーズに出かけてくると言うだろう。そいつらが大麻オイルを引き取りにいったなんて誰にわかる？　とはいえ、ボロのツリードラゴンを奪ったのは、その孫か孫娘である可能性のほうが高い。ボロと同世代の誰か。たとえば、祖母が夏はメイン州、冬はフロリダで過ごしているとしよう。サウスカロライナにある祖母の家は、数週間から数カ月間ずっと誰もいなくて、簡単に使うことができる。祖母は何が起こっているのか知っているかもしれないし、知らないかもしれない。

彼はマリーゴールド通りにはいった。レンギョウ通りの半分のサイズで、外壁の色が黄褐色ではなく灰色の家が並んでいる。道も狭い。ドライブウェイ以外の場所に路上駐車すると邪魔になる幅だ。このあたりの家に窃盗にはいるなら、ロゴのついた修理屋のトラックが必要だが、目立つのは避けられない。迷惑なまわり道をさせられて、ここを通るドライバー全員の記憶に残ることになる。

やがてふたつの小さな袋小路（クルドサック）――ホワイトリリー通りとピンクカメリア通り――に分岐し、それからやっと、ものすごく短いブルーライラック通りにたどり着いた。この通りに建っているのは、三軒分の家が連なる平屋建てのテラスハウスで、それぞれの住居に、家の正面よりも広い、車二台がはいるガレージがついている。前庭はハンカチを広げた程度しかない。小さな裏庭は隣家と接していて、プライバシーを守るための木々はほとんど植えられていない。このあたりの通りには、終（つい）の棲家（すみか）を購入するために必死で金を貯めてきた人間のオーラが漂っている。なぜ大麻でひと儲けしようという人間が、こんなちっぽけな、文字通り行き止まりの場所で耐えられるのだろう？

ブルーライラック通りには、テラスハウスが左に一棟、右に二棟あった。通りの末端は小さなサークル状になっていて、真ん中に緑の小島が配されている。右の二棟は、裏庭がピンクカメリア通りの住人に観察される位置にあるが、左側のラテン語教師の家――三軒がつらなる一棟のテラスハウス――の裏手には森があるだけだ。

幅広い舗装された歩道が、マリーゴールド通りからブルーライラック通りにはいる急カーブの路肩を越えて、森のほうに向かっていた。小さな看板が立っていて、〝ゴルフカート・歩行者専用〟と書かれている。歩道をのぼった先に緑の金網の自動開閉ゲートがあり、そこからショッピングモール――ボロが通ってきたハイウェイに面している――のレンガ造りの建物の裏手にまわれるようだ。

なるほど。だんだんわかってきたぞ。ボロは思った。たしかに取引に適した場所だ。好きな時間に――夜明けでも夕暮れでも真昼間でも――専用のゲートを急いで抜けていけば、顧客は何百台もの車が停まる駐車場で待っている。誰もがビニール袋や紙袋を持って買い物をしている場所で。人々はみんな急いでいて、ビニール袋をひとつふたつ交換していたところで見向きもしないだろう。

小さな森はクルドサックを囲むように曲線を描き、緑の金網のフェンスの向こうで深くなっている。おそらくゴルフコースの裏手まで続いているのだろう。最初は金網が外部の侵入を防いでいるように見えたが、クルドサックを一周してみると、実際には金網は住宅と駐車場のあいだだけに張られていて、森の先で途切れていることがわかった。つまり、森と駐車場は徒歩で行き来できるのだ。麻薬売人はさまざまなルートで外に出られるようだ。

その売人に足りないのは、路上駐車ができる場所だろう。

といっても、それはボロが探している売人の話ではない。ここはヘレン・スティーブンスの家で、クレメンタイン・レイクフィールドの家ではないのだから。

ボロはヘレン・スティーブンスのドライブウェイには駐車しないことにした。あとでレンタカーから足がつくのは避けたい。ヘレン・スティーブンスが、クレメンタインの住所を教えてくれるかどうかはわからないが、腕ずくで聞きだす必要があれば、いたしかたない。そのためにナイフを持ってきたのだから。とはいえ理想としては、必要なものは無理せず手に入れたい。ボロはそれを可能にする魅力を生まれながらに持っており、ふんだんに活用していた。

ただし、いくつか問題があった。ゴルフ場に車を停めて、ここまで歩いて戻ったら目立つし、攻撃にさらされやすくなる。老婆にナイフをちらつかせて、リグの場所まで案内させることはできても、銃を持たない麻薬の売人などいやしない。しかもその売人はボロの顔を知っている。そもそもこの盗みは、ボロの知る誰かでなければ起こせないのだから。

トラップハウスには監視カメラがあり、厳重な鍵が使用されているはずだ。たぶんブービートラップも仕掛けてある。通常の警報システムはないだろう。警官に巡回されては困るだろうから。

あの愚か者の大叔母の家がどこであれ、ここよりマシな駐車場所のあるところだといいんだが。ボロは願った。

ブルーライラック通りからゆっくりと離れ、もうひとつのクルドサックに目線を走らせる。いまは通りに三人いて、それぞれビニールのウンチ袋を手に、犬の散歩をしている。ボロはゴルフ場のクラブハウスの駐車場に、ほかの五十台ほどの車に混じって、レンタカーを停めると、前日ベントレーから入手した携帯番号に電話をかけた。彼の大叔母の番号に。

「おはよう」クレメンタイン・レイクフィールドの上品な声が言った。

「おはようございます、ミセス・レイクフィールド」前日電話をかけてきた男が言った。

クレミーから電話をかける必要はなかった。向こうからかけてきたのだ。ガラス細工に先方の言い値の保険をかけて、包みを宅配業者に持ち込めば、半時間後にはこの悪夢は解決する。そうすればもうひとつの悪夢についてじっくり考えることができる。クレミーは

〝未解決事件〟という言葉を聞くだけで、まるでインフルエンザにかかったか、懲役刑を受けたかのように、悪寒を覚えた。

「ぼくです、ボロです。ガラス細工を取りにきました」ボロは朗らかな声で言った。「ここサンシティに来てるんです。ゴルフ場のクラブハウスに車を停めていて」

ここサンシティに来てる？

頭皮に汗がにじみ、ウィッグがチクチクする。両手が震えはじめる、肺に空気を満たすことが難しくなる。

どうして彼がここに来られたのか？　どうしてクレミーの住む場所を知ることができたのか？　ベントレーはクレミーの住所を知らないし、この男の情報源はベントレーだというのに。ベントレーが大叔母がサンシティに住んでいると麻薬売人に伝えたのだろうか？　どうして大叔母をそんなふうに裏切れるのだろう？

ボロバスクがどこか西のほうに住んでいると感じたのは、きっと誤りだったのだ。それとも、緊急にツリードラゴンを取り戻す必要があり、夜明けの飛行機に飛び乗ったのだろうか？　それとも深夜の便に乗ったとか？　まあ、いいわ。クレミーは自分に言い聞かせた。彼はわたしのことなんて気にもしていない。彼の目当てはガラス細工よ。それを渡せば、終わるでしょう。

パニックはどんなときもクレミーの敵だった。そしていま、パニックが頭をもたげ、はいり込む隙を狙っているのを彼女は感じた。

「さて、なんの心配もいりませんよ、ミセス・レイクフィールド」彼は言った。彼の声には心地よさがにじんでいたが、クレミーは五十年も教師をしているので、偽物の魅力は聞けばすぐにわかった。「すべてぼくに任せてください」彼は続けた。「ぼくの計画では、まず、あなたにゴルフ場の駐車場に迎えにきてもらい、あなたの車で一緒にあなたの家に戻ります。車をお宅のガレージにいれてもらえば、ぼくがここに来たことは誰にも知られません。ガラスを盗んだ隣人を指さしてもらえば、あとはぼくが話をつけます」

彼の計画はうまくいくとも思えなかったが、それはどうでもいい。クレミーにはもっといい計画があったからだ。ゴルフ場のクラブハウスで会えばいい。まわりではみんながゴルフの準備をしていたり、ランチのために小走りでレストランに向かっていたりするだろう。そこでならクレミーは完全に安全だ。ツリードラゴンを手渡せば、そこでさようならだ。「どんな車に乗っているの？」

「レンタカーです。4ドアのトヨタカローラ。臙脂色」

ボロは笑いが止まらなかった。

彼は老婆を見つけただけでなく、ほとんど何も言わずに、会う約束まで取りつけた。ブルーライラック通りのことを口にせずに済んだのはよかった。あそこはヘレン・スティーブンスの家であって、クレメンタイン・レイクフィールドの家の場所は知らないのだから。老婆から隣人の話を全部聞きだすとしよう。年寄りの女の扱いは得意だから、うまくいくはずだ。もし彼女が尻込みしたら、ナイフの出番になる。殺しはボロの主義ではない。傷を負わせるのが彼の流儀だった。

7

クレミーはバスルームの鏡に映る自分を見つめた。美しい黒髪が白髪になりはじめた頃は染めていたが、頭皮が見えるほど髪がまばらになったとき、ウィッグをかぶるようになった。ラテン語の生徒たちはいつも優秀な子どもばかりで、クラスも少人数制だったので、素行が問題になることはほとんどなかった。とはいえ、ティーンエイジャーを担当するからには、あらゆる武器が必要なことも事実だった。クレミーは弱みを見せないようにした。たとえその弱みがただの薄毛であっても。

化学療法の副作用で髪が抜けて苦しむ患者が多いため、いまのウィッグはとてもよくできている。とはいえ、暑い日が続くここ南部では、ウィッグをかぶることは拷問のようなものだ。化粧をして、黒髪のウィッグをつけて、すてきなブラウスを着て、若々しく強く、なんの心配もしていないように見せたほうがいいだろうか？　クレミーは迷った。それとも化粧はやめて、寂しい年相応の地毛(じげ)を見せるべき？

あるいは、聖救世主教会に通うときにいつもかぶる栗色の短い縮れ毛のウィッグ——教会の人たちとどこかのショッピングモールですれちがっても気づかれないにちがいないという、おそらく誤った思い込みで選んだウィッグ——をかぶろうか？　それにドラッグストアで買ったラメ入りフレームの眼鏡を合わせてみる？　完璧な変装だ。なぜボロバスクに会うのに変装する必要があるのかはわからなかったが。

何よりも肝心なのは、落ち着くことだ。パニックは失敗の決め手となる。クレミーは多すぎる失敗からそれを学んでいた。ベストな見た目でいることは、冷静さを保つ助けになるだろう。黒髪のウィッグをつけて、日曜日の服装で臨もう。クレミーはすばやく着替え、ファンデーションを塗り、おしろいを少々はたいて、チークを入れ、彼女に似合う鮮やかな赤色で唇の輪郭を描いた。

万が一まずいことになった場合にそなえ、ハンドバッグのファスナー付きポケットにパスポートをしのばせる。彼女が穿いているポケットがまえにふたつついたスカートは、通販で購入したものだ。デパートで売っているスカートにはポケットがついていない。ポケットどころか生地まで節約していて、今シーズンのスカートはランチョンマットのサイズしかないくらいだ。クレミーは両方の電話を持っていくことにした。左（レフト）のポケットには家族用の電話を。なぜなら、わたしは家族から〝離れた（レフト）〟から。そう自分に言い聞かせた。

後部座席にガラス細工を入れたトートバッグを載せて、ガレージドアのリモコンのボタンを押す。昔とはちがって簡単にうしろを振り返ることができなくなったから、いつものように後方確認用カメラシステムに感謝しながら、バックで車を出した。ブルーライラック通りから抜けだすと、腹の底が震えはじめるが、まだ体の表面には表れていない。カーブを曲がってマリーゴールド通りにはいり、ピンクカメリア通りを過ぎ、それからホワイトリリー通りも過ぎた。

サンシティの訪問者のなかには、文字通りバニラ色の住宅が延々と続くことに恐怖を覚える人もいたが、クレミーはその匿名性を享受していた。このなかからどうやって人を探しだせるだろう？　この小さなクルドサックやポッド、無意味な区画の並べかたは、すべて建設業者が可能なかぎり多くの住宅を押し込めるためのものなのだろうか？　九軒の住宅がある通り（ブルーライラック通り）の地番が五二四四で始まるという、ばかげた地番システムも？　トランプゲーム主催の当番になると、クレミーは郵便受けに真っ赤なスカーフを結んでおく。もう何年も月に一度、彼女の家でトランプゲームをしているのに、かならず誰かがまちがった家に行くことになるからだ。

制限速度は時速三十キロだが、クレミーはなるべく目立たないほうがいいと感じ、それよりも遅い速度で、ゴルフ場の駐車場までの四百メートルを運転した。斜めになった駐車スペースの端に、ボロバスクの臙脂色のセダンが駐車している。彼女はその横に車を停めた。不安で目が見えなくなりそうだ。歯を食いしばって気を静め、ギアをパーキングにいれて、ドアを開けた。自動的に車のドアロックが解除された。片脚を外に出すよりも早く、とびきりハンサムな青年が助手席のドアを開けて、彼女の隣りにすべり込んできた。

五十年分の恐怖がクレミーの心臓を直撃する。トラブルに巻き込まれても、すばやく逃げることはできない。誰かがクレミーの悲鳴を聞いても、即座に反応はしないだろう。彼女は平静を装って、彼の顔をまっすぐ見つめた。

クレミーの若かりし頃には、これほどの見た目のいい若者は美男子(ドリームボート)と呼ばれたものだ。彼は黒のデニムのジャケットを羽織り、細かい柄模様の白と黒のTシャツを着て、ジーンズを穿いていた。スタイリッシュでありながら、変に目立たない格好だ。青年の目はギラギラと輝き、高齢女性に会ってガラス細工を引き取るには興奮しすぎていた。

彼はゆっくりと狡猾に微笑んだ。この男はわたしの恐怖を見抜いている。クレミーは確信した。あらゆる高校で一番素行の悪い生徒たちのように、恐怖につけ込んでくるはずだ。

この男が気にかけているのはわたしではない――クレミーは再度自分に言い聞かせた――ガラス細工よ。

しかし、ガラス細工を渡すまえに、クレミーはこの男がどうやって自分の居場所を突きとめたのか、詳細を聞きだす必要がある。対策を講じなければならないから。居場所を発見されるような穴はふさいでおかなければならない。「驚いたわ」のんきな女性のように陽気に言った。「どうやってわたしの居場所を突きとめたの？」

当然ながら、彼は自分の手腕に自信を持っており、ベントレーが話した内容から種明かしを始めた。クレミーはがく然とした。ベントレーはクレミーの携帯番号だけでなく、なんの気なしに、姓（ベントレーが知っているもの）、職業、どのサンシティに住んでいるかを伝えていたのだ。

この（クレミーにとっても死活問題である）プライバシーを保護するのに必死な時代に、二十六歳の男が――いや、二十六歳なのはハーパーだったかもしれないが、ともかくベントレーが何歳であれ――これほど考えもなしに自分の大叔母を裏切るとは、とても信じられなかった。

ボロバスクはどんなふうに高校職員を調べたのか、順を追って説明した。そしてようやく、ヘレン・スティーブンスというラテン語教師を探しだしたのだと言った。

もしクレミーがハンドルにつかまっていなければ、卒倒していたことだろう。この男はわたしのもうひとつの名前を知っている。大昔のコネティカット州の殺人事件が捜査の最前線に躍りでたタイミングで、地球上に彼女のふたつの名を知る人物が現れた。しかも、きわめて疑わしい人生を歩む人物が。

とはいえ、実際のところ、クレミーよりも疑わしい人生を歩んでいる人物などいるだろうか？

「だから、ヘレン・スティーブンス女史を訪ねようと思って、ここに来たんですよ」そう言って、彼はクレミーのほうに身を乗りだした。狭い車のなかで、恐ろしいほどすぐそばまで。

クレミーは自分の計画にしがみついた。座席のあいだに手を伸ばし、後部座席に置いてあるトートバッグの持ち手を握った。「あなたのガラス細工は取り戻しておいたわ」と言って、まえの座席のあいだに置いた。

彼はトートバッグをのぞき込み、そこにツリードラゴンがはいっているのを見ると、大笑いした。「すごいですね！　ぼくはラテン語を習ったことはないけど、習うなら、ぜひあなたに教わりたかったたな」

クレミーはこの男を取りのぞき、この男の知ることを消し去らなければならない。ベントレーが開けた扉を閉じなければならない。クレミー自身が崩壊するまえに、ここから逃げださなければならない。「そのガラスを渡すかわりに」彼女は言った。よく考えもせず、分析もせず、ただ口走っていた。「又甥にはわたしの名前を教えないでほしいの」

彼はわずかに眉をひそめた。

ああ、なんてこと。

クレミーは大きなミスを犯していた。この男はクレメンタイン・レイクフィールドとヘレン・スティーブンスが同一人物だと気づいているわけではなかったのだ。彼女はただ黙って座って、彼の知る内容が判明するのを待っていればよかった。それなのに、大慌てでこの男の問題を解決してやったのだ——ガラス細工を盗みだし、彼に会うためにここまで車で来て、どちらの女も自分だと告げて。

自分で自分を裏切ったのだ。

あれからもう長い年月が過ぎたせいね。クレミーは思った。何十年ものあいだ、わたしは若く賢かった。それがもう哀れな老人になったいま、また一から回避しなければならない事態に陥った。ああ、コネティカット。あれと同じことをもう一度やるなんて、わたしには無理だわ！

青年の思考が回転し、減速し、真実の上で停止する様子をクレミーは見てとった。いまや彼は満面の笑みを浮かべている。彼の両親はまちがいなく歯科矯正医の売り上げに貢献していたにちがいない。アメリカにはルールがある。どんな恐ろしい罪を犯すこともできるが、歯並びだけはかならず整えなければならないというルールが。「もう二度とベントレーとは話しませんよ」彼はやさしく言った。「あなたともね。さあ、あなたの家まで乗せていって。ぼくにはやることがあるんで」

「わたしの家に来る必要はないでしょう」彼女は抵抗した。「ガラスはちゃんと返したわ」

「ガラスなんてどうでもいい。ぼくはあなたの隣人の家に用がある」

わたしはあらゆるリスクを冒して、あのツリードラゴンを手に入れたのに、それがどうでもいいですって？　クレミーは動揺した。どうでもいいわけがないでしょう？　それが問題だったんじゃないの？「あなたをよそさまのお宅に入れるわけにはいかないわ」

ボロバスクの表情が変わった。はるか昔にラドヤード・クリークの顔が変わったように。本性を現した男はガーゴイルのように睨みをきかせた。「よそさまのお宅にはいったのは、あんただろうが、ばあさん。あんたが盗み返した。どうやってやったんだ？　それに、なぜそんなことをした？　なぜそいつらはあんたを止めなかった？　留守だったのか？　あんたは合鍵を持ってるのか？」

クレミーは頭が真っ白になった。

「そいつらはなんて名前だ？」彼は言った。

「名前なんて必要ないはずよ。もうガラス細工を取り戻したんですもの」

「ガラスにはなんの価値もない。名前を教えろ」

ガラスには価値がないですって？　クレミーは混乱した。じゃあ、盗まれたと嘆いていた投稿はなんだったの？　インターネットで調査して、夜行便に乗ってきたのはどうして？

青年はグローブボックスを開けて、一番上に置いてある車の登録証を手に取ると、声を出さずに笑った。

電話をかけた相手はクレメンタイン・レイクフィールドなのに、車はヘレン・スティーブンスに登録されている。彼は携帯電話でその書類を撮影した。

「何をしているの？」クレミーはささやくように尋ねた。

「どんな情報が必要になるかわからないからな。さあ、運転するんだ、ミセス・レイクフィールド。それとも、ヘレン・スティーブンスか？　あんたがどこの誰だろうと、どうでもいいさ。おれたちの行き先は」彼は登録証を掲げて言った。「ブルーライラック通り五二四四番地だ」

「お願いだから、ガラスを持って、そのまま帰って」

「言っただろ。ガラスはどうでもいいんだ。それに、おれのものを盗んだやつらだけど？　そいつらはあんたの心配なんかしてないぜ、ミセス・レイクフィールド。そいつらが心配してるのはおれのことだ。車を出せ」彼の頬がぴくりと引きつる。まるで凶暴なえくぼができたように。

クラブハウスに逃げ込むこともできる。クレミーは思案した。でも、ドアを開け切るまえに、捕まえられてしまうだろう。この男はわたしのふたつの名前を知っている。彼にしゃべらせるわけにはいかない。いえ、ほんとうにできないのかしら？　もうあんなに昔のことなのに、いまさら問題になる？　笑ってやりすごせばすむかもしれない——いまこの瞬間にも、ラドヤード・クリーク殺人事件が再捜査されているのでなければ。

クレミーはそこがどうにも理解できなかった。いまさら捜査しても警察の時間を無駄に使うだけではないだろうか？

イグニッションに手を触れずにいると、美男子（ドリームボート）の手がさっと伸びてきた。ぶたれるの？　殴るつもり？しかし、彼の手がつかんだのはクレミーの黒髪だった。彼はウィッグを引きはがし、鼻で笑った。「この髪、完璧すぎると思ってたんだよ」

それはまるで彼女のすべてを——ヘレン・スティーブンスという人間を——まるごと剝（は）がされるようなものだった。その蓋が奪われ、禿げた部分が露わにされ、無力さを突きつけられる。なけなしの細い白髪の房は、哀れなほど絡まり、ボサボサに突き立っていることだろう。

男はウィッグをクレミーの膝に放り投げた。彼のもう一方の手には、赤と銀が特徴的なスイス・アーミーナイフが握られている。その輝く刃が彼女に向けられた。「運転しろ」彼は穏やかな声で言った。「あんたにはそのお隣りさんについて、おれが知りたいことを全部話してもらう。あんたのふたつの名前についても。もうあんたは無実の第三者じゃないんでね」

ナイフがすべてを変えた。

クレミーはゴルフ場の駐車場からゆっくりと車を出し、ゆっくりと曲がってレンギョウ通りにはいった。

男は体の大部分がドアフレームと着色ガラスの窓の下に隠れるように、寝そべるような恰好でシートに身を沈めた。犬の散歩をする住民たちは、横を通りすぎるクレミーに向かって指をひらひらと振ったが、通りすぎる車に誰が乗っているのか、よく見ようとはしなかった。彼女の車はほかに何百台もある白いセダンのひとつにすぎないし、彼らは飼い犬のヨークシャーテリアのウンチの状態のほうにずっと強い関心を抱いている。

マリーゴールド通りの一時停止の標識のところで、クレミーはウィッグを頭に戻して留め、はみ出た地毛をウィッグの下にいれようとした。しかし、手が震えっぱなしでうまくいかなかった。急にウィッグがばかばかしく感じられた。まるで頭に鳥が止まっているかのように。

コグランド家の裏の引き戸の鍵は開けたままにしておいた。だからこの男が侵入しても、誰かが怪我をすることはない。あの家には誰もいないのだから。何もないのだから。コグランド夫妻の家にはいっても何もできないと気づかれるまえに、この男から逃げださなければならない。

8

ジョイスは決意した。いまから数時間後、ジョニーがトランプゲームをしているときに、メッセージを送って告げるのだ。もう終わったことを、盗みに気づいていることを、すでに鍵を変えて、持ち物は彼の自宅に運んだことを。

彼はジョイスが警察に行かなくてほっとするだろうし、どんなに激怒したとしても、彼女に目にもの見せてやろうと玄関のドアを壊すような真似はしないだろう。これはいいタイミングだったのだ、ほんとうに。ジョイスはテキサス州ガルヴェストンの妹を訪ねて、しばらく留守にするつもりだ。

彼女もジョニーも一日中、クラブハウスに出入りしているので、これからもしょっちゅう顔を合わせることにはなる。ジョニーには頭を冷やす時間をたっぷり与えるつもりだった。サンシティでは独り身の男はめずらしいから、きっとすぐにほかの女を見つけて、ジョイスがガルヴェストンから戻る頃には、彼の興味は別のところに移っているだろう。

彼女自身の丁寧に荷を詰めたスーツケースは、ゲストルームのクローゼットのなかで待機している。昨夜、彼女は口座の暗証番号を変更し、郵便物を止める手配もした。今日と明日はまだ届くだろうが、郵便受けのなかにはいっていれば誰かに気づかれることもない。

ジョイスは家のなかを歩き、きちんと鍵が閉まっているかを確認してまわった。冷房の設定温度を二十六度まであげて、カビが生えないように室内を冷やしはするが、請求書が大変なことにならないようにした。

あらやだ。ジョイスは慌てた。冷蔵庫のことを忘れてたわ。冷蔵庫には大量の食料がはいっている。というのも、ジョニーは大の食いしん坊で、彼女は大の料理好きだからだ。ジョイスは食べ物を無駄にすることを、あるいは腐った食べ物でいっぱいの家に帰ることを考えただけで耐えられなかった。

驚いたことに、食料品のことを忘れていただけで、パニックになった。ほかにも何か忘れてるんじゃない？　よく考えて！

心臓がばくばくと打ちはじめる。ジョイスは胸に手を押しあてた。ほんの少し力を加えれば、事態をコントロールできるとでもいうように。

キッチンの窓から、ヘレンのガレージドアが上昇するのが見えた。ガレージのなかは空っぽだ。ということは、すぐにヘレンの車が、ジョイスから見える位置を通るということだ。案の定、ヘレンの車が現れ、ブルーライラック通りからガレージにはいった。ガレージのドアが下降しはじめる。

ヘレンの家までひとっ走りして、食料品を全部渡してよう。ジョイスは思った。簡単に解決できることがある――そのことにほっとして。

その日、ブルーライラック通りは芝刈りの日だった。十数人の造園作業員が、それぞれ草刈り機、送風機（ブロワー）、縁刈り機を手に、通りを行ったり来たりしながら働いている。クレミーはエンジンを切った。カップホルダーにいれてあるガレージドアのリモコンに触れると、ドアが重々しくさがり、ブロワーの騒音が遮断された。どうして熊手（レーキ）を使わないのかしら？　クレミーは思った。レーキはとても上品だし、とても静かなのに。

ボロバスクはクレミーがシートベルトをはずすよりも早く車から降り、ガレージを横切り、Tシャツの袖を手袋がわりにして、ユーティリティルームのドアを開けて、家のなかにはいった。ドアノブに彼の指紋がついていなかったらなんなの？　彼女は思った。わたしの車のドアとグローブボックスにはついているのに。ボロバスクもパニックになっているのかもしれない。なぜ急いで家のなかにはいるのだろう？　人質を放りだしてまで？

クレミーはまたガレージドアのリモコンを押した。ボロバスクが彼女の家を偵察しているあいだに車を出してしまおうと準備したが、彼の動きはクレミーには迅速すぎた。すでにガレージに戻っていて、クレミーのまえに身を乗りだしてエンジンを切った。ガレージのドアが上昇しはじめると、リモコンを押した。ドアはまた下降しはじめた。「降りろ」彼はクレミーを見もせずに言った。クレミーは車から降りてまっすぐ立ちあがるまでに、三回ふらついた。

彼はわがもの顔で、クレミーを灼けつくように暑いガレージから、ありがたいことに涼しいリビングに招き入れ、中古物件の購買者のようにあたりを見まわした。「ガラスを見つけた家もこんな感じか？　全部同じ？」

クレミーは息が苦しかった。心臓発作を起こしたのかもしれない。たぶんそれが一番いいのだ。このまま床に倒れて死んでしまえばいい。

「あんたを怖がらせるためにここに来たわけじゃない」彼はやさしく言った。高齢の女のウィッグを剝ぎとるような男は、人を怖がらせることが好きに決まっているけれども。「おれも自分の素性を誰にも話さない。あんたはおれのものを見つけてくれた。裏切ったりしないよ」

その言葉どおりなら、わたしの登録証の写真を撮ったりしないはずよ。クレミーは思った。あなたはすでにわたしを裏切る計画を立てている。わたしの又甥はわたしを裏切った。わたしもわたし自身を裏切った。そしていま、わたしはコグランド夫妻を裏切らなければならない。少なくとも、マーシャとロイは家にいないから怪我をすることはない。ベッドにシーツすらないい。好きなだけナイフで脅せばいい。傷つく人がいないのだから。「その家は反対側の端の家よ。ここと同じ間取り。逆になっているけれど。裏からはいればいいわ。引き戸の鍵はかかっていない。真ん中の家の住人はカーテンを一切開けないから、裏庭づたいにいけばいい」

「ここの住民はいつも鍵をかけないのか？」

「普通はちがうわ」

「なんで引き戸の鍵がかかってないとわかる？」

「わたしもはいったからよ。ツリードラゴンを取るために」

「なんで誰も家にいないとわかった？」

「はいるまえに玄関のドアをノックしたから」

「電話はしたのか？」

「彼らの番号は知らないの」

「近所の名簿はないのか？」

「あるわ。でも、彼らは番号を変えたの。別にめずらしいことじゃないわ。みんなしょっちゅう番号を変えているから」

ボロバスクがぐっと身を寄せてきた。その体勢はいまでも、何十年も経ったあとでも、クレミーをおびえさせた。小柄な彼女にとって、他人はつねに自分よりも背が高く、力が強い。それでも、彼女は四段活用もまだ習っていないラテン語の生徒を相手にするように振る舞った。

「そもそも最初にその家にはいった理由はなんだ?」彼は詰問した。

クレミーはふと気づいた。この男が三番目の家にはいれば、真ん中の家とつながるドアを見つけることになる。ドムの家につながるドアを。たぶん留守だけれど、もしかしたら家にいるかもしれないドム。

ドムの身の安全のためには、もっともらしい嘘が必要だ。幸運にも、彼女は昔から嘘のスペシャリストだった。「小さな森を歩いて、陶芸に使う葉っぱを探していたの。スラブ陶芸をやっているから。ろくろを使わないで、パイ生地のように粘土を丸めるのだけれど、粘土に葉っぱをいれると、とってもすてきな印象になるの。それで、彼らの家の引き戸のそばを通ったとき、世にも美しいものが見えたの。傑作が! それがいったいなんなのか、想像もつかなかったわ! キラキラと輝いて、壁には光のプリズムができていた。木(ツリー)であり、ドラゴンでもあり、水差しか容器みたいなものだった。あの家の人がいないことは知っていたの。いつも家にはいないから。だけど、一応、引き戸をノックして。もちろん誰も出てこなかった。恥ずかしいことだけれど、ドアが開いていないか確かめたの。そしたら鍵がかかっていなかった。なんて不注意なのかしら。とにかく、こっそりはいって、そのなんだかわからないものを眺めたの。あのすばらしい品を。あなたが作ったのよね? 卓越したアーティストだわ」

ボロバスクは、クレミーが彼のガラス細工に心を奪われて、そのまま他人の家にはいり込むことは筋が通っていると考えたようだった。「で、そいつらの名前は？」

「彼らはほとんどここにいないから、誰も実際にはよく知らないのよ」

ボロバスクはまだナイフを握ったままだ。その刃は短く細い。もし刺されても、貫通することはないだろうが、深刻な傷を与えることはできる。彼が望めば、死に至る傷も。彼はクレミーの手を取り、親指の付け根にナイフを押しつけた。「名前はなんだと聞いてる」

彼女はナイフを見つめた。「一度か二度しか会ったことがないの。それも最近の話じゃない。たぶん数年前に。彼らはあの家をホテルがわりに使っているの。お孫さんを訪ねるときに。近所付き合いもしてないし、サンシティにも関心がないのよ」

「孫っていうのは誰だ？」

「知らないわ。一度も会ったことがないし」

「名字の綴り(つづ)りを教えろ」

クレミーは言った。「怖がらせないで。頭が働かなくなる」

ふたりはリビングとキッチンを仕切る高い朝食用カウンターの横に立っていた。クレミーはカウンターで食事をすることはないので、スツールは置いていない。ボロバスクはちらりと白い冷蔵庫に目をやった。たくさんのマグネットでたくさんの紙が留めてある。もっと高額の住宅の家電はステンレス製なのでマグネットは使えないが、彼女の冷蔵庫の扉には、さまざまな名刺（便利屋やハウスクリーニング店から、医師や理学療法士まで）に、カレンダー、そしてアイリーンが作ったこのポッドの手書きの地図が貼られていた。アイリーンは誕生日カードやお見舞いカード、お悔やみカードを送付するサンシャイングループを運営している。

ボロバスクはその地図を引きはがした。「さて、あんたの家はここだ。スティーブンス。そしてあんたの隣りは、ドミニク・スペザント」彼は農夫（ペザント）と同じ韻を踏んで発音したが、ドムはスペ-サン-テと発音している。「マーシャ＆ロイ・コグランド」彼は小さく笑みを浮かべて読みあげた。地図をジーンズのポケットにいれる。それから引き戸を指さした。ふたりはリビングを歩いて引き戸に向かった。どうか一緒に来いと言われませんように。クレミーは祈った。引き戸の鍵を開け、重いドアを押しあけた。カロライナの暑さが拳で殴り込むように押し寄せる。ボロバスクは長袖に長ズボンと着込んでいたが、暑さには反応せず、ただ網戸付きポーチを通り抜け、パティオに出ると、ヒイラギの植木の向こうに消えた。クレミーは引き戸を閉めた。彼はクレミーが逃げだすはずはないと信じているようだ。

　ガレージに向かって駆けだしながら、クレミーはドムに電話をかけた。音声でメッセージを残すように言われた。「ドム、家の鍵をかけて。全部の鍵を。いますぐに」それから電話をポケットにいれ、小さな玄関ホールのまえを横切ったとき、玄関のドアのガラス窓の向こうで誰かが手を振り、激しくノックした。

　ジョイスが歌うように叫んだ。「ヤッホー、ヘレン！」

　ハーパー・マッキーゼンは自分からは一切電子メールを送らないが、母親の電子メールのチェックはしないわけにはいかなかった。母親がまた結婚することを知る唯一の手段だからだ。

　ハーパーは母親の結婚式の知らせに目を通し、コネティカットの母親の故郷（もうそこに住む家族は誰もいないが）の未解決殺人事件のリンクを開いた。ハーパーは犯罪ノンフィクションが大好きだから（ラッキーなことに、テレビにはその手の番組があふれている）、その記事も熱心に読んだ。

　母親の母校、そのまえには祖父の母校だった高校で、バスケットボール部の監督をしていた三十代の男が、五十年前、オールドライムのハイウェイ・ピクニックエリアで殺害された。

ハーパー探偵の最初の疑問は〝ハイウェイ・ピクニックエリアって何?〟だった。古いモノクロ写真には、二車線道路(どうやら、これが高速道路のようだ)と、高くそびえるカエデの木々にピクニックテーブル、金属の脚の上に小さな焼き網を載せた炭火焼コーナーのある草地の公園が写っている。細い未舗装の道が木立のなかに消え、また戻ってきてハイウェイに合流していた。男の死体は、木々に隠れたピクニックテーブルのところで発見されたという。

ハーパーは当時の記事にむしろ感動すら覚えた。五十年前、警察は監督がその小さな公園でハンバーガーを焼いていたと推測した。いまの警察は、麻薬の取引か、同性愛者との逢引だったと考えている。そのどちらも当時はいかがわしく危険な行為だったのだ。

殺された男の妻である気の毒な老齢の女は、当初、未解決事件の再捜査の報に胸を躍らせ、夫が勇敢で高潔な本物の男で、悲劇にも邪悪な勢力に倒されたと証明されることを期待していた。しかしながら、再捜査している警察は、彼女の夫がみずからの死に加担したと信じているようだった。なぜなら、大の男が、もうバスケットボールを教えてもいない町にわざわざ戻ってきて、ピクニック用品も持たずにひとりでピクニックエリアをうろついて、木陰で殺された理由が不明だからだ。

いまではその妻は再捜査を取りやめることを望んでいた。「警察はわたしの夫に不都合な事実を見つけようとしているのよ!」彼女はそう記者に語っている。

すごい。ハーパーは思った。ダンナが死んでから半世紀も経つのに、まだ悲しんでる。ハーパーは高校時代に付き合って別れた男たちのことなど、ほとんど覚えていなかった。

死んだ男はものすごくハンサムだった。一九六七年のヒッピー・ムーブメント《サマー・オブ・ラブ》以前、人々がグルーヴに酔いしれる以前の男たちの定番、こざっぱりしたクルーカットだ。バスケットボールの監督にふさわしく、身長は一九三センチもある。その点も、警察を混乱させていた。簡単に倒せるような体格ではなかったからだ。

彼が実際にどのように殺されたのかは、警察が〝重要な詳細を伏せて〟いるため、ハーパーにはよくわからない。まあ、そう、たしかに凶器は重要だ。銃？　ナイフ？　車？　鉄パイプ？

彼女は母親に返信した。『結婚式、すごく楽しくなりそうだね！　行けなくてごめんね！　愛してる！』

ベントレーもまた同じリンクを読んでいた。彼は祖父がこの事件について話していたことを実際に覚えていた。クリーク監督(コーチ)という名前は、母親が〈コーチ〉のハンドバッグが好きだったこと、クリークという名前が姓ではなく地名みたいに聞こえたので、彼の頭に残っていた。ベントレーは、そのバスケットボールの監督を夕食の席に招いたことを話す祖父の誇らしげな声を、いまも思いだすことができる。ベントレーの知り合いには、ディナーパーティを開いたり、さらに言えば、家に誰かを招いたりする人はひとりもいない。そういうもてなしはレストランの役目だ。

ベントレーには再捜査をする意味がわからなかった。小さな町の警察が未解決事件の再捜査の流行りに乗り遅れまいとして、この事件を引きずりだしてきただけではないか。暗がりで、〝いい人〟が殺された事件。お金、セックス、嫉妬、権力、麻薬——何が原因かなんてわかりっこない。ただ、一番ありえそうなのは、その男が小便をするために立ち寄って、まずい相手に遭遇してしまったことだ。正確には、まずい怪力の相手だ。でも警察がその相手を見つけて、裁判になって、そいつが有罪だと判明したとして、陪審員は八十歳とか九十歳の老人に終身刑を宣告するだろうか？

〝ノーコメント〟を繰り返す警察よりも、記者たちのほうが断然、意欲がありそうだった。

『ごめん』彼は母親に返信した。『やっぱり結婚式には行かない。でも、楽しんできて。いつもママの味方だよ』

ベントレーもハーパーも、クレミー大叔母さんのガラス細工のことはすっかり忘れていた。なにしろ、すべてはもう昨日のことだったから。

ラテン語教師の小さな家は、暖色を取り入れ、壁に本が並んだ明るく温かな雰囲気だったが、三番目の家は真っ白な壁のままで、家具もほとんどない。ボロが気になったのは、室内がものすごくきれいなことだった。麻薬売人は家事には興味がない。ここのやつらはフロアワイパーが好きなのか、それともベントレーのコメントを読んで、トラブルを察知し、掃除をしてからトンズラしたのか。だが、麻薬売人がトンズラするとき、普通は掃除をしたりしないものだ。

引き出しや戸棚にはほとんど何もはいっていなかった。クローゼットには服がなかった。バスルームには石鹸がなく、トイレットペーパーすらない。冷蔵庫には、ビールとライム味の炭酸水の六本パックがそれぞれひとつずつ。調味料は小袋入りのマヨネーズがいくつかだけ。

テレビもなし、食器類もなし、タオルもなし、孫のおもちゃもなし。ここをモーテルとして使った気配すらない。

ツリードラゴンが載っていた小さなテーブルを調べたが（写真からそれだとわかった）、ただの〈ピアワン〉の量産品だった。

ユーティリティルームはラテン語教師のところと似ていたが、彼女の家にはない洗面台があった。そこに置かれている家具は、金属製の折りたたみ椅子だけで、ボロはそれを使ってキッチンやユーティリティルームの上部の戸棚をくまなくチェックした。扉のほうが実際の戸棚よりも高さがあり、戸棚の上部には外から見えない十数センチの収納スペースがあったが、そこにも何もはいっていなかった。

ボロはまた家のなかを歩きまわり、隠し場所になりそうなところを片っ端から探した。かならずどこかにあるはずだ。それがこの家の目的のはずだから。

細部まで入念に調べていた彼は、リビングの二面の窓のうち、一方の窓に鍵がかかっておらず、網戸がはずされていることに気づいた。つまり、鍵のかかっていない引き戸から出入りできるだけでなく、その窓からも出入りできるということだ。

ブービートラップが仕掛けられているだろうと予期していたが、この場所はむしろ千客万来と化している。たぶん、この寝ぼけた年寄りばかりの場所が、そいつらを寝ぼけた昔の習慣に引き戻したのだろう。ボロは思った。家主の名前は入手したが、売人はどうせ本名は使わないので、名前はどうでもよかった。あの老婆の話では、彼らはめったに来ないし、すぐに家のなかに姿を消したそうだから、毎回同じ人間だったとは限らない。いずれにしろ、マーシャとロイ・コグランドという名前は、ボロにはなんの意味もなかった。

すべての電化製品の扉や蓋を開け、洗濯機、乾燥機、食器洗い機、トイレのタンクを調べた。何もなかった。

地下室はなかった。屋根裏の階段をおろした。屋根はかなり高い位置にあるものの、屋根裏のスペースには床がなかった。断熱材のマットをめくったが、手が届く範囲のピンク色の中綿の下には何もなく、歩きまわることもできない。

彼は二台のビデオカメラを見つけた。ひとつは偽(フェイク)の煙探知機に、もうひとつは偽(フェイク)の照明スイッチに仕掛けられていた。どちらもUSBメモリを使用していて、それが紛失していた。ライブストリーミングではなく、モーション起動で録画されるシステムだ。つまり、誰かがときどきUSBをチェックしていたということだ。たとえばどんな人物が？

ガス暖炉用の壁のスイッチを押したが、つかなかった。驚きではない。ここにいないのに、パイロットバーナーを点火しておくわけがない。身をかがめてのぞき込んだが、偽の薪以外は何も見えなかった。それでもフロント部分のガラスに触れて、はずしかたを調べた。慎重に取りはずし、偽の煙突の内部に頭を突っ込んだが、何も見つからなかった。

ボロはまだここの家主が誰なのかわからなかった。ボロの金は依然として彼らに奪われたままだ。

ここは何であれ、下っ端の売人の拠点だろう。ボロは思った。しかし、彼自身、相当末端の売人だが、この六カ月で百万ドル以上の利益をあげている。

付属のガレージは文字通り空っぽだった。ペンキの缶ひとつない。庭仕事用の道具もない。ごみ箱もない。コンクリートの床には、油や水の染みの跡もない。ガレージの天井は、ほとんど自動ドアシステムの機械が占めていて、収納場所を追加できるスペースはない。

横の壁にドアがあるのを見て、ボロは困惑した。テラスハウスの外観を思い浮かべる。二番目と三番目の家のガレージは、互いの居住空間のあいだに挟まれていたが、老婆のガレージは家の左端にあった。老婆のガレージのサイドドアは庭に通じているのだろう。だが、このガレージのサイドドアは隣りのガレージにしかつながらないはずだ。

この二軒の住居は、文字通りつながっている。

マーシャとロイの老夫婦が売人だとすると、真ん中の家の男も売人のはずだ。彼らは人目につかない裏庭を通ることすらせず、閉め切ったガレージを通って行き来しているのだから。それなのに、裏の引き戸も側面の窓も開けっ放し。そんな杜撰なことは、よほど麻薬に溺れた売人でないとできないだろう。

なぜ二番目と三番目の二軒の家が必要だったのだろう？　ボロは考えた。たぶんたんに両方の家を所有したほうが安全だからだろう。隣人の目につく機会が少なければ少ないほどいい。マーシャとロイの家は右側にも奥にも木が植えられていて隣家と接していない。通りの向かいには二棟のテラスハウスがあるが、六軒の住宅のどの正面の窓も、朝陽が直射するため、ブラインドやカーテンで覆われており、さらにここの位置の価値を高めている。つまり、数分前にラテン語教師が逃げようとしたとき、ガレージのドアが二回目に開閉したのを誰も見ていないということでもある。

あのラテン語教師が写真を撮るだけでなく、金も奪ったのだろうか。ボロは思った。いや、あのばあさんは煙探知機のバッテリーを交換できるタイプではないし、おれに見つけられない現金を見つけられるわけがない。それに自分の車からさえまともに降りられないばあさんが、窓から出入りできるわけがない。おれが探しているもの、おれが探している相手は、真ん中の家にいるはずだ。

ボロは勝利の炎を感じて満足した。相手が誰であろうと捕まえてやる。

彼は老婆が警察を呼ぶ心配はしていなかった。彼女は家族にすら知らせていない偽名を使い、重大なことを隠している。とはいえ、真ん中の家の住人に警告はしたかもしれない。ボロは地図で名前を確認する。スペザント。

武装している相手がいるとしたら、そのスペザントだ。

一歩さがり、ボロは静かにふたつのガレージをつなぐドアを開けた。完全な静寂。真っ暗闇。スマートフォンのライトをつけて、なかをのぞいた。車はないが、ゴルフカートが一台ある。古いごみのにおいが強烈だ。いったいここは週に何回ごみを収集してるんだ？

サイドドアの敷居を越えるときには、片足をものすごく高くあげた。

彼は注意を怠らなかった。ブービートラップのことを考えた。

ゴルフカートのまわりをぐるりと一周して、なかを確認してから、真ん中の家のユーティリティルームにそっと忍び込んだ。

そこは巨大なテレビを中心に生活する、ずぼらな人間の家だった。キッチンの引き出しも戸棚もほとんど空っぽだ。固定電話もない。キッチンの一番上の引き出しには、支払い済みの請求書が詰まっている。ごく普通の請求書。インターネット、電気、ガス、携帯電話……。なんでネットで支払わないんだ？ そう不思議に思いながら、彼は携帯電話の請求書の写真を撮り、番号を保存した。

連結されたサイドドアまで戻ると、ひざまずいて、アーミーナイフのドライバーを出した。足元の金属板を取りはずして、その下のオーク材の部分をこじ開けようかとしばらく考えた。いや、おれの金はここにはないだろう。ボロは思った。これだけきれいに掃除をするやつらが、百万ドルを置き忘れるはずもない。金属板のネジをはずして、感圧点を緩めたとたん、両手を吹き飛ばす仕掛けが設置されているかもしれない。

ボロは汚い空気を吸うと、賭けに出ることにした。この場所は、厳重なセキュリティを敷こうとした形跡が感じられない。彼はネジをはずした。

9

ジョイスは両腕に重そうな茶色の紙袋を抱えつつ、大きな指に食料品のはいったビニール袋の持ち手を三つも絡ませていた。クレミーの知るどんな女よりも、ジョイスは大きな手をしている。ジョイスはにっこり笑って、エアキスをすると、小走りでキッチンに行き、カウンターに持っていた袋を並べた。「妹のところに行ってくるわ」彼女は興奮気味に言った。「ガルヴェストンにいる妹。とにかくいろんなことが起こってるのよ、ヘレン。わたし、大急ぎで出かけなくちゃならないの。だけど、あなたが連れて帰った、あの完璧なかわいい坊やはどこの子？　若いツバメでも手に入れたの？」ジョイスはからかった。

ガレージに車を入れたときに、ボロバスクの姿を見られていたのか？　この悪夢にいま目撃者が登場した。しかも、サンシティのなかでも、とりわけおしゃべりな目撃者が。「ガルヴェストン」クレミーは繰り返した。玄関のドアを閉めると、芝刈り機とブロワーの音が静まった。

「あれがあなたの又甥なの？」ジョイスが尋ねた。「ずっとベントレーっていう名前の子に会いたいと思ってたの。どっちかというと彼の両親のほうかな。無垢な子どもに、そんな名前を背負わせる親の顔が見てみたくって。まあ、アイリーンの孫娘がカスターと名付けられたのにくらべればまだマシだけどね。女の子によ、ヘレン。カスターですって。ほんとの話。ともかく、腐らせてしまいそうなものを全部持ってきたの。しばらく帰ってこないから」

いったいいつジョイスにベントレーという名前の又甥がいることを話したというのだろう？　クレミーは

自分の小さな家族のことは一度も話したことがない。彼女は自分のこと——ヘレン・スティーブンスのこと——しか話さない。ヘレン・スティーブンスには家族はなく、古い友人が国のあちこちにいるだけなのだ。

わたしは年を取り、耄碌(もうろく)している。クレミーは思った。自分の偽りの人生とほんとうの人生を混同して、断片をジョイスに渡してしまっていたのだ。

ジョイスがテキサスに旅立つのは、いいことだ。ここにいなければ、ボロバスクのことを誰かに言うこともないのだから。同時に、恐ろしいことでもある。ジョイスはクレミーの親友だから、今後はトランプゲームやさまざまな活動には、すべてひとりで参加しなければならない。ひとりで行動するのはとてもエネルギーがいる。もちろん、ボロバスクがヘレン・スティーブンスを自由に行動させると仮定すればの話だが。

クレミーは命を失うことを恐れているわけではなかった。彼がヘレン・スティーブンスを終わらせることを恐れているのだ。

ジョイスはいつもフルスピードでまくしたてるから眩暈(めまい)がするけれど、いまはそれを通り越して、ヒステリックに聞こえる。あるいは、クレミー自身がそんな状態なのかもしれない。「ねえ、もしジョニーが近づいてきたら、避けて」ジョイスは言った。「わたし、鍵を変えたの。彼にはわたしの人生から出ていってもらう」

それが鍵屋さんを呼んだ目的だったの? クレミーは思った。ジョニーを家から追いだすために? どんなまずいことが起こったの? ジョニーは昨日、ドムのところで上機嫌に手を貸してくれたし、家庭内の悩みを話してもいなかった。もちろん、男は往々にして何もわかっていないものだし、ジョニーは感情的な反応をきちんと察知できる人ではない。ジョイスが何週間もヒントを出しつづけたとしても、ジョニーは「ピリ辛ソースを取ってくれ」としか言わないことだろう。

「あなたのウィッグを直させて。横向きになってる」

そう言って、ジョイスは位置を押し直し、髪を押し込んだ。

頭の上で、指が――とりわけジョイスの、まるでアメフトの選手の手首の先についているような、大きくて太い指と巨大な爪が――動きまわることが、クレミーには耐えられなかった。一方、ジョイスは自分の手を誇りに思っていて、いつもネイルサロンに出かけて、マニキュアを塗ってもらっている。

クレミーはウィッグを完全にはずして、手に持った。このみっともない薄毛はあとでなんとかするとしよう。

「彼はいまどこにいるの？」ジョイスが尋ねた。

さっきまで〝彼〟という代名詞はジョニーを指していたので、ジョイスがボロバスクのことを言っていると理解するのに時間がかかった。

家族用の電話がきらめいて、メッセージを受信したことを知らせた。音が〝きらめく〟というのは正しい動詞ではなかったが、甲高いベルがソワソワとぶつかり合うような音を表す、それよりもぴったりな動詞を見つけられずにいた。姪孫（てっそん）たちは何週間もメッセージを寄越さないでおいて――クレミーは思った――今度はわたしを溺れさせようとするのね。

クレミーはジョイスの質問に対する無難な答を思いつけなかった。嘘をつくと、さらに嘘を重ねることになる。ボロバスクが戻ってくるまえに、ジョイスをここから連れださなければならない。それとも、キッチンにもうひとりいると知ったら、ボロバスクは出ていくだろうか？　いや、彼は出ていけない。クレミーが駐車場まで送らなければならないのだ。

クレミーは親友がすぐそばに立っているというのに、携帯電話をスワイプして、最初のメッセージを読んだ。携帯電話との関係は、どこか犬との関係に似ている。リードの先には電話の向こうの世界が広がっている。あるいは、リードをつながれているのはクレミーのほうで、電話が飼い主なのかもしれない。

『未解決事件（コールドケース）の記事読んだ？』とハーパーが書いている。『ママが送ってなかったときのために、転送するね。大叔母さんはきっと死んだ男の人に会ったことあるでしょ！　再捜査してる刑事と話しなよ。ベントはお祖父（じい）ちゃんが事件について話してたのを覚えてるんだって。きっと事件が解決されて、テレビ番組になるんじゃない？　そしたら大叔母さんもテレビに出れるかも！』

次のメッセージはベントレーからだ。『大叔母さんも試合を観にいったことがあるんだよね？　大叔母さんのお兄さんのピートが（ぼくらのお祖父（じい）さんだけど）、この男の人のチームでプレーしてたんだから。警察の直通電話（ホットライン）はないみたいだけど、次の記事の一番下に記者のメールアドレスが載ってるよ』

ハーパーとベントレーが自分の人生に関わってほしいと神に祈っていたとは、なんと皮肉なことか。クレミーはこの世代がどれほど名声をあがめているか、名声とまではいかなくても、少なくとも注目されることを欲しているか、理解していなかった。彼らにとっては、重要な役割を果たす機会とは——再現ドラマへの出演や、本物の事件で本物の刑事と話す機会など——かならず飛びつかなければならないものなのだ。たとえそれが二世代前の事件であっても。

コールドケースにホットラインを設置したりするものなのだろうか？　重要なのは、五十年間最新（ホット）ニュースはひとつもなかったということだ。

認知症になったふり、記憶が混乱したふりをする練習をしておくこと。クレミーは自分に言い聞かせた。ベントレーは明らかに、クレミーがどちらも当てはまると信じている。兄のピートが、ベントレーの祖父であるとわざわざ書く必要を感じたところを見ると。

そのとき、ふいにジョイスが泣きはじめた。武器のような指の爪と同じくらい、中身もタフなジョイスが。

「ジョニーは泥棒だったのよ、ヘレン。信じられる？

わたしの当座預金口座からくすねていたの」

ジョニーが？　ジョイスの口座からお金を盗んでいた？　クレミーには信じられなかった。ジョイスは足し算が下手で、トランプゲームのスコア担当からいつもはずされている。ジョイスの当座預金の数字が合わなかったとしても、ジョニーに責任があるとは思えない。もしジョニーが、いわゆる小口現金に手をつけていたとして、そんなリスクを冒す価値があるだろうか？　ジョニーは裕福な人だ。しょっちゅう飛行機に乗って、ジョイスをすばらしい旅行に連れていくが、娘には知られないように気をつけている。もし知られたら、彼の娘は金切り声で責め立てることだろう——ママのことはバミューダになんて一度も連れていかなかったくせに！

「なんてひどい」クレミーはジョイスに言った。

「わたし、ジョニーの服や持ち物を、彼の家のガレージに捨ててきたの。彼はいま蹄鉄投げに行ってるから、その隙に。でも蹄鉄投げとトランプゲームの合い間に帰ってくることもたまにあるから、わたし急いでるの。一刻も早く出発しなくちゃ。日持ちしないものは全部持ってきた。キャセロールは今日中に食べてね、ヘレン。牛乳は今週中に使い切って」

「でも、ジョイス、ジョニーが悪い人なら、どうしてあなたがテキサスに行くの？　警察に通報すべきじゃない？　少なくともジョニーと対決するとか？」クレミーは自分の言ったことが信じられなかった。分別のある人間は自分の人生に警察を介入させるべきではないし、ましてや肉体的に強い相手と対決すべきではない。それとも、ジョニーのほうが強いとはかぎらないだろうか？　ジョイスは小柄な女ではなかった。

とはいえ、どうしてジョイスは直接問いただそうと思わないのだろう？　ジョニーのようなまともな人ならそれぐらいで相手を追いかけまわしたりしないものだ。ボロバスクはクレミーのウィッグを剝ぎとり、鋭い刃物をちらつかせ、彼女を狼狽えさせていたが。そもそも、なぜウィッグを取ったのか？　ボロバスクにとって、クレミーは彼を助けるやさしい老婦人と考えるべきではなかったのか？　あの三番目の家のどこに、そこまで必死になる理由があるのか？

このままジョイスと一緒に逃げようかしら。クレミーは思った。いいえ、だめよ。ジョイスはテキサスに行くのだから。

「彼はカッとなる性格なの」ジョイスが言った。クレミーはボロバスクのことを考えていたが、ジョイスが言ったのはジョニーのことだった。「だから、しばらくこの州を離れて、彼の頭が冷えて、わたしの人生から消えるのを待つつもり。戻ってきたら、また活動を再開するわ。それでおしまい」

「とてもうまく対処しているわ、ジョイス。騒ぎを起こさなくて正解よ。さあ、車まで送らせて」クレミーはジョイスの腰に手をまわし、軽く押して玄関に向かわせた。背後で携帯電話がまたきらめいた。まるでうるさい妖精の群れのようだ。

小さな玄関ポーチの横では、ノックアウトローズが暑さを享受していた。けっして屈しない強きバラだ。クレミーは案内係のようにジョイスを歩道まで連れていくと言った。「そういう状況なら、ジョイス、あなたはもう出発したほうがいいわ。ジョニーと鉢合わせしたくないでしょうから」

草刈り機がコグランド家の前庭を刈りはじめた。その轟音にふたりは驚いた。造園作業員は次にドムの前庭を、それからクレミーの前庭を整えて、さらに裏にまわって三軒分のひと続きになった庭をまとめて刈り込む。裏庭の芝は歩道にもドライブウェイにも遮られていないからだ。ブロワーを持った作業員はまだジョイスの家のある側にいて、刈り取った芝を片付けている。ボロバスクが戻るとき、作業員の目を避ける知恵があればいいのだけれど。クレミーは願った。そうでなければ、さらに目撃者が増えることになる。造園作業員が気にするというわけではない。クレミーの知るかぎり、彼らはサンシティの住民のことを、数千軒の似たような家に住む、その二倍の数の（芝生が少しでも伸びると文句を言う）似たような人々としか見ていなかった。

ジョイスは身をかがめ、クレミーに別れのハグをした。それから急いで通りを渡って車に乗り込み、ドアをバタンと閉めた。〝美男子(ドリームボート)〟のことは忘れているといいんだけれど。そう思いながら、クレミーは手を振ってさよならをし、家に戻ろうと振り返った。するとドムの家の朝食コーナーの窓に、ちらりとボロバスクの姿が見えた。

ボロバスクがドムの家をうろついているということは、ドムは留守にちがいない。では、ドムはどこにいるのか？　ドムでなければ、いったい誰がゴルフカートをガレージに戻したのか？

それとも、ドムはクレミーと同じように恐ろしくて家から出るに出られないのだろうか？

クレミーは怖がっているドムを想像できなかった。過去の彼は（全盛期には）むしろ恐怖心を抱かせるタイプだったはずだ。

ジョイスの車がブルーライラック通りを出た。クレミーが急いでエアコンの効いた室内に戻ったとき、ちょうどボロバスクが裏の引き戸を開けてはいってきた。「芝刈り機が別のところにいくまで待たされた」彼は言った。「あの女は誰だ？」彼は引き戸を閉めなかった。クレミーの高価で貴重な涼しい空気が外の熱に吸い込まれる。光熱費の支払いはばかにならないのに。クレミーはイライラして引き戸を閉めた。

「ご近所さんが休暇に出かけるの。冷蔵庫の腐りそうなものを全部持ってきてくれたのよ」

ボロバスクは、透明な蓋のついたキャセロール皿、中身のわからない残り物がはいったタッパー、二リットルの牛乳、御影石のカウンターに散らばるレタスとピーマンと桃を見て、うなずいた。そのとき、また玄関のベルが鳴り、すぐに鋭いノックの音が続いた。

クレミーとボロバスクはふたりしてギクリとした。ジョイスが戻ってきたのか？　何か忘れ物でもしたのか？　クレミーは小さな玄関ホールに出るために、一歩だけ足を踏みだした。玄関ドアのガラス窓の向こうで、ジョニーが手を振り、笑みを浮かべている。十分前にジョイスが立っていたのと同じ場所で。

「誰だ？」ボロバスクがささやいた。外からは見えない場所に立っている。

「別のご近所さん」

ジョニーにウィッグなしで会ったことはなかったが、めかし込んでいる暇はない。わたしはなんて見栄っ張りなのかしら。クレミーは思った。好印象を与えようと必死になっている。もうこんなにも長い歳月が経ったのに。しかも、ジョニーのことがすごく好きなわけでもないのに。

「追い返せ」ボロバスクが言った。

わたしが裏切るわけがないと自信があるのね。クレミーは思った。名前がふたつあるから？　車の登録証の写真を撮られたから？　いますぐ外に出て、ジョニーと一緒にいることもできるのに。彼はボロバスクよりも体が大きい。ふたりで警察を呼ぶこともできる。けれど、ボロバスクのことを説明するには、わたしの秘密も説明しなければならない。だめ。あと少しでこの男を追い払える。そうすれば終わる。踏ん張るしかないわ。ウィッグがあろうとなかろうと。

クレミーは玄関のドアを開けると、ジョニーがはいれないように真ん中に立ち、目のまえにそびえ立つ彼を見あげた。自分よりもはるかに体の大きな男に感じる、いつもの恐怖に襲われた。ジョニーを怖がるなどばかげている。彼は親切な隣人で、雑用もあれこれと手伝ってくれる。パティオを掃除するために電動噴霧器を借りてくれたり、冷蔵庫の浄水器の交換方法を教えてくれたり。そんな彼が、ジョイスの当座預金口座から横領するなど考えにくい。ジョニーは横柄だが、愚かではない。

「やあ、ヘレン」彼は笑顔で言った。「合鍵が必要でね。ガレージのドアは開けられないし、ドアの鍵も使えない。おかしなことばかりだ。ジョイスの車がサンシティを出るところを見かけたんだが、電話の電源を切ってるらしい。つながらないから。おれは家にはいらなくちゃならないんだよ」

芝生の縁刈り担当の男が、ドムの前庭でやかましい音を立てて作業をしている。すぐにクレミーの前庭にやってくるだろう。「あらまあ」クレミーは大声で言った。「ほら、わたしはもう合鍵を持っていないのよ」

「いいや、持ってるだろう。ジョイスとおれが赤いリボンをつけた鍵だ。キッチンカウンターの下の、充電器の横にぶらさげてたじゃないか」

「あらまあ」クレミーは笑みを浮かべて繰り返した。「もう忘れてしまったの？　あなたとジョイスは錠前を交換したじゃない」

「ほう？」

「鍵屋さんはさっき帰ったところよ！」造園作業員がクレミーのドライブウェイで作業を始めたので、彼女はさらに大声を張りあげなければならなかった。

「ほう？」

クレミーは顔に笑みを貼りつけた。「今朝、錠前を交換したのは、ふたりとも鍵を失くしたからでしょう？」

「いいや、失くしてない。いいか、おれは家にはいらなきゃならない。鍵を取らせてくれ、いいな？」

「助けになれたらいいんだけれど、新しい鍵の合鍵は持っていないのよ。ほんとにごめんなさい、ジョニー。わたし、そろそろ出かけなくてはならないの。ジョイスに連絡がついたら、きっとどうしたらいいか教えてくれると思うわ」

ジョニーはクレミーの家に押し入り、合鍵を手に入れることもできたが、もちろんそうはしなかった。彼は完璧に感じよく、礼儀正しく振る舞い、親切にも彼女のみじめな姿に言及せず、ただ頭を振った。「何がどうなってるんだ。まあ、とにかくありがとう、ヘレン。またあとで」彼は自分の車のほうに歩きだした。作業員の男は、ジョニーが通りすぎるときに、機械を止めた。

クレミーが玄関のドアを閉める直前、ジョニーが振り返った。「まだドムからは何も連絡ない？」

彼女は首を振った。「ないの。どういうことだかさっぱりわからないわ、ジョニー」

「ほう」と言うと、彼は自分の車――トヨタ・アバロン――に乗り込むのではなく、ジョイスの家の裏手にまわった。裏の引き戸の鍵が開いていないかと思ったのだろう。

まあ、ここの住民はみんな引き戸の鍵をかけたりしない。ジョイスも慌ててかけ忘れたかもしれない。

ボロバスクはジョイスのマカロニキャセロールの一部を自分でレンジで温め、引き出しをあさり、フォークを見つけ、一口食べて満足げな顔をすると、クレミーに言った。「真ん中の家に住んでる男のことを話せ」

「彼のことを知る必要はないでしょう」クレミーは独身の女性教師然とした鋭い声で言った。「ガラス細工は彼の家にあったわけじゃないのよ」

「二軒はつながってるんだ。文字通り。壁をくり抜いてドアを作ってた。彼はいまどこにいる？」ボロバスクは、ジョイスのマカロニチーズをもうひと口食べた。ベーコンとほうれん草入りで、おそらくすばらしい味なのだろう。ボロバスクは家庭料理をするようなタイプには見えないから、とりわけおいしく感じるにちがいない。

裏のパティオから、けたたましい轟音が鳴り響いた。ボロバスクは機関銃の音だと思ったのか、キッチンカウンターの下にひざまずいた。

「縁刈り機よ」クレミーは彼に言った。

「この芝刈りの狂騒はどれくらい続くんだ？」

「しばらくは。三つの段階があるのよ。草刈り機、縁刈り機、送風機（ブロワー）。特定の順序でクルドサック全体の作業を完了させるように決められてるの」

「おれはもう行く」ボロが唐突に言った。「車で送ってくれ。いま玄関に誰かいるか？　表や裏には？」

クレミーはほっと胸を撫でおろし、前方や後方を見た。「誰もいないわ。ハンドバッグを取ってくるから、一緒に出ましょう。後部座席で身をかがめていれば、誰にも見られないわ」ジョイスがしっかり目撃していたことを、彼に知らせる必要はなかった。

ボロバスクはマカロニチーズを持ったまま、玄関ホールに消えた。その先の小さなスペースから寝室と化粧室とユーティリティルームに出入りすることができる。

そのとき、玄関のベルがまた鳴った。

まるで携帯電話の着信音のようだ。何カ月もドアベルの音を聞いていなかったのに、今日にかぎって、五分間で二度も鳴るとは。サンシティの玄関ドアは上半分がガラス製なので、ポーチに立つ男たちから、クレミーの姿は丸見えだった。ボロバスクが慌てて隠れたところを見られていませんように。「庭作業の人たちよ」彼女はボロバスクに言った。「なんの用があるのか、想像もつかないわ。たぶん冷たいお水でも飲みたいんじゃないかしら。向こうからわたしがここに立っているのが見えているの。話をしないわけにはいかないわ」

ボロバスクは数歩さがってうなずいた。

彼女は玄関のドアを開けた。

ポーチに立っていたのは、多くの作業員と同じ、ヒスパニック系の男だった。暑いのに、長袖を着て、陽射しから皮膚を保護するネックカバーのついたバードビルキャップをかぶっている。

クレミーはとりわけメキシコ人の作業員が好きだった。背が低いからだ。クレミーほど低いわけではないが、そびえるように高いわけでもない。ちょうどいい高さなのだ。その作業員が笑顔を見せていないので、少し驚いた。ふだんは彼らはとてもフレンドリーなのに。「隣りのドア？　家？」彼は切羽詰まった様子で、ドムの家を指さした。スペイン語でまくしたてるが、クレミーは首を横に振るしかなかった。もしかしたらボロバスクがドムの家にいるのを見たのかもしれない。クレミーは思った。でも、この人は、そもそも真ん中の家にどんな人が住んでいるのか知らないはずだ。

作業員の男は両手を動かし、大きな箱のようなものを示してみせた。そして繰り返した。「隣りのドア？　ドア！」

「ごめんなさい。どういった御用なのかわからないの」

男は指を一本立て、クレミーに待つよう指示すると、小走りで通りの向こうにいる現場監督を呼びにいった。

放埒な少女のための学校で、自分はレイプされただけで、落ち度があったわけではないとはっきり言う勇気があったのは、モーリーンだけだった。

「ばかなことをおっしゃい」と寮母先生は言った。「あなたが男性をそそのかし、協力したんでしょうに」

クレミーはラドヤード・クリークをそそのかしてなどいなかった。最初からずっと恐れていた。彼がクレミーを罠にはめたのだ。〝協力した〟という部分についても、自分よりも三十センチ以上も背が高く、五十キロ以上も体重が重いバスケットボール部の監督に太刀打ちできるわけがない。諦めてなりゆきに任せることを協力と呼ぶのか？　そういうことなのだろう。クレミーが悪いということなのだろう。

寮母先生はモーリーンのばかな発言に取り合わなかったし、クレミーが、赤ちゃんが生まれたら抱っこして写真を撮りたいと頼んでも、まったく耳を貸そうとはしなかった。寮母先生は少女たちに行儀よくしなさいと命じて、出ていった。

モーリーンは枕に顔をうずめた。

クレミーはヴェロニカに言った。「赤ちゃんを手放さないといけないことはわかっているけれど、せめて抱っこしたいの」

「許してもらえないよ」ヴェロニカは悲しそうに言った。

しかし、クレメンタイン・エレノア・レイクフィールドは願いを果たした。〈山の学校〉の放埒な少女たちのなかで一番体が小さく、一番難産になると思われていたクレミーだったが、ある夜、陣痛が始まっても、誰にも何も言わなかった。簡易ベッドのヘッドボードの鉄の棒を握りしめ、歯を食いしばり、ベッドで静かに出産したのだった。陣痛が本格的に始まった頃には、同室の五人の少女たちが全員で彼女のそばに付き添った。少女たちはへその緒をどうすればいいのかと頭を悩ませたが、幸運にも正しい対処ができ、母子ともに、出血死や感染症を免れることができた。

翌朝、六人の放埒な少女たちが朝食に姿を現さないので、職員が様子を見にいった。当時は、職員の数はごく少数だった。少女たちが従順で、カウンセリングも存在せず、家事は各自でこなしていたからだ。その職員は、赤ん坊を胸に抱いて眠る幼い母親を見て、途方に暮れた。寝ているクレミーを守るために、五人の少女が彼女を取り囲んでいた。トラブルメーカーのヴェロニカが代表して言った。

「赤ちゃんを手放さなくちゃならないことは、クレミーはちゃんとわかってる」ヴェロニカは言った。「養父母が待ってることもわかってる。その人たちに電話して、いますぐこの部屋に来てもらって。クレミーはその人たちを直接見て、いい人たちだって確認したがってるの。そしたら、ちゃんと息子を渡すわ」

当時は、誰もが養子縁組など存在しないかのように振る舞った。子ども自身がその事実を知らされることはなかった。親戚ですら伝えられなかっただろう。養父母は遠くの街に移り、〝赤ちゃんを授かった〟ことになるからだ。養父母の両親も、兄弟姉妹も、友人たちも、その小さな赤ん坊に血のつながりがないことを知らないまま溺愛するのだ。

寮母先生が部屋に飛び込んできて、警察を呼ぶと脅した。「かまいません」クレミーは言った。寮母先生は警察を呼んで学校の評判を落とすようなリスクは冒さないと重々承知していたからだ。「でも、わたしの小さな息子を養子として引き取るお母さんとお父さん以外には、この子を渡すつもりはありません。どうしても直接会いたいんです」

クレミーの完璧で美しくふっくらとした小さな男の子を見て、同室の少女たちはみんな涙した。愛らしい小さな手、穴あきシリアル(チェリオ)のような唇、ゆっくりまばたきする、つぶらな青い瞳。彼女たちもいずれ同じ経験をすることになる。ただし、クレミーのように、悲鳴を押し殺し、背中を丸め、枕で涙と鼻水を拭きとりながら陣痛をこらえるほど勇敢にではない。自分の子どもが完璧で美しくふっくらとしているかどうか、彼女たちがその目で見ることはない。

翌日、スミスという名の夫妻が〈山の学校〉まで車でやってきて、クレミーの寮の部屋を訪れた。スミス夫妻は、ラドヤード・クリークと同じくらいの年齢だった。三十歳くらい。クレミーはそんな年齢になる自分が想像できなかった。

ヴェロニカは疑りぶかく（彼女はクレミーがそれまで出会った人々とはまったく異なる人生観を持っていた）、スミス夫妻の名前がほんとうにスミスであるわけがないと考えていた。

当時は、ほぼあらゆることが安全に感じられていた。あらゆることが安全だったので、ミセス・スミスはハンドバッグを手元から離して置き、どうやってこの放埒な少女をなだめ、この小さな美しい男の子を――いまや彼女の息子となった赤ん坊を――手放させようかとだけ考えていた。ほかの少女たちはまだ部屋のなかをうろついていた。寮母先生は彼女たちに部屋から出なさいと命じるという、不慣れで屈辱的な立場に立たされた。少女たちはただ肩をすくめるだけだった。ヴェロニカはこっそりミセス・スミスのバッグを開け、運転免許証を見つけると、その内容を記憶した。それからベッドに近づき、クレミーの額にキスをして、やさしく言った。「時間よ、クレム。さよならをして」

沈黙が降りた。

スミス夫妻は息を呑み、少女が従うよう祈った。

ほかの五人の幼い妊婦たちは、クレミーから放たれたつらい悲しみの波状を吸収し、なぜ母親が麻酔から目覚めるまえに乳児が連れ去られるのか、その理由を悟った。勝手に連れ去られるのもつらいが、この別れのほうがもっとつらい。

クレミーは赤ん坊の愛らしいにおいを吸い、愛らしい頬に触れ、少しだけ生えた愛らしい髪を撫で、それから息子を手放した。

彼女は一日半、息子とともにいた。母乳もあげた。しかし、写真は撮れなかった。当時は誰もカメラを持っていなかった。

七十代になったクレミーは、世界で一番すばらしいものは携帯電話ではないかと考えることがある。カメラが内蔵され、写真を永久に保存できるのだから。

クレミーはドアを開けて、自宅の戸口に立っていた。玄関から流れ込む熱気は、羽毛布団のように厚く、使用済みのビーチタオルのように湿っていて、いまにも息が詰まりそうだった。どうして彼らは長袖、長ズボンの姿でこの暑さに耐えられるのだろう？

現場監督が駆けてきて通訳した。「お隣りの裏の引き戸が開けっ放しになってます」彼は説明した。「家のなかは、カーテンが閉まったままで、のぞけませんけど。わたしらはもうここで五年、芝を刈ってますが、マニーが言うには、あの引き戸が開いていたことは、これまでただの一度もなかったそうです。ガラス戸をノックして、大声で呼びかけたんですが、返事がないんですよ」

「開いていた？」クレミーは繰り返した。「あらまあ」わたしが開けっ放しにしたのかしら？ 彼女は思った。それともボロバスクが？

マニーという作業員が示した仕草を見て、ようやく理解した。彼はドアが何センチ開いた状態なのかを伝えていたのだ。「心配してくださってありがとう」クレミーは言った。「何も問題ないと思うけれど、電話して、家にいるかどうか確認してみるわね」彼女は、手のなかの携帯電話がサンシティ用であることを二度確認し、たしかにサンシティ用の携帯電話だったので、ドムの名前をタップした。呼び出し音が鳴り、ドムが出ないので、メッセージを残した。ポーチに立つ現場監督と、ホールにいるボロバスクの両方に聞こえるように、大きな声で。「ドム？ あなたまだ家に帰ってないの？ ねえ、ヘレンだけど。あなた引き戸を開けっ放しにしておいたの？ みんなで心配してるのよ」

湿った熱い空気が接着剤のように肺の内部にへばりつく。頭の上の髪が——滝のような汗が薄い毛髪のあいだをとめどなく流れて——いまどうなっているのかなど、考えることすら耐えられそうになかった。

「保安官に連絡したほうがいいんじゃないですか」現

場監督が言った。「空き巣かもしれません」

「まあ、そこまでしなくても平気よ」クレミーは慌てて言った。「片付けを済ませたら、すぐに合鍵を使って、なかにはいって確認するわ」

　現場監督は首を横に振った。「五年間一度も開いてなかったのに、いま開いてるってのが気に入らないんですよ。しかも、外は気温が三十四度もあるってのに。この暑さのなか、引き戸を開けっ放しにする人なんて、いやしません。それに、このあたりのみなさんは、弱ってるかたが多いでしょう。わたしが保安官を呼びますよ。あのドアを開けたのが誰にしろ、まだなかにいるだろうし、あなたがそいつと鉢合わせでもしたら大変だ。数キロ南にある、アフリカン[A]・メソジスト[M]・エピスコパル[E]・シオン教会をご存じで？　丘の上にある教会。つい先週、そこに空き巣がはいったばかりなんですよ」彼は安心させるように笑みを浮かべて、９１１をタップした。「なに、警察は誤報なんて気にしやしません。実際のところ、警報より誤報のほうが好きなんだ。ちゃんと注意を払ったことに感謝されますよ」

　ベティ・アンと夫のラルフはいつも玄関から外出する。家のなかに収まりきらない家具やら何やらでガレージが満杯で、車を停められないからだ。そのふたりがいま、玄関から出てきて、造園作業員が全員クレミーの前庭に集合しているのを見かけて近づいてきた。ジョーンとエドの車も、ちょうどブルーライラック通りにはいってきたところで、ベティ・アンとラルフの様子を見て、急いで輪に加わった。「大丈夫かい、ヘレン？」エドが声をかけた。

　クレミーは戸口から玄関ポーチに出ると、玄関のドアをしっかり閉めた。それから小さくてかわいいキャンバス地のスリングチェアと小さくてかわいいスカーレットゼラニウムの鉢の横に立った。電話が９１１につながり、現場監督はブルーライラック通りに不法侵入があった可能性を通報した。

10

保安官は二分で到着した。つまり、すでにサンシティにいたということだ。ここはほとんど犯罪のない場所だが、転倒や事故、救急車の出動は多い。また、エントランスには保安官事務所から非番の警官が派遣され、昼夜問わず、数時間座って小遣い稼ぎをしている。

クレミーは月曜の講座で、ベイ・ベネット保安官の顔を知っていた。彼の講座には一番多くの聴衆が集まった。みんな謎を解くのが大好きなのだ。

クレミー自身もいま謎を解かれつつある。ボロバスクはひとりで家にいて、何をしているのか？　おそらくドムの家でしたことをしているのだろう。捜索しているのだ。クレミーはまだハンドバッグを手に持っていた――不幸中の幸いにも。少なくとも、ボロバスクは、ヘレン・スティーブンス名義のクレジットカードや、運転免許証や、パスポートを盗むことはできない。
ベティ・アンとラルフは、日陰になったクレミーのポーチという絶好の位置に立った。ベティ・アンは、隣りのクルドサック、ピンクカメリア通りに住む親友のシャーリーにメッセージを送った。彼らの家は裏庭で接しているので、二軒の裏庭を抜ければすぐにここまで来られる。実際、たちまちシャーリーが姿を現し、この騒ぎに参加するべく近づいてきた。

　クレミーは見物人を演じようとした。さほど賢くはないが、年寄りなりに役に立とうとする見物人を。

　いつもなら、近所の人たちに甘いお茶を勧めるところだが、誰かが家のなかにまでついてくるリスクは冒せなかった。もし勧めたら、確実についてくるだろう。サンシティでは、大勢で互いの家に出入りするのは当然のことと考えられている。

　保安官が車から降りるまえから、現場監督は引き戸が開いていたことと、ミズ・スティーブンスが電話して家主の不在が判明したことを説明しはじめた。保安官代理が数人の造園作業員を伴い、クレミーの家の裏手にまわり、ドムの開けっ放しの引き戸を調べにいった。保安官は礼儀正しく自己紹介をした。「ミズ・スティーブンスですね？　わたしは保安官のベイ・ベネットです。今日もいいお天気ですね、ごきげんはいかがです？」

　演技をしなくても、自然と体が震えてきた。「何事もなければいいんですけれど」クレミーは言った。

「ご隣人について、聞かせてもらえますか？」

「お隣りのドム・スペサンテは、ひとり暮らしです。毎朝、わたしにショートメールで元気だと知らせてくれます。でも、先日ショートメールがこなかった日があって。ご近所のかたと一緒に様子を見にいったんですけれど、家には誰もいませんでした。それでわたしたち、問題はないだろうと思ったんです。ドムはただ出かけていて、連絡するのを忘れただけだろうと」

「それはいつのことですか、正確には？」

「えっと……昨日だったかしら」クレミーは言った。あらかじめ計画していたとおり、記憶が曖昧で混乱していることをほのめかすために、少し間を取ってからやっと思いだしたようなふりをして。

「そのご近所のかたというのは？」

「ジョニー・マーシュです」彼女はジョイスの家を指さした。

「なかにはいったとき、裏のドアが開いているのに気づきましたか？」

「ドムはいつもカーテンを閉め切っているから、部屋のなかからはガラス戸が見えないんです」

「あなたは彼の家の鍵をお持ちであり」保安官は言った。「あなたがなかにはいって確認してもかまわないということでしたら、どうでしょう。わたしが鍵をお借りして、あなたの許可を得て、なかにはいるというのは？」

裏の引き戸からはいれるのではないかと思ったが、クレミーはうなずいて、自分の玄関のドアを開けると、肩越しに「エアコンをつけているので、いったん閉めますね」と言った。まるでエアコンが猫で、外に飛びだして車にぶつかりかねないかのような言いかただが、ここでは誰もがこのフレーズを使う。そして、ドアをしっかり閉めるにはうってつけの言い訳だった。クレミーはキッチンの引き出しから鍵を取りだした。ボロバスクは奥の狭い廊下で、腕組みをして立っていた。暗がりでサングラスをかけている。

貴重なガラス細工の喫煙具を盗まれても警察を呼ばなかった男が、二軒の家に不法侵入した直後に、警察を歓迎するわけがない。でも、貴重なのはガラス細工ではない。クレミーは思いだした。ほかの何かなのだ。

彼女はまた外に出て、それから保安官と一緒にドムの家の玄関前まで行った。合鍵でドアを開けると、保安官だけがなかにはいった。一瞬聞こえた会話から、保安官代理がすでに家のなかにいることがわかったが、保安官がドアを閉めたので、それ以上は何も聞こえなかった。

造園作業員たちは、空き巣騒動に加わろうとウロウロしていたが、何も起こる様子はなかった。数分が過ぎ、さらに数分が過ぎた。警察は明らかに徹底的な捜索をしているようだった。

ベティ・アンとシャーリーはドムについて話したが、彼はめったに姿を見せないので、ほとんど知っていることがなかった。シャーリーは夫のボブに電話をかけて、ドムを知っているかと尋ねた。ボブは知らないと答えたが、こちらに向かうことになった。

しばらくすると、現場監督が部下に仕事を再開させ、ブロワーや草刈り機の轟音があたりに響き渡った。

クレミーには保安官が何を見つけて、それをどうしようとしているのか想像もつかなかった。ドムの家には、彼女がはいったときにコーヒーテーブルの上にあったピザの空箱とリモコン以外は、何もないはずなのに。

しかし、彼女はもっと大きな難題を抱えていた。ベントレーとハーパーは、ベントレーが写真でクレミーを裏切ったことなどすっかり忘れたようで、いまは未解決事件（コールドケース）に夢中になっている。〝冷たい事件（コールドケース）〟とはなんとうまい表現だろう。たったひとつの証言、たった一枚の写真、たったひとつのDNA検査さえあれば、真実が明かされるかもしれないというコンセプトは、大衆にとって魅力的だ。しかし、ラドヤード・クリークの死の真実は、たとえ誰が逮捕されようとも、明らかになることはない。

クレミーがそのコールドケースの記者にメールを出さなければ、又甥と又姪が出そうとするだろうか？ベントレーとハーパーが大昔の殺人事件に家族が関わることを熱望するあまり、クレミーを差しだす可能性はあるだろうか？　もし刑事から電話がかかってきて質問されたら、彼女はなんと答えるだろう？　「その人のことはなんとなく覚えています」とでも言うだろうか。「当時、兄がバスケットボール部にいましたから。まあ？　ミスター・クリークがわたしの家で夕食を食べたと、みなさんがおっしゃっているんですか？　そうかもしれませんね。両親はいろんなかたを、よく招いていましたから」

肝要なのは、事実を与えることなく、感情を見せることなく、電話を切ることだ。

同じ肝要さが、いまも必要とされている。自宅の玄関ポーチに立つ彼女にも。ウィッグもつけずに。隣人に囲まれて。猛暑のなかで。そして壁の向こう側に麻薬売人を匿(かくま)っている彼女にも。

放埒な学校でわが子を腕から奪われた恐ろしい日のあと、クレミーは高校に戻ることもできた。彼女の母親は、娘が高校三年生の数ヵ月を欠席した言い訳を広めていた。やさしいクレミーは重病の伯母の看病を助けていることになっていた。伯母は誰もあからさまに口にはしない病気を患っていた。〝ガ〟から始まる名前の病気を。

もうひとつ、六月まで〈山の学校〉に残るという選択肢もあり、クレミーは学校の廊下を歩いているときにラドヤード・クリークにばったり会うよりはと、そちらの選択肢を選んだ。

それはつまり、モーリーンがわが子を手放し、ヴェロニカがわが子を手放すところを目撃しなければならないということだった。また、続々と到着するほかの女の子たちと出会うということでもあった。彼女たちのほとんどは、まだ見た目にはそれとわからない体で、さまざまな悲嘆と恥辱を抱えた状態でやってきた。

クレミーは赤ん坊の息子のことが心配だった。新しいパパとママは、あの子によくしてくれているだろうか？　ぐっすり眠っているだろうか？　新しいお祖母さんはあの子を愛してくれているだろうか？　新鮮な空気をたっぷり吸っているだろうか？　もう笑うようになっただろうか？　小さな指をパパの親指に巻きつけているだろうか？

ヴェロニカが運転免許証から得た情報によれば、ミセス・スミスの本名はマージョリー・ブーンだった。つまり、クレミーの小さな息子はいま、ナントカ・ブーンになっているということだ。ブーン一家はオハイオ州コロンバスに住んでいたが、クレミーにとっては、絶対に訪れることができない場所であり、ウラジオストックに住んでいるのとなんら変わらなかった。

兄のピートは大学四年生で、実家を出て多忙な大学生活を満喫しており、週末や休暇に帰省もしなかったので、妹が学年の半分も欠席していることを知らなかった。両親は何度かキャンパスまで車で訪れた。ピートは「クレミーは元気？」と尋ね、両親は「元気だ」と答え、それからほかの興味深い話題に移るのだった。

ピートはその春に大学を卒業し、当時の伝統に倣い、翌土曜日にキャンパスのチャペルで中学時代からの恋人、ジーニーと結婚した。

ジーニーは妹のトゥルーディから、クレミーが学校を長期欠席していることを聞いて、正しい結論を導きだした。そしてクレミーの恥知らずな行動が、大切な新婚生活に悪影響を及ぼさないように、両親にも、そして婚約者のピートにも、何も言わなかった。それはめずらしいことではなかった。当時はなんでも洗いざらい打ち明ける人はいなかった。トーク番組以前の時代で、感情や意見をひとまえで表現する習慣はまだ始まっていなかった。そんなわけで、クレミーは結婚式に出席し、彼女が落ちた深い穴は封印された。彼女は一番背が低いからと列の最後尾に並ばされた、ただの美しい花嫁付添人に過ぎなかった。

ピートとジーニーは婚約、結婚、初夜という正しい順序を踏み、やがて赤ちゃんが生まれるだろうに、わたしの赤ちゃんはほかの女の人の腕のなかにいる。永遠に。結婚式のあいだじゅう、クレミーはそのことばかり考えていた。

クレミーが高校四年生に進級すると、両親は大学のことしか話さなくなった。クレミーの母親は、自分の母校のスウィートブライアーか、クレミーの教母（ゴッドマザー）の母校、ウェルズに進学してほしがっていた。クレミーはヴァージニア州にも、ニューヨーク州北部にも興味がなかった。

学校では、廊下の合流地点でウロウロし、一緒に歩く友だちを見つけてから、先に進むようにした。バンドを辞めたのも、男子体育館につながる廊下を通らないと音楽室に行けなかったからだ。ラドヤード・クリークがランチ当番の日は、女子トイレで座って過ごした。それでも彼はいつのまにか彼女のまえに現れ、手を振り、にっこり微笑んだ。まわりは「監督がピートの妹を気にかけてる姿はキュートだ」と言った。クレミーの第四学年は、ラドヤード・クリークを避けることと、大学のカタログを調べることに費やされた。

当時は、各大学から、キャンパスや校舎の紹介、専攻ごとのカリキュラムの説明などが記載された、分厚い魅力的な冊子が送られてきた。高校四年生の秋は、生徒たちはそうしたカタログに埋もれていた。

クレミーはオハイオ州にある大学のカタログを何度も読み返した。オハイオ州にはたくさん大学があった。そして彼女はオハイオ州立大学に合格した——なんとうれしいことか！　なぜならオハイオ州立大学はコロンバスにあり、息子に再会するにはコロンバスにいる必要があったからだ。しかし、両親は真っ向から反対した。オハイオ州立大学は大きすぎるし、好ましくない女子学生が大勢いるかもしれないから、娘はもっといい学友を持つべきだと考えた。なぜなら、娘が朱に交わりやすいのは明らかだし、もしかしたらまわりを赤く染めていたのかもしれないから。

クレミーは両親を愛していた。そんな両親が彼女の道徳観念に疑念を抱いていると知って、心が痛んだ。

両親はクレミーにオハイオ州のキリスト教系の小さな大学をいくつか受験させた。彼女はすべての学校に合格した。そういう大学には成績の悪い負け犬しか行かないので、両親はきまり悪く感じていた。人からクレミーはどこの大学に行くのかと尋ねられると、娘は小さくてあまり難しくない田舎の大学を望んで、オハイオの小さな学校を選んだと恥ずかしそうに答えた。ほかの親たちはみんなその答を気に入った。そのあと自分たちの娘がペンブローク大学やヴァッサー大学に行くことを自慢できるからだ。

ラドヤード・クリークはクリスマス休暇に結婚し、白いビロードのドレスを着た花嫁のすばらしい写真が新聞に掲載された。もちろん新妻は、そのシーズンのバスケットボール部の試合をかならず観戦して、誇らしげに夫を見つめた。夫妻は人気者だった。彼は優秀な監督であり、高校のバスケットボール部がMクラスの州チャンピオンになったあと、もっと優秀な選手がたくさんそろったもっと大きな学校で監督を務めないかと誘われた。その学校はオールバニの近くで、おそらく車で二、三時間北西に行ったところにあった。

クレミーは文字通り指折り数えて、ラドヤード・クリークの出立の日を待った。学校は六月十九日に終わる。その日以降は、彼はクレミーの人生から消える。背筋を伸ばして、また笑うことができ、友だちも増えるだろう。そんな気持ちになれた。

五月末の戦没者追悼記念日（メモリアル・デイ）の週末、両親はピートとジーニーに会いにいき、クレミーはひとりで留守番をした。当時は、日中に戸締まりの心配をすることはなかった。誰かがノックしたら、相手が箒（ほうき）のセールスマンだろうと、大きくなりすぎた水仙の球根を分けてくれる隣人だろうと、ドアを開けるものだった。

クレミーの実家の玄関のドアにはのぞき穴がついていなかった。誰かがノックしている玄関先の狭いスペースを見おろすことのできる窓もなかった。クレミーはノックの音を聞いて、玄関に行き、ドアを開けた。

ラドヤード・クリークは、クレミーが来客の正体を理解するまえに、家のなかに入り込み、ドアを閉めた。逃げたり、悲鳴をあげたり、蹴ったりする暇はなかった。「わたしは情報通でね」彼はそうささやいて、クレミーを見おろしてにやりと笑うと、ドアの鍵を閉めた。「今日、きみの両親はピートを訪ねているそうじゃないか」彼は彼女の細い肩を巨大な強い指でつかんだ。「『オーマイダーリン』」監督は歌いだした。「『いとしのクレメンタイン、きみは永遠に失われた、なんと哀れな（ドレッドフル・ソーリー）、クレメンタイン』」

11

二台目のパトカーがカーブを曲がってブルーライラック通りにはいってきた。どうやら警察も、隣人たちと同じように、空き巣事件に関与したくてたまらないようだ。いったいどんな捜査をするのだろう？　クレミーは思った。二台目のパトカーは閃光灯を静かに回転させたままにしている。それを見て、フランクとリンダも家から出てきた。

クレミーはスリングチェアに倒れ込みたかった。しかし、この暑さでは、遅かれ早かれ隣人たちは喉が渇く。そしてクレミーに冷蔵庫から水を持ってきてくれと頼むはずだ。もしそのときクレミーが座っていたら、彼らは「気にしないで、自分で取ってくるから」と言って、勝手に家にはいるだろう。それを避けるためには、玄関のドアをふさいで、立ちつづけているしかない。

やがて救急車が到着した。ライトは旋回しているけれど、サイレンは鳴っていない。住民を怖がらせたくないからなのか、邪魔になるほど車が通っていないからなのか、サンシティでは緊急車両がサイレンを使うことはめったにない。クレミーは身震いした。いったい誰のための救急車なのか？

「気の毒に」ラルフが言った。「たぶん心臓発作で倒れてたんだろう」

クレミーは打ちひしがれた。隣人として合鍵を預かっていたのは、ドムの状態を確認して、彼をひとりで死なせないためだったのに。でも彼女は――二度目には彼女とジョニーは――家のなかを確認したし、ドムは家にいなかった。どこかの時点で、ゴルフカートで戻ってきたようだったが、その後もドムは電話にもショートメールにも返答しなかった。だからクレミーは、てっきりドムはまた出かけたものと勘ちがいしていた。彼は寝室で倒れていたのだろうか？　それともキッチンで？　ボロバスクはドムが倒れているのを見たのに、何もしなかったのか？　急いでクレミーの家に戻って、ジョイスのマカロニを食べるだけで、ドムがどこかの部屋で倒れていたことを伝えることすらしなかったのか？

なんて残忍でひねくれているのか。だが、残忍でひねくれていることが、ボロバスクの職業だ。そうだろう？

ドムのガレージのドアが上昇し、なかに四人の警官が集まっているのが見えた。クレミーの隣人たちは、もっとよく見える場所に移動した。救急隊が警察に加わり、さらに別のパトカーも到着した。もう制服のうしろ姿しか見えなかった。これ以上、駐車できるスペースもない。こんなにたくさん車が停まっているときに、ガレージから車をバックで出すとなると、運転技術を試されることになるだろう。

「ああ、なんて暑いの」シャーリーが言った。「ヘレン、ハニー、ちょっと氷水を取ってきてもいい？」

「わたしの分もお願い、シャーリー」ベティ・アンが言った。「それとも、わたしも一緒に行って、トレーで運びましょうか。ほかに喉が渇いてる人は？」

サンシティは、寮のようなものだ。各自の部屋ではなく、各自の家に暮らしているだけで。

クレミーに選択の余地はなかった。玄関のドアを開けて、なかにはいるまえに大声で言った。「みんなお水がいいのかしら？ それとも甘い紅茶のほうがいい？ そこで待っていて。わたしが持ってくるから」

「あら、だめよ、ばかなこと言わないで、わたしたちも一緒に行くわ」

クレミーは奥の狭い廊下を背中でふさぎつつ、ふたりの女を仕草でキッチンに招き入れた。ボロバスクが隠れたのが化粧室でなければいいのだけれど。クレミーは思った。彼女たちの年代は、つねに誰かが化粧室に行く必要があるからだ。

「食料品を出しっぱなしじゃない」シャーリーが言った。「腐っちゃうわよ。ほら、片付けを手伝ってあげる」彼女は、蓋が開いたままの食べかけの八人前のキャセロールと、蓋が開いたままの飲みかけの牛乳パックを見て顔をしかめた。

「ジョイスが旅行に出かけたの」クレミーは説明した。「それで冷蔵庫にあったものを全部持ってきてくれたのよ」

「でも、こないだジョイスと麻雀をしたけど」シャーリーが言った。「長期の旅行に行くなんてひと言も言ってなかったわよ」短期の旅行なら冷蔵庫を空っぽにする必要はない。「ジョニーも一緒に行ったの？ そうじゃないわね。ちょっとまえに家のまわりをウロウロしてるのを見たもの」

「わからないわ」クレミーは言った。今日はこのセリフばかり言っている気がする。そう思いながら、冷蔵庫からミネラルウォーターのボトルのパックを出した。そのあいだに、ベティ・アンが小さなパントリーを引っかきまわして、赤いプラスチックの大きなカップを見つけ、冷蔵庫の製氷室の氷を山ほどいれて、アイスティーを注ぎ、冷蔵庫の上に置かれているトレーに並べた。ベティ・アンとシャーリーは、トレーやトレーの装飾術（デコパージュ）の技法について話し合った。ふたりは何十年もまえの趣味を再開しようとしているのだ。

ようやく、三人は外に向かい、クレミーは家の外に出てドアを閉め、彼女の家の侵入者の安全を守ることができた。

いったいわたしは何をやっているのかしら？　クレミーは思った。わたしには誰が引き戸を開けっ放しにしたのかわかっているのに。暑い地域に住んでいなくて、ドアはかならず閉めなければならないことを理解していない、人を小ばかにする意地の悪いコソ泥。ガラスを盗まれたのも、自宅の鍵をかけなかったせいなのだろう。愚かで、利口ではない。

とはいえ、彼はクレミーの居場所を見つけだすほどには利口だったが。

保安官がドムのガレージから、十数歩歩いてクレミーの玄関ポーチまで来ると、やさしい口調で言った。

「残念ながら、ご隣人は亡くなられていたようです」

救急車が病人を乗せずにすみやかに走り去ったときからわかっていたことだが、いまそれが事実となった。住民たちは黙り込んだ。誰もが自分自身の死もそう遠くないことを知っている。彼らはみんな八十歳を目前に控えていたし、少なくともフランクとリンダは、八十歳をもう超えていたのだから。

クレミーには、ドムが誰かに愛されていたとは思えなかった。彼が死んだことを気にかける人もいないだろう。ウィルソンが、たまに一時間だけ世話をする以上の恩義を、ドムに感じている様子を見せたこともない。ドムはあの家で、閉め切ったカーテンとテレビしかない部屋で、なんと埃まみれでわびしい人生を送っていたことか。

わたしは誰かに愛されているのだろうか？　クレミーは自問した。わたしが死んだときに本気で悲しんでくれる人はいるのだろうか？　又甥と又姪はメッセージを送り合ってすませるだろうか？　ペギーは四番目の夫に「なんて悲しいの」と言って、人生を歩みつづけるだろうか？　わたしの死は誰にとっても、さざ波すら起こさないのではないだろうか？

アイスティーがみんなに配られた。クレミーの両手は震えていた。カップを持っていられず、トレーに戻した。

「ヘレン、ハニー、ショックを受けたんだね」ラルフが言った。「しおれて蔓にぶらさがってるみたいだ」

彼はつけ加えた。まるで彼女がしわくちゃの古いレーズンであるかのように。「なあ、みんな、ここはヘレンには暑すぎるんだ。なかにはいろう。冷たくておいしいコウコーラをあげるよ、ヘレン」

ほかの隣人たちは北東部か中西部出身だったが、ラルフは南部人らしくコウコーラと呼んだ。クレミーはラルフのレーズン発言を許すことにした。クレミーにはコカコーラよりも好きなものがほとんどないことを、彼は近所の集まりで見て覚えていたのだ。

保安官が言った。「いいですね。なかで話しましょう」

クレミーは不安をなだめようと髪に触れようとして、髪がないことに気づき、がく然とした。いままで近所の人たちには、一度もウィッグをつけていない姿を見られたことがなかったのに。ただの薄毛の老婆にすぎないことを知られてしまったのだ。ああ、なんてこと。もちろん彼らとしても、そんなことは百も承知だろうが、それでも少なくとも見た目は整えていたのに。

ラルフはほぼ全員をクレミーのリビングに入れた。リンダとフランクはポーチに残った。おそらくもっとよく現場を見たいと思ったのだろう。ラルフはクレミーの冷蔵庫から冷えたコーラを取り、彼女のために開けた。保安官は、ソファに座ったクレミーの真横のひじ掛けに腰をおろした。

そのとき、クレミーの玄関のドアが大きく開け放たれた。造園作業の現場監督が駆け込んできた。「あの人、殺、殺されたんですか？　誰かがあの家の男性を殺したんですか？　ほんとうに？」

クレミーはコーラをあたりにぶちまけそうになったが、かろうじてコーヒーテーブルの上に置くことができた。彼女は想像した——ボロバスクが侵入したとき、物音を聞きつけたドムが銃をさっと取りだすところを。おそらく夜は枕の下に銃を置いて眠り、日中はリクライニングチェアの手元に置いていたのだろう。さらに、ボロバスクがそれよりも速く反応したところも想像した。なぜなら、ボロバスクは若くて、細くて、動きがすばやいけれど、ドムのほうは年寄りで、太っていて、動きが鈍いからだ。ボロはナイフを使ったことだろう。あるいは、ナイフでドムの銃を奪い、持ち主に向けたことだろう。そして彼女は——クレミーは——それに加担したのだ。

クレメンタイン・レイクフィールドが小学三年生のとき、担任のミス・ヒースはクラスを四人ずつ、六つのグループに分け、互いの自伝を書くという課題を出した。子どもたちは興奮した。どの子もグループ課題をするのは初めてだった。ミス・ヒースは自伝のなかに何を書くべきかを説明した。あなたがいつ、どこで生まれたか。母親と父親は誰か、祖父母は誰か、あなたがそれまで住んだ場所、旅行した場所、してきたこと、そしてもちろん、写真があればそれも添えて。そうした内容はあなたのパートナーが書いた冊子のなかに収められ、その冊子の題名はあなた自身の名前になる。

その指示に、多くの子どもたちは戸惑った。当時はずっと移動が少なく、誰もがずっと同じ場所で暮らした。冬に一週間フロリダに行くような刺激的な休暇を過ごす家族もいるにはいたが、たいていは旅行をするのは親戚を訪ねるときだけだった。

九歳のクレミーは、自分が自伝で嘘をつこうとしていると気づいたとき、体が震えて吐きそうになった。嘘をつくことは罪であり、ほんの小さな嘘でもクレミーは気が滅入った。しかし、彼女の家族には恐ろしい秘密があった——クレミーの両親は離婚していたのだ。

一九五〇年代前半は、離婚が話題になることはなかった。実際、クレミーは自分以外に親が離婚した子どもに会ったことがなかった。クラスの電話帳（クレミーが幼稚園の頃は番号が五桁だったが、三年生には七桁に増えていた。七桁の数字を簡単に覚えられる人はいないと理解した電話会社は、数字に対応する名前を作った。たとえばクレミーの電話番号は、NEptune（ネプチューン）7-0221だった）には、夫婦そろった名前しか並んでおらず、代表で夫の名前が記されていた。たとえば、ミスター&ミセス・チャールズ・クックはサラの両親、ミスター&ミセス・ジョン・スティーブンスはヘレンの両親、ミスター&ミセス・ハリントン・レフトウィッチはレジーナの両親である。電話帳によれば、ミスター&ミセス・クラレンス・レイクフィールドがクレメンタインの両親となっている。

しかし、それは事実ではなかった。ピートとクレメンタインの父親はまったく別の人物なのだ。

クレミーは自伝に実父の名前を出すわけにはいかなかった。家族が離婚したことは絶対に口外してはならないことだからだ。それでも実父は存在し、ときどき会うこともできた。クレミーは実父を愛し、実父と一緒にした冒険も愛した。実父はニューヨークに住んでいたから、列車で行き来した！　タクシーにも乗った！　そして自動販売式食堂（オートマット）で食事もした！

サラ・クックが手を挙げた。「外食したレストランについて書いてもいいですか？」

クラスがどよめいた。外食したことのある子どもは、ほとんどいなかった。食事はすべて母親が作るものだった。学校で温かい昼食を買う子どももいたが（おおいに羨（うらや）ましがられた）、クレミーを含め大多数の子どもは弁当を持参したので、校内のカフェテリアで外食することすらなかった。

クレミーは実の父親の話を出さずに、どうやってオートマットでの食事を説明すればいいのかわからなかった。

「サラ、そこには重要なちがいがあるのよ」ミス・ヒースは言った。「その日何をしたかというのは——たとえば、レストランで夕食を取ったとか——自伝の一部にはならないの。それはひとつの活動にすぎない。自伝というのは、あなたが誰であるかを記述するものなの。たとえば、出生証明書のようなもの」

クレミーは出生証明書というものを聞いたことがなかったが、すぐに悟った。そこには禁断の名前が書かれているはずだ——彼女のほんとうの父親の名前が。

ミス・ヒースは、クレミー、サラ・クック、レジーナ・レフトウィッチ、ヘレン・スティーブンスの四人を同じグループに割り振った。また各グループはそれぞれ誰かの家に集まって、一緒に作業することを提案した。子どもたちはみんなそのアイデアを気に入り、それぞれ自伝に載せる書類や写真を持参することになった。クレミーは自分の家に集まろうとは言わなかった。うっとうしい兄のピートが邪魔しにくるだろうし、母親がつきまといそうだからだ。

幸い、サラ・クックは家に人を呼ぶのが大好きだった。一度、パジャマパーティを開いたこともある。それはクレミーが参加したなかで一番スリリングな集まりだった。

そんなわけで、レジーナとクレミーとヘレンはサラの家に集まった。

ヘレンはグループのなかのみそっかすだった。〝負け犬〟とか〝犠牲者〟という言葉はまだ使われていなかったが、まわりについていけない子どもたちはいて、ミス・ヒースはそんな子どもたちを慎重に各グループにひとりずつ振り分けていた。ヘレンは以前は楽しい子だったが、やがて退屈な子になり、あまりおしゃべりもせず、ぐったりすることが多くなった。校庭で遊ぶこともなく、ただ立って休み時間が終わるのを待っていた。授業中も、先生から当てられれば返事をするが、そのあとは、目を閉じてため息ばかりついていた。

一九五〇年代には、人々は医学という話題にほとんど関心がなかった。トーク番組もなかった。健康問題は新聞でも取りあげられなかった。もし医者が何かを言えば、それは真実である。そのほかに何を読む必要があるだろうか？ さらに人々は自分の命や体に対して、いまほど期待をしていなかった。

クレミーは何度か病気になったことがある――おたふくかぜ、はしか、水疱瘡（みずぼうそう）。しかし、彼女の知る病気とは、やってきて、そのあいだ自分が苦しみ、そして終わるものだった。病気がとどまり、根をおろすことがあるとは思いもしなかった。終わりを迎えるのが、病気ではなく、自分になることもあるのだとは。

サラはすかさずレジーナが自分のパートナーだと宣言した。クレミーとヘレンが見つめるなか、ふたりは楽しそうに作業を始めた。レジーナは赤ん坊の頃の写真、家の写真、両親の写真を出した。そして丁寧に手書きされたリストには、詳細な情報が記され、そのなかには社会保障番号と呼ばれるものも含まれていた。クレミーはそんな番号は聞いたことがなかった。一九五〇年代には、番号が必要とされることはほとんどなかったからだ。電話番号は七桁になったにしても、家の住所の番地が二桁より多いことはめったになかった。クレミーはパーク通り三番地に住んでいた。しかし、レジーナのその社会保障番号には、三桁の数字、ハイフン、二桁の数字、ハイフン、さらに四桁の数字が並んでいた。

自分にも社会保障番号があるのかどうか、母親に訊いてみようとクレミーは思った。

ヘレンは大型のマニラ封筒を持参していた。紙のボタンがついていて、そのまわりに蠟引き（ろうび）きした細い紐を巻きつけて封筒を閉じるのだ。クレミーはその形の封筒が大好きだった。ヘレンはそのなかから、レジーナと似たようなものを取りだした。出生証明書に社会保障番号。それからもうひとつ別の紙もあった。いや、紙というよりも、実際には緑色の小さな手帳みたいなもの。アメリカ合衆国のパスポートだった。

「それはなんのためのもの？」クレミーは知りたくて尋ねた。

「外国との国境を越えるためのものよ」ヘレンが説明した。「イギリスのお祖母（ばあ）ちゃんの家に行くときに必要なの」

ヘレンはイギリスに行ったことがあるのか？　ほかの三人はびっくり仰天した。一九五〇年代は、人はどこにも行かず、何もしなかった。パスポートを持っている人も、外国に行く人もほとんどいなかった。

「どうやって行ったの？」レジーナが尋ねた。

「飛行機で行ったこともあるし、クイーン・エリザベス号で行ったこともある」ヘレンは、巨大な波止場に停泊する巨大な船の甲板に立っている写真と、プロペラのついた大きくて太い飛行機のタラップを昇っている写真を取りだした。

物静かなヘレンが、耳にしたこともないような一番刺激的な人生を送っていた。サラは機嫌をそこね、そっぽを向いてレジーナとの作業を続けた。

クレミーは真っ白な紙と尖った鉛筆とセロハンテー

プを持参していた。彼女とヘレンは、まずヘレンの自伝をまとめはじめた。

ヘレン・アン・スティーブンス。コネティカット州ブリッジポートで、ジョン・スティーブンスとコーラリー（旧姓、ピットケスリー）・スティーブンスのもとに生まれる。なんてすてきな名前なんだろう！　クレミーは思った。コーラリー・ピットケスリー。とてもロマンティックな響きだ。コーラリー・ピットケスリーはイギリスで生まれていた。

クレミーは白い紙にヘレンの写真を貼りつけ、ヘレンが語った短い説明文を書き込んだ。ヘレンの社会保障番号は小さな長方形の厚紙に印刷されていた。ヘレンはテープを使って貼ると、剝がすときに破れてしまうのではないかと心配した。そこでクレミーは別の紙に番号を書き写し、それを貼りつけ、現物のカードはボタン留めのマニラ封筒に戻した。パスポートの表紙は頑丈でツルツルした素材だったので、ふたりはテープで留めても大丈夫だろうと判断した。クレミーはパスポートが紙の真ん中にくるように慎重に貼りつけた。パスポートの厚みが自伝にも厚みを加えたようでとても気に入った。

気づけば、ヘレンはテーブルについたまま居眠りをしていた。

サラの母親がそばを通りかかり、顔をしかめた。「親御さんはこの子をちゃんと早めに寝かせてないのね」そう言って、部屋を出ていった。一九五〇年代は、親が宿題を手伝うことはなかったし、宿題が出ているかどうかも訊かれなかった。自分でなんとかすべきものだったのだ。

サラとレジーナはクスクス笑いながら自伝を作っていた。ヘレンはまたうつらうつらしはじめた。「クレミー、今日はわたし、あなたのを書けそうにない。とっても疲れたの。髪も疲れてる。カールもしてないし、ツヤもない」

クレミーは〝症状〟という言葉を聞いたことがなかったし、ヘレンのやつれた髪を心配することまで気がまわらなかった。ただ、きちんと仕上げて期限までに提出しなければならない課題のことだけを心配していた。ヘレンが疲れてくれたのは好都合だった。クレミーの自伝には嘘を並べなければならなかったから。

「わたしの分の自伝もまとめて書いておくね」クレミーはサラとレジーナに気づかれないように小声で言った。「完成したものを授業に持っていくから。ヘレンが書かなかったなんて誰も思わないわ」

ヘレンは感謝の笑みを浮かべた。実のところ、それはクレミーから気遣いの贈り物がなされた瞬間ではなく、またしても、ヘレンの病状が見過ごされた瞬間だったのだが、どちらの幼い少女もそのことに気づいていなかった。しかし、たとえ病気だとわかったとしても、一九五五年当時、小児白血病に対してできることはほとんどなかった。新薬のメトトレキサートは、ヘレンが早い時期から服用していれば効果があったかもしれないが、実際に投与されることはなかった。

サラの母親が、サイコロより少しばかり大きい四角形の、おいしいアイシングケーキが載った皿を出してくれたあと、ヘレンとレジーナの母親が迎えにきた。クレミーはヘレンの自伝のはいったボタン付マニラ封筒を抱えて、徒歩で帰宅した。週末には、クレミー自身の自伝を書いた。

クレメンタイン・エレノア・レイクフィールド——と、最初のページの真ん中に大文字で書いた。もちろん、生まれたときからその名前だったわけではないのだが。

それから一枚を使って、ファーストネームの由来となった英国首相夫人、クレメンタイン・チャーチルについて書き、もう一枚を使って、ミドルネームの由来となった米国大統領夫人、エレノア・ルーズベルトについて書いた。母親には出生証明書を出してくれとは頼まず、この二枚のページで事足りるよう願った。
見開きのページに両親とピートの写真を貼り、一枚にスパニエル犬のバターの写真を、もう一枚にインコのホイッスルの写真を貼った。それからピートと一緒に外に出て、近所の子どもたちと〈スパッド〉（ボールをキャッチして他のプレイヤーに投げて当てるゲーム。当てられた回数が四回に達するとそのプレイヤーは退場する）をして遊んだ。

偶然、日曜日に実父が訪ねてきたが、数時間しか時間がなく、列車でニューヨークまで移動することはできなかった。かわりに、兄妹は実父の車で出かけた。実父もパパと呼ばれたがった。実父にパパと呼びかけたとき、クレミーはふたりの父親が混じり合ったり離れたりして、ぼやけるような感じがした。実父はクレミーとピートを〈クラム・ボックス〉というレストランに連れていった。魚が嫌いなクレミーにとってさえ、ワクワクするような店だった。食後は、〈ハワード・ジョンソン〉でアイスクリームを食べた。

クレミーは実父に自伝のことを話さなかった。実父のことを書かなかったからだ。車の前部座席で、このすばらしい男性――急ブレーキをかけるときには、注意深く腕をまわしてクレミーを受け止めてくれる父親――の横に座っていると、そら恐ろしい気持ちになった。クレミーはそんな実父を登場させずに、宿題を完成させようとしていたのだ。

実父に自伝のことを話そうかとも思ったが、一九五〇年代には、問題があっても他人に打ち明けたりはしなかった。他人に重荷を背負わせるのはまちがったことだからだ。自分の問題を示すことは愚痴でしかなかった。さらに一九五〇年代には、人々はひたすら辛抱しつづけていた。誰かから、「それについてどう思う？」と尋ねられることもなかった。

月曜日の朝、クレミーとピートは歩いて学校に向かった。交通指導員に挨拶をし、歩道のひび割れた部分を踏まないようにしながら。

その日、ヘレンは学校を休んだが、問題はなかった。自伝の宿題の提出期限は翌週だったから。クレミーはふたつの自伝を自分の机にしまった。傾斜のついた机の天板は蓋も兼ねていて、持ちあげると収納できるようになっていた。翌日、ヘレンはまた休んだ。その週はずっと欠席だった。

翌週、不思議なことが起こった。三年生の教室の机の配置が変わっていたのだ。ヘレンの座る場所が無くなっていた。誰もそのことを口にしなかった。午前中ずっと、誰も何も言わなかった。昼休みも、誰も何も言わなかった。昼休みが終わっても、誰も何も言わなかった。

午後、算数の時間に、クレミーは手を挙げた。「ミス・ヒース、ヘレンの机はどこですか?」

ミス・ヒースは言った。「そのことはあとで話しましょう。いまは勉強に集中しなさい」

それが一九五〇年代の物事の対処法だった。〝離婚〟という言葉と同じように、〝ガン〟という言葉は、声に出すことも、心のなかでつぶやくこともしなかった。もちろん、〝死〟について議論することもなかった。

クレミーがヘレンの死を知ったのは、まったくの偶然だった。その日は雨が降っていて、放課後、近所の女の子たちとクレミーの隣家の地下室に集まって、暖房装置のまわりのコンクリートの床をローラースケートでぐるぐるまわっていた。途中でトイレに行くために、クレミーは階上にあがった。すると母親たちの話し声が聞こえた。彼女たちは、前週の土曜日に緊急治療室に運び込まれたヘレン・スティーブンスについて話していた。当時は交通事故で車に激突されでもしないかぎり、誰も緊急治療室に行くことはなかった。人々は月曜の朝に診療所が開くまでおとなしく待っていた。

「もう手の打ちようがなかったみたいよ」母親のひと

りが言った。

「痛みを感じなかったのがせめてもの救いね」別の母親が言った。

「わたしの姉は看護婦なの。姉は、ヘレンは痛みを感じてたはずだって言ってるわ。気丈にこらえてたんだろうって」

「でも、実際に苦しんだのは三日で済んだのよね」別の母親が、さもいいことのように言った。

「葬儀はいつなの？」誰かが尋ねた。

クレミーは走って家に帰った。

「ママ。ヘレン・スティーブンスは死んじゃったの？」

「まあ、ダーリン。かわいそうに知ってしまったのね。ええ、そうなの。でも、ヘレンはいま天国にいるから、心配しなくていいのよ」

一九五〇年代には、天国は、もう心配する必要のない人たちを仕舞っておくのにちょうどいい場所だったのだ。

クレミーは葬儀が何か知らなかったので、行かせてほしいとは頼まなかった。ヘレンの両親に一度も会ったことがなかったので、どれだけ悲しいかを伝えるために、ヘレンの家に車で連れていってほしいとも頼まなかった。ヘレンの両親があの写真や書類を返してほしいかもしれないとは考えもつかなかった。

学校で、クレミーはふたつの自伝がはいった机をじっと見つめた。

ヘレンの自伝には、彼女の死という重要な真実が含まれていなかったし、クレミーはその事実をつけ足したくはなかった。そんなことをしたら、ヘレンの自伝は生まれた日と死んだ日を記した墓標のようになってしまうからだ。

一方、クレミー自身の自伝には、実の父親の存在という重要な真実が含まれていなかった。

宿題の自伝が完成し、採点されたあと、どうなるのかは知っていた。保護者の授業参観の夕べのときに展示されるのだ。クレミーの父親は自分のことが書かれた自伝を喜ぶだろう。クレミーの実の父親は招かれないだろうし、たぶん授業参観の夕べというものがあることすら知らないだろう。

それでもこの自伝を提出したら、クレミーが公式に実父を人生から追いだしたことが確定される。

クレミーはふたつの自伝を自宅に持ちかえると、二年前のクリスマスに継父がくれた切手のアルバム（一度も触ったことがない）と写真のアルバム（現像代が高すぎて家のカメラは使われたことがない）と聖書の下にしまった。その聖書は革製で表紙にクレミーの名前が金で刻印され、玉ねぎの皮のように薄い紙を守るために小さなファスナーがついている。ファスナーを開けて、読もうと思ったことは一度もなかった。聖書の仕事は、そこに在って、部屋じゅうを守ることなのだ。

課題提出の前日、休み時間になり、ほかの子どもたちが教室を出るのを待ってから、クレミーはそっとミス・ヒースに近づいて、小声で言った。「自伝のことなんですけど。わたしはヘレンと一緒にやっていて、ふたつともヘレンのお家(うち)にあるんです。もう忘れてしまってもいいですか？」それは大きな嘘だった。実に簡単に目に涙がたまったので、クレミーは驚いた。

ミス・ヒースは言った。「まあ、かわいそうに。そうね、先生もあなたも、このことは二度と口にしないことにしましょう」

それもまた、一九五〇年代ならではのフレーズだった。〝二度と口にしない〟というのは標語になっていてもおかしくなかった。

聖書とアルバムは、ふたつの自伝を長年守りつづけた。クレミー・レイクフィールドが別の名前、別の社会保障番号、別のパスポートがきわめて役に立つことに気づくまで。

しがみついた。

12

クレミーの家のリビングに集まった隣人たちは、互いに声をそろえて言った。「何があったの？」「殺人？」彼らは声をそろえて言った。

クレミーは、車のなかでボロバスクがトートバッグのツリードラゴンをのぞいているときに、こっそり携帯電話で写真を撮っていた。ランカスター郡の保安官にその写真を見せてボロバスクのことを話そう。彼女は腹を括った。とはいえ、ボロバスクはほんの数メートル先にいて、武器を持っていて危険である。リビングには人質候補が大勢いる。しかも保安官をのぞいて、ほぼ全員が、力がなくて虚弱か、そうでなければ太って役立たずだった。

紙に書くほうが安全かもしれない。その紙を保安官に渡せば、保安官なら対処法を知っているだろう。

クレミーはメモを取るのが大好きだった。さまざまな用途のために（聖書の勉強から陶芸教室のルールまで）さまざまなサイズのノートを、たくさんの尖った鉛筆と一緒に用意している。彼女は一番手近なノートと一番手近な鉛筆を手に取った。

「何があったのかはわかりません」保安官が言った。「ただ、彼は撃たれていました」

撃たれていた？ クレミーは思った。銃声なんて聞いてないわ！ たしかにここの住宅は防音がしっかりしているけれど、そこまでしっかりしているわけではない。

「ミズ・スティーブンス」保安官が言った。「ミスター・スペサンテがどのような人物か説明してもらえますか？」

それは奇妙な依頼だった。保安官はずいぶん長いあいだいだ遺体のそばにいたというのに。しかし、クレミーが動揺を鎮めようとしていた矢先、彼女の家族用携帯電話が鳴った。

「着信音を変えたのね」ベティ・アンが言った。もちろん、彼女はクレミーが電話を二台持っていることは知らない。まもなく、みんなが知ることになる。みんながすべてを知ることになる。なぜならクレミーは保安官に写真とメッセージを見せるために、二台の電話を渡さなければならないのだから。

保安官はやさしい笑みを浮かべて、クレミーが電話に出るのを辛抱強く待っていた。こんな人と若い頃に出会って、結婚して子どもを持ちたかったわ。そんな妙な考えがクレミーの頭に浮かんだ。彼女は電話のベルを無視した。呼び出し音は四回目で止まった。「ドムは身長が百六十五センチ前後」クレミーは言った。彼女の身長は百四十七センチである。「ほとんど髪はなくて、残っている髪は白くてかなり長め。こまめにはひげを剃っていません。顔にはシミがたくさんあります」風呂にあまりはいらないのと煙草を吸いすぎるせいで、いやなにおいがするとは言わなかった。クレミーはノートに文字を書こうと、鉛筆を握りしめた。

「いつ起こったんです?」現場監督が尋ねた。「かなりまえですよね。悪臭がひどすぎます。どうして庭の芝刈りをしているときに、死体のにおいがしなかったのか不思議です。ガレージは密閉されてるんでしょうね。彼の死体はあそこで加熱されたんだ。先週とかそのあたりですか?」

クレミーの鉛筆がぴたりと止まった。隣人たちは息を呑んだり悲鳴をあげたりした。

「いつかはわかりません」保安官は言った。「まあ、ここ数時間ではないでしょう。腐敗の度合いからして」

「クレミーとジョニーがドムの様子を見にいったあとじゃないとおかしいよな」ラルフが言った。「そのまえなら、ふたりが見てたはずだ。においがしたはずだ」

保安官はうなずいた。「彼はゴルフカートに乗ったままで、身を屈めた状態でした。カートのビニールカバーがあるおかげで、倒れずにすんでいたようです。ちらりとガレージをのぞいたくらいでは、なかに人がいるとは気づかなかったでしょう。最初から悪臭がしていたわけではないでしょうし」

昨夜、ドムの家のガレージを忍び足で通ったとき、ゴルフカートのなかで、ドムが死んでいたというの？クレミーはがく然とした。足もとばかり見ていて気づかなかったということ？ようやくカートの存在に気づいたときにも、まさかドムがまだそのなかにいるだなんて考えもしなかった。コグランド家の引き戸から一目散に逃げだし、闇のなか、黒い芝生を大急ぎで歩いて自宅に戻り、やがて家で眠りについた。そのとき、壁の向こう側ではドムが死んでいたのだ。いや、正確には、壁の向こう側にあるのは彼のリビングとキッチンで、ガレージはその奥にあるが、それでも。

それでも。ボロバスクはドムを殺していなかった。

ボロバスクはつい一時間前にここに来たばかりだ。

ああ、神よ、感謝します。ドムの死は、わたしの責任ではなかった。

とはいえ、ボロバスクはあのガレージを通って真ん中の住居にはいったのだから、死体を見たはずだし、においも嗅いだはずだった。それをやりすごし、ぶらりとクレミーのキッチンにはいってきて、自分でマカロニを皿によそい、電子レンジでチンして、フォークを見つけ、立ったまま食べていたとは、相当冷淡でなければできないことだ。

シャーリーの夫のボブが、やや厳しい口調で尋ねた。

「腐敗は正確にはどの程度進行しているんだ？」

ボブはかつてどんな仕事をしていたのか？クレミーにはさっぱりわからなかった。博士号の取得者がそれを隠すことはありえないから、たとえば病理学者ということはないはずだ。おそらく殺人事件のテレビ番組ばかり見ているのだろう。

保安官はボブの質問には答えなかった。「ミズ・スティーブンス以外に、この通りのどなたかで、遺体の身元確認ができるかたはいますか？　必要な手続きなんです」

隣人たちは顔を見合わせた。「彼はこの近所の集まりに一度も顔を出したことがないんだ」ピンクカメリア通りに住むボブが言った。「わたしは彼のゴルフカートすら知らない」

それはよほどのことだった。ここでは誰もが互いのゴルフカートを見知っているものだから。

「ジョニーなら遺体の確認ができるんじゃない？」シャーリーが言った。「彼とジョイスは通りの真向かいに住んでいるし、ヘレンと一緒に家にはいってチェックしているくらいだから。ヘレン、ジョニーの携帯番号を知ってる？」

「ジョイスのしか知らないの。彼女は旅行に出かけたわ」

保安官が言った。「ミズ・スティーブンス、とりあえず、わたしが携帯電話で撮影した写真で済ませましょう。これを見てもらえますか？」

「ひええ」ベティ・アンが言った。「どうなってるのかしら。うじ虫が湧いてるにちがいないわ、絶対に」

まるでクレミーが新しい孫の写真でも見ているかのように、みんな熱心に身を乗りだした。それは頭部の写真で、うじ虫もないし、血もない。頭はがっくりと死んだように傾いていて、顔は腫れて変色している。

クレミーは恐怖のあまりうめき声をもらし、保安官の携帯電話を裏返した。まるでそうすれば見たものを取り消せるとでもいうように。「ウィルソンよ！　ドムじゃない。ドムの唯一の親戚なの。ウィルソンは若くて、まだほんの少年よ！　てっきり保安官はドムが死んだと言っているのかと思っていたわ。でも、これはウィルソンよ！」

ウィルソン。ほかの人間に殺された。ああ、かわいそうに、気の毒なウィルソン！　まだとても若かったのに。彼の人生は終わってしまった。彼の夢も、計画も。

もうひとつの恐怖が、クレミーの心に突き刺さった。犯人はドムしかありえない。ドムが家におらず、ショートメールを送ってこないのも、そう考えれば説明がつく。

クレミーはすすり泣きはじめた。まあ、ドム、何があったの？　あなたにはウィルソンしかいなかったはずよ。そんなウィルソンを撃つだなんて、どんなことを言われたりされたりしたというの？

「ほんの少年とのことですが、ミズ・スティーブンス」保安官が尋ねた。「具体的には何歳くらいですか？」なぜなら、サンシティの住民にとっては、若いという形容詞が五十歳やそれ以下を指す場合もあることを保安官は知っているからだ。

「まだ三十歳にはなっていなかったと思うわ。たぶん二十五歳くらい。まあ、ウィルソン！　かわいそうなウィルソン！」キッチンカウンターに置いてあるティッシュボックスを、シャーリーがまわした。クレミーはそれを受け取って、ぼんやり考えた。ウィルソンの運転免許証に名前と生年月日が載っているんじゃないのかしら？　なぜわたしに訊くの？　なぜ免許証をチェックしないの？

「ドムがどんな車に乗っているのか知っていますか？」保安官が尋ねた。「ウィルソンはどんな車に乗っていますか？　彼らの車がどこにあるのか、心当たりはありますか？」

「ドムは車を持っていないの。ウィルソンがここに車で来るときは、車庫ではなくドライブウェイに停めているわ。だから、ウィルソンの車は見たことがあるけれど……。わからないわ、ただの車としか」クレミーは嘘をついたわけではない。車を思いだすことができなかったのだ。頭に浮かぶのは、ただその若さにしては姿勢が悪く、体重も多すぎる男の、大きくて、だらしのない、たるんだ体だけだった。

ウィルソン。殺された。

ゴルフカートのなかではどんな行動もスムーズにはいかない。狭い空間だし、ファスナー付きカバーを装着したカートは、駆け引きする余地がまったくない。もしドムがウィルソンの隣りに座っていたら、ただ拳銃をウィルソンの頭に突きつけて発砲するだけでいい。しかし、ふたりのあいだで、どんないさかいがあったにしても、ウィルソンはまずい状況だとわかっていたはずだ。それほど険悪だったなら、なぜふたりで一緒にゴルフカートに乗ったのだろう？　この殺人がとっさの判断で起こることはありえない。ふたりのどちらか一方は、または両方が、装塡した拳銃をカートに持ち込んでいたのだから。

ウィルソンの殺害は、ゴルフカートの外では起こりえなかったはずだ。ドムは配達されたピザの箱を持ちあげるのがやっとで、巨大で重いウィルソンの死体を抱えてカートに押し込むことなどできるわけがない。

クレミーが最初にガレージを通ったときは、まちがいなく空っぽだった。ドムがゴルフカートを運転して帰宅したのはそのあと、たぶん日が暮れてからのことだ。となると、テレビでいうところの〝殺人現場〟は、まったく別の場所ということになる。しかし、ウィルソンが――サンシティに来たときはいつもそうだったように――ゴルフカートを運転していたなら、ドムはウィルソンの巨体を一センチたりとも動かせなかっただろう。また、運転席に自分の体をねじ込んで、ゴルフカートを運転して帰宅することもできなかったはずだ。ということは、ウィルソンはガレージで殺害された可能性が高い。

「ウィルソンの名字はなんですか？」保安官が尋ねた。

「財布が見つかってないのか？」ボブが尋ねた。「盗まれた？　強盗がカッとしてやったとか？」

ドムがウィルソンから盗むことはなさそうだが、ウィルソンがドムから盗むことはありえそうだとクレミーは思った。ドムはまるで一ペニーも持っていないかのような暮らしぶりだが、まさにクローゼットのなかに大金を貯め込んでいるタイプだ。クレミーは自分よりも上の世代にはそういう人が多いことを知っている。不景気の最中に子ども時代を過ごした人々は、その必要がなくなったあともずっと倹約しつづけていた。

クレミーの心のなかで、ウィルソンに対する悲しみとドムに対する恐怖が、自分自身の現実と絡み合っていた。ここにいる人たちを家から追いだし、ボロバスクを車に乗せて、ゴルフ場まで送らなければならないという現実と。ただし、本来なら、それのどれもしてはならないことだ。ボロバスクは警察に突きだすべきだ。

とはいえ、ボロバスクがどんな罪を犯したのか？　これまでのところ、彼のした悪事といえば、ウィッグを宙に放り投げたことと、不法侵入をしたことだけだ。しかも、クレミーはその不法侵入を幇助していた。ヘレン・スティーブンスの正体を隠しておきたいというクレミーの唯一の願いを叶えるためには、やはりボロバスクを追い払うしかない。

しかし、たとえボロバスクが後部座席の床に横たわったとしても、保安官、隣人、保安官代理——誰であれ、誰かに見られる可能性が高い。捜査が終わるまで、ボロバスクはクレミーの家にとどまるしかないのだろうか？　もし現実の殺人事件がテレビ番組の殺人事件と似ているなら、警察は隣りの家に何時間もいることだろう。もしかしたら何日も。クレミーはけっして逃げ切ることはできない。

なぜわたしが逃げ切ろうとしなくてはならないの？

クレミーは思った。ボロバスクはこの殺人と関係がある。たとえ彼が直接手をくだしたのでなくても。あるいは、彼がここに来たもうひとつの理由が、殺人の理由なのかもしれない。ガラス細工を無意味にするほどの理由が。いまもわたしの車のなかにあり、トートバッグから顔をのぞかせているガラス細工。

「クレミー」シャーリーがクレミーを突いた。「保安官がウィルソンの名字を知りたいんですって」

クレミーはビクッとして跳びあがった。保安官は笑みを向けている。

「ドムと同じよ」クレミーは言った。泣きだしそうになるのをこらえる。

「スペサンテの綴りを教えてもらえますか?」保安官が言った。

通常、綴りは訊かれて困る質問ではないし、ラテン語教師は否応なく綴りに詳しくなるものだが、クレミーはうろたえた。ボロバスクはドムの本名を知らない。そして彼は絶対にこの会話の一言一句に聞き耳を立てている。ボロバスクが検索すべき名前を知ったら、事態はさらに悪化するだろうか? しかし、もし警察に伝えなければ、警察は頭文字〝S〟の人物を探すだろう。クレミーはドムの姓の頭文字が実際には〝P〟だと知っている。おそらくウィルソンの姓も同じはずなのだ。

クレミーは異常なまでにドムに対して忠誠心を抱いていた。それほど、あの瞬間は特別なものだったのだ。この無個性のバニラ色の場所で、偽名を使って隠れている人物が自分のほかにもうひとりいて、しかも隣りに住んでいたことを、去年、前庭の芝生で知った瞬間は。クレミーはドムのことが好きではないが、彼の度胸には敬意を払っていた。そのドムがあんな暴力的な決断をするなんて、ウィルソンはいったい何をしたのだろう? それにドムはどうやって成しとげたのだろう? ウィルソンは若く大きく強かった。一方、ドムは年寄りで小さくて弱いというのに。

それでも、敵が警戒を怠れば、体の大きさは関係ないことを、クレメンタイン・レイクフィールドほどよく知る者はいない。

クレミーは自分の本心に気づいてショックを受けた――わたしはドムを逃がしたいと思っている。

わたしが逃げたように。

「スペサンテ」クレミーは言った。「S、P、E、S、A、N、T、E」

13

クレミーが、むやみにドアを開けてはならないという教訓を代償を払って学んだ数ヵ月後、大学進学のために引っ越す直前、ラドヤード・クリークが新妻とふたりで、レイクフィールド家の夕食に招待されることを希望した。「監督は、わたしのことを別れるのが惜しい人のひとりだと言ってくれてねえ」クレミーの父親は誇らしげに言ってから、母親を見た。「それに、おまえのすばらしいパイをもう一度食べたいとも言っていたよ」

クレミーはその夜は女友だちのビヴァリーの家に泊まりにいくと言ったが、それは事実ではなかった。ビヴァリーのことはほとんど知らないし、たまたま名前が口をついて出ただけだ。しかし、母親は「キャンセルしなさい」と言った。「できないわ。ビヴァリーといつまた会えるかわからないから。ビヴァリーがカリフォルニアの大学に行ってしまうだけではなくて、ご両親も向こうに引っ越すから」

母親はおなじみの説教を垂れはじめた。いわく、この一年でクレメンタインにどれほど失望させられたか、そんなクレミーにできることは夕食会の準備をすることくらいだと。

クレミーの母親は八人がけのテーブルを好んだので、ヴィンセントという名の夫妻を招いた。夫妻の息子カルも、ピートと同じバスケットボール部に所属していた。カルは大学へは進学せず、実家にいたので、彼も夕食に来る。これは見合いも兼ねているのだろう。クレミーはありがたく思った。なぜなら、自分と監督のあいだにカルが座るよう、座席札を置くことができるからだ。

クレミーは飲み物のトレーを持ち、監督にしろ誰にしろ、ハグやキスをされないように防御した。ラドヤード・クリークの妻もまたとても小柄だった。クレミーはその哀れな人が、夫がどんなことができる人間なのか知らずにすみますようにと願った。テーブルにつき、食前の祈りを捧げたところで、まだ食べはじめもしないうちに、監督が椅子をうしろに傾け、カルの背中越しにクレミーに話しかけた。「それで、この秋からきみはどこの大学に行くんだい?」

クレミーは言った。「カル、インゲン豆をいかが?」

「ああ、もちろん、ありがとう、クレミー」カルが皿を受け取って言った。

クレミーの母親が答えた。「クレミーはオハイオ州の小さな長老派教会系の大学に行くのよ。きっと一度も聞いたことがないでしょうけれど。マスキンガムというの」

クレミーは大学がとても気に入った。高校の最初の二年間のように楽しかった。きれいなキャンパス、すばらしい新しい友人たち、立派な教授陣。オハイオ州の多くの親が、小さな田舎の長老派教会系大学の良さを求めて、子どもを送りだしていた。クレミーはコロンバス出身の女子学生を探した。

ブーン夫妻とクレミーの大切な息子は、ほんの百キロほどしか離れていない場所にいる。しかし、その距離をどうやって移動すればいいのか？　当時は車を持っている学生はほとんどいなかった。もしかしたら新しい友人が週末に自宅に招待してくれるかもしれないが、そこから具体的にどうやってブーン夫妻のところまで行けばいいのか、クレミーにはわからなかった。

母親からは毎週、詳細な情報の詰まった興味深い手紙が届いた。父親からは一度も来なかった。手紙を書くのは母親の仕事だからだが、たまに母親の手紙の最後に、父親がサインしていることもあった。

当時はそういう時代だった。ジェーン・オースティンの小説の登場人物のように、人々は毎週、あるいは毎日でも、手紙を書くために時間をとった。クレミーの母親は、手紙と一緒に地元の新聞の切り抜きを同封して、封筒を分厚くした。たとえば、結婚式の写真（花嫁は手織りのシャンティリーレースをあしらった、なめらかな絹（ポードソワ）のドレスを着ている）、婚約発表の写真（未来の花婿は写っていない）、クラブのニュースなどを。そしてある日の手紙には、数年前に発生したとされるレイプ事件で告発された男の記事が同封されていた。

地元の新聞が犯罪を取りあげるのはめずらしかったが、この事件の場合、被告人が地域社会でそれなりの地位を確立しており、嘘つきの醜い女が立派な人物の名誉を傷つけようとしていると誰もがぞっとした。

〝疑惑〟という言葉はまだ使用されていなかったが、告発されたのがラドヤード・クリークであったために、冤罪であると強く示唆していた。

記事は彼の言葉を引用していた。「哀れなことですね。男性に憧れ、注目を集めようと悪質な嘘をつく少女はどこにでもいるのです」

その記者は――署名はなかった――少女ではなく、ラドヤード・クリークを信じていた。

わたしはあの男を告発はしなかった。クレミーは思った。誰にも信じてもらえないとわかっていたからだ。そしてわたしは正しかった。この少女も信じてもらえていないのだから。でも、なぜママはこれをわたしに送ってきたんだろう？　ここにも不道徳な少女がいると知らせているのだろうか？　わたしと同じくらいに？　それとももっとひどいと？　この少女が無実の男性を陥れようとしているから？

クレミーは名前の記されていない少女のために祈った。

沈黙が犯罪者の利益になることを、自分がラドヤード・クリークという進行形の邪悪に加担していたことを理解するまでに何年もかかった。その記事を受け取ったときにクレミーが思ったのは、善良な人々の暮らす、遠く離れたオハイオの地にいる自分がいかに幸運かということだけだった。

当時、女子学生寮には部屋の電話は設置されていなかった。入館記録は、実直で厳しい寮母が管理していた。受付は寮生が交代で担当した。寮生は受付に立ち寄って郵便物を受け取り、そのまま部屋にあがる。来客や電話があったときには、誰かが階上まで知らせに来てくれる。

その日、クレミーは風を切ってしあわせな気持ちで寮に戻った。彼女はラテン語の授業に夢中になっていた。ラテン語の活用と語形変化の数学的美しさたるや。古代の音節から英語の単語が生まれるさまを、彼女はどれほど楽しんだことか。ラテン語の教授は、クレミーならばギリシア語もたいそう気に入るだろうと、現存するもっとも易しい古代ギリシア語で書かれた初級者向けテキスト『ヨハネの福音書』を手渡した。クレミーはこの新しいアルファベットを早く練習したくてウズウズしていた。

「お客さまが来てるわよ」ジュディが言った。同じフロアのジュディは、おどろくほど衣装持ちだった。クレミーはジュディほどすてきな服をたくさん持っている人に会ったことがなかった。ジュディはクスクス笑った。「あなたを訪ねてきた紳士は、とてもハンサムね」彼女はささやいた。クレミーはビフという四年生に恋をしていたので――ビフは、当時としてはめずらしく、卒業後に法科大学院に進学予定で、それは彼が学者気質で、正義感の強い男性であることを示していた――てっきり来客の紳士はビフだと勘ちがいした。

しかし、来客はラドヤード・クリークだった。

脚は逃げだそうとし、口は悲鳴をあげようとした。それでも、クレミーは礼儀正しくしなければならなかった。監督に向かって「消えうせろ」と言うことはできなかった。唾を吐きかけることもできなかった。くるりと背を向け、部屋に戻ることもできなかった。みんなが見ており、彼女の行動は品定めされていた。

そしてクレミーは自分にも責任の一端があると思っていた。クレミーの行動、容姿、赤く腫れたような唇、黒い巻き毛が監督を誘惑したのだと。あのとき起こったことの恥辱は、まだ怒りに置きかえられていなかった。大好きな寮の応接間を監督の存在に汚されたくなくて、彼女は言った。「ポーチで座りましょう」

ポーチは日当たりがよくて心地よく、軋んだ音を立てるロッキングチェアと古い籐の椅子が置かれていた。男女が太腿を合わせて座れるような家具はなかった。

ところがポーチに出たとたん、ラドヤード・クリークの大きな指がクレミーの手首を握りしめた。まるで彼女の骨が小枝であり、折って焚きつけにするといわんばかりに。彼は声を立てて笑うと言った。「さて、散歩に行こうか」

クレミーの体にはまだ監督にされたことの記憶が残っていた。その瞬間、彼女は再びあの圧力を、暴力を感じた。再び彼の顔に浮かんだ憎悪の笑みを見て、あの痛みと恐怖を追体験した。

クレミーは寮の応接間にとどまるべきだったのだ。革張りの深い椅子にひとりで座ってしまえば、たとえ監督でも、引きずりでもしないかぎり、クレミーを立たせることはできなかっただろう。またしても、クレミーは判断ミスをした。恐怖が彼女を縛りつけた。いったん恐怖が始まると、もはや取りのぞくことは不可能だった。そして公衆の面前に、キャンパスの真ん中に来てしまったからには、もう自分を見世物にすることはできなかった。その後長いあいだ、クレミーはそのことについて考えた。一九五〇年代には――一九六〇年代になっても――礼儀正しくあらねばならない、社会的立場は守らねばならないという固い信念に囚われるあまり、敵を守っていたということについて。

監督は寮からかなり離れたところ、砂利の駐車場の端、高くそびえる木の下に車を停めていた。彼はクレミーを助手席のドアまで引っ張っていった。車がここを離れたら何が起こるのかわかっているクレミーは、どんどん自分が弱くなるのを感じた。

しかし、そこは小さなキャンパスだった。少し傾斜のある石畳の歩道を、ふたりの青年が歩いてくるのが見えた。ほとんど知らないが、彼らが礼儀正しく振舞ってくれることは確信できた。「カーティス！」彼女は呼びかけた。「ロナルド！　こんにちは！」

「やあ、クレミー！」ふたりは返事をして、歩きつづけた。

「こちら、わたしのお客さまよ！　出身高校の監督が立ち寄ってくださったの！」

カーティスとロナルドはすぐに近づいてきて、律儀な笑みを浮かべ、右手を差しだした。

ラドヤード・クリークはクレミーの手首を右手でつかんでいたので、カーティスとロナルドと握手をするために手を放さなければならなかった。なぜなら彼もまた、クレミーと同じように、礼儀作法には従わなければならなかったからだ。クレミーはその隙にカーティスの背後にまわると言った。「ご挨拶に来てくださって、ありがとうございます、ミスター・クリーク。それでは、さようなら！」

ロナルドは踵（きびす）を返しながら言った。「お会いできて光栄です、ミスター・クリーク」カーティスはクレミーに話しかけた。「これから微積分の授業なんだ。覚えられなくてさ。きみは別のコマの微積分の授業を取ってる、クレミー？」

三人は並んで歩きはじめた。「実は、まだ微積分は取ってないのよ、カーティス。みんな言っているけれど、そんなに難しいの？」

わたしはマスキンガム大学が大好き。クレミーは思った。だけど、転学しなければならない。どちらにしても、コロンバスに住みたいのだもの。わたしが大学を変えたことを監督が知ることはない。まさかまた余暇を使って、マスキンガムまで運転してこられるとも思えない。たとえわたしがオハイオ州立大学にいると知っても、数千人の学生のなかからわたしを見つけだすことはできないわ。

クレミーは青年たちと一緒に、無事に校舎のなかにはいると、ホールをウロウロして、窓辺の席を見つけた。そこで勉強するふりをしながら、心のなかでラドヤード・クリークがニューヨークまで戻る時間を推測した。一度も通ったことのない道を思い浮かべて。とてつもなく長いドライブになるはずだが、クレミーは自分ではほとんど運転しないので、時間を見積もることまではできなかった。

門限までには寮に戻る必要があった。午後十時数分前に、彼女は階段――守衛さんたちが校舎には誰もいないと思って、ほとんどの明かりを消していたために暗かった――をそっと降りて、赤く光る出口の標識を目指してゆっくり歩いた。

ラドヤード・クリークはオールバニから、あるいはどこであれ彼が住んでいるところから、大変な労力を払ってここまで来ていた。そんな彼が、敗北を喫したまま、おとなしく帰るだろうか？　それともクレミーを取り逃がしたことが、彼の欲求を逆に刺激するのだろうか？　バスケットボールの試合では文字通り最後の一秒まで戦う男だ。だからこそ彼のチームは勝利する。

クレミーは獲物なのか？　彼はまだ寮を張り込んでいるのか？

彼女は注意深く窓から外をのぞき、初めて実感した。このキャンパスにどれほど明かりが少ないか。男が待ち伏せできるような影がどれほどたくさんあるか。男が身をひそめることのできる背の高い木々がどれほどたくさんあるか。

もし門限までに戻らなければ、どうなるのだろう？　罰点される？　それとも心配したルームメイトが警察を呼ぶだろうか？

自分で警察に通報して護衛を頼もうとは考えもしなかった。通報したところで笑われるだけだ。キャンパスでの犯罪などありえないのだから。

クレミーは暗い階段を一番下の階まで降りて、公衆電話まで行くと、寮に電話をかけた。運よく、ジュディが電話に出た。ジュディはクレミーが朝まで帰らないのはとびきり楽しいことだと考え、ルームメイトに知らせておくと約束した。

「ドミニク・スペサンテを探す必要があります」保安官が言った。「彼の携帯番号を教えてもらえますか、ミズ・スティーブンス、それからほかにも情報があればお願いします」

しくじったわね、ドム。クレミーは思った。何も問題ないとショートメールをくれるべきだったのよ。そうすれば、基本的には永久に死体を隠しておくこともできたはずなのに。たぶんミイラになるまで。いいえ、ミイラになるには、サウスカロライナは湿度が高すぎるわ。それでも、あなたがメールをくれてさえいれば、そもそもわたしはあなたの家に行くこともなかったし、三番目の家にはいって、ガラス細工を見つけることもなかったのよ。

クレミーは右ポケットの電話を取りだして、連絡先をクリックすると、番号を読みあげた。

「それからミスター・スペサンテの真向かいの住民のかたですが」保安官が言った。「ジョイスとジョニーといいましたか。彼らの名字はなんでしょう?」

「ジョイス・ビッグスとジョニー・マーシュよ」シャーリーが答えた。会話に参加したかったのだろう。「ふたりは旅行に出かけてるわ。ジョイスの家族に会いにいくために」

誤りを訂正しなくては。クレミーは思った。でも、やめておこう。わたしはいま、ショックを受けてるんだもの、そうでしょう? あとから気づいて伝えるほうが自然だわ。ふたりでドムの家を確認したときのことは、ジョニーに話させたらいい。わたしは健忘症（シニアモーメント）を頻発することにしましょう。結局、ウィッグをかぶっていなくてよかったんだわ。〝哀れな老婦人〟という設定を強化してくれるのだから。

次は犯罪捜査チームがやってくるだろう。クレミーの指紋を除外するために、指紋を採取させてくれと頼まれるだろうか? 「あら、でもわたしは一度もはいってないのよ」と言えるだろうか? それはだめだ。もう家のなかにはいったと話してしまったのだから。「ガーデニング用の手袋をはめていたの」というのはどうだろう？「わたしはプライバシーにこだわっているの。指紋を取ったら、なりすまし犯罪に使われてしまうでしょう」というのは？　なんと言ったところで、結局、彼女の哀れな両手はインクパッドに押しつけられてしまうのだろうか？

シャーリーが言った。「あなたはそのウィルソンって人をよく知っていたのね、ヘレン、ものすごく動揺してるもの。ジョイスがここにいてくれたらよかったのに。彼女がいれば、あなたも安心できたでしょうに」

「ジョイスに電話するわ」ベティ・アンが言った。

「何が起こったのか知らせましょ」ベティ・アンは携帯電話をいとおしそうに取りだした。誰もが携帯電話に対して示す、まるでおりこうなペットに向けるような愛情と喜びを込めて。

「いいの、いいの」クレミーは言った。「ジョイスは妹さんのところに出かけたんだし。ほかのことまで心配させるようなことは、やめておきましょう」ほかのことなどと言うべきではなかった。クレミーは思った。ほかにどんな心配があるのかと、保安官から訊かれるかもしれない。ジョニーが使い込みしたかもしれないなどと話すわけにはいかないのに。

「ヘレン、これは殺人なのよ？」シャーリーは最近よく使われるように、平叙文を疑問文のイントネーションにして言った。「殺人について心配しないはずある？　それも通りの向かいで起きた殺人を？　ジョイスには知る必要も資格もあるわ」

「シャーリーの言うとおりよ、ヘレン」ベティ・アンも言った。「ジョイスのことだから、戻ってくるかもしれないわ。そうすれば自分の目で見られるわけだし」

ふたりは先を争ってジョイスに電話をかけた。ベティ・アンが勝った。「ほんとは直接伝えたかったけど、しかたないからメッセージを残すわね」ベティ・アンは言った。「きっといま運転中で、電話が取れないのね。でも、あなた、ブルートゥースでハンズフリー通話ができるはずじゃない、ジョイス？　道が混んでるの？　アトランタが近いのかもしれないわね。あのあたりを運転するのは、いつもすごく集中力が必要だもの。ともかく聞いて。恐ろしい、恐ろしい事件が起こったの」彼女は潑剌（はつらつ）としたうれしそうな声で言った。「ドム・スペンスレイ、スペントレイ？　こういう変わった名前って大嫌いよ。ともかく、あなたのお向かいさん、全然家から出てこない人ね、その甥御さんだかなんだか、どういう関係かまでわからないんだけど、ウィルソンって人が、殺されたの。ほんとうよ。殺されたのよ、ジョイス。ここで、ドムのガレージのなかで。クレミーがものすごくショックを受けてるの。電話をちょうだい。詳しい話を教えるから」

「ごめんなさい」クレミーは上品に言った。「お化粧を直してくるわ」彼女は保安官の膝をまわり込み、寝室に向かった。ボロバスクがガレージでじっとしていることを、バスルームにしゃがんでなどいないことを祈りながら。無事に、誰もいないバスルームにはいると、鍵をかけた。そんなことをしたのは覚えているかぎり初めてだった。蛇口をひねって水を出し、タオルを浸した。それからタオルを絞って、片手で額に当てながら、もう一方の手で家族用の携帯電話の留守番電話のメッセージを聞いた。

『クレミー大叔母さん』ベントレーの声だった。『ネットにはいろんな情報があってさ。あのボロバスクって人？　どうやら問題はガラス細工じゃないみたいだ。お金なんだよ。ガラス細工の泥棒が、すごい大金も盗んだらしい。何十万ドルもの現金だよ。その現金は大叔母さんが写真を撮ったガラスの横に置いてあったみたいでさ。だから、すごく悪い状況なんだ。ボロバスクが大叔母さんの居場所を突きとめられるとは思わないし、ぼくが行ったところで何かできるわけじゃないけど、でも大叔母さんがそうしてほしいなら、ぼく、そっちに行くよ』

　ベントレーは咳払いをした。『今夜、八時八分にラガーディア空港を発つ便がある。それに乗って助けに来てほしい？』ベントレーの声は自信なさげだった。『飛行機のチケットを取るのは、大叔母さんから電話をもらってからにするよ』明らかに、来てと言ってほしくなさそうな声だ。また間（ま）があった。『愛してるよ、クレミー大叔母さん』彼はぎこちなく言った。

　ベントレーがそんな言葉を口にしたのは初めてだった。クレミーは少しほだされそうになったが、同時に自分をこんなことに巻き込んだ又甥を憎んでもいた。いずれにせよ、警察がリビングにいるときに、ヘレン・スティーブンスのことをまったく知らないベントレーがここに来るのは、クレミーにとって一番避けたいことだ。いや、一番避けたいことは、ジョイスに戻ってこられて、クレミーの車に美男子（ドリームボート）が乗っていたと発言されることだが。

　とはいえ、ベントレーの情報のおかげで、かなり説明がついた。もしボロバスクが何十万ドルもの麻薬の売上金を探しているのなら、たしかにツリードラゴンは手がかりであって、懸念の対象ではない。ボロバスクは真ん中と三番目の家の捜索から手ぶらで帰ってきたのだから、まだお金を見つけていないにちがいない。ドムが持っていったのだろうか？　それがドムとウィルソンが仲たがいした理由なのか？

　そもそもドムとウィルソンはどういう関係なのか？　ウィルソンが訪ねてくるのは親切心からだとクレミーは思っていたのだが。実は、何か恐ろしい方法で、ドムはウィルソンの囚人にされていたのかもしれない。ドムのような暮らしをしたいと思う人なんているはずがないのだから。盗んだお金のおかげで、ドムは逃亡できたのかもしれない。

　クレミーはベントレーにメッセージを送った。『心配してくれてありがとう。やさしいのね。でも、こちらはなんの問題もないわ。万が一、何かあったときのために、別の場所に泊まれるよう手配もしてあるの。飛行機には乗らないで!!! でも、そんなふうに言ってくれて、ほんとうにうれしいわ。わたしもあなたを愛してる。クレミー大叔母さんより』

14

クレミーは両親を説得し、二年生からオハイオ州立大学に編入する許可を得た。淑女らしく振る舞い、将来両親に恥をかかせないと約束した。両親は大きなキャンパスには誘惑がたくさんあると厳しく娘を戒めた。クレミーは誘惑されないことを、もし誘惑されても屈しないことを約束した。

ラドヤード・クリークがオハイオ州立大学にも現れるのではないかという懸念は抱かなかった。たとえ編入の事実を知ったとしても、何万人もの学生のなかからクレミーを見つけることはできないだろう。それに彼には知りようがないではないか? もう暮らしていない町で、夕食に招待してくれと頼みつづけることはできない。

思いがけず、クレミーはオハイオ州立大学のことも、たいそう気に入った。わたしにもまだ〝それからずっとしあわせに暮らしました〟という人生を得られるかもしれない。まだ恋をして、望む人生――良き夫、数人の子ども、小さな家、大きな庭――を送ることができるかもしれない。そんな期待さえ抱いた。

編入して最初の週に、クレミーは中古の自転車を購入した。あっというまに流行が廃れ、何十年も時代遅れのままだったのに、突然、また流行の最先端となるような、ギアがなくてタイヤが太いタイプの自転車だ。彼女はその自転車に乗って、どこへでも出かけた。髪が乱れないように、スカーフを顎の下で結んで。ボリュームのある髪型はまだ流行っておらず、髪が平たくなっても誰も気にしなかった。

時間ができるとさっそく、自転車のペダルを漕いで、ヴェロニカがミセス・ブーンの運転免許証から書き写してくれた住所まで出かけた。初秋のことで、空は美しく、木々は色鮮やかだったが、寒い日だった。ブーン家のドライブウェイにはステーションワゴンが駐車していた。クレミーはナンバープレートの番号を覚えた。

幸運なことに、ブーン家のブロックをわずか二周したところで、クレミーの息子の手を握った母親が家から出てきた。ふたりは歩道を歩きだし、通りを二つ越えて、公園に行った。簡素な公園だった。小さなアヒルのいる池、少しの芝生、ブランコとシーソー。それから座るには冷たすぎる石のベンチと、色づいた木が数本。

幼い少年と母親はまっすぐブランコに向かった。少年は母親に押されるたびに、うれしそうに声をあげた。その笑い声は、クレミーがそれまで聞いたなかでもっとも愛らしい音だった。彼女はその音を覚えようとした。ほかの音楽を覚えるのと同じように。

クレミーは公園内の舗装された細い遊歩道を自転車で走り、砂場の横を通りすぎ、戦争記念碑のまわりを曲がって、ブーン親子の横で停止した。ミセス・ブーンは、この小柄で美しい黒髪の自転車乗りの少女——真っ赤な唇をして、チェーンに引っかからないように裾をしぼってとめたカーキのズボンを穿いている——が、あのときの汗だくでげっそりと疲れはて、汗じみのついた服を着た、小さな息子の十代の母親だとはよもや思いもしなかっただろう。

後年、クレメンタイン・レイクフィールドのような立場の少女たちは中絶をした。クレミーは自分の時代には罪のない子どもを殺さずに済んだことを心から感謝した。ふたりの親とひとりの少年はしあわせに暮らしていた。クレミーの心が張り裂けそうだとしても、それでかまわない。

母親はクレミーに向かって手を振った。クレミーも手を振りかえし、ペダルを漕ぎつづけた。自転車を飛びおりて、息子に駆け寄って抱きしめ、キスをして、世話をしてあげたいと切望しながらも。

「すなば！」幼い少年が叫んだ。

母親はブランコを止めた。少年はブランコからすべりおり、駆けだした。

湿った砂で遊ぶには寒い日だった。クレミーは砂場遊びが長く続くとは思わなかった。心臓をドキドキさせて、公園を自転車で一周した。頭のなかで祈りを唱えつづけた。どうかまだふたりを帰らせないでください、神さま。そしてもう一度、砂場のすぐそばの遊歩道を、危険を冒して走った。母親が手一杯で、何度もそばを通る自転車乗りに異変を感じとりませんようにと願いながら。

クレミーがふたりのそばを通りすぎたちょうどそのとき、ミセス・ブーンが言った。「もう帰りましょう、ビリー」

ビリー。わたしの息子の名前は、ビリー・ブーン。

ミセス・ブーンとビリーに公園でばったり出会うことは、そうは起こりえない奇跡なので、定期的に彼らと会える方法が必要だった。そこでクレミーはもうひとつの可能性を考えた。教会だ。

たいていの人は教会に行くので、ブーン一家が定期的、あるいは半定期的にどこかの教会に顔を出している可能性は充分に考えられた。クレミーは毎週日曜の朝、自転車でブーン家の近所まで行き、周辺の教会の駐車場をまわって、彼らのステーションワゴンを探した。しかし、教会の数は多く、どこも午前中に二回礼拝を行なっているようで、目当てのワゴンは見つからなかった。その方法がうまくいかないとわかると、クレミーはブーン家のそばで待ち伏せすることにした。まずは彼らが朝一番の礼拝に出かける場合に備えて、午前八時四十五分頃に。次に午前十一時の礼拝に出かける場合に備えて、午前十時半頃に。

自分の行動が行き過ぎていることは自覚していたが、クレミーの心は、幼い息子にもう一度会いたいという思いでいっぱいだった。ついにある日曜の朝、十時四十五分に、ブーン一家のステーションワゴンが、彼女の目のまえの信号に現れ、大通りを走りだした。クレミーは大きなメソジスト教会の駐車場で一家のワゴンを見つけた。信者席の一番うしろの列にすべり込んだときに、ちょうど礼拝が始まった。ブーン夫妻のそばにビリーの姿はなかった。いっとき混乱し、絶望したあと、クレミーは理由を悟った。そしてうしろの扉から抜けだし、日曜学校の棟へ向かった。託児室で先生を見つけると、子どもたちの世話を手伝うと申しでた。「まあ、なんてちょうどいいときに！」日曜学校の先生は叫んだ。「今朝は人手が足りなかったのよ」

当時は、気味の悪い倒錯した保育士のことを心配する人は誰もいなかった。その人が無資格なのか、嘘をついていないか、ほかの誰かになりすましていないかと考える人もいなかった。子どもたちは保育士を名前では呼ばなかったし、子どもたちのまえで大人から名前を呼ばれることもなかった。そんなわけで、クレミーはミス・ブレイクとなった。ふと口をついて出た名前で、由来は彼女自身にもわからない。これまでついた嘘の一覧表に、ブレイクという名字が加えられた。

数週間のうちに、彼女は一度、ビリーを腕に抱くという機会に恵まれた。別の機会には、聖書のお話が少し怖いときに、ビリーが手を伸ばして彼女の手をぎゅっと握りしめた。クレミーはブーン夫妻に身元がバレることを――自分の存在に気づかれることすら――心配していなかったし、実際に夫妻が気づくことはなかった。

感謝祭のときには、ビリーが画用紙で七面鳥を作る手伝いをした。クレミーがかたどったビリーの片手は七面鳥の大きな羽の尾になった。降臨節の最初の日曜日には、白い楕円形の画用紙に綿の玉を貼りつけるのを手伝った。「ひつじだよ」ビリーは誇らしげに言った。

クレミーは日曜学校にカメラを持っていった。当時のカメラはかさばった。こっそり隠し撮りすることは不可能だった。彼女は子どもたち全員の写真を撮影したので、ビリーだけが目的だと気づかれることはなかった。

もしあのときクレミーがビリーの写真を撮らなければ、ラドヤード・クリークは生きていただろうと思うと、奇妙で恐ろしいめぐり合わせを感じる。

「われわれは近隣住民のみなさん全員に、お話をうかがう必要があります」保安官が言った。「不審な人物や出来事を見かけなかったかについて」

ラルフは明らかにこの件に関わりたがっていたが、ネタがなかったので、こう言った。「ヘレン、ひとりで家にいちゃいけない」彼は父権を振りかざすような声で言った。そういう声を聞くたびに、クレミーは結婚しなくてよかったと思う。「これはきみのすぐ隣りの家で起こったことなんだよ、ヘレン」クレミーが気づいていないとでも思ったのか、彼は言った。「このあたりには殺人犯がいるんだ。警察が事件を解決するまで、うちのゲストルームに泊まってくれ」

「賛成。荷造りを手伝うわ」妻のベティ・アンも言った。

クレミーは考えようとした。それが一番いいのかしら？　ボロバスクを置いて家を空けて、あとは勝手に出て行くなり、なんなりさせるべき？

「おれたちはヘレンを疲れさせてるぞ」ラルフが高らかに言い、クレミーの家から全員を追いだした。クレミー自身も含めて。なぜなら、彼はクレミーが疲れているかどうかなどどうでもよく、たんに捜査の行方を見逃したくないだけだったから。みんなはぞろぞろとポーチに出て階段をおり、できるかぎりドムのガレージに近づこうとした。ガレージに変わったところはなかったが、さらに多くの警察関係者がうろついていて、その半分は写真やビデオを撮影しており、もう半分はテイクアウト用のカップでコーヒーを飲んでいた。下っ端がどこかで買ってきたのだろう。

保安官もドムのガレージにいる部下たちに合流した。クレミーは前庭のキャンバス地のチェアに腰をおろした。そうすればラルフに腕を取られて連れていかれることもない。するとラルフがそっと言った。「二度と警察を家に入れるな、ヘレン、入れてしまえば警察には捜索する権利が生じるんだから」

「捜索する？」クレミーは繰り返した。いったいラルフは何を考えているの？　まさかわたしがウィルソンを殺したとでも？　その手がかりがわたしの家にあるはずだと？　それともボロバスクの姿を見かけたのだろうか？

いいえ、もしラルフがわたしの家の廊下に見知らぬ男が立っているのを見ていれば、保安官にそう告げていたはず。

　クレミーは考えをまとめることができなかった。ラドヤード・クリークとベントレー、ジョイスとドム、ウィルソンと警察、ガラスの喫煙具(リグ)の写真、小さな少年のスナップ写真――過去、現在、そして想像のなかの人々が織りなすコラージュが、頭のなかでひらひらとはためいている。

　ジョイスはベティ・アンの留守電メッセージを聞いたら、すぐに折り返し電話をかけるだろう。ガルヴェストンへの訪問を取りやめて、引き返してくるかもしれない。ブルーライラック通りで起こった最大の事件を見逃したりしたら、ジョイスは死ぬほど後悔するからだ。一刻も早くボロバスクをレンタカーまで連れていかなければならない。いまはとても不可能だけれど、もし彼を帰すことができれば、何か事態は変わるのだろうか？

　事態は一点に向かって収束しつつあった。このままでは、クレミーの秘密は明かされることになる。ここにいる人々は全員、ほどなく知ることになるだろう。ヘレン・スティーブンスという人間はここに住んでいないだけでなく、どこにも存在していないということを。身元を盗むと刑務所に入れられるのだろうか？おそらくそれはないだろうが、教師の仕事、友人、陶芸やプールでの気さくな仲間を失うことは確実だ。

　少なくとも、本物のヘレン・スティーブンスの両親はもうすでに亡くなっているはずだから、娘の名前が盗まれて長年使われつづけていたことを知ることはない。

　ずっと昔、クレミーはフロリダに小さなマンションを購入した。購入者の名前は、クレメンタイン・レイクフィールドでも、ヘレン・スティーブンスでもなく、両親が離婚して継父の養子になる以前の出生証明書に書かれていた、クレメンタイン・エレノア・マーリー

——七十年間、彼女が一度も名乗ったことのない名前——だった。

クレミーの出生時の名前がレイクフィールドではなかったことを知る人物は、地球にひとりもいない可能性がある。出生記録には記載されており、おそらくインターネット上に保存されている。とはいえ、かならずしもそうとはかぎらない。当時は、養子縁組や離婚に関して、厳重に秘密が保たれていた。また、何十年も経ったあとに、デジタルデータへの移行が始まるまえに、紙の記録が破棄されたり、失われたりした可能性もある。

中学生の頃、クレミーは実父にパスポートを取得してほしいと頼んだ。いつかふたりで海外旅行に行きたいからと言って。実父はクレミーと同じようにその計画に喜び、彼女の出生時の名前でパスポートを取得する手続きを取った。クレミーはそのパスポートを、ファスナー付きの黒い聖書に挟んで大事に保管していたが、実父が心臓発作を起こし、結局ふたりの旅行は実現しなかった。

そんなわけで最終的に、彼女は三つのパスポートを持った。クレメンタイン・レイクフィールド、ヘレン・スティーブンス、クレメンタイン・エレノア・マーリー。フロリダのマンションを買った当時は、まだセキュリティという概念がなかった頃で、大昔のクレメンタイン・エレノア・マーリーのパスポートを身分証明書として使おうと考えた。が、結局住宅ローンを組まなかったので、使う必要はなかった。彼女は実父から相続した遺産でその家を購入したのだった。

わたしはこれまで数多くの過ち(あやま)を犯してきた。クレミーは思った。それをすべてラドヤード・クリークのせいにすることはできない。昨日と今日の過ちは、わたし自身が犯したものだ。

クレミーの目から、ずっとこらえていた涙がこぼれはじめる。

「ラルフ」ベティ・アンがぴしゃりと言った。「いいかげんにして。この人は刑事弁護士でもなんでもないのよ、ヘレン」そう言って、彼女は目をぐるりとまわした。「彼はフェデックスの宅配ドライバーだったの。でも、刺激的な職業についていたって話をするのが大好きでね。いつも心臓外科医だとかエジプト学者だとか言ってるのよ」

ラルフは笑っている。「何時間も乗り切れることもあるんだ」彼はクレミーに言った。「たまに、一生分の作り話で乗り切ることもある。痛快だよ」

まさに一生分の作り話で乗り切ってきたクレミーは、急にラルフに親近感を覚えた。それに、と彼女は思った。ラルフの言うとおりだ。保安官を家にいれるのはもうやめておこう。これは殺人事件なのだ。今日、わたしの人生にふたつ目の殺人事件が起こった。今後は一切誰にも何も言うまい。警察は自力で事実を知るかもしれないし、知らないままかもしれない。

「待てよ」エドが深刻な声で言った。「ドムはどこにいる？　こんなに長いあいだ帰ってこないというのは、いい徴候じゃない。ドムがこの件に何か関係していると結論づけざるをえないぞ」

まわりのみんなが一斉に息を呑んだ。エドよりもずっとまえからその結論に達していたのは、わたししかいなかったようね。クレミーは確信した。

ドムはウィルソンの車で逃走したにちがいない。おそらくウィルソンの車は裏手にあるモールの駐車場に停めてあったのだろう。そこまでならドムでも歩くことはできるし――彼はまったく歩けないわけではない――当然、逃げる意欲もあっただろうから。

どこかで読んだのだが（おそらく、いまでも購読している二紙のひとつ、〈ウォールストリート・ジャーナル〉だろう。ほかの新聞はオンラインで読んでいる。正直に言えば、見出しにざっと目を通すだけだけれど）、百ドル札は大規模な麻薬取引にメインで使用されるため、裏社会に大きく貢献しているらしい。クレミーはグーグルで検索した。十万ドル分の百ドル札の重さは約一キログラム。たとえば五十万ドルなら約五キロになる。砂糖なら袋ふたつ分の重さだ。どれくらいの場所を取るのかは書いていなかったが、山のような現金ではないだろう。せいぜい猫のキャリーケースくらいの大きさのはずだ。

現代ではもう行方をくらますことは不可能だと言われている。インターネットがつねに探しだすからだ。実際、ボロバスクはわたしを探しだした。クレミーは思った。でも、ドムにはサンシティの外に、いつでも使える別の身元がある。わたしの推測では、ドムはペサンテになって消えることができる。消えるというのは正しい表現ではないかもしれない。ただ元の自分に戻るだけなのだろう。

そろそろクレミーも生まれたときの名前に戻るべきときなのだろうか？　それはこの小さな家を手放すということだ。サンシティを離れて。大好きで気楽なラテン語教師の仕事を辞めて。三年生七人、二年生六人、一年生十一人の生徒たちを残して。彼らと会うことは二度とないだろう。愛する生徒たち。クレミーは彼らの人生と将来を案じていた。そのあとも、又甥や又姪、姪のペギーと連絡を取りつづけることはできるだろうか？

「ヘレン、家にはいって荷造りをしましょ」ベティ・アンがきびきびと言った。

「ベティ・アン、あなたはほんとうに親切で思いやりのある人ね。だけど、わたしはここに残るわ。心配していないし」

「どうして？」シャーリーが強い口調で言った。「わたしは心配よ。隣りで殺人があったのよ！　あなたがたぶん〈ワーズ・ウィズ・フレンズ〉のアプリで遊んでるか、卵をかき混ぜていたときに、あの気の毒な人が撃たれたのよ！」

口を閉じていなさい。クレミーは自分を叱咤した。なぜ心配していないか説明できないのに、余計なことを言ってしまった。

そのとき、ラルフがクレミーを救った。「おい、おかしいぞ。あのドアはなんだ？　おい、ヘレン、あれを見ろよ。気づいてたか？　壁をくり抜いてドアをつけたにちがいない。二軒の家はつながってるんだ！　あの三番目の家に住んでる人たちは？　全然来てないよな。一度だけ会ったんだが、孫を訪ねるときにしかこの家は使ってないって話だった。それで、彼らの孫がどこに住んでて、どの学区にいるのかって訊いてみたらさ。なにしろ、うちの孫もこのあたりにいるんだよ、十一人いてね、男の子が七人、女の子が四人だ。そしたら彼らときたら、教えてくれなかったんだよ！　いいか、世の中に孫の自慢をしないやつなんていない。写真さえ持ってなかった！　孫の写真を見せびらかさないやつなんているか？　おい、保安官にあっちの家も調べるように言ってこよう。彼らが殺人犯かもしれない」

たしかにそうかもしれない。クレミーは思った。彼らの家に、盗品のガラス細工があったのだから。

コグランド夫妻がドムを連れていったのだろうか？　どういうわけか、すべてが悪い方向に進んでいた。ウィルソンは撃たれ、夫妻とドムは車で逃げだし、ヘレン・スティーブンスへの返信は忘れられた。

ボロバスクには、リビングやポーチでの会話がどれくらい聞こえていたのだろう？

もし彼がほんとうに肝が据わっているなら、いまごろ裏の引き戸から外に出ていることだろう。みんなが家のまえにいて、警察がドムのガレージにいるうちに。

一月、ブーン一家は教会に来なかった。

「ビリーの家族は引っ越したのよ」ある日曜日、日曜学校の先生が言った。「残念だわ。とても積極的に活動してくれるご家族だったのに。みんなほんとうに寂しがっているのよ」

クレミーは自分でも驚いたことに、その日の午前中、最後までボランティアをやりとげた。

月曜日、教会事務室に電話をかけた。教会でのボランティアの名前を名乗るのを忘れないようにと自分に言い聞かせて。「もしもし」必死な声を出したり、泣きだしたりしないように注意して言った。「ヘレン・ブレイクです。託児室のお手伝いをしています。その、わたしはビリー・ブーンとご両親が大好きでした。カードを送りたいので、転送先の住所を教えていただけないでしょうか」

当時は、誰かが良からぬことに関わっているのではないかと心配する人はいなかった。クレミーの言葉を怪しむ人などいなかっただろう。「ちょっと調べてみるわね」事務員は言った。紙をパラパラとめくる音、金属製の引き出しの開閉音、マニラ紙のフォルダを机の上に置く音が聞こえた。後年、こうした音のすべてはクリック音に置きかえられることになる。

「ごめんなさいね、ミス・ブレイク。転送先の住所はうかがってないみたい」

ビリーを失ったクレミーは、両親に会って癒されたくなり、春休みに帰省した。季節はずれの暖かな日に、クレミーと両親の三人は実家の玄関ポーチに座ってくつろいでいた。そのとき、ラドヤード・クリークがレイクフィールド家のまえを車で通りかかり、親子の姿を見て縁石に車を停めた。

ラドヤード・クリークは芝生を横切り、ポーチの階段を駆けあがってきた。クレミーの両親はパッと笑顔を見せた。もちろん、母親は夕食を食べていってくれと誘った。

クレミーは気を失い、息が詰まり、下痢をしそうになった。全身がまるでいうことをきかなかった。

「驚いた、よくここまで運転する時間がありましたね」クレミーの父親が言った。「あなたの高校から百五十キロはあるでしょう」

「二百五十キロですよ」ラドヤード・クリークは笑いながら言った。「まあ、バスケットボールのシーズンは終わりましたから。州選手権で優勝はできなかったんですが、ベスト4には残りました。ようやく休みが取れたので、旧友を訪ねてまわっているんです」彼はクレミーに笑顔を向けた。「それで、オハイオ州立大学はどうだい？」

クレミーはテーブルの下で震える両手を握りしめ、背筋をピンと伸ばした。ラドヤード・クリークはマスキンガム大学を再び訪ねて、クレミーが転校したことを知ったのだろうか？ それとも兄のピートに居場所を尋ねたのか？ なぜ彼はこんなことをしているのか？ 彼には妻がいて、立派な仕事があって、夜や週末にもバスケットボールの試合があるというのに――それでもクレミーを追いかけてくる？ なぜ？

〝ストーカー〟という言葉は、一九五〇年代、六〇年代には使われていなかった。猟師が獲物を追いかけることはあっても、ひとりの人間が趣味で別の人間を追いかけるという発想は何十年ものちに出てくるものだ。そしてクレミーが初めてそういう意味の〝ストーカー〟という言葉を聞いたときには、彼女自身がストーカーになっていた。

「大きい学校です」クレミーはようやく口を開いた。

「マスキンガムとはずいぶんちがいます」

「ラテン語を専攻してるんですよ！」母親が言った。

「そうなのよね、クレミー？ この子は、高校で四年間教わったミス・ガーデナーのようなラテン語の先生になりたいんですって。OSUにはすばらしい古典学科があるんですよ！」

「それはすごいな」ラドヤード・クリークは言った。

「寮はどんなところなの？ さぞかし大きいところなんだろうね」

クレミーの胃がむかむかしはじめる。テーブルの上では、母親の銀食器が輝き、クリスタルガラスがきらめいている。磁器の皿の下には、しっかりと糊づけされしわひとつないテーブルクロスが完璧に敷かれている。それは人生のあるべき姿を象徴しているかのようだった。キラキラとしたなめらかな人生を。

「タワーズと呼ばれているんですよ」母親は言った。「クレミーの部屋は九階なんです！　想像できます？　この子はまさに摩天楼で暮らしているんですよ」

クレミーの母親は娘をレイプした男に娘の居場所を教えたのだった。

15

クレミーは一刻も早く高層ビルの寮を出なければならなかった。

彼女は米国北東部六州（ニューイングランド）出身者の会（クラブ）で、ある女子学生と知り合っていた。その友人は、大学キャンパスの近くに、ガレージの二階にある小さなアパートメントを借りていたのだが、ルームメイトが今学期終了を待たずに退学することを決めており、新しいルームメイトを探していた。翌朝、両親が外出すると、クレミーは実家に一台だけある電話に駆けよった——玄関ホールの電話台におかれた、真っ黒なダイヤル式の電話に。

電話台の小さな引き出しには、電話帳、母親の住所録、メモ用紙（おもに使用済みの封筒の裏を切ったもの）、短い鉛筆がはいっていた。

「クレミー！」その友人、バーバラ・ファーマーは大声で言った。「もちろん、あなたをルームメイトにしたいわ。これで大学の住宅課の掲示板にインデックスカードを貼って、いい人が来てくれますように、最悪な人が来ませんようにって祈りながら待つ必要もなくなる。だらしない人や料理のできない人がルームメイトになったかもしれないじゃない」

「わたしはとてもきれい好きよ」クレミーはバーバラを安心させた。「それに料理も上手なの。わたしのパイ生地を食べてみればわかるわ」

「ぜひ教えて！　わたしがこねるといつもベチャッとなるのよ」

それからふたりはクスクス笑い、噂話をし、自分たちで縫うカーテンはどんな色がいいかについて話し合ってから、ようやく電話を切った。

クレミーはお祝いに自転車で出かけた。


自転車には自由ですばらしい魅力があった。当時はまだ自転車は子どもだけのもので、大人が乗ることはほとんどなかったけれど、クレミーはまだ若く、さほど目立ちはしなかった。ペダルを漕ぐこと、顔に当たる風、筋肉を使う喜び。クレミーはそのどれもが大好きだった。自転車に乗って、町の公園に出かけた。長い楕円形の美しい芝が広がり、木々があり、庭があり、池があった。人工の小島には、一九三〇年代に資源保存市民部隊によって建てられた石造りの東屋(あずまや)があり、写真撮影や待ち合わせに最適な場所として人々に愛されていた。

その日は、早春としては驚くほど暖かく天気のいい日だった。

東屋には、四人の幼い子どもたちとその母親がいた。東屋の石の柱のあいだには横長の窓が嵌め込まれ、その桟がベンチにもなっていた。子どもたちはそのベンチによじ登ったり、楽しそうに叫びながら追いかけっこをしたりしていた。

芝生ではふたりの十代の少年がフリスビーで遊んでいた。発売されたばかりの新しい玩具で、クレミーにはその魅力がよくわからなかった。少年たちのラブラドール・レトリヴァーは、フリスビーを口で受けとめようとして、宙に向かって見事に跳躍した。少年たちと犬が遊ぶ姿はとても微笑ましい光景だった。

クレミーが自転車を降りて、石柱に立てかけたとき、背後からラドヤード・クリークが現れた。

少年たちと犬と母親と四人の子どもたちがどこにも行きませんようにとクレミーは祈った。陽の当たる場所に、木製のベンチがあった。板の部分はつやのある緑色で塗られている。彼女はそこに腰をおろした。気を失いそうだったからでもあるが、ベンチにしがみつけば、この男もクレミーを車まで引っ張っていくことはできないと思ったからだ。

「ここはいいところだね」ラドヤード・クリークは大きな声で言った。それから、東屋にいる子連れの母親に聞こえるように。それから、クレミーにだけ聞こえるように小声で言った。「妻はなかなか子どもを授からない。わたしは子どもが欲しい。きみとわたしのあいだに赤ん坊ができたことは知っているよ。きみがわたしたちの赤ん坊を手放したこともね」

クレミーはたじろいだ。頭にカッと血がのぼり、同時に冷静にもなった。

ビリーのことを、わたしたちの赤ん坊ですって？　この男は、まるでふたりで何かを共同で行なったかのように、その代名詞を使った。初めて、クレミーは怒りを覚えた。彼を殺すこともできるほどの怒りを。

「わたしには立派な家もある」彼は言った。まるで不動産の問題であるかのように。「美しい妻がいて、モーターボートが一台、車も二台ある。あとは子どもが必要だ。わたしたちの子どもがね」

クレミーはそれまで自分と自分の体を守るという観

点からしか考えていなかった。いま、自分は脇役でしかないのだと理解した。彼にとって価値があるのはビリーなのだ。生まれたときから善良な人々に囲まれて、安全でしあわせなビリー。あの子はこの恐ろしい男と顔を合わせてはならないし、ましてや残りの人生を同じ家で過ごすなどもってのほかだ。この男をパパと呼ばねばならないなんて。ともに食卓に座り、ともにクリスマスを祝い、ともにバスケットボールの練習をするなんて。そしてもっとも背筋の凍る筋書きは、あの子がこの男のようになってしまうこと、弱い者を襲うことを学ぶことだ。

ビリーに近づけさせるくらいなら、クレミーはラドヤード・クリークを殺すだろう。

「それはどこだ?」監督が言った。

クレミーはそれという中性代名詞が何を指すのか一瞬、わからなかった。それからラドヤード・クリークは子どもが生まれたことは知っていても、その赤ん坊が男の子か女の子か知らないのだと気づいた。ということは、彼は〈山の学校〉から記録を入手したわけではないのだ。

かなり遠ざかった場所で、少年たちと犬とフリスビーがはしゃいでいる。その幸福さにまるで無頓着に、喜びがどれほど早く壊れうるかも知らずに。

「オハイオの低レベルの小さな大学に行きたくて、オハイオの低レベルの小さな大学に行ったわけじゃないだろう」ラドヤード・クリークは言った。「彼がそこにいるんだろう?　きみは何をしてるんだ?　子守りか?　家族を見張ってるのか?　大勢の男と寝るだらしのない女ではないと示しているつもりか?」

クレミーは代名詞の変化について熟考し、ラドヤード・クリークは正しい文法を用いているだけだと判断した。赤ん坊が男の子だと知っているわけではない。そんな子どもなどいないと彼に思わせなければならない。「ばかなことを言わないで。マスキンガムはすばらしい学校よ」

「じゃあ、なぜOSUに転校した？」

「あなたが来たからよ！」

フリスビーが思わぬ方向に遠くまで飛んだ。少年たちと犬は草地のずっと端まで駆けていく。

「彼らの名前は？」ラドヤード・クリークが尋ねた。「わたしの子どもを引き取った者たち。どこに住んでいる？」

母親がクレミーの専攻を伝えてしまったから、この男が古典学科に出没することはありうるし、用心しなければならない。でも、大型ガレージの二階にあるバーバラの小さな三つの部屋のことは知ることも見つけることもできないだろう。

「どうやってきみがわたしの赤ん坊を産んだことを知ったと思う？」ラドヤード・クリークは、まるで冗談でもいうように高笑いしながら言った。「きみが妊娠したなんてまったく知らなかった。ガンを患う伯母の介護のためにしばらく休むという話を鵜呑みにしていたんだ。いかにもきみがしそうなことだからな。だがきみの兄、ピートが白状した。家族のスキャンダルを認めたのさ」

ピートがクレミーを裏切っていた。

心臓がばくばくと激しく鼓動する。頭のなかの自分の声が聞こえなくなるほどに。

母親と四人の子どもたちは小さな石橋を渡り、広い芝生の向こうにある、大きなブランコの遊具に向かった。「わたし、ブランコ大好き！」クレミーは大声で言うと、パッと立ちあがり、彼らのあとを追った。

「わたしもだ」ラドヤード・クリークも立ちあがったが、走りはしなかった。ランニングやジョギングが一般的になるのは、一九七〇年代にはいってからのことだ。六〇年代初めには、大の男は走ることはおろか、散歩すらしなかった。とはいえ、彼はクレミーに逃げられる心配はしていなかった。彼女は自転車を取りに戻らなければならず、逃げきることはできないからだ。

ところが、そんな彼の目論見（もくろみ）は打ちくだかれた。何しろ、彼が監督を務めていた高校がある町の公園だ。テニスコートに向かって歩いていた若者が、彼に気づいたのだった。「あ、監督！」その青年はうれしそうに大声で言って、やがてラドヤード・クリークと並んで歩きだした。クレミーは無事に自転車まで引き返して、ペダルを漕いで帰宅した。

実家の寝室で、クレミーは化粧ダンスの一番上の引き出しを開けた。きちんとアイロンがけされた綿や麻のハンカチーフ（すっかりティッシュに取ってかわられて、もう使っていないが）の下に、貯金通帳がしまってあった。少額の入金額と四・二五パーセントの利息が記されたその小さな冊子は、クレミーの自慢だった。彼女が分担する家賃の半額の数カ月分は充分にある。さらに机の引き出し、フォルダー、収納箱、春用と秋用のハンドバッグ、ビーズのがま口バッグ、革の小銭入れのなかをくまなく調べた。一ドル札の一枚か二枚、隠していないかとわずかな望みを抱いて。

見つからなかった。かわりに、ヘレン・スティーブンスの書類を見つけた。小学校の宿題の自伝が、細い蠟引きの紐を紙製のボタンに巻きつけた封筒のなかにそのまま残っていた。クレミーはその封筒をオハイオに持ちかえった。さらにうれしいことに、寮の事務局が前納した部屋代と食事代の残額を返金してくれた。

クレミーの寮の部屋には別の女子学生がはいるので、大型寮の郵便受けはもう使えない。そこで両親に手紙を書いて、成長と経験のためのすばらしい機会を得たので、バーバラとふたり暮らしをすると伝え、バーバラの住所を教えた。

当時は、親は娘が成長したり経験を積んだりすることに興味がなく、寮で管理されることを望んだ。クレミーはすでにお世辞にも信用ならないことを証明しており、両親は娘には規制が必要だと感じていた。しかも彼らはバーバラという少女に会ったことすらない。どんな少女なのか？　何度も手紙のやりとりがなされたが、電話はなかった。当時はほとんどの人にとって長距離電話はぜいたくなもので、さらに手紙のほうが、熟慮した考えを正確に丁寧に伝えることができると考えられていた。

クレミーは両親の忠告も質問も無視して、古典語学の楽しさについて陽気に綴った。

キャンパスではそれなりに警戒もしていたが、広大な敷地と膨大な数の学生が安心感を与えてくれた。

「ジョニーにはわたしが電話したよ」ボブが携帯電話を見せて言った。

ベネット保安官はうなずいた。彼は住民ひとりひとりに話を聞いていたが、みんなドムやウィルソンのことを何も知らないので、どの会話も短かった。いまは、ホワイトリリー通りから駆けつけたアイリーンとアルに質問しているところだった。

アイリーンは息を切らしながら言った。「誰かが怪我をしたのかしらと思って！　救急車とパトカーを見かけたから。だからアルに言ったの、『何が起こったのか見にいきましょ』って言ったのよ」保安官からマーシャとロイのコグランド夫妻を知らないかと尋ねられると、アイリーンは興奮した。

まるで未解決事件に夢中になっている姪孫たちみたいだわ。クレミーは思った。わお、これはおもしろい！　しかも、その事件の関係者だなんて！

「ええ、もちろん、数年前に新しい隣人ができたと知って、訪ねたわ」アイリーンはうれしそうに言った。「どうしてかっていうと、わたしはここのポッドのサンシャイン委員会を運営してるから。彼らはちょうど出かけるところで、通りで話したの。実を言うと、自己紹介しようと思って、手を振って車を停めたのよね。

わたし、ベイクド・パイナップル・チーズ・キャセロールを作っていったの。妙な取り合わせに聞こえるでしょうけど、すごくおいしいのよ。いつも教会の夕食会に持っていくの。五百グラムの角切りパイナップル缶ふたつ分に、ブラウンシュガー、バター一本、細切りチーズ一パックを加えて、砕いたリッツクラッカーにバターを溶かして混ぜたものをトッピングにして、熱いうちに出すの。デザートにもなるし、付け合わせにもなって――」

「アイリーン」夫のアルが言った。「保安官はレシピを聞きたがってるわけじゃないぞ」

アイリーンは顔を赤くした。

「お手製のおいしいキャセロールを、コグランド夫妻に届けたんですね」保安官が先をうながした。

「それでマーシャは、なんてやさしいの、なんて思いやりがあるのって言ったけど、ちょうど帰るところでね。まだなんの家具もないのよって彼女は言ってたわ。じきに届くはずだって。それから、ここにはたまにしか来ない、引退するまでは、この家は孫たちを訪ねるときの拠点として使うつもりだ、ここに住むのはたぶん数年先になるだろうって」

「コグランド夫妻から、通常の住所や電話番号は教えてもらいましたか？」

「いいえ」アイリーンは言った。「マーシャはあとで連絡するって言ったけど、連絡はこなかった。キャセロールも受け取らなかったし。無駄になったわけじゃないけれど。イエローカリン通りのワンダ・プルイットが病気で、差し入れたらすごく感謝してくれたの。でもマーシャは、今日は家で食事をする予定じゃないのって言ってたわ」

「そのあと、また夫妻を訪問しましたか？」保安官は尋ねた。

「しようとしたの。でも、ほんとうにいつも家にいないのよ。わたしたちの家からは、コグランド夫妻の家の端が見えるの。それってつまり、夜になったら、家にいればわかるってことよ。窓の明かりが見えるだろうから。でも一度も明かりは見えなかった。たったの一度も！」

「そんなの不思議でもなんでもないだろ」夫のアルが苛立ちまじりに言った。どこかの夫婦が会話していると、クレミーはしょっちゅうそんな声音を耳にする。「たんにカーテンを閉めてるだけだ」

ベティ・アンがうなずいた。「コグランド夫妻って、家じゅうのブラインドをずっと閉め切ったままなんだもの。そういう人っているのよね。洞窟のなかの生き物みたいに、陽の光も浴びずに暮らしてる。外を見ることも、新鮮な空気をいれることもしないんじゃ、いったいなんのために窓があるのかしら」

その発言は少し気になった。正面のブラインドがつねに閉まっていることは誰にでもわかるが、側面や裏の窓のことを知るには、日常的にタウンハウスのまわりを散策していなければわからないことだ。クレミーは隣人たちがポッドを歩きまわり、カーテンや照明を監視しているという、まったくもって魅力的ではない光景を思い浮かべた。

「新鮮な空気は過大評価されてるよ」ラルフが言った。「このあたりじゃ、トラック一台分の大量の黄色い花粉が網戸からはいってくるだけだ」

花粉、汚物、アレルギー反応の話題がひとしきり出つくすと、保安官が言った。「実は、部下が調べたところによると、三番目の住居は現在も元の所有者、ドミニク・スペサンテ名義になっています。誰にも売却されていません。マーシャとロイ・コグランドの記録は見つかりませんでした」

「彼らはドムから借りていたのか？」ラルフが信じられないというように言った。

想像もしていなかったわ。クレミーは驚愕した。ドムが監禁された囚人ではなく、責任者だったなんて。

ドムはショーの主催者だったのだ。それがどんなショーだったとしても。いえ、どんなショーであるとしても、と言うべきね。ドムはまだ生きているのだから。

マーシャとロイが、ウィルソンと同じように、ドムのことも殺したのでなければ。ドムの死体が森のなかで朽ちはじめているのでなければ。

「ドムは賃貸不動産の件について何か話していましたか？」保安官が一同を見まわしながら尋ねた。

「ドムは誰とも何も話さなかった」ボブが答えた。「何にも参加しなかったし、どこにも顔を出さなかった」

保安官がクレミーのほうを見た。「ウィルソン・スペサンテと出会ったときのことを覚えていますか？」

玄関ポーチの床に、誰かが水のはいった赤いプラスチックのカップを置きっぱなしにしていた。クレミーはその水を飲んだ。ほかの誰かが口をつけた雑菌入りの水を飲むことも、いまは気にしていられなかった。日中の暑さで水はすでに生温かくなっていた。飲むあいだ、いっとき考えることができた。「その日、わたしはガレージのなかで庭用の椅子に座っていたの。ガレージのドアを開け放して。だから、きっと寒い季節だったのね。冬になると、ガレージに午後の陽射しが差し込むのよ。西に面しているから。わたしはアフガン織の毛布にくるまって、風の当たらない場所で、日向ぼっこをしながら、本を読んでいたの。そのとき、若い男の人の運転する車が、ドムのドライブウェイにはいってきた。もちろん、ほんの数メートルしか離れていないわけで、彼はわたしを見て、たぶん思ったでしょうね。あのおばあさんはガレージに座って何をしてるんだ、と。だから自己紹介をしたの」

ウィルソンはもうこの世にいない——その事実が改めてクレミーを打ちのめす。

ああ、ウィルソン！　あなたの人生は終わってしまったのね。いろんな計画があったでしょうに。結婚もしていたかもしれない。まちがいなくお父さんとお母さんはいるわ。たぶんご家族にとっては、いい青年だったんでしょう、気難しい年老いたドム伯父さんの様子を見にくるやさしさがあるのは、あなただけだった。その一方で、あなたは麻薬の売人で、泥棒で、一族で一番の悪人だったのかもしれない。

ドム、ドム！　あなたはほんとうにウィルソンを殺したの？

クレミーは嘘であってほしいと願った。

もし本気でドムに行方をくらます時間を与えたければ、ボロバスクを保安官に差しだせばいい。そうすればドムの捜索は後まわしにされ、捜査は完全に脱線し、殺人事件の解決に不可欠と思われる最初の四十八時間が浪費されることになる。

クレミーは自分に嫌気が差した。ウィルソンを殺した人を助ける方法を考えているなんて。

「ここではみんなそうするものなの」アイリーンが割り込んだ。「この場所全体が友情をはぐくむためにある。到着して、寝室にスーツケースを置いたら、さっそく友だちを作りに出かけるのよ」

「いいですね」保安官が言った。本心から出た言葉のようだ。クレミーは好感を持った。「それで、その青年はあなたに自己紹介をしましたか、ミズ・スティーブンス？」

もう二度と誰にも自己紹介をすることのない青年。吐き気がクレミーを襲い、体の奥深くから喉元まで覆いつくした。「きっとわたしはこう挨拶したと思うの、おはようございます、わたしは――」

一瞬、あたりが揺らいで靄がかかる。クレミーは自分が誰なのかわからなくなる。すぐそばに立つ、白髪頭で厚みのある体格の隣人たちが、膨れあがった洗濯バサミ人形に見える。自分の名前が出てこない。「隣りの家の者ですと言ったの。彼は『どうも、ドムに会いにきたんだ』と言って、それからドムが出てきて――

―いいえ、そうじゃないはず。お互いに名乗り合ったはずよ。わたしは彼がウィルソンだとずっと知っていたのだから」クレミーはたったいま話した内容を記憶した。もう一度話さなければならないときがくるかもしれない。

ヘレン。ようやく思いだして胸を撫でおろす。わたしはヘレン。クレミーは心のなかで繰り返した。

車がもう一台、ブルーライラック通りに現れた。ジョニーはトヨタ・アバロンを巧みに運転し、警察車両のあいだをスレスレで通り抜け、ジョイスのドライブウェイに駐車すると、まっすぐクレミーのポーチに歩いてきた。何があったのかすでに聞かされているにちがいない。目に見えてショックを受けた様子だった。真っ青な顔で頭を振り、制服姿の保安官を見つめると、「いやあ」と言った。その音節を口にしただけで、息を継がなければならなかった。「信じられない。ドムがウィルソンを殺したのか？　想像もつかないよ。ドムは年老いて足も半分不自由だ。ウィルソンは若くて大きい」ジョニーの声はいつもの張りのある低音ではなく、子どものようにかぼそく甲高かった。

「哀れなドム。そりゃ、気難しいやつだったけど、そこまで気難しかったわけじゃない。ただ奇妙な人生を生きていただけだ。ドムがウィルソンに何かするなんて信じられん。ウィルソンはドムの唯一の、なんだ、たぶん孫？　甥？　よくわからんが、ほかには誰もいなかった。おれには想像もつかないよ、ドムが、その、なんだ、その、ウィルソンを襲うなんて。だってそうだろ、なんでそんなことを？」彼はペラペラと話した。ふだんのジョニーとはちがって、まるでジョイスのように。

「では、あなたはウィルソンに会ったことがあるんですね？」保安官が尋ねた。

「そう。ある日、ドムとふたりしてゴルフカートが動ムをつかんだり、サイドに触れたりしたと思うよ」

ドムはいつもビニールカバーのファスナーを閉めている。あの状態でつかむのは簡単ではない。とはいえ、あのとき、ドムの郵便物がクレミーの前庭に飛んできた日には、彼はファスナーを閉めていなかった。つまり、つねにカバーを閉め切っていたわけではないのだろう。

「彼のゴルフカートから、ものすごい数の指紋が出ましてね」保安官は言った。「指紋を採らせてもらってもかまいませんか？　あなたの指紋を除外するために」

「かまわないよ」ジョニーは言った。「それにどっちにしろ、おれの指紋は記録に載ってるはずだ、陸軍にいたから」

「マーシャとロイ・コグランド夫妻については何か知ってますか？」

ジョニーは首を横に振った。「そのふたりには会っかなくて困ってたから、手を貸したんだ。ドムがバッテリーに水を補充するのを忘れてたんだよ。ゴルフカートは自分の世話は自分でできるものだと思われてるけど、実はちがうんだな」

男性陣から賛同のうなり声が出た。彼らの大半はメンテナンスが好きで、手間を省いたり、方法を学ぼうとしない人々のことを快く思っていないのだ。

「ドムのゴルフカートを充電しているあいだ、おれのカートを貸してやったよ」

あのカロライナ・パンサーズのボクサーショーツで作ったフリル付きのゴルフカートを乗りまわすことを、ウィルソンは気に入ったのだろうか。クレミーは思った。

「それ以降、彼のゴルフカートに触れたことはありますか？」保安官がジョニーに尋ねた。

「もちろん。ときどきドムに挨拶していたから。おれはつかみ屋なんだ。何にでもつかまる。たぶんフレーたことがない。ジョイスはあると思うが」

「奥さんはお留守ですか？」

「ううん」ジョニーは悲しそうな顔で言った。「彼女はおれの大切な人、かな。妹を訪ねにいった。携帯番号を教えるよ」

ジョニーはジョイスが自分のもとを去ったことを知っているのか？　自分がもはや大切な人ではなく、家から締めだされた男にすぎないと理解しているのか？　彼の表情や声音からは、クレミーには判断がつかなかった。

「あなたはドムの家にはいったことがありますか？」保安官が尋ねた。

「一度だけ。ヘレンから聞いたと思うけど、昨日ふたりで彼の様子を確認した。あれは昨日だったかな、ヘレン？　それとも一昨日だった？」

「忘れたわ」クレミーは言った。物忘れがひどいことを印象づけるために。

保安官はクレミーが供述とはちがう答をしても、叱ることはなかった。おそらくすでに耄碌した人格を作りあげることに成功しているのだろう。「家のなかは徹底的に調べましたか、ミスター・マーシュ？」保安官は尋ねた。

「そんなには。クローゼットとかをのぞいたりはしなかったよな、ヘレン？　ただ、ドムが倒れたりしてないか確かめただけだ。どこにも倒れてなかった」

「それは何時ごろのことですか？」保安官が尋ねた。

「覚えてないな」ジョニーが言った。「いつだったっけ、ヘレン？」

「すごく暑かったということしか覚えてないわ」

「ミズ・スティーブンス、ウィルソンの住所か電話番号を知っていますか？」

ジョニーが言った。「携帯電話は本人が持ってるはずだろう？」

「いいえ。携帯もなし。財布もなし」

保安官に言った。「手袋をはめていないと物には触らないの。ねえ、白い手袋のことを覚えてる？」彼女は女性陣に問いかけた。「昔は街に出かけるときは白い手袋をしたものよね、覚えてる？」

「あら、大変！　ダンスのレッスンがあるんだった！」アイリーンが叫んだ。

なんとまあ。クレミーは思った。わたしもご近所さんたちと同じように、もっと殺人を気軽に考えるべきね。

ガレージのなかで、ボロバスクは自分にどんな選択肢があるかを考えていた。

ひとつもない。

ここを脱出するには、保安官を避けて通れない。さっき老婆の寝室の窓ににじり寄って、外をのぞいたところ、警官が低木を捜索しているのが見えた。何を探しているのかはわからないが、裏から出ることもでき

「財布も持ってないの？」ベティ・アンが大声をあげた。「じゃあ、強盗なの？　ドムが殺したわけじゃないの？　金目当ての行きずりの犯行？　きっとそうよ！　だって、ここはゲートのすぐそばだし、ゲートはモールのすぐそばだし、モールは高速道路のすぐそばだし、そこからしばらく北に行けば、すぐに州間高速道路に出られるもの！」

「自宅のガレージで強盗に遭ったたっていうのか？」ボブは疑わしそうに言った。

「たぶん犯人は、死体の身元確認ができないように、財布と携帯を持ち去ったんだよ」ラルフが言った。

それはばかげてるわ、クレミーは思った。ドムのガレージで見つかる死体が、そういくつもあるはずはない。ドムかウィルソンしかありえないもの。

「ミズ・スティーブンス、あなたはドムの家で何か触りましたか？　彼のゴルフカートには？」

「わたしは少し潔癖症なところがあって」クレミーは

ない。

彼は二軒のガレージをつなぐドアの下に見つけた隠し場所のことを考えた。オークの板を留めたネジはものすごく固く、アーミーナイフのネジまわしのパーツが折れてしまうのではないかと思ったほどだ。あの老婆にはあの隠し場所は使えない。関節炎でコブができた手では、何かを締めることなどできないはずだ。

隠し場所には厳重に包装されテープでぐるぐる巻きにされたレンガ大の包みがぎっしり詰められていた。百ドル札にはそんなことはしない。大麻でもしない。それに大麻のにおいもまったくしなかった。あの包みの中身は、アヘンからコカインまで、あらゆる可能性がある。

マリファナの世界は、みんなのんびりして、人が良く、非暴力的だと好んでいわれている。たいていはそのとおりだが、金の話となれば、ほかのギャングと同じように、怒りっぽく、悪質で、暴力的になる。コカインやオキシコドンを扱う連中となれば、その上を行く。ボロは絶対に彼らの世界には手を出したりしない。見つけたドラッグの包みは、隠し場所にそのまま残してきた。

まちがいなく、警察はあの隠し場所を発見し、ふたつの住居が麻薬取引拠点だと知ったはずだ。そして、殺人は麻薬取引がこじれた結果だと見ているだろう。そうかもしれないが、ボロは自分の現金がこの事件の核心にある可能性のほうが高いと考えていた。

ふたつの名を持つ老婆は、ボロを警察に突きださなかった。隣りで殺人事件があったのに、侵入者を守る？

あの老婆も一枚噛んでいるにちがいない。

彼の現金がドムという男、またはマーシャとロイという夫婦に持ち去られたというのは合理的な推測だが、同時に、まだここにあって、あの老婆が持っているというのもまた、合理的な推測だった。

16

　バーバラ・ファーマーは自分の小さなアパートメントが大のお気に入りだった。幼い頃からずっとひとり暮らしに憧れていたが、女の子のひとり暮らしなど彼女の周囲ではもってのほかと考えられていた。両親からはルームメイトがいなければ、アパートメントを借りてはならないと言われていたから、そのルームメイトが航空会社のスチュワーデスになるために大学を辞めたことは、両親には伝えていなかった。両親に嘘をつきたくなかったから、クレミー・レイクフィールドが同居してくれるのはありがたかった。クレミーも、バーバラと同じようにとても家庭的なタイプで、料理や掃除や部屋の飾りつけが好きだった。狭いながらも自分たちのキッチンを持てて、ふたりともしあわせだった。驚くべきことに、ふたりとも服のサイズが同じで——バーバラはクレミーほど恵まれた体型ではなかったが——ドレスやスカートの多くを貸し借りすることができ、互いにワードローブが倍増する効果もあった。

　ふたりは同じ本や映画を楽しみ、ニューイングランド・クラブが大好きだった。コネティカットが恋しいわけではなく、広大なキャンパスで少人数のグループに属することが心地よかったからだ。クラブでは、バーバラは会計を、クレミーは書記を務めた。

　フロッシーという名のクラスメートは、両親から家政学を専攻しろと言われ、裁縫の上級クラスを取らなければならなかった。フロッシーは何よりも服を仕立てるのが嫌いだった。結局、フロッシーという渾名はやめて、フローレンスと呼んでほしいと友人たちに頼んだのと同じ週に、裁縫のクラスをやめて、これからミシンを窓から落としてやると宣言した。

「だめよ、だめ！」バーバラは叫んだ。「わたしがもらってもいい？」

フロッシーはそのミシンに金銭的価値があることを突如思いだした。ふたりは取引をして、バーバラは〈シンガー〉の立派なミシンを持って帰宅した。彼女がギンガムチェックのキッチンカーテンの愛らしいたっぷりとしたフリルをひとつ仕上げたところで、玄関のベルが鳴った。ドアを開けて、笑みを浮かべた。もちろん、クレミーの親しい友人であるラドヤードをアパートメントに招き入れ、クレミーが帰宅するまで待つように言った。おそらく一時間後くらいには戻ってくるだろう。いや、もう少しかかるかもしれない。そう説明する。その教授の講義はいつも長引くし、クレミーは絶対に講義をさぼらないから。

クレミーがアパートメントに戻ると、バーバラはツインベッドが置かれた寝室の自分のベッドに横たわり、毛布にくるまって泣きじゃくっていた。レイプという言葉を口に出すことはできなかったが、クレミーが理解する程度にはなんとか事情を説明した。

クレミーはくずおれた。バーバラ以上に激しく泣きじゃくり、彼女の隣りに横たわった。ふたりは互いにしがみつき、どちらも涙を止めることができなかった。

ふたりは警察に行こうとは考えもしなかった。医者に診てもらうことすら考えなかった。バーバラは見ず知らずの人間を自分のアパートメントに招き入れた。いったい何を期待していたのか？　警察は言うことだろう。さらに警察は——そしておそらく彼女の両親も——こうつけ加えるかもしれない。いったい何を望んでいたのか？

でも、ラドヤード・クリークはどうやってわたしの居場所を突きとめたのだろう？　クレミーは思った。

アパートメントはバーバラの名前で契約している。両親はここの住所を知っているが、さすがに十九歳の娘の住所を、三十歳の既婚男性に教えたりはしないはずだ。

もう二度と実際の住所は使えない。彼女は思った。私書箱を使うしかない。

クレミーはこの大惨事に対して責任があった。この残酷で邪悪な暴力に対して。バーバラにはみじめな過去をすべて話さなければならない。バーバラは当然、アパートメントから出ていけと言うだろう。

それまで誰にも言えなかったことをいったん話しはじめると、クレミーはバーバラに洗いざらい打ち明けていた。〈山の学校〉で出産した乳児を抱いた唯一の少女となったこと。友人のヴェロニカが養母のハンドバッグの中身を盗み見て、養父母の姓がブーンであり、コロンバスに住んでいることを知ったこと。息子に近づきたくて、マスキンガム大学に入学したこと。どうしても大事なわが子に会いたかったこと。「わたし、やりとげたの」クレミーは言った。「ほら見て」彼女はアイロンをかけたハンカチの下から、大切な白黒写真を取りだした。日曜学校のビリーの写真を。

「あなたに起こったことは、わたしの責任なの、バーバラ。ラドヤード・クリークから隠れるためにここに引っ越してきたのに、あなたに警告しなかった。ここはあなたの名前で借りているから、まさかあの男がわたしの居場所を見つけられるとは思いもしなかったの。ほんとにごめんなさい。わたしがまちがってた。あなたを利用した。この悪夢はわたしのせいなの」

バーバラはぼう然とした。小さくて無垢で愛らしい、大切なルームメイトがレイプされ、子どもを産んでいたとは。クレミーは人生のすべてを投げ打ってでも、小さな息子を取り戻したいと願っているのに、写真で我慢しなければならないのだ。バーバラは、もし自分があの同じ強姦魔に妊娠させられたら、彫刻刀を使ってでも中絶するだろうと思った。

「あなたの責任じゃないわ、クレミー。あの男がやったんであって、あなたじゃない。何もかも正気の沙汰じゃない。オールバニからここまで来るのに、州間高速道路も使っただろうけど、途中で何度か、普通の二車線とか四車線の道路も通らなければならなかったはず。赤信号待ちをして、スクールバスのために停止して、何時間も何時間も運転して、妻も仕事も放りだして、あなたを追いかけてくるなんて。ラドヤード・クリークは正気じゃない」

クレミーはようやく気づいた。そうだ、ラドヤード・クリークは正気ではない。しかし、だからといって、バーバラが彼から暴行を受けたことに対する罪悪感が薄れたわけではなかった。バーバラがこれからも苦しみつづけることを、クレミーほどよくわかっている者もいなかった。回復のペースが――もし多少なりとも傷が癒えるとして――どれほど遅々たるものなのかも。

クレミーはバーバラが自分を許してくれたことが信じられなかった。自分では自分のことがけっして許せなかった。もっとちがったふうに行動していれば――ああすればよかったのでは、こうすればよかったのでは――という後悔が昼も夜も頭を離れなかったが、あとの祭りだった。もう覆せない。すでに起こってしまったことなのだ。

その学期が終わるまで、彼女たちは友人の寮の床で寝泊まりした。お金がなくなったからアパートメントを出なければならなくなったという口実で。

期末試験の週に、バーバラはやさしく言った。「文字通り、最後の試験が終わったらすぐ、わたしは家に帰って、もう二度と戻ってこない。あなたはわたしを裏切ったわけじゃない。謝りつづけなくてもいいのよ。ただ、わたしはもうあの男が現れた場所にも、現れそうな場所にもいられない」バーバラは友人をじっと見つめた。「あいつはまたやってくるわ、クレミー。あなたはあいつの趣味なのよ。娯楽なの。あなたが逃げたところで、あの男は思いとどまったりしない。いっそう引きつけるだけじゃないかと思う。あなたはあの男の思っていた以上に、刺激的な獲物だったのよ」

そんな最後の日々のある日、もう一分たりとも勉強できないというとき、ふたりはどうしても気晴らしをしたくなり、バーバラが箱入りの薬品を使ってクレミーの髪をストレートにした。くるくるした髪が板のようにまっすぐになったのを見て、ふたりは笑いが止まらなくなった。さらにバーバラは手持ちの化粧品をすべて出して、クレミーに鮮やかな化粧をほどこした。すると鏡の向こうから見つめ返している少女は、ふたりの見知らぬ誰かに変わった。とくにバーバラが彼女に派手なサングラスときらびやかなイヤリングをつけたときには。

そのときようやく、クレミーはヘレン・スティーブンスの書類をどうするべきか悟ったのだった。

それから、バーバラは試験勉強の最後の仕上げをするために図書館に出かけた。クレミーはヘレン・スティーブンスのパスポートと社会保障番号カードを取りだした。こうした書類は失効するものなのか？　ヘレン・スティーブンスの両親は、この書類の持ち主であるヘレン・スティーブンスはもうこの世にはいないと、どこかの誰かに知らせたのか？　もしクレミーが使ったら、どんな面倒なことになるのだろう？　公的機関が調べれば、ヘレン・スティーブンスが何年もまえに亡くなったことがわかるものなのか？　クレミーはまったくわからなかったし、それを調べる方法もなかった。

クレミーは厚化粧を落とし、アクセサリーをはずして、一番近くのドラッグストアへ行くと、黒縁の地味な老眼鏡とヘアバンドを買った。それからヘレン・スティーブンスの身分証明書を持って、陸運局へ行き、適切な用紙に必要事項を記入し、適切な列に並んだ。

なぜほかの十代の若者と同じように、十六歳になった日に運転免許証を取得しなかったのかと誰かに訊かれませんようにと願いながら。

しかし当時はまだ、少し震えながら、局の親切そうな男にこう話せば事は足りた。「父に運転を教わったけれど、運転免許試験を受ける勇気がなかったんです、でも父からそろそろ免許を取ってこいと言われて……」するとその職員は、車の運転を見てくれたうえに、縦列駐車も免除してくれ、合格させてくれたのである。

陸運局の職員は、ヘレン・スティーブンスの写真付き運転免許証を作成した。そこに写るヘレン・スティーブンスは、哀れな直毛で、分厚い眼鏡をかけた目の悪い地味な少女だった。職員は視力の検査はせず、ただ矯正レンズが必要という欄にチェックを入れただけだった。

クレミーはヘレンのことをよく覚えていなかった。ヘレンが生きていたら、このことを面白がっただろうか？　それともクレミーを警察に突きだしただろうか？　怒らないでね、ヘレン。お願い。あなたしかわたしを救えないの。お願いだから、許してちょうだい。

しかし、ヘレン・スティーブンスにどれほど罪悪感を抱いたにしても、バーバラをレイプの被害者にしてしまった罪悪感のほうが強かった。

ヘレンのパスポートは失効していた。その古い写真に写る本物のヘレンは、黒髪の小さな女の子でしかなかった。クレミーにとって、大きくなった黒髪の少女になることはたやすいことだった。翌日、カメラショップに行き、パスポート用の写真を撮影してもらい、それからその写真と、ヘレンの出生証明書と、手数料を旅券局に送った。

連邦捜査官が捕まえにくるだろうか？　ヘレンの名を騙（かた）ったことを、ヘレンの気の毒な両親になんと申し開きすればいいのか？

そんなわけで、バーバラは実家に戻った。バーバラの実家はクレミーと同じコネティカット州だが、穏やかな北西の角にあり、クレミーの実家のある南東の海岸沿いとは完全に隔絶されていた。コネティカットは岩の尾根が南北にいくつも走り、小さな州を斜めに横断することは驚くほど難しいのだ。バーバラがラドヤード・クリークの追跡を受ける恐れはなかったものの、心の底から安心はできなかった。

バーバラの父親は狩猟の愛好家だった。バーバラは二十年間ずっと銃に触れようとしなかったが、結局、射撃を習いたいと父親に頼んだ。彼女は最初から腕がよかった。父親は驚き、喜んだ。もちろん、うまいに決まってる。バーバラは思った。すべての標的はラドヤード・クリークの心臓なんだから。

射撃練習場では、拳銃の扱いかたも学んだ。時間をかけて護身用の銃を収めるのにちょうどいい大きさのハンドバッグを見つけた。旅に出るときは、かならずこの銃をハンドバックか車のシートの下にいれておくつもりだった。もう二度とラドヤード・クリークには会いたくなかった。その一方で、会いたいとも思っていた。そのときはあの男を殺してやる。

クレミーはその夏は、コネティカットの実家に帰省しなかった。ラドヤード・クリークが現れる危険性が高すぎたからだ。

大学の売店には、指輪やスウェットシャツやバードビルキャップなどのほかに、ロケットペンダントも売っていた。かわいらしく繊細な金の楕円形のロケットチャームには、イニシャルも紋章もついていなかった。男子学生が恋人のために彫刻をいれてプレゼントするものだからだ。クレミーはそれをひとつ買った。ビリーの貴重な写真を切り抜いて、ロケットに収めると、肌身離さず持ち歩いた。

パスポートが届き、ヘレン・スティーブンスの出生証明書も一緒に返送されてきた。

クレミーはラテン語学科に必須の単位はすべて取得していた。あとまわしにしていた科学と歴史の単位がいくつか残っているが、それは夏期講座で取得した。秋からは教育実習が始まる予定だった。

クレミーとバーバラは、七月と八月の暑い夜にかなり頻繁に話をした。遠距離通話で、電話料金がどれくらいになるのか想像もつかなかったけれども。バーバラはボストンの大学に通い、結婚している従姉と同居することに決めた。家のなかに男がいれば安全だからだ。「クレミー、あなたはわたしの大事な友だちだけど、従姉の名前も住所も電話番号も教えられないわ。実家宛てに手紙をちょうだい。あなたのバスケ部の監督は悪魔よ。なんでも見つけだす。あなたのこともまた見つけるわ、クレミー。なんだかんだで、わたしのことも見つけだせるはず。だから居場所は教えられない。危険すぎるから」

17

ブルーライラック通りに、郵便配達員がやってきた。緊急車両が道をふさいでおり、小型トラックが走るスペースがないため、彼はクルドサックの住宅に手渡しで配達した。住民たちはウィルソン・スペサンテ殺人事件の詳細を熱心に語った。郵便配達員は甥に電話をかけた。甥の妻はシャーロットのテレビ局で働いていた。

クレミーはまた家のなかにはいり、玄関のドアに鍵をかけた。

玄関のドアは半分がガラスになっているため、ドアに寄りかかって泣くわけにはいかない。できればそうしたかったけれども。家の奥にはいり、角を曲がって見えない位置までいかざるをえなかった。しかし、クレミーは陽射しを好み、カーテンを嫌ったので、正面のキッチンと朝食コーナーの窓や、裏の引き戸から、誰でもなかをのぞくことができたし、いまは誰にのぞかれてもおかしくなかった。家のまわりには人があふれていた。クレミーはキッチンの窓のカーテンをさっと閉め、リビングのカーテンも閉めようとしたが、めったに閉めないので手こずった。それからボロバスクと向き合った。彼はユーティリティルームのすぐ内側で、乾燥機にもたれて立っていた。

ガレージのドアの向こう側には六人の警官と大勢の救急隊員がいたから、クレミーはボロバスクを恐れてはいなかったが、彼を追い払う計画がうまくいくかどうか、気が気でなかった。「あなたはレンタカーに戻って、ここを出なくてはならないわ。ゴルフ場の駐車場が空っぽになって、レンタカーが目立つまえに。まちがいなく誰かがテレビ局に電話をかけているから、じきにもっと多くの人や車がここに集まってくる。これはいったいなんなの？　あなた、ほんとうは何をしにきたの？　そのせいでウィルソンは殺されたの？」

驚いたことに、ボロバスクはベントレーの留守電メッセージの内容を裏づけた。「あのリグを盗んだやつ？　そいつらがおれの現金も盗んだ」

彼の口ぶりだと、まるで二十五ドルの現金を盗まれただけのように聞こえた。いまどき誰が現金を使うだろう？　まあ、クレミーは使っていたが、彼女はめずらしい存在だ。

「つまり、その死んだ男？」ボロバスクは言った。「そいつが盗んだ」

ボロバスクはどうやってウィルソンが盗んだとわかったのだろう？　ウィルソンと顔見知りだったのか？　ゴルフカートに身を乗りだして、「へえ、昔の仲間、ウィルソンが撃たれてるぞ。まあ、いいか」とでもつぶやいたとか？

夜中にドムのガレージを通ったとき、クレミーは生ごみがにおいはじめていると感じた。しかし、あのにおいは生ごみではなかった。気の毒なウィルソンだったのだ。ということは、ジョニーがチェックしたときも、ウィルソンはあそこにいたはずだ。死んだ状態で。クレミーは思った。ジョニーはにおいを感じて、ウィルソンに気づいて、それなのに無視することにしたのだろうか？　そんなことはありえないと言いたいところだが、今日は何があってもおかしくない日だ。

「だが、金はあそこになかった」ボロバスクが、アーミーナイフで手のひらを叩きながら言った。いま突きでているのは、ナイフではなく、小さなプラスネジ用のドライバーだ。彼は何かを開けて、そこに現金があると思っていたのだ。いったいどこを開けたのか？　開けられるような場所などどこにもなかったのに。

「たぶんグループ内で仲間割れでもしたんだろう」ボロバスクが言った。

「どんなグループ？」

「死んだウィルソン、行方不明のドム、正体不明のコグランド夫妻。そいつらは麻薬の売人だ。たぶん、誰かが自分の取り分よりも多く欲しがったんだろう。たぶん、ほかの誰かが自分の取り分よりも多くくすねたんだろう」ボロバスクは笑みを浮かべた。「たとえば、あんたとかが」

クレミーは彼を見あげた。来世では、人を見おろすようになりたい。「ドムのガレージで、死体を見たのね？」

「ああ」

「それで、ウィルソンだとわかった」

「ああ」

「それなのに、ただブラブラとここに戻ってきて、マカロニチーズを少々いただいたということ？」

「おれはクールな性質(たち)でね」彼は魅力的な笑顔で言った。もしクレミーが高校生だったら、すっかり心を奪われていたことだろう。しかし、五十年も教師をしたあとでは、そう簡単にはごまかされない。それに、ジョニーもそこまでクールなのだろうか？　死体を見ても、動じずに歩いて戻ってこられるほど？　それとも、ジョニーは観察力がないのだろうか？　薬の副作用で、嗅覚が麻痺しているとか？　それとも、ゴルフカートがガレージに戻ってきたのは、あの日クレミーとジョニーがドムの家をチェックしたあとのことで、ガレージが空っぽだったというジョニーの言葉は事実だったのか？

「身なりを整えてくるわ」彼女はボロバスクに言った。「そのあと保安官に、トランプゲームに行くから、車をドライブウェイからどけてもらえないかと頼むわ。あなたはわたしの車の後部の床に寝てちょうだい。上から毛布をかけておく。何かの理由で車を停めて、誰かが近づいても、毛布しか見えない。でも、もし誰かがあなたを見たら、わたしはあなたに人質にされたと言うつもり」

「そのときは、あんたの別の名前を言うさ」

「困ったことになるでしょうね。わたしも説明しないですむならそのほうがいい。でも、いざとなったら話すわ。起こりうる最悪の事態は、わたしの風変わりな人生に感銘を受けるくらいよ」

「かりにそれが起こりうる最悪の事態だったとしたら」ボロは仮定法を正しく使って言った。それはクレミーが人に好感を持つポイントである。「あんたはとっくの昔にふたつの名前を明かしてたはずだ。だから、もっと何かあるんだろ。ハッタリを言ってるだけさ」

「わたしにはもうこれ以上悪いことは起こりえないの」彼女は言った。「でも、あなたにはもっと多くの悪いことが起こりうる。あなたも保安官に車から引きずりだされたくはないでしょう。さあ、そこをどいてちょうだい。お化粧を直してくるから」彼はうしろにさがり、クレミーは寝室を通ってバスルームにはいり、ドアの鍵をかけた。この鍵のなんとちゃちなことか！この鍵は、たんに客人がいるときに、誤って別の客人が入室するのを防ぐことしかできない。ボロバスクが力ずくでこじあけると選択した場合に、彼の入室を防ぐことはできない。

もしこれが先週の出来事だったとしたら、コネティカット州の未解決事件のニュースが出るまえだったとしたら、申し訳なさそうに、みんなのまえでばつの悪い笑いを浮かべて、やりすごすこともできただろう。

〝わかったわ、万事休すね。わたしはヘレン・スティーブンスではないの。一度もそうだったことはないわ〟

そのとき、クレミーは真実を話しただろうか？

〝強姦魔から隠れるためだったの〟

何か理由をでっちあげただろうか？　〝ちょっとしたいたずら心だったの。書類も全部そろっていたし、まだ二十一歳だったし、思いつきを実行してみたのよ〟

それとも、地元の誰も証明も反証もできないような荒唐無稽でドラマチックなナンセンスを持ちだしただろうか？　CIAに関係するような？　まだ試せるだろうか？　試したところで、失うものなどないではないか。

CIAの案は、なかなか魅力的に思えた。いまは記憶が怪しく混乱しているけれど、過去には知的で大胆だったという設定で通すことはできるだろうか？

クレミーは日曜日用の栗色のウィッグを選んだ。丁寧に巻かれた髪の毛で、見るからにウィッグだとわかるものだ。ご近所さんや警官や救急隊員たちはクレミーの薄毛を見たばかりだからおもしろがるだろうし、ウィッグに気を取られて、車の後部座席の床に何かがあるかもしれないとは考えないだろう。彼女はいつもより念入りに化粧をした。

ユーティリティルームに行くと、美男子（ドリームボート）がガレージのドアのまえに立ちはだかって、クレミーを商品のように吟味した。「で、あんたは誰なんだ？」

彼はいま、クレミーに依存している。そのことで背が高くなるわけではないが、身の安全は守られやすくなる。クレミーは別の嘘を選んだ。「証人保護プログラムを受けたの。もう終わったけれど。証言をしてから、十年くらいはあれこれあるけれど、そのあとはひとりで生きていく。ほとんどの期間、偽りの身分で過ごしてきたけれど、家族とは元の名前で連絡を取っているの」

彼は鼻で笑った。「ラテン語教師が証人保護プログラムだって?」

「ラテン語教師になるまえの話よ。わたしは秘書として働きながら大学に通っていたの。その仕事がたまたまギャングがらみだったのよ。当時はギャングというのは乱暴者の集団だと思っていたわ。考えが甘くて愚かな箱入り娘だったのね。でも、その話はこのへんにしておきましょう、ボロバスク。大昔の話よ。わたしたちにはいま考えるべき問題があるんだから」

「ボロだ」彼は言った。「ボロと呼ばれてる」

クレミーは踏み台を乾燥機のまえに置き、その上に載って慎重にバランスを取り、頭上のキャビネットに手を伸ばすと、丁寧に畳まれたリネンの山のなかから、薄手の毛布を引っ張りだした。帰宅したときにつまずかないように踏み台を片付けてから、ガレージにはいり、車の後部ドアを開けると、ボロバスクに身振りで示した。

「そのなかはきっと五十度くらいあるはずだ」彼は苛立たしげに言った。

「死にはしないわ。保安官と数分話したら、エアコンをいれるから」

「ほんとにこれからトランプゲームがあるのか?」

「ハーツがある。わたしはめったにしないけど。誰かに訊かれたら、ジョイスといつもやってるカナスタを逃したから、ハーツに行くって言うわ」

なんと冷たい言葉だろう。クレミーは思った。残忍な射殺事件が発生した家の隣りに住む女が、気にも病まずにトランプゲームをする。しかし、ここサンシティでは、人々はトランプゲームを真剣に考えている。近所の住民たちは誰もクレミーの行動をおかしいとは思わないだろう。警察は疑問に思うかもしれないが、その可能性は低いとクレミーは思った。

ボロバスクは車に乗り込むと、苦労して身をかがめ、腕と膝と頭を丸めて床に収まった。「あのおせっかいなばあさんたちの誰かが、自分もハーツで遊びたいって言ったらどうするつもりだ？」

クレミーは毛布を広げ、彼の体にかけた。彼は毛布を引っ張り、呼吸できる隙間を作った。「すてきね！　向こうで会いましょう！　と言って、そのまま車を走らせるわ」

なぜならクレメンタイン・レイクフィールドにとって——今風の言いかたをするなら——大勝負(ロデオ)に挑むのは、これが初めてではなかったからだ。

クレミーの逃亡の扉が開いた日のことは、いまでも彼女の脳裏に鮮明に焼きついている。何十年も経っているというのに、すべてが見事にカチリとハマった驚異的な瞬間には、ぼう然とさせられる。

あれは八月、オハイオ州立大学(OSU)の夏期講座でのことだった。当時はまだキャンパスのどの校舎にも冷房はなく、クレミーは、コンサートや教会で配られるような、アイスキャンディの棒に厚紙の広告を貼ったうちわで自分をあおいでいた。夏期講座の最後のラテン語の講義——その授業で、彼女は教授の助手を務めていた——に向かうために廊下を歩いているとき、年配の教授のひとりとばったり会った。ラテン語とギリシア語を伴侶に選んだような、敬愛する老紳士で、上級コースと個別指導だけを担当していた。学生を愛し、その美しい死んだ言語のあらゆる構文、文法、語彙を愛していた。さらに、ラテン語しか話せないというルールの、大人向けの一週間のサマーキャンプを運営し、死んだ言語を生き返らせることができると証明してみせた。クレミーは来年の夏もキャンプに参加したいと思っていた。そのことを考えただけで、自然と笑みが浮かんできた。

その教授は、いくらか若い男と話をしていた。その男は意気消沈しているようだった。「ああ！」教授がクレミーの肘をつかんで、大きな声をあげた。「ちょうどいいところに、わたしのもっとも優秀な生徒のひとりがいた！ 彼女は卒業したばかりでね！」

クレミーは卒業まであと一年あったが、教授を尊敬していたので訂正はしなかった。教授はクレミーの名前は覚えていなかった。なぜなら教授にとって名前というのは余分な情報で、また当時、教授たちには浮世離れした態度を良しとする風潮があった。その後しばらくは流行に敏感な態度が良しとされたように。

落ち込んだ訪問客は弱々しくクレミーに笑いかけた。「わたしはエド・オルドリッジといいます。この秋からラテン語を教えてくれる先生を探しているんです」彼はため息をついた。次の言葉が与える影響を知っていたからだ。「うちの高校はアクロンにあって、なかなか引き受けてくれる人が見つからないんです」アクロンは当時、六日間に及ぶ人種暴動が起こったばかりで、それを阻止するために数百人の州兵が送り込まれていた。

教授は頭を振った。「なんとも悲しい状況だ。誰であれ、いまアクロンで教えてくれと説得するのは難しいだろうね」

「高校はあの地域にあるわけではないんですよ」ミスター・オルドリッチは言った。「優秀な生徒たちが通う、立派な学校なんです」

「この愛らしいお嬢さん以上にお勧めできるラテン語の学生はいないね」老教授は彼女を見つめながら言った。「さて、わたしはこれで失礼するよ。もうすぐ戯曲の講義が始まるからね」教授はギリシア三大悲劇詩人のひとり、エウリピデスを教えていた。クレミーも取っていた講義で、彼女の大学生活のハイライトのひとつだった。クレミーとミスター・オルドリッジは、教授が正しい教室のドアを探してウロウロするのを見守った。学生のひとりが教授に合図して教えた。

クレメンタイン・レイクフィールドは、ラテン語教師を探している男を見た。「ヘレン・スティーブンスといいます。ぜひアクロンで教えたいですわ」

彼らは確認しなかった。

成績証明書や卒業証明書の提出を求められることもなかった。クレミーは大学を卒業したとはひと言も言わなかった。仕事を依頼され、引き受けた。社会保障番号も持っていた。

新しい職場となる高校のそばにアパートメントを見つけ、ヘレン・スティーブンス名義で借り、それから数キロ離れた郵便局にクレメンタイン・レイクフィールド名義で私書箱を借りた。

両親には大学を一年休学して、法律事務所で秘書をしながら、将来について考えると言った。

当時は、誰も〝自分探し〟などしておらず、そんなことを考えること自体がばかげていると思われていた。ほんの数年後には、そう、もちろん自分探しをしなければならないと誰もが同意するようになったのだが。

両親は驚いて叫んだ。「あなたはラテン語を教えたいんでしょ！　タイピストになってどうするの！」

「もう始めてしまったの。ママとパパがわたしの請求書を払う必要はなくなったわ。お給料をもらうから」

「必要なら秋学期は休みなさい。でも、春にはかならず復学しなさい。授業料は払うから。家にはいつ戻ってくるの、ダーリン？」

「戻らないわ、ママ。仕事があるの」

「でも、夏のあいだずっと帰ってこなかったじゃない！　ママを悲しませないで！」

「わたしも寂しいのよ、ママ。でも、大人になる方法を見つけなければならないし」

「あなたがしなければならないのは、いい男性を見つけて、ミセスになることだけよ。そうしたら、あなたが赤ちゃんを産むあいだに、旦那さまが大人になることについて心配してくれるから」

クレミーもその未来予想図をすてきだと思った。世間ではフェミニストのベティ・フリーダンやグロリア・スタイネムがもてはやされていたが、クレミーは古代ローマやギリシアの歴史家、リヴィウスやヘロドトスを読み耽っていて、理想の男性を見つけ、末永くしあわせに暮らすほどすばらしいことはないと考えていた。OSUには、多くの立派な青年たちがいたが、彼女はラドヤード・クリークの負の遺産を打ち消すことができず、彼らを恐れていた。高校時代の初恋のボビー以来、男性とキスをしたこともなく、男性の腕のなかでリラックスできず、ましてや結婚して夫婦の契りを結ぶことなど想像もできなかった。

クレミーは"カウンセリングを受けよう"とは思わなかった。それは後世の習慣だからだ。彼女の世代は禁欲的だった。人生の定めを受け入れ、辛抱しつづけた。お金を払って誰かに心のわだかまりを聞いてもらうという発想が生まれるのは十年も先のことで、始まったとたん、ほぼ一夜にして、必要不可欠なものとなったのだ。

「法律事務所というのはいいかもしれないわね」クレミーの母は認めた。「弁護士は夫としてふさわしいもの」

手紙に弁護士事務所の嘘を盛り込むこと。クレミーは頭のなかにメモをした。

アクロンでは、彼女はさまざまなことを学んだ。教えかた(はたで見るほど簡単ではない)、ほかの教員との付き合いかた、論文の添削のしかた、授業計画の立てかた、いい食料品店を見つけ、適切な服を購入し、教会を選ぶ方法——そして、それらすべてをヘレン・スティーブンスの名前で行なわなければならなかった。それはすばらしく、やりがいがあり、少し気味の悪いことでもあった。つねに嘘がバレるのではないかと恐れていたが、ヘレン・スティーブンスの経歴には、誰ひとりみじんも興味を示さなかった。

母親が週に一度手紙を書くので、クレミーは週に一度私書箱に郵便物を取りにいった。私書箱の住所をバーバラと数人の高校時代の友だちに伝え、話の辻褄が合わなくならないように、ついた嘘を表に記録して管理した。バーバラは住んでいる場所から手紙を送ってきたが、左上の角の差出人の住所は、コネティカット州の実家の住所が記されていた。

クレミーの両親は、娘の気難しさにも慣れ、文句も言わず住所変更を受け入れた。父親は中古の車の購入資金を送ってきた。クレミーは父親に感謝し、その車は彼女の大のお気に入りとなった。赤と白のフォード・ファルコンで、彼女は誇らしげにドライブウェイでみずから洗車した。ガソリン代は一ガロン、三十一セントだった。

コネティカット州のある町で、五十年前の殺人事件を再捜査中というニュースは、そこそこの興味をもたれ、一文ごとに広告や矢印に邪魔される多くのオンラインサイトで、短いニュースやトピックを扱う欄で取りあげられた。犠牲者の写真——ハンサムで若く、ブロンドをクルーカットにした高校バスケの監督——は注目を引きつけた。ほとんどのサイトが、道路沿いのピクニックエリアの写真も掲載した。それはまるで不気味なBGM付きのありふれた物の静止画像のように、奇妙なほど不吉な印象を与えていた。

ヴェロニカがその記事を読んだ。

バーバラも読んだ。

キャロル＝リー・シャーマンという女も読んだ。

18

教職はとても骨の折れる仕事で、当初、クレミーはまったくほかのことを考える余裕がなかった。最初の三連休を迎えたときにようやく、またビリーを見つける方法があるかもしれないと思い至った。彼女は心のなかで議論した。ビリーを探そうとする権利が自分にあるのだろうか？　探したところで誰にも知られることはないだろう。ましてや、ラドヤード・クリークが見つけることはできないはずだ。

愛車に乗って、コロンバスまで戻り、ブーン夫妻が以前住んでいた家のまえに駐車した。当時ほとんどの女は家にいたので、その家に住む新しい家族の妻は、気軽にクレミーとおしゃべりした。クレミーはミセス・ブーンから銀の配膳盆を借りたから、もう何カ月も経ってしまったけれど、返したいのだと言った。ブーン一家の新しい住所を知らないだろうか？

彼らは知らなかった。

クレミーは隣りの家と向かいの家も訪ねてまわったが、どちらも、妻たちは在宅していたが、助けにはならなかった。「コネティカットのどこかだったけれど」三番目の隣人は言った。「昔そこに住んでいたから、家族のそばに戻りたいと言っていたわ」

もちろんそうだ。クレミーは思った。なぜなら、ブーン夫妻はコネティカット州の養子縁組仲介業者を利用したのだから。夫妻はコロンバスに居を構え、息子の誕生を知らせた。それからもう何年も経っている。養子縁組をしたことを誰にも気取られる心配がなくなり、帰郷したのだ。

四番目の隣人は言った。「わたしは住所を知ってるわ。ほら、これよ」

それもまた古き良き時代の風習だった。ドアには鍵をかけないまま、車のキーはイグニッションに差し込んだまま、そして情報は共有された。

その隣人はクレミーにローロデックスカードを一枚渡した。ローロデックスカードというのは、角が丸くて下に穴がふたつ開いている小さな長方形の白いカードを、アルファベット順に数百枚並べ、二本の金属の輪で留めたものだ。必要な名前を見つけるには、ローロデックスカードを、デッキをシャッフルするようにめくって、お目当てのカードを一番上に出せばいい。

ブーン家のコネティカットの住所は、クレミーが育った場所から東に車で三十分ほどしか離れていなかった。次に両親を訪ねる機会があったら、オハイオから車で帰省して――

どうするつもり？

ビリーの家族をひそかに監視する？　解決されることのない心の痛みを増やす？

「それはあなたにあげる」その女は陽気に言った。「クリスマスカードのリストにも新しい住所を書いてあるから」

クレミーは財布にカードをしまった。彼女の持つビリーにまつわる貴重な品は、これでふたつになった。ロケットペンダントとローロデックスカード。

毎週木曜日の放課後、クレミーは郵便局に行った。というのも、母親が毎週月曜日に手紙を書き、毎週火曜日に郵送するので、毎週木曜日に手紙が届くからだ。ある木曜日、クレミーは卒業アルバム委員会の手伝いで遅くまで残業し、コネティカットからの郵便物を受け取るために郊外の郵便局に着いた頃には、午後四時半近くになっていた。私書箱にはいつも母親からの手紙が一通あり、たまにほかの人から手紙が届いていることもあった。

クレミーは縦列駐車が苦手だった。その日は縦列駐車のスペースしか空いていなかったので、郵便局のまえを通りすぎ、お気に入りの婦人服店の向かいの駐車場に車を停めた。時間があれば、店をのぞいて服を見たかったけれど、郵便局で用事を済ませて戻る頃には、店はもう閉まっているだろう。実際、郵便局に着くのさえ、営業時間が終わる直前になるはずだ。

クレミーはハイヒールを履いた足で可能なかぎり速く歩いた。彼女はきちんとした身なりが好きだった。その日は、紫がかったグレーの絹のスーツを着て、なかにはシンプルなアイボリーの袖なしブラウスを合わせ、高校の卒業祝いにもらったパールのネックレスと、それとおそろいのイヤリングをつけていた。最高の気分だった。ダークグレーの冬のウールのコートを羽織っていたのに、寒風にもかかわらずまえのボタンを開けていたのは、スーツを見せたかったからだ。厚手のウールのスカーフが必要な気候だったが、クレミーはちっとも暖かくはならない、上品なグレーと白の絹のようなスカーフを選んだ。凍えるような寒さから指先を守るために、淡いグレーの革の手袋をはめ、小さな手のひらには、銀のボタンとふたつの持ち手がついた、買ったばかりの黒く光るエナメル革のハンドバッグがぴったり収まっていた。彼女はハンドバッグを変えるのが大好きで、すべての中身を注意深く取りだしては、入れ替えていた。

鼻歌を歌いながら、郵便局にはいった。ハイヒールを履いていても、一番上の段にある小さな箱に鍵を差し込むには、つま先立ちをしなければならなかった。そんな彼女の手から、誰かが鍵を取って言った。「わたしが取ってあげよう」ラドヤード・クリークだった。

クレミーは彼を見つめた。ショックで吐きそうになった。

彼は声を出さずに笑っていた。そしてクレミーの手首をつかんだ。彼女の細い骨は、強い力で砕けんばかりに握りしめられ、なすすべもなかった。ラドヤード

・クリークはクレミーを外に連れだすと、通りを渡って、小さな緑地公園まで歩き、ふたつあるベンチの一方に腰をおろし、自分の横にクレミーを座らせた。彼女の手首はずっと握られたままだった。

後年、クレミーはなぜあのとき郵便局の床に倒れ込み、大声で助けを求めなかったのかと考えることになる。しかし当時は、行儀よく振る舞い、注目を浴びないようにすることが何よりも大事なことだったのだ。

「どうやってきみを見つけたか？ ただきみの両親の家の郵便受けに赤い旗があがるたびに中身をチェックしただけさ。すると、そこにきみの母親のきみ宛ての手紙があり、この私書箱が書かれていた」

どうしてそんなことができるの？ クレミーは絶句した。彼はオールバニに住んでいるのに！ 仕事もあるのに！ その計画のために休暇を取ったのだろうか？ そしてさらに休暇を取ってここまで来たのか？

〝あの男は正気じゃない〟バーバラは別れぎわにそう言った。

それをいま、クレミーは感じていた――ズンズンと脈打つ、彼の狂気の鼓動を。

「きみがここに住んでいるのは、わたしの赤ん坊のためだ」ラドヤード・クリークが言った。「誰の養子になった？」

ビリーを手に入れたいというラドヤード・クリークの要求を、忘れていたわけではなかった。ただ、あまりに愚かしく、彼の妻が同意するはずもない犯罪的なこと、不可能なことだと棚上げしていたのだ。しかし、こうして彼はまた現れ、クレミーのハンドバッグのなかの財布には、ビリー・ブーンのコネティカット州の住所が書かれたローロデックスカードと、ヘレン・スティーブンス名義の運転免許証がはいっている。

「ばかなことを言わないで」クレミーは言った。じっとしていられなくて、革の手袋をグイッと引っ張った。

「わたしがここに来たのは、恋人がここに住んでいるからよ」
「きみの恋人を見つけだして、きみが経験豊富な女だと教えてやろう。処女を求めるなら、きみではだめだとね。それがいやなら、わたしたちの子どもの居場所を教えるんだな」

つまり、ピートは両親がクレミーをどこに送り込んだかまでは聞かされていなかったということだ。もしピートが知っていれば、クリーク監督に話していたはずで、もしクリーク監督が〈山の学校〉の名前を知っていれば、いまごろそこを訪ねて、誰かを買収するか、傷つけるか、ヴェロニカを見つけだすか、記録ファイルを買うか、盗むために不法侵入するかしていたはずだ。

もちろん、クリーク監督がブーン家の息子の実の（ナチュラル）父親だと証明する方法はない。ラドヤード・クリークがクレミーにしたことを自然（ナチュラル）なことだと呼ぶとすればだが。しかし、人々はいつもラドヤード・クリークの望むものを与えたし、彼には良心の呵責（かしゃく）というものがなかった。それにクレミーがブーン家にビリーを差しださせる方法を思いつかないからといって、ラドヤード・クリークにそれができないとはかぎらない。

クレミーはラドヤード・クリークにとびきりの笑顔を見せた。はじけるような笑顔だとわかっていた。いつもまわりの人たちから、すてきな笑顔だね、もっと笑ったほうがいいよと言われていたから。「もうすぐ恋人と一緒にカリフォルニアに引っ越すの。ディズニーランドで働くのよ。飛行機に乗って、もう面接も受けてきたわ！」クレミーはまだ一度も飛行機に乗ったことはなかった。「わたしは白雪姫になるの」そうつけ加えたとき、ふいに自分がディズニーの白雪姫にそっくりだと気づいた。陶器のような白い肌。豊かな黒髪、バラ色の頬、バラの蕾のような唇。
「ラテン語はどうなった？」監督はうたぐり深く尋ねた。

「教育実習を終えてみたら、思っていたよりも楽しくなかったの」

実際には、教えることは思っていたよりもはるかに楽しいことだった。クレミーは生徒たちを愛し、同僚の教師たちとの仲間意識を愛した。高校の演劇やダンスやコンサートや試合で、教え子たちが愛情をこめて、「こんにちは、ミス・スティーブンス！」と呼びかけてくれるのがたまらなく好きだった。

監督は重量のある体をクレミーに寄せた。彼女は立ちあがった。見知らぬ人々の保護が必要だった。「寒いわ。あの食堂（ダイナー）でコーヒーを飲みましょう」

おそらくあたりに歩行者がいて、車が駐車し、人々が乗り降りしていたからだろう。ラドヤード・クリークも立ちあがった。手首をつかむのは異常な行動なので、かわりに彼女の手を握った。クレミーは手袋をはめているおかげで、直接彼の皮膚に触れずに済んだことに感謝した。ダイナーのなかでは、彼は窓際のブースを選び、出口をふさぐように立ちはだかった。彼女はゆっくりとコートを脱ぐと、赤い革張りのシートの上できちんと畳み、帽子を置き、革の手袋を片方ずつはずした。

それから、致命的なミスを犯した。ビリーのかわりであるお守りのロケットに、指先で触れてしまったのだ。

「手伝ってあげよう」ウェイトレスがメニューを持ってきたとき、ラドヤード・クリークがそう言いながら、クレミーのスカーフをはずした。彼の指先がなかなかうなじから離れなくて、悲鳴をあげそうになったが、こらえてウェイトレスに言った。「わたしはコーヒーをお願いします。ごめんなさい、お化粧を直してくるわ」

ラドヤード・クリークは彼女のスカーフを畳んでいた。その手には彼女のロケットがぶらさがっている。小さな留め金ははずされていた。

クレミーはコートと手袋を担保としてシートに残し、ハンドバッグだけを持っていた。あの男がビリーの写真を持っている。そのとき、本気でラドヤード・クリークを殺すことを考えた。どうすればできる？　彼はずっと大きく、ずっと強い。遠くから、弾丸で殺すしかない。撃ちかたを学ばなければならない。

しかし、いま重要なのは逃げることだ。大切な写真を失うのは恐ろしいことだが、彼の魔の手にとどまるのはもっと悪い。ハンドバッグのなかに入れている身分証明書は、ヘレン・スティーブンスの運転免許証だけだった。クレジットカードという新勢力の猛攻勢がすでに始まっていたが、クレミーはまだ一枚も――どちらの名義でも――持っていなかった。

婦人用化粧室はダイナーの奥のほう、厨房の近くにあった。免許証をトイレットペーパーか何かにどうやって隠せばいいだろうと考えながら、化粧室の取っ手に手を伸ばしたとき、奥の出口を見つけた。そのまま人でごった返す油っぽい厨房を抜けて、裏口から外に出た。ヒールを脱ぎ、ストッキングを穿いただけの足で、一方通行の路地を逆走し、自分の車に飛び乗った。鼓動は早鐘を打ち、ストッキングはズタズタに破れ、足は切り傷だらけになっていた。

ハンドバッグを開け、財布を取りだし、免許証を運転席の床のマットの下にすべり込ませた。そうしておけば、運転するときにはつねに携帯しているが、彼につかまったときには所持していないことになる。次に、ローロデックスカードを取りだし、ふたつに破り、さらにそれを重ねてもう一度破ろうとしたときに、ラドヤード・クリークが自分の車をクレミーの車のフロントバンパーに横づけするように停めた。彼女は駐車スペースから車を出せなくなった。

片手に鍵の束、片手に財布を持ったまま、彼女は運転席のドアのロックボタンを押し、それから必死で前部座席のシートを移動して、助手席のドアのロックを閉めようとした。なぜなら当時はすべてのロックを別々に手動で閉めなければならなかったからだ。しかし、ラドヤード・クリークはすでに駆け寄って、助手席のドアのハンドルに手をかけていた。

なぜローロデックスカードもマットの下に隠しておかなかったのか？　恐ろしくなり、クレミーは破りかけのカードを口のなかに押し込んだ。

ラドヤード・クリークは助手席に飛び込むと、クレミーのことはまったく見ようともせず、ふたりのあいだのシートに置かれたハンドバッグを取った。

クレミーは車を出すことはできなかったが、逃げることはできた。鍵の束と財布を手に持ったまま、ラドヤード・クリークにつかまるまえに車から出ると、通りを裸足で走って渡り、婦人用品店に駆け込んだ。

「今日はもう閉店です、マダム」美しく着飾った、疲れた顔の女が言った。

クレミーの口のなかで、小さな白い紙片がふやけはじめた。「知ってます」クレミーはそう言いながら、必死に背後を見た。「ほんとうにごめんなさい。裏から出させてもらえますか？」

それまでの人生で、クレミーは見知らぬ人々の親切に幾度感謝してきたことか。その店員の女は、歩道を大股で歩いて迫りつつあるラドヤード・クリークの姿を見て、店のドアに鍵をかけ、明かりを消した。「警察を呼びましょうか？」店員がささやいた。

クレミーは首を横に振った。彼女には警察に同情してもらえそうもない身分詐称の問題があった。

警察、警察。クレミーは若い頃、必要なときに一度も警察を呼んだことがなかった。そしてここサンシティでもまた、必要なときに警察を呼ぼうとしていない。警察はドムの家のまわりに黄色い立ち入り禁止テープを張りめぐらせていた。テープには黒い大文字で〝保安官事務所規制線立ち入り禁止〟と書かれ、句読点もなく、延々と同じ言葉が繰り返されている。クレミーは玄関の階段をおりて、前庭の芝生越しに叫んだ。

「ベネット保安官！ これからトランプゲームに行くんです！ ドライブウェイから出られるように車をどかしてもらえませんか？」

「まだお話をうかがいたいんですが」彼が叫び返してきた。「いつ頃終わりますか？」

「五時半くらいには」

保安官はうなずき、部下に手を振った。その部下がいろんな車の運転手に声をかけた。

クレミーは家のなかに戻って鍵をかけ、ガレージに急ぐと、リモコンでガレージドアをあげて言った。

「さあ、行くわよ。じっとしていて」

密閉されたガレージのなかで車内は灼けるように暑くなっていた。クレミーはエアコンを強風にした。うるさい送風音が彼女の耳をふさいだ。制服姿の女が合図して、クレミーが車をどこにもぶつけずにバックして通りに出るのを助けてくれた。クレミーは手を振ってお礼を伝え、車と野次馬のあいだを慎重に進んだ。

角を曲がってレンギョウ通りにはいったとき、ちょうどテレビ局のバンとすれちがった。みんなの目はテレビ局のロゴに注目し、誰もクレミーのほうを見なかった。胸が痛くなり、頭も痛くなった。彼女は心のなかでカウントダウンした。あと二分経てば、ボロはいなくなる。そうすれば無事に切り抜けられる。

ゴルフ場の駐車場にはいり、ボロのレンタカーからふたつ離れたスペースに車を停めた。ギアをパーキングにいれると、息が続かなくなり、ぜえぜえと喘いだ。

「わたしが先に出るわ」クレミーはボロに言った。

「まわりを確認して問題ないか見てくる」

後部座席からはなんの音もしなかった。

彼女は車から降りたが、ドアは閉めなかった。駐車場の路面は熱でギラギラと輝いていた。カロライナの青い空はぴくりとも動かない。どこかから、録音された音楽が聞こえてくる。ゴルフをしていた住民が悪態をつきながら、自分のカートに乗り込んだ。クレミーはこんな暑いなかゴルフをする人の気がしれなかった。

「もういいわよ」彼女は言った。「安全よ」

ボロは起きあがらない。毛布と熱で窒息している彼の姿を思い浮かべた。自分の車の床でボロが死んでいる姿を。またしても取りのぞかなければならない、死体の出現を。

クレミーは運転席に膝をついて、ヘッドレストの向こう側をのぞいた。毛布の下のふくらみは動かない。呼吸の気配も音もない。

一瞬、恐ろしさのあまり、毛布をめくることができなかった。

それから勇気を出してめくった。

19

キャロル＝リー・シャーマンは、コネティカットの未解決事件についてのネットの小さな記事のこと以外、何も考えられなくなっていた。鼓動が打つたびに、何十年も苦しむことのなかった記憶が押し寄せた。やがて夫が車のオイル交換をしに出かけて、しばらくひとりになると、多少気持ちが落ち着き、警察での供述の練習をしようと考えた。

狭い場所で声を出すほうがまわりを気にせずにすむからと、主寝室のバスルームに閉じこもった。

「そちらの捜査で」彼女は練習を始める。「五十年以上前に、ラドヤード・クリークが匿名の未成年の被害者からレイプで訴えられたという記事を見つけたかもしれません」誰にも聞かれずにひとりでいるというのに、次の言葉をまともに口に出すことができなかった。気づけばささやくような声になっていた。まるでドアの向こう側で誰かがしゃがんでメモを取っているかのように。「わたしはその被害者でした。わたしが告発したんです」

監督からどんなことをされたのかを説明できるだろうか？　わたしを信じようとしない当局——とくに警察——から、どんなことをされたのかを？　どんな軽蔑の目を向けられたのかを？　誰ひとりとして、小さなキャロル＝リーが真実を話しているとは一瞬たりとも考えなかった。それ以来、彼女はどこの警察署とも関わらずに生きてきた。そしていま、磨きあげられたバスルームの白いタイルを見つめながら、彼女は襲いかかる苦い感情に驚いていた。「わたしだけじゃなかった」彼女は大きな声を出した。「毎年、あの男は獲物にする女の子を選んでいた。邪悪な男だったということをわかってほしい。ハンサム。人当たりがいい。人気がある。名監督。それでも、あの男を殺した人は、世界のためになることをした」

もしわたしがこのことを全部警察に話したら、どうなるだろう？

警官は、毎年選ばれたほかの女の子たちの名前を教えろと言うだろう。もしまちがったことを——というより、おそらく正しいことを——口にすれば、ほかの傷ついた少女たちが、何十年も経ったあとに探しだされ、人前にさらされ、殺人罪で起訴されてしまうのだ。もしキャロル＝リーが反撃できる立場にあれば、彼女自身の手で犯していたにちがいない殺人の罪で。

監督の殺人事件には、まだ謎が残っている。というのも、ラドヤード・クリークの被害者たちは、彼を殺すことはおろか、痣（あざ）をつけることすらできなかったはずだからだ。監督はきわめて小柄な女の子ばかりを狙っていた。彼が笑いながら、片手で両方の手首をつかめるような相手ばかりを。キャロル＝リーは監督の巨大な指が彼女の両手首に巻きついたときのことを鮮明に覚えている。あの無力感そのものが、恐怖を引き起こした。

とはいえ、引き鉄（ひきがね）を引くだけなら、大柄で強くなくてもかまわない。あの男はどうやって殺されたのだろう？ 拳銃で？ 彼女は刑事たちに事件のことを訊いてみたかったが、ある種の交換条件を求められるかもしれない。どうやって殺されたかを教えますから、ほかの犠牲者の名前を教えてください。

キャロル＝リーには、ラドヤード・クリークが殺された年、家族と一緒に東京に住んでいたというすばらしいアリバイがあった。とはいえ、ほかの少女たちにアリバイがあるかはわからない。

もし警察に電話したら、警官は鉛筆を構えて供述を待つことだろう。いや、ちがう。いまはおそらく、キーボードに指を置くのだろう。半世紀前にラドヤード・クリークにレイプされた人々の名前を打ち込むために。そのなかの誰かのＤＮＡ（当時はなんの頭字語なのか知らなかったが）が、犯人のものと一致するかもしれない。

匿名でなら電話したかったが、発信者番号通知がその選択肢を奪っていた。

キャロル＝リーは携帯電話のアプリで、短いニュースを読み直した。誰であれ、ラドヤード・クリークの命を奪った少女に対して、深い悲しみを覚えた。犯人が少女の兄弟や父親や恋人だった場合には、また別の話だ。まったく異なる心配が新たに生じることになる。

だから結局、キャロル＝リーは何もしなかった。

ヴェロニカはフロリダ州のポンパノビーチに移り住んでいた。午前中にひと泳ぎし、濡れた体のまま、網戸で四方を囲んだ建物（スクリーンハウス）——スイミングプールと中庭全体を収めている——のなかにある屋外バーに座りながら、朝のコーヒーを飲んでいた。毎朝この時間には、彼女はスマートフォンをスタンドにセットして、まずは〈スタンフォード・アドボケート〉紙と〈ニューロンドン・デイ〉紙の見出しをスクロールして読む。ヴェロニカはかつてコネティカット州の両端にあるそのふたつの都市に住んでいたことがあるからだ。古巣の情報を読んだあとは（たいてい五分ほどで終わる）、〈ニューヨーク・ポスト〉紙に移る。スタンフォードに住んでいたときはニューヨーク市に通勤していたし、〈ニューヨーク・タイムズ〉紙よりも〈ポスト〉紙のほうがずっと読んでいて楽しいからだ。

ふだんは犯罪記事を読んだりしないのだが（読みはじめたら午前中いっぱい取られてしまうから）、その日は〈ニューロンドン・デイ〉紙のサイトをスクロールしているときに、オールドライムで五十年前の未解決事件が再捜査されているという記述に目が留まった。五十年前！　ありえない。滑稽ですらある。それだけ時間が経ってから、アリバイがあるとかないとか捜査してどうする気だろう。たとえDNAや指紋が見つかったところで、ヴェロニカにはそれが今更役に立つとは思えなかった。そのDNAや指紋の持ち主は、いまはもう死んでいるか、アルツハイマー病になっているだろう。

殺人事件の被害者は、ラドヤード・クリークという高校の部活動の監督だった。写真で見るかぎり、ハンサムな男だった。クルーカットで、顎が大きく、肩幅が広い。その男がどんなふうに殺されたのかは記事には書かれていなかったが――実のところ、その記事にはほとんど何も書かれていなかった――射殺されたにちがいないとヴェロニカは思った。ほかの方法で圧倒するには体が大きく頑丈すぎるからだ。

ラドヤード・クリーク。彼女は考え込んだ。その風変わりな名前にどこか聞き覚えがある気がした。最近、名前が次から次へと彼女の頭からこぼれ落ちている。

六つのトランプゲームのグループに所属して、どのグループでも月に二回プレーしているが、ゲームに行くまえには毎回メンバーリストを見直し、ぶつぶつと名前を唱えている。「ドナ、カレン、ジャニス、バービー、スージー、プルーデンス、コリーン」復唱の効果があることも多いが、ないときには、大きな声でごまかす。「あらあらあら、ダーリン、元気？　そのハンドバッグすてきね！」それから、誰かがその女友だちの名前を呼ぶのを待つのだ。最悪の瞬間は、スコアをつける担当になって、みんなの名前を書かなければならないときに、誰とプレーしているのか思いだせないときだ。だからこそ、たいていの人は各チームのスコアの列に、〝わたしたち〟と〝彼女たち〟と記入する。〝こっち〟と〝あっち〟と書く人たちをのぞけば。

数日後、ヴェロニカの頭に、その名前がぽんと浮かびあがった。加齢によるハンディキャップのひとつは忘れることだが、目立たない楽しみのひとつは、しばしば記憶が一種の爆発のように戻ってくることだ。ドカン！　記憶参上！

ラドヤード・クリークというのは、〈山の学校〉で聞いた名前だった。〈山の学校〉というのは、ヴェロニカがいまだに許せないでいる施設だ。その冷たく厳しい場所で、彼女は生き延びねばならなかった。自分の赤ん坊を奪われるまで。男の子か女の子かさえ知らされなかった。その場所で、ヴェロニカは別の少女の赤ん坊を取りあげたのだった。母親はベティ・ブープの子ども版のような小さな少女で、そんな彼女がつねに人の出入りがある厳格な寮で、ひと晩じゅう、歯を食いしばり、声も出さずに何時間も陣痛を耐え抜いた。ヴェロニカは少女の名前も思いだした。クレメンタインだ。その名前は、ヴェロニカたちにとっては、冗談としか思えなかった。「あなたのパパとママはほんとにそんな名前をつけたの？」彼女たちはからかって歌った。「『オーマイダーリン、オーマイダーリン、いとしのクレメンタイン。きみは永遠に失われた、ひど(ドレッド)く悲しい(フル・ソーリー)よ、クレメンタイン！』」しかし、その少女は叫んだ。「やめて！　その曲を歌わないで！　あの男がわたしをレイプしたときにそれを歌ったのよ」

　当時は、たとえ自分の身に起こったとしても、〝レイプ〟という言葉は使わなかった。モーリーンだけが同じ主張をしていた。ヴェロニカがモーリーンのことを考えたのは何十年ぶりのことだ。ほかの少女たちは恋愛だったり、性欲だったりの結果であり、なかには男女の生理や体の構造のことを知らず、恋人が下のほうで何をやっているのか文字通り理解していなかったと主張する少女もいた。ヴェロニカは、クレメンタインがまるでドレスの下にバスケットボールを隠しているかのように、丸くお腹が膨らんでいたことを思いだした。何人かの少女たちは、当時としてはめずらしかったが、ただ肥りすぎのように見えた。クラスメートから『デブ、デブ、百貫デブ、教室のドアも通れない』と歌われてしまうレベルの。

　放埒な少女たちはクレメンタインを取り囲み、詳しい話を聞かせろと迫った。「何があったの？」「あの男って誰？」「ご両親は知ってるの？」「男の名前は？」

　その当時でさえ、少女たちは自分を襲った相手の名前を口にしなかった。それは無礼なこととされていたからだ。でも、クレメンタインはちがった。「ラドヤード・クリーク」彼女は言った。「バスケットボール部の監督だった」

　ヴェロニカたちは信じなかった。「ラドヤード・クリークなんて変な名前の人、いるわけない。作り話でしょ」

　そしていま、ヴェロニカ自身がクレメンタインの赤ん坊の養母のハンドバッグをあさり、本名と住所を盗み見て、勇気ある小さな母親が養父母をたどれるように手助けしたという記憶がポンとよみがえった。いまならあんな大胆なことはしないだろう。ヴェロニカは思った。でもあの頃は気にしなかった。捕まったってかまうものか。最悪の事態はすでに起きていたのだから。

ヴェロニカは養父母の偽名も本名も思いだせず、クレメンタインの姓も思いだせなかった。それでも、コネティカットの警察に電話をかけた。死んだ男がいい人間ではなかったことを警察に知らせたかったからだ。記事には電話番号が書かれていなかったので、ヴェロニカは警察署をグーグルで調べて、電話した。

「未解決事件……」電話の向こうの声がゆっくりと言った。まるでなんのことだか思いだせないとでもいうように。「担当刑事におつなぎします」

こんな人たちに用はなかった。電話に出るときは、てきぱきと油断なく出るべきだ。警察ならなおさら。

男が出て、刑事だと名乗った。「どういったご用件ですか?」

ヴェロニカはとたんに口ごもった。クレメンタインの話をどう伝えるか考えていなかったのだ。もちろん、クレメンタインの名前を出すわけにはいかないし、ついでに言えば施設の名前を出すわけにもいかない。子孫が夢中になって自分の生い立ちを調べるこの時代に、そんな情報を出すつもりはない。すると、こんな言葉が口をついて出た。「昔、あの男にレイプされて、子どもを産んだ女性を知ってるんです」

「ありがとうございます」と刑事は言った。ほんの少しの興味もなさそうな声で。「その手のことを知らせてくれた女性は、あなたでふたり目です。妊娠した女性の名前を教えてもらえますか?」

その手のことですって? ヴェロニカは思った。わたしはレイプとはっきり言ったのに、この刑事はその手のこととしか言わないわけ? それに彼女のことも、ただ女性と言うだけで、被害者とは呼ばないわけ? 妊娠した女性って、まるであの子が適切な避妊をしなかったせいみたいじゃないの、ほんとうは強姦魔に床に押し倒されたのに？

ヴェロニカはふと思った。もしかしたらクレメンタインが犯人なのかもしれない。

ほんとうにごめん（ドレッドフル・ソーリー）、クレメンタイン。こんな電話するべきじゃなかった。でも、少なくとも、あなたを売るような真似はしないわよ。「忘れたわ」ヴェロニカは鋭く言った。「ただ覚えておいてちょうだい。ラドヤード・クリークは凶暴な最期をとげても当然の、凶暴な男だったってことを」

マサチューセッツ州のバーバラの家では、テレビが大音量で流れていた。見ている全員が、いささか耳が遠いためである。バーバラは犯罪ドキュメンタリーを見ない。再現ドラマのへたくそな演技と貧弱な照明に、どこか恐ろしさを感じるからだ。でも、いまは夫が家にいて、夫の弟夫婦が遊びに来ており、全員が『殺人ハンター』を見たいと言いだした。バーバラは軽食を用意したが、この三人に出すものは、手間がかからない。みんなチップスが好きだから、四種類用意して、二種類のディップを添えるだけだ。彼女はキッチンをきれいに片付けると、ディップを補充するために行ったり来たりして、番組には目を向けなかった。

ＣＭのあいだ、家族はおしゃべりをした。孫娘の体操競技会のこと、孫息子の挙げる予定の風変わりな結婚式のこと（彼らの知る最近の若者はみんな同棲するだけなので、ちゃんと結婚することに三人とも興奮していた）、中西部の洪水で亡くなった人がいたこと、地元の交通量が増えてイライラすることなど。

バーバラの義弟が言った。「とんでもないことがあったぞ。ネットで見たんだ。コネティカットのオールドライムの警察が、五十年前の殺人事件を再捜査するらしい。信じられるか？　殺人事件を解決するには、発生から四十八時間が勝負だ。その事件からいったいした。

何時間経ってる？　五十年×三百六十五日×二十四時間だぞ」

「その犯罪に関わった人間は、どうせいまごろ、もう死んでるんじゃないのか」バーバラの夫が言った。

「または介護付き老人ホームにいるか」

「透析を受けてるか」

「最初の人工股関節を、二番目の人工股関節に交換したところか」

「でも、最近、九十四歳の強制収容所の看守を裁判にかけてただろ」バーバラの義弟は言った。「それで有罪にしてた」

「答は、四十三万八千時間だ」携帯電話の電卓を叩いていた彼女の夫が報告した。

キッチンで、バーバラの体は震えていた。

オールドライムの五十年前の未解決殺人事件。

そんな事件が何件もあるだろうか？

バーバラはグーグルでラドヤード・クリークを検索

20

ボロはあの老婆が証人保護を受けていたという話を信じていなかったが、実際のところ、あの愚かな又甥も同じことを考えていた。多少の真実が紛れている可能性はあるのだろうか？　ここの人間がそろって発音しているスペサンテというのは、マフィアの名前であってもおかしくない。

老婆はかつてマフィアとつながりがあったと言っていた。いまもつながっている可能性はある。それにボロの現金はまだ見つかっていない。ガラスのリグと一緒に三番目の家にあったと見ていいだろう。ウィルソン・スペサンテは、ボロの金が原因で殺されたと考えられる。

ボロの知るウィルソンは、ピンクマンという名で通っていた。テレビドラマ『ブレイキング・バッド』に出てくるキャラクターとは似ても似つかないが、ウィルソンはその古いドラマが好きで、自分のことをメタンフェタミンを製造し、賢い方法で人を殺し、あらゆる敵から逃げおおせる人物だと考えるのを気に入っていたのだ。

しかし、実際には、ピンクマンはただの末端の麻薬の売人にすぎなかった。ボロはピンクマンが工房に立ち寄ったときに、ハイになった勢いで長い世間話をしたものだった。誰かの工房に立ち寄るのは、ガラス職人がよくすることだ。だから工房にはいつも、マリファナを分けてもらいたいとか、話をしたいとか、もしかしたら何かを作りたいとか、誰かしらが来ている。

ピンクマンの人生は、本人が望んでいたほど楽しいものではなかった。白いアコードに乗って（その退屈な車なら、ほかの白い車とほとんど見分けがつかず、人目につかないと仕入れ先が考えたからだ）延々と国を横断し、中堅のモーテルチェーン――〈コートヤード〉やら〈ハンプトン・イン〉やら〈ヒルトン・ガーデンズ〉やら〈ダブルツリー〉やら――に宿泊して、無料のしょぼい朝食を寂しく見つめる日々。西からガンジャ・オイルやオキシコドンを延々と運び、東で売りさばいて大きな利益を得るために、いつも旅に出ていたから、女と付き合うこともできなかった。

「両親はちゃんと生計を立てろって言うんだよ」あるとき、ピンクマンはむっつりと言った。彼はまちがいなく充分な金を稼いでいたから、つまり〝まともな仕事をしろ〟という意味だ。

もちろん、ピンクマンは生計（リビング）を立てたかったわけではない。自由な生活（リビング）が欲しかったのだ。おそらくこう考えたにちがいない。ボロの工房を襲って、現金を奪って、もうこんな仕事から解放されたい。

ピンクマンの両親というのが、例のマーシャとロイなのだろうか。ボロは考えた。つまり二世代にわたって売人をやっているのか。いや、それはないだろう。そんな親なら、ピンクマンの生計の立てかたに文句を言うはずがない。というか、そもそもピンクマンに運び屋をやらせているわけだし。ドムというのはピンクマンの祖父なのか？　こいつらは全員身内なのか？

それに七十代のばあさんが、おれを幇助しようとするだけでなく、隣りの家の殺人を平然と無視するだと？　どこの誰が、殺人事件を捜査中の保安官にトランプゲームに行かせてくれと落ち着いて説得できる？　あのばあさんが、ウィルソン・スペサンテを殺したという線もありうるのか？

ピンクマンは大柄だが、だらしなくて、のろまで、退屈な男だった。どのみち射殺ならば体のサイズは関係ない。

年を取ると、大金が必要になる。医者に払ったり、クルーズやら何やらと遊びに出かけたり。それに老いは隠れ蓑（みの）になる。誰にも目をつけられない。そのうえ、あの老婆のように体が小さければ、ピンクマンを殺すことはおろか、生ごみを運べるとすら思われないだろう。だが、ピンクマンとふたりでゴルフカートに乗っているときに銃を撃つのであれば、あの老婆でもはずすことはありえないし、力がいることでもない。

三番目の家にはセキュリティシステムがなかった。ドラッグ取引の拠点（トラップハウス）では驚くことではない。警備会社に敷地内に点検に来られても困るからだ。二台のビデオカメラは無効化されていたが、たとえ作動していたとしても、殺人は記録されていなかっただろう。肝心の真ん中の家のガレージには、監視カメラは見つからなかった。

老婆の家の前庭には、警備会社が敷地を監視していることを示す小さな標識は立てられていないし、窓には小さなステッカーも貼られていない。それは麻薬の売人たちが、謝礼としてセキュリティを請け負っているからなのか？

おそらく、ドミニク・スペサンテがウィルソンを殺したのだろう。だが、あの老婆が、ここでまったく別の人間になりすまして生きているのは事実だ。しかも、老婆の仲間たちは誰ひとり疑ってもいない。又甥は大叔母がどこに住んでいるかを知らなくて、しかも知らないことをいままで気づいてすらいなかった。あの女は人から逃れる名人だ。そしていま、まったく恐怖を感じている様子もなく、よくできた計画を立ててみせる。おそらくこういう経験を過去にもしたことがあるのだろう。

ドムがボロの現金を持っていることはほぼ確実とはいえ、あの老婆が候補からはずれたわけではない。彼女が金を持っていないと確認するまでは、ここを去るわけにはいかない。金は見つからなくても、情報は見つかるかもしれない。老婆の家を隅々まで探すまえに逃げるのは愚かなことだ。いままでは、やりたくてもできなかった。なぜならカーテンが全部開いていて、いつ警官にのぞかれるかわからなかったからだ。だが、さっき老婆がカーテンを閉めた。

ボロは長い手足を伸ばして車から降りると、ユーティリティルームの乾燥機の上に積まれたタオルの山と、洗濯機の横の棚から、物が詰まった〈グッドウィル〉と書かれた茶色い紙袋をつかむと、後部座席の床に放り投げ、上から毛布をかけて、車のドアを閉めた。それからヘレン・スティーブンスの寝室の開いたままのドアのうしろに立った。

彼女はガレージに戻ってくると、車にいると考えている人間に向かって言った。「さあ、行くわよ。じっとしていて」ボロはガレージのドアがガタガタと軋みながら上昇する音、エンジンの回転音を聞いた。数秒後、車は出ていき、ガレージドアがゆっくりと降り、がたんと閉まった。

老婆はボロのレンタカーの横に駐車するまで、後部座席を調べることはないだろう。ボロに呼びかけて返事がなくても、たんに無礼だとしか思うまい。ようやくボロが後部座席にいなくて、まだ自分の家にいると気づいたとき、あの老婆はどうするか？　おそらく保安官に話したとおりのことをそのままするはずだ。トランプゲームに参加する。なぜならあの老婆にとって一番重要なのはボロではなく、法の番人のまえで普通に振る舞うことなのだから。

ボロは寝室から捜索を始めた。

ビリー・ブーンは四十五歳のときに母親が亡くなるまで、自分が養子だったことを知らなかった。母親の死後、税金の申告書類の手伝いをしているとき、父親が泣きくずれた。彼の伴侶は、もう永遠に失われてしまったからだ。父親は作業をちっとも進められず、やがて投げだした。それでビリーがあとを引き継ぎ、さまざまなファイル、あちこちの引き出しをあさっているうちに、養子縁組の書類を見つけたのだった。最初は信じられなくて、何度も読み直さなければならなかった。

両親は、実の両親ではなかった。まるで顎を殴られ、骨が折れて、手術が必要な大怪我をしたような気持ちだった。

自分で酒を注いで、もう一度頭から書類を読んで、もう一杯酒を注いだ。それから孤独で落ち込んでいる父親の隣りに腰かけ、やさしく言った。「父さん、これを見てくれる？　説明してくれないかな？」

ビリーの父親は書類をパラパラとめくって、ビリーと同じくらいぼう然とした。「忘れてた」父親はささやくように言った。「おまえを養子にしたことを忘れていたよ。おまえはいつだってわたしの息子だった」

それ以上、心温まる言葉を養父である父親から聞くことはできなかっただろう。ビリーの短い怒りは蒸発し、父親への愛が深まった。

「おまえに知られたくはなかった」父親は続けた。

「いいんだ、父さん。ショックだけど、受け入れるよ。ぼくの父さんは父さんなんだし、それだけだ」

父親は目を大きく見開き、奇妙な眼差しでビリーを見つめた。まるでそれだけではないとでもいうように、まるでもっとたくさんあるとでもいうように。父親の口はおかしな形になり、ビリーから酒を受け取る手は震えていた。ビリーはその話にどんな続きがあったとしても、何十年もまえのことであり、関係のないことだと考えた。どちらも打ち明け話をするタイプではなく、父と息子がその話に触れることは二度となかった。

ビリーは父親がそのことで気落ちしないでほしいと願っただけだった。しかし、数年のうちに、父親は気落ちすることも、しあわせを感じることもなくなった。認知症が始まり、父親はただそこにいるだけになった。混乱し、不安を抱え、虚ろになって、家具にしがみついたり、部屋の隅をのぞき込んだり、額縁の形をなぞったり、そして何よりも家の外を徘徊(はいかい)するようになった。三度目のときは、警察が夜半に捜索し、スタン・ブーンは家から数キロ離れた、交通量の多い道路の真ん中でよろめいているところを発見された。ビリーはメモリーケア施設――看護師のいない介護施設のようなところ――を探した。

ビリーの仕事の関係でノースカロライナ州のシャーロットに引っ越したときには、父親も一緒に移動させ、別のメモリーケア施設を見つけた。そこで彼の哀れな父親は、自分の寝室がどこにあるのかわからなくなり、人生の残りの日々を、どんな医薬品でも鎮静できない低レベルのパニック状態で過ごすことになる。

ビリーは自分の息子と娘が（ふたりとも同じ州にあるデイヴィッドソン大学の学生で、週末になるとしょっちゅう実家に帰ってくる）、どういう経緯で養子縁組のことを知ったのかわからなかったが、ほんとうの両親を探してほしいと言われたときには、驚き、不快な気持ちになった。

「ほんとうの母親は何年もまえに亡くなった」ビリーは語気を荒らげないように注意して言った。「それにほんとうの父親は認知症で、毎週末に会いにいってる」

「でもさ、パパ」ビリーの息子が言った。「知りたいと思わないの？　家系調査をして、実のお母さんに何があったのか、どうして養子に出したのか、ずっと苦しんで泣いていたのか聞いてみたくないの？　そのあとそのお母さんを家族の一員として迎え入れて、一緒にクリスマスを過ごしたくない？」

「したくない」

息子たちは、成人した養子の子どもをほんとうの親に引き合わせるテレビ番組を見てくれとビリーに頼み込んだ。

「わたしのほんとうの両親はスタンとマージョリーで、おまえたちのほんとうの祖父母もそのふたりだ」ビリーは苛立ちを抑えきれずに言った。

「わたしもあの番組が大好きよ」ビリーの妻が子どもたちに助け舟を出した。「ずっと泣きながら見てるもの。ビリー、あなたが養子だったことは、すてきなことだと思う。わたしもどんなことがあったのか知りたいわ」

いつのまにか、ビリーは現実版メロドラマを何本も組み合わせたような番組を見るはめになっていた。美しいが我の強そうな、寂しそうだが情け深い番組の調査員が、驚くべきスピードでインターネットの世界を探しまわり、手がかりを見つけては結果を入手する。中年の子どもたちと年老いた母親、突然存在が判明した異母きょうだいが、抱き合い、泣き、笑い、写真やビデオを撮影する場面を、ビリーはじっと見つめた。

彼自身にまったく別の家族があって、それぞれの生活を送っていて、そこにまるでびっくり箱から飛びだした気味の悪い子どもの人形のように、自分が介入することを考えると、肌があわ立った。「わたしは興味がない」ビリーは繰り返した。

しかし、子どもたちはそうではなかった。

ビリーはこの見世物の魅力がちっともわからなかった。最終的に出演者が求めているのは、新しい血縁者ではないと感じた。テレビ番組に出るという一瞬の、無意味な〝名声〟なのだ。しかし、それは名声とは呼ばない。十分か十五分間、視聴者に家族の悲しい歴史を売り込んでいるだけだ。なぜなら、どのエピソードもきまって悲しいものばかりだし、つねに絶望と隔絶された孤独を感じていただとか、一度も会ったことのない女性から「息子よ、ほんとうに愛していたの。あなたがわたしの人生に戻ってきてくれて、どんなにうれしいか」と言われて心を痛めているだとか、そんなナレーションばかりが流れているからだ。

実の母親が調査員に余計なお世話だと言ったケース

もたくさんあるはずだ。ビリーは思った。そんなとき、成長した実の子どもはどう感じるだろう？

翌週にはそうしたエピソードが流された。その子どもは中年の男で、生母から会いたくないと言われて泣き崩れた。自分を探している生みの母親がどこかにいて、自分が会うことを拒否し、生母はどこかでひとり頰を涙で濡らしているかもしれない。そう考えて、ビリーは少し気分が悪くなった。それでも、彼は知りたくなかった。会いたくはなかった。

マックとケルシーは、DNA検査のためにすでに唾液サンプルを提出していることを、父親には伝えないことにした。

ゴルフ場の駐車場で、クレミーは後部座席の床をじっと見おろした。ボロはいない。畳んであるタオルの山と茶色い紙袋だけ。紙袋にはリサイクルショップ〈グッドウィル〉に出す予定の古いハンドバッグ、ベルト、靴がいっぱい詰まっている。ボロは逃げないことにしたのだ。

彼はお金を取り戻したがっている。クレミーは思った。わたしの家にあると考えているんだわ。わたしがいないあいだに、家のなかを探すつもりなのだ。

クレミーは真ん中の本棚の三段目にある一冊の本に数百ドルを隠していた。本棚には偽の本も二冊しのばせていた。蝶番（ちょうつがい）で留めた蓋つきの、金色のエンボス加工に見せかけたような豪華な偽本ではない。二冊の分厚い本――一冊はコリーン・マクロウの本で、もう一冊はネルソン・デミルの本――のページを、エグザクトナイフで苦心してくり抜いたものだ。一冊にはクレメンタイン・レイクフィールドの書類が、もう一冊にはクレメンタイン・マーリーの書類が収められている。

クレミーは本を買うのが好きだった。リビングには、高さ百八十二センチ、幅七十六センチの本棚が四つ置かれていた。寝室にも本棚があり、小さな書斎にも六つ目の本棚があった。キッチンのふたつの飾り戸棚には、料理本が詰まっていた。ギリシア語とラテン語の辞書は、何年もまえにアンティークショップで見つけた、車輪のついたユニークな小さな移動本棚に並べてあった。彼女は本に隠した書類を発見され、ボロバスクに三つ目の身元まで知られるのではないかと不安になったが、彼が探しているのは、猫のキャリーケースのサイズの現金だ。二千冊ある本を全部めくってみるようなことはしないだろう。

書斎のデスクには、ヘレン・スティーブンスの人生が詰まっている。ヘレン・スティーブンスの教員時代の退職金、社会保障制度の給付金、地方債を中心としたわずかな投資。支払い済みの請求書、小切手帳、保険証書。ファイルキャビネットには、ラテン語の授業計画や小テストの原本がはいっている。クレミーはボロに家にいてほしくはなかったが、彼は何も傷つけることはできない。

また、ノートパソコンにログインすることもできないだろう。パスワードが必要だし、〝dear77Billy〟というパスワードを推測できるとも思えない。ふたつの7には意味がない。〝数字も含めて、少なくともひとつは大文字にしろ〟と指示されたからつけ加えただけだ。二台の携帯電話はどちらも持ってきたから、ボロに中身をのぞかれることはない。クレミーはいまも大型の紙のカレンダーを使っていて、各月のマス目には日々の予定を書き込むスペースがたくさんあったが、ボロバスクの興味を引くようなことは何もしていなかったし、日曜の欄には何も書き込んでいなかった。日曜日は一週間のなかで一番重要な日だったが。

クレミーは昔からあちこちの教会を渡り歩いていた。ここ南部には、あちこちに教会がある。大きい教会、小さい教会、新しい教会、古い教会、大聖堂のある教会、通り沿いの教会。世界レベルのパイプオルガンのある教会、讃美歌バンドのある教会。説教が五十五分間続く教会、古来の典礼を行なう教会。バプテスト派、カトリック派、メソジスト派、長老派、ルター派、アッセンブリー・オブ・ゴッドに米国聖公会（エピスコパル）、そしてそれらすべての教派ごとに、保守派からリベラル派まで幅広い種類がある。そしてもちろん、召命を受けた聖職者によって始められた、数千人規模の信徒を持つ独立した巨大教会もある。変革（トランスフォーメーション）、上昇（エレベーション）、高み（ハイアーグラウンド）。〝名詞教会〟とクレミーは呼んでいる。名詞教会のエネルギーあふれる雰囲気と、信徒たちの年齢や人種の驚くべき幅広さが気に入っていた。

サンシティは教会の礼拝出席率が高く、誰もが自分の通う教会について語り、互いに誘い合っている。重要なポイントは、信徒たちがフレンドリーかどうかということだ。誰もが自分の教会が一番フレンドリーだと主張した。

これだけ長い歳月が経ったあとでも、クレミーは切望しているはずの親密な関係を築くことを尻込みしていた。教会には、いつでも歓迎してくれ、聖書の勉強会や婦人会、パッチワークキルトクラブに誘ってくれる人々がいる。彼らは懇親会に付き添って、住所を聞きだし、近所に住むメンバーを調べ、〝スモールグループ〟に参加できるように手はずを整える。スモールグループは、仲間、聖書の勉強、近所付き合いを一体化させた、新たなブームなのだ。

クレミーはスモールグループを避けていた。教会は罪と悲しみ、喜びと希望といった、深遠なテーマを扱う。クレミーはまえのふたつは熟知していたが、うしろのふたつはあまりよく知らなかった。

月に一度、彼女は市街地に車を走らせ、シャーロットでもっとも裕福で美しい地区のひとつである、マイヤーズパークに向かう。そのエリアには壮大な古い邸宅、高くそびえる木々、大きな教会がたくさんある。聖救世主教会は、荘厳な聖歌隊、立派な牧師、すばらしい地域貢献活動を特色としていた。

そんな日曜日に、クレミーはブーン家の四人を見かける幸運に恵まれることもあった。ビリーと彼の妻、大学生の息子と娘のマックとケルシー。ふたりの子どもたち（クレミーの孫！）はシャーロット・ラテン・スクールを卒業していた。千五百人近くの生徒を擁する同校は、非常に伝統的なカリキュラムを採用しているために、ラテン・スクールという名がつけられた。ビリーが息子と娘を、古典を重視する学校にいれるなんて、なんと驚くべき、思いも寄らないめぐり合わせだろうか。

マックとケルシーはいま、ふたりともデイヴィッドソン大学に通っていて、週末にはしょっちゅう自宅に戻っている。マックはフェイスブックに投稿することはほとんどないけれど、ケルシーはフェイスブックとインスタグラムに一日じゅう断続的に投稿している。

幸運に恵まれた日曜日には、クレミーは一家のうしろの列の、通路を挟んで右側の席にすべり込む。そうすれば家族の姿を目の端に収めることができるけれど、その平和なひとときに、一家の誰かがクレミーに握手をしにくるほど近くはないからだ。

ブーン一家を追いかけて教会へ行くことは、クレミーにとっては無害なことのように思えた。しかし、ビリーにとってもそうだろうか？　クレミーの存在を知りもしない、孫たちにとってもそうだろうか？

いまはボロがしていることについて考えなくては。クレミーは頭を切り替えた。

ドムとウィルソンとコグランド夫妻がしていることがなんであれ、ボロはクレミーがそれに加担していると疑っている。

いったい彼らは何をしているのか？

ドラッグを売っていると、ボロは言っていた。クレミーには、ドムが何かを売りさばくところなど想像もつかなかった。それにドムはほとんど家から出ることはない。出かける場所といったらショッピングモールだけだ。ただし、あの駐車場が実際に麻薬取引で賑わっているなら話はちがってくるが。ジャンキーが急いで車に戻るあいだに、ドムは現金をポケットにしまっていたのだろうか？　ショッピングカートを押して大型スーパーに出入りする買い物客、ネイルサロンに出入りする女たち、ギフトショップで無駄で高価な小間物を買う人々。そんな人々がやることとリストに〝ドムと会う〟とメモしていたのだろうか？　〝現金持参で〟と？

ともかく、少なくともクレミーは自分が何をしなければならないのかは承知していた。トランプゲームに行くのだ。そう保安官に言ったからには。彼女はサンシティ・クラブハウスのまえに車を停めると、携帯電話をマナーモードにして建物にはいり、サンシティの会員カードをカードリーダーに通した。こんな状態でゲームに集中できるのだろうかと考えながら。

どのテーブルにも空席がなかった。

「ほかに誰か来るわよ、ヘレン！」友だちのひとりに声をかけられた。「テーブルを確保して待っているといいわ」

「こっちに来て座りましょうよ」別の友だちが甲高い声で言った。「あなたの家の隣りで殺人事件があったんでしょ！　こっちに来て全部聞かせて、ヘレン！」

クレミーは取り囲まれた。今回ばかりは、カードをシャッフルしたり、配ったりするよりも興味を引くことがあるカードプレイヤーたちに。「それであのスペンサーって男が自分の孫を殺したっていうのは、もう確定なの？」

「スペサンテよ」クレミーは訂正した。

次々と質問が飛んでくる。「ジョイスはどこ？」「警察からあれこれ質問されてるところなんじゃないの？」

「お隣りだったんでしょ、ヘレン。しばらくうちに泊まりにこない？」

「ありがとう、カレン、気を遣ってくれて。でも、もう手配してあるの」

「死体は見た？」

「いいえ」

みんなは興味を失った。「さあ、ゲームをしましょ。もう充分シャッフルしたかしら？　誰かカードを配って」

すべてのテーブルが埋まっていて助かった。クレミーは婦人用化粧室に行き、五分間個室に閉じこもり、じっくり考えようとした。車で空港まで行ってここを出ることもできるが、辻褄の合わない行動は避けるべきだし、この時点で飛行機に乗ることは辻褄が合わない。保安官はあとでクレミーと話す必要があると言っていた。もしそれを放りだして、クレミーが姿をくらましたら、今度は本気でクレミーと話したいと考えるだろう。

家族用の携帯電話をちらりと見て、ボロバスクから着信がないか確かめる。なかった。彼がわたしに進捗報告をするとでも思っていたの？「クローゼットは終わった。これから屋根裏に向かう」とか？

サンシティ用の携帯電話には、ジョイスからの留守電メッセージがいくつかあった。婦人用化粧室にはほかに誰もおらず、盗み聞きされる心配もなかったので、まず数時間前の最初のメッセージを再生した。

『ヘレン！　ヘレン！　ドムが殺されたの？　そんなのって、信じられないわ！　誰がドムを殺すっていうの？　恐ろしいわ。とっても怖い。吐きそうよ。そこにいちゃだめよ！　いい？　あの結婚式に行ったらいいのよ、どこかの島でのペギーの結婚式に。それか、せめて今夜はベティ・アンのところに泊めてもらいなさい！　彼女、あなたにもう声をかけたって言ってたわよ。それから、詳しいことがわかったらすぐにわたしに電話して。ジョニーから距離を取るって決めてなければ、すぐにでも戻ってるところよ。だって、あなたはそこで大興奮を味わってるのに、わたしはそれを見逃してるなんて、そんなことある？』

ジョイスの二番目の留守電メッセージは、最初のものからほどなくして録音されていた。ほかの住民たちの誰かから連絡を受けたにちがいない。『じゃあ、ドムじゃなかったのね。ウィルソンだったの！　わたしはウィルソンを見かけることすらほとんどなかったわ。だってあの人、ドライブウェイに車を停めてドムの家に忍び込んだかと思うと、気づいたときにはもう車が消えてるんだもの。ヘレン、いますぐわたしに電話して、全部話してちょうだい！　ねえ、あなたの若いツバメは何か興味深いものでも見た？　それともあれがベントレー？』

クレミーは車で帰宅しようとしたが、ブルーライラック通りには近づけなかった。なぜならマリーゴールド通りの両側に驚くほどの数の車両が停まっていたからだ。マリーゴールド通りとピンクカメリア通りの角に、鍵師のトラックが停まっている。ジョイスの錠前を交換したのとは別の会社のトラックだ。ということは、すでに住民たちが恐れてセキュリティを強化しているのだ。

クレミーは角を曲がってピンクカメリア通りにはいり、その小さなサークル状の折り返し地点に車を停めた。

ピンクカメリア通りのテラスハウスの裏手は、ブルーライラック通りのジョイスの家がある側とつながっている。テラスハウスのあいだから、救急と警察の車両や、記者、リードでつないだ犬を連れた住民たちの姿が見える。ほぼ全員が、さまざまな機器で撮影したり、携帯電話でメッセージを送ったり、電話をかけたりしていた。

クレミーはカサカサと音を立てる芝生を歩いて、ブルーライラック通りまで行き、見知らぬ人々のうしろに立った。彼らは何かを、なんでもいいから見られないかと希望を抱いて集まっていた。

ジョイスの家に視線を向けると、なんと鍵師が玄関のドアに穴を開けているではないか！　その横にはジョニーが立ち、作業を見守っている。ジョニーはどうやって鍵師を説得したのだろう？　少なくとも、運転免許証を見せて自分の家だと証明する必要はあるのではないか？　ジョニーの免許証には、サンシティの反対側にある自宅の住所が書かれているのでは？　とはいえ、警察が文字通りすぐそばに立っている場所で、何かを怪しむ人などいはしないだろう。

ジョイスの家を盗み返すというジョニーの決断を、クレミーはむしろ称賛の目で見つめた。彼女自身、相当図太い神経の持ち主で、何十年間も、ほぼすべてを偽ってきたが、それでも自分の行動に疑問を抱いて眠れない夜を多々すごした。ジョニーが自分の行動を気に病んで眠れなくなるところなど想像もつかない。

普通の状況ならば、クレミーはジョイスに電話していただろう。「ジョニーが無理やり家にはいろうとしてるわ！　わたしにどうしてほしい？」などと言って。しかし、そのときは動揺のあまり、普通の思考をすることができなかった。それに、ジョニーがすでにジョイスと話して和解している可能性、ジョイスが当座預金のことを大袈裟に話していた可能性もないわけではない。

クレミーは逃走中（オン・ザ・ラム）のドムのことを考えた。〝ラム〟――語源がラテン語でもギリシア語でもない、興味深い単語だ。わたしは大人になってからずっと逃走（ラム）している。彼女は思った。

あのとき、ラドヤード・クリークが自分に歌いかけたことを思いだす。『きみは永遠に失われた、なんと（ドレッドフル）哀れな（ソーリー）、クレメンタイン』

ときおり、ラドヤード・クリークは勝ったのではないかと思うことがある。なぜなら、クレメンタイン・

レイクフィールドは、たしかに永遠に失われたからだ。彼女は自分の抜け殻とともに残された。ヘレンという名前とともに。そしてその名前もまた、永遠に失われた誰かのものだった。

21

クレミーがもう安心だと思える頃合いを見計らってダイナーに戻ると、親切にもお店の人がコートを預かってくれていた。しかし、ラドヤード・クリークはハンドバッグとスカーフをクレミーの車に残していかなかったし、もちろん、ロケットペンダントは持ち去っていた。強姦魔が自分の物を集めていると考えるだけで、クレミーは気分が悪くなった。

そのとき電話がかかってきた。ラドヤード・クリークからだった。

「どうやってこの番号を知ったの？」クレミーは小声で尋ねた。

「きみのママに尋ねたのさ。オハイオを通る予定だから、きみを訪ねてみようかと思ってるとね。きみの両親は疑うことを知らない人たちだからね」それから、ラドヤード・クリークは上機嫌で自分が何をしたかを説明した。あとになってクレミーは不思議に思った。彼はどうして手の内を明かすようなことをしたのか。おそらく彼のように神格化された人間は、称賛されるべきだと考えたのだろう。彼が賢く、どんなこともできるとクレミーが思い知れば、もう邪魔をするようなことはしないと思ったのかもしれない。

ラドヤード・クリークは兄のピートを使って、クレミーがどこで赤ん坊を産んだのか、両親から聞きだしていた。しかし、〈山の学校〉はクレミーが滞在した数年後にはすでに閉鎖された。社会がワープスピードで変貌したからだ。少女たちは妊娠しても、もはや地元を離れることはなくなった。中絶するか、自宅で産んで自分の手で育てた。一夜にして、養子縁組希望者たちはほぼ行き場を失った。一夜にして、婚姻（ウェドロック）せずに妊娠した女にも選択肢ができた。一夜にして、人々は婚姻（ウェドロック）そのものに関心を持たなくなった。何かを錠前（ロック）という単語で結びつけるという考えかたは、時代遅れになった。結婚とは、それが有用である場合においてのみ、有用なものだと知られるようになったからだ。ちなみに、〝ウェドロック〟の第二音節が、実際に錠前（ロック）という意味だからではない。

しかし、学校が閉鎖されたとなると、どうやって記録を入手すればいいのか？ラドヤード・クリークの取った手法は、単純かつ効果的だった。元寮母の居場所を突きとめ、酒と料理でもてなした。「短いあいだ逢瀬も重ねたよ」ラドヤード・クリークはクスクス笑って言った。「写真も一、二枚撮った。彼女はきみの資料を見つけだした。なぜなら、わたしが赤ん坊の父親としてふさわしいことを完全に理解しているからだ。わたしたちの息子はね、ミス・クレメンタイン、スタンリーとマージョリー・ブーン夫妻の養子となったのだよ。そしてわたしは赤ん坊の写真も持っている。小さな金のロケットにきちんと収められた写真もね」

クレメンタインが赤ん坊を追うためだけにオハイオの大学に行ったと確信し、彼はコロンバスで私立探偵を雇った。当時は、０番にダイヤルし、電話に出たオペレーターに、たとえば「コロンバスのスタン・ブーンの電話番号を教えてもらえますか？」と訊くと、「この地域にはスタン・ブーンがふたりいますね。ひとりはヴィクトリアン・ヴィレッジに、もうひとりはアッパー・アーリントンにいます」などと教えてくれる。アーリントンのスタン・ブーンは目当ての人物ではなかった。もう一方のブーン家の番号はもう使われていなかった。探偵はその一家がどこに転居したのか見つけられなかった。しかし、ラドヤード・クリークは推測した。彼らがコネティカットで息子を養子にしたということは、コネティカットに縁（ゆかり）があるはずだ。オハイオに引っ越した理由が養子縁組を隠すためだったとしたら、おそらく夫妻は、もう小さな少年が実の息子ではないと疑われる心配もなくなったので、無事に地元に戻ったのだろう。

そこでラドヤード・クリークは、コネティカットでふたり目の私立探偵を雇った。その探偵は、州内のあらゆる町の電話番号案内にひたすら電話をかけつづけ、スタンリー・ブーンの電話番号を探しだした。探偵がその番号を入手するのに要した時間はわずか二時間だった。オペレーターはその番号の持ち主の住所は教えなかったので、探偵は図書館に行き、そこにある膨大な電話帳のなかから——当時、図書館には膨大な数の電話帳が資料として取りそろえられていた——目当ての地域の電話帳を見つけだした。そこにはイーストライムのスタン・ブーンの住所が載っていた。

「これから息子を迎えに行くところでね」ラドヤード・クリークは言った。「知ってのとおり、証拠としてロケットも持っている。生みの母親がわたしにくれたものだ」

クレミーは電話を切ると、発信音が鳴るのを待って、オペレーターに電話をかけた。「コネティカット州イーストライムの、スタンリー・ブーンの電話番号を教えていただけますか？」

後日、スタン・ブーンはあの日のことを思いだすたびに、電話に出たのが自分でつくづくよかったと胸を撫でおろすことになる。妻はPTAの会合に出かけていて、そのあいだぐっすり眠るビリーと一緒に、彼が自宅で留守番をしていた。もし妻が電話に出ていたら、どう反応したのかわからない。彼自身、不意を突かれて立っているのがやっとだった。小さな玄関ホールの小さな電話台のまえで、重い受話器にしがみつくようにして。

「お願いです、電話を切らないでください、ミスター・ブーン。わたしはあなたの小さな息子さんの生物学上の母親です。いま恐ろしいことが起こりつつあるんです。あなたにそれをお伝えしなければなりません。あなたがビリーを守れるように」

怒りと恐れの波がスタンに襲いかかった。この女はどうやってわたしのことを知ったのか？　どうしてわたしの電話番号を知っているのか？　養子縁組は非公開だった！　わたしたちの息子が養子だと知っている人物は誰ひとりいないはずだ！　わたしの両親ですら知らないのに！

この女は養子縁組を白紙に戻そうとしているのか？　そういうことは実際に過去にもあり、養父母の悪夢としてよく知られていた。邪悪でけしからぬ若い女が、自分の子だと言い張って子供を奪い返そうとしたのだ。恐ろしい悪質な行為だ。いったん養子縁組が完了したら、新しい両親が両親になる。それで終わりだ。この女を絶対に息子には近づけてはならない。スタンは思った。

「生物学上の父親は、ひどい男なんです」女は言った。「わたしが望んで彼に触れさせたわけじゃないんです、ほんとうです。ずっと力が強くて、止めることができなかった」

スタン・ブーンには信じられなかった。女が応じなければ、行為は成立するはずがないというのが彼の考えだ。しかし、彼女にそのまま話を続けさせた。この女がどんな計画を立てているにせよ、それを防ぐ方法を知る必要があったからだ。

「〈山の学校〉で、あの日、あなたと奥さまがわたしの小さな息子を引き取りにいらしたとき――」

おまえの息子だと！　スタンは憤慨した。

「――友だちが奥さまのハンドバッグのなかを見て、運転免許証からほんとうのお名前を知ったんです。そのあと、わたしはあなたを追ってオハイオに行って、ビリーの写真を取ることができたんです。それをロケットにいれて、毎朝キスしてました」

スタンは吐き気を催した。このあばずれ小娘が、わたしの息子の写真をロケットにいれているだと？　彼はあのとき見た少女がどんな顔だったか思いだそうとした。たしかあの少女は厚かましくもベッドに横たわり（それも病院ですらなく、夜中に出産した寮の簡易ベッドの上だったのだから、明らかに親になる適性の欠如が証明されていた）、わたしたち夫妻を実質的に尋問までしたのだ。いい親になるか確かめるためだと言って！　罪人である自分のことは棚にあげて！

「彼がわたしを見つけたんです。あの男。父親。彼は高校のバスケットボール部の監督でした。わたしの兄が彼の監督するチームにいて、わたしが子どもを産むために実家を出されたことを伝えたんです。わたしは誰が父親なのか誰にも話してません。でも、彼はロケットで、それを立証できると信じてるんです。わたしから盗んだロケットで」

ならば、おまえはその男に会いつづけていたんじゃないか。スタンは思った。強姦されたという話はどこへ行った？

「今、彼には奥さんがいますが、自分たちの子どもは持てないそうなんです。それでわたしが赤ちゃんを産んだことを知って、自分が父親だと知って、その子を欲しがっている。あなたの赤ちゃんを」

父親が名乗りでているだと？　それは異常なことだ。男は私生児を認めないし、認めたとしても鼻で笑うくらいの矜持を示すものだ。その男は、この女に父親であることを否定されたと主張しているのか？　その男がわたしの小さな息子を欲しがっている？　わたしたち夫婦は、養子縁組の愚かさを認識し、真の父親の真の愛に屈服させられることになるのか？

スタンは法廷の場面を思いえがいた。誘拐、弁護士、記者、カメラ。愛する小さな息子と妻が世間にさらされるさまを。とてもめずらしいケースなだけに、その父親に実際に有利に事が運ぶ可能性があった。もしその男がうまく立ちまわれば、裁判所は彼に同情的になり、スタンに息子を引き渡せと命じるかもしれない。

「あの男は追ってくるんです」女が言った。「わたしがどこへ行っても、どんなふうに隠れても。あの男は怪物です。あの男がなんと言おうと、絶対にビリーを渡さないで！　あの男をビリーに近づけないで」

スタン・ブーンは主導権を握った。「その男はどうやって父親であることを立証するつもりだ？　実際に父親だったとして？　わたしたちはきみが誰にでも体を許すようなたぐいの娘だと聞いた。きみには道徳観念がないと」スタンは事実を述べることを悪いとは感じなかった。電話口のヒステリックな少女は自分自身と向き合うべきだ。

彼女は静かに言った。「あなたにとって重要なのは、あの男が自分は父親だと信じていることです。彼はあの子を欲しがっていて、手段を選ばない。あなたはビリーを守らなければならない」

スタンはまるで受話器のコードで電話につながれているかのようにその場に立ちつくし、ぞっとしていた。その父親のことではなく、この少女が延々とその男を駆りたて、ことあるごとに引き寄せてきたことに。

わたしたちはまた引っ越さねばならないのか？　ようやく家族の近くに、わたしたちが育った場所に戻ってきたのに。ビリーはわたしが少年のときに泳いだのと同じ海の浜辺で遊んでいる。同じ小川で走りまわり、やがてまばたきする間もなく、少年リーグで野球をする年齢になるだろう。

スタンはフックスイッチを押して通話を終了した。あの堕落した少女のかぼそい震え声ではなく、ダイヤルトーンが聞こえてきたとき、ほっと胸をなでおろした。彼はこの家で家族としあわせに暮らす無垢な妻と、この脅威について話し合う気にはなれなかった。

一週間後、スタンよりもずっと背が高く力も強そうで、ずっと肩幅が広く筋肉質な男が、オフィスにやってきて、椅子に腰をおろすと、満面の笑みを浮かべて言った。「息子を引き取りにきました」

あの子を渡すくらいなら、おまえを殺してやる。スタン・ブーンは思った。

22

ジョニーはジョイスの家のキッチンの奥深くに立っている。そこならば外から姿が見られることもないだろうと考え、ほんの少しだけ垣間見える通りや人々の様子をうかがっていた。

彼がウィルソンからマリファナを買うようになって、もう二年になる。ふたりはゴルフカートで別々にソフトボール場に向かった。そこに行けば、彼らも彼らのゴルフカートも、ほかの大勢の人々のゴルフカートに紛れ込むことができる。ソフトボールの練習に来たチーム、ピックルボールや蹄鉄投げの参加者、ウサギ避けフェンスの向こうで、かさあげ花壇の世話をするガーデニングが趣味の人たち。ジョニーはのんびりと未舗装の小道を通って草地を抜け、カタウバ川まで散歩する。川のまわりは高い草で囲まれている。ジョイスが知ったら、あんなところに行くと、ダニがたくさんいてライム病になるわよと言うだろう。ウィルソンはドムのゴルフカートに乗ってやってきて、川べりの野ばらの茂みの奥でジョニーと落ち合う。ふたりはそこにアルミ製の折りたたみ椅子を二脚隠してあった。マリファナは社会的なドラッグだ。誰がひとりで吸いたいと思うだろう?

川には自由に出ることができたが、太い蔓だらけのうえ、蛇が出る可能性が高く、誰も近づかない。ふたりは野鳥を眺める人や散歩する人にすら出くわしたことがない。ウィルソンはおしゃべりな男で、ジョニーとしてはジョイスに似ているのが玉にキズだったが、ジョニーは平和にハイな気分を楽しみ、ウィルソンが何を言おうと気にしなかった。ときおり、ウィルソンは現金のことを話した。札束の山、靴箱に詰めた紙幣。

ジョイスはしょっちゅう靴を買い、靴箱にはいったままの靴がウォークインクローゼットの壁一面を覆いつくしている。なぜそんなことをするのか、ジョニーにはわからなかった。靴が埃まみれになることを気にしているのだろうか？　ジョニーはウィルソンの話を聞きながら、ひとつの靴箱にどれくらいの現金が収まるのだろうとぼんやり考えた。一ドル札なのか、百ドル札なのかにもよるだろうが。

ジョニーがマリファナと青春に回帰していることはジョイスは何も知らないし、知られたくもなかった。彼はジョイスを締めだすほうが好きだった。最近の彼女は何かと彼の生活に干渉するきらいがあった。

ジョイスが家の鍵を変えたとヘレンから聞いたとき、ジョニーは怒り、恐れ、そしてどこか感心もした。彼はジョイスの当座預金から少しずつ盗むことを存分に楽しんでいた。不注意なジョイスに気づかれるとはまったく思っていなかったのに、彼女はちゃんと気づいていたのだ。ジョイスがガルヴェストンに行ったことをどう考えればいいのかわからなかったが、彼女がいないほうがガレージのなかを片付けやすいのはたしかだ。数メートル先に警察がいることはありがたくないが、保安官には、使い古された〝健忘症(シニアモーメント)〟を理由にして、鍵を変える話を伝えてあった。おそらく混乱した老人をひたすら救出している保安官事務所ほど、シニアモーメントについて詳しいところはないだろう。

ジョイスはメールを送ってきて、自宅からジョニーの痕跡をすべて消し去り、彼の家のガレージの床に放り投げたと説明していた。つまり、袋にいれてワークブーツのなかにしまっておいた彼の銃は（分別ある配慮をしたわけではなく、たんにそうしておくのが好きだったからだが）ここにはないということだ。かえって好都合だったということか。

激昂していたせいなのか、ジョイスはガレージの荷物にまでは手をつけていなかった。おそらくガレージのことなど思い浮かびもしなかったのだろう。ジョイスの家のメンテナンスはすべてジョニーがやっていたから、ガレージの棚のガラス瓶や箱や容器には、壁に絵を掛けるフックや雨樋の掃除道具、ドリルの刃のセット、掃除機用の紙パック、脚立などが詰まっていると思ったのかもしれない。実際には、ガレージをざっと見たウィルソンから、マリファナオイルやオキシコドンを保管してくれないかと頼まれていた。場所はほとんど取らないし、においもしない。物があふれる壁一面の棚ほど最適な保管場所もない。

ジョニーは手元にある品をどうやって、誰に売ればいいのかわからなかったが、さしあたり警察が嗅ぎまわらないところ、そして絶対にジョイスが嗅ぎまわらないところに移動させる必要があった。

ベティ・アンがすでにジョイスに殺人事件の詳細を電話で伝えたことは、ジョイスの二通目のメールに書かれていた。ジョイスはゴシップの中心にいたがる女だ。ジョニーは思った。ものすごく刺激的な事件を見逃したことに苛立って、旅行を取りやめて戻ってくる可能性もある。そして戻ってみれば、おれではなく自分が締めだされていたと知る……おっと、それは厄介な事態になりそうだ。数歩先に保安官がいるのに、ジョイスのガレージのドアが開いていて、捜査対象の瓶が丸見えの状態で、そんな事態になるのは御免こうむりたい。

ジョイスとジョニーの家の向かいにある三番目の住居が少しばかり変わっていることに、警察はもう気づいているだろう。警察は何が起こっているのか即座に理解したのか？　何を見つけたのか？　それともまだ令状待ちで、三番目の家にはいってもいないのか？　それとも、たんに奇妙な古臭い暮らしをする奇妙な年寄りが、奇妙な古臭いことをしているうちに、唯一の若い訪問者を殺してしまったとしか見ていないのだろうか？

いや、彼らはドラッグの線に気づいているだろう。ウィルソンが人の取り分にまで手を出して代償を払い、ドムに撃たれたのだろうと妥当な推測をしているはずだ。その証拠にドムは姿を消している。ジョニーの知るかぎり、ドムには行方をくらませる能力がなかったから、その点は謎だったが。そのドムが自宅からゲートまでえっちらおっちら歩いて、ちょっとした坂をのぼって駐車場まで行ったのだろうか？　そこにはたぶんウィルソンの車が停めてあって、ドムはその車を運転して空港まで行くことができたのか？　長期駐車場に車を停めて、飛行機で高飛びしたのか？

もしドムがそれをやりとげたのだとしたら、ひとつたしかなことがある。ドムはたいした荷物は持っていない。現金を詰めたスーツケースを持ち歩いたり、転がして引いたりすることはドムにはできなかったはずだ。

コグランド夫妻がこの件に関わっていて、ドムの逃亡に手を貸したのかもしれない。彼らがウィルソンの両親であれば別だが。その場合はドムをどこかの墓場行きにしただろう。とはいえ、最近コグランド夫妻を見かけたという話は誰からも聞いたことがない。

一度、自分とふたりでハイになったときに、ウィルソンがポッドのなかにパートナーがいると言った。そりゃそうだろう。ジョニーはそのとき思った。なんであれ、おまえがやってることには、ドムとコグランド夫妻が関わっている。しかし、いま考えてみると、そのパートナーにヘレン・スティーブンスが含まれていた可能性はあるだろうか？　彼女はドムの家の鍵を持っていた。つまり、コグランド家にも出入りできたということだ。

堅苦しく、教会に通い、生涯独身の老女、ヘレン。煙草も吸わず、酒も飲まず、宝くじも買わないし、悪態もつかなけりゃ、下品な言葉も使わない。ほんとうに気が立っているときですら、「なんてこと！」としか言わないだろう。そんなヘレンとジョイスが親友だというのは、ほとんど滑稽ですらある。ふたりの唯一の共通点といったら、住んでいる場所の近さだけだった。

ヘレンにどんな役割が果たせるのか？　帳簿をつけていた？　麻薬の売人が帳簿をつけたりするものなのか？　だいたいヘレンはドラッグが何なのか知っているのか？　彼女はラテン語を教えている。当然のことながら、教えている死んだ言語だけでなく、当人も蚊帳(かや)の外にいる。あらゆる蚊帳の外に。

その一方で、ヘレンが護身用に銃を隠して携帯する(コンシールド・キャリー)許可証(ライセンス)を持っていたとしても、ジョニーは驚かないだろう。彼女のような小柄な老人こそありえる話だ。サンシティの家庭の三分の一以上が拳銃を所持している。これは免許証の発行数から類推した数字だ。誰もヘレンに撃たれるとは思わない。誰もヘレンを怖がらない。

そしてウィルソンは何をするのも遅い男だった。考えるのも遅ければ、動くのも遅い。

警察はヘレンがウィルソンを撃ったと疑うだろうか？　ジョニーは考えた。そしておれ自身はヘレンを疑っているのか？

ジョニーはヘレンが麻薬の取引をしたり、運んだりするところを想像できなかった。なぜなら、彼女は小学三年生にすら押さえ込まれてしまうほど小柄だからだ。ただし、銀行取引をしているところなら、容易に想像がついた。グループのなかでマネーロンダリングを担当しているのかもしれない。実のところ、彼女がほんとうにラテン語を教えているのかどうか、ジョニーには知りようもない。架空の経歴でないとどうしてわかる？　学校で教えているはずの日々に、車で州内を走りまわって、あちこちの口座に五百ドルずつ入金するだとか、なんであれ資金洗浄のためにすることを（財布にはいったものをあっというまに使い切り、さらにそれ以上も使ってしまうジョニーにはまったくわからないことだが）していたのかもしれない。

まちがいなく、ヘレン・スティーブンスは金を必要としている。そうでなければ、七十代の独身女がまだ働いているわけがないだろう？　しかも、よりにもよって教師だと？　世界最悪の職業だ。愚かで悪態をつくティーンエイジャーを相手にするだけでも骨が折れるのに、そのうえ通勤し、授業計画を立て、過干渉な保護者と揉めたりしなければならない。彼女はもっと現実的な引退生活を夢見るべきだ。

保安官はヘレンを車で出かけさせたくらいだから、彼女のことをまったく疑っていない。ということは、あの男のミドルネームは〝有能〟ではないのだろう。少なくとも〝迅速〟でないことはまちがいない。

ジョニーは肩をすくめ、作業に取りかかった。サンシティのほかの多くのガレージと同様に、壁一面に天井まである収納棚が並んでいる。奥の壁の高い位置にも棚が吊りさげられ、その下に車のフロントエンドがなんとか収まっているといった具合だ。ジョイスはガレージドアの暗証番号を変更していたから、ジョニーの車のサンバイザーについているリモコンではドアを開けられないが、ガレージの内部の壁にある開閉器は、暗証番号がなんであっても機能する。ジョニーはユーティリティルームのドアの横にあるそのボタンを押し、ガレージドアを開けた。外に出て、ドライブウェイに停めてある自分の車まで歩くと、その車をガレージのふだんジョイスの車が収まっている場所に入れた。なにげなく振る舞う必要があるので、運転席からゆっくりと降り、ゆっくりと車のまわりを通って、ユーティリティルームのドアまで行き、壁の開閉器のボタンをまた押した。ドアが閉まると、ガレージにひとつだけある窓のブラインドを閉め、頭上のライトを点けた。

ウィルソンからの預かりものは、まちがいなく五つあった。ほっとしたことに、ジョニーは五つ全部を見つけることができた。それを車のトランクに入れると、そのまわりや上に寄せ集めの工具、ペンキや塗装剤の缶、紙やすりの箱、未開封のさまざまなネジ、バラバラの電池の山などを並べた。一番上にボイラーのフィルターを載せ、延長コードを巻いて無造作に横に置くと、こうしたものをいつも詰め込んでいるトランクのように、自然に雑多な感じを出せた。

空がゴロゴロと鳴りはじめる。カロライナの夏の暑い日にはよくあることだが、このひと月は、雷雨はサンシティを迂回していた。そろそろ何がなんでも降ってほしいところだ。芝はポテトチップス並みにパリパリしている。遠くの空の黒い斑点が紫色になり、遠雷が轟く。ようやく雨が降るかもしれない。

去年の夏、ジョイスが何かで出かけているとき、ジョニーは小さな玄関ポーチにひとりで座っていた。容赦なく照りつける陽光に圧迫され、何をする気にもなれなかった。暑さと同じように、退屈も重くのしかかっていた。

ドムの家のドライブウェイには、ウィルソンの車が停まっていた。マーシャとロイのコグランド夫妻がやってきて――あるいは、少なくとも一台の車が到着して――ガレージのドアが上昇して下降した。着色ガラスの奥は見えず、運転手や同乗者を確認することはできなかった。マーシャとロイは十分と在宅せず、すぐにまた車で出ていった。

ジョニーは靴箱と現金のことを考えた。

数分後、ウィルソンも車で走り去った。ウィルソンが出ていったとたん、ドムのガレージドアが上昇しはじめた。ドムは人を雇ってヒンジや回転軸やレールに潤滑油を差したことがなかった。彼のガレージドアはガクンと揺れたかと思うと、キーキーと音を立てながら動いた。近いうちに、まったく動かなくなるだろう。

いつものように、ゴルフカートがガレージから完全に出るまえに、ドムはリモコンを手に取った。ガレージドアがすぐに下降しはじめる。ジョニーはドムに向かって歩いた。ドムはガレージドアのリモコンをカップホルダーに戻すと、バックで通りに出てから、U字を描くように向きを変え、ゴルフカートを郵便箱に横づけした。いまは重要なものが郵便で届くことはなく、郵便箱にはせいぜい、光沢のあるフォルダーにはいったライン川クルーズのパンフレットが届くくらいだが、ドムにとっては郵便物を受け取ることも冒険のようなものなのだろう。

ドムは愛想のかけらもないので、ジョニーを無視した。ドムが郵便箱の真横に停止したとき、ジョニーはビニールカバーの壁をこじあけて——カバーのファスナーは閉められておらず、ただ垂れさがっているだけだった——フロントシートの助手席に乗り込んだ。

「やれやれ」彼はドムに言った。「ちゃんと新鮮な空気を吸ってるか？」

ドムは助手席に勝手に侵入してきた男を、信じられないといった顔で見つめたが、何も言わず、顔を郵便箱に向けた。ジョニーはカップホルダーのリモコンをくすねてやろうとたくらんでいたのだが、サンバイザーに二番目のリモコンがあることに気づいた。予備のリモコンを現物と同じ場所に置いておくなんて、愚かにもほどがある。「これから〈ホームデポ〉に買い出しにいくんだ、ドム」ジョニーは大声で言った。ドムは耳が悪いからだ。「あんたも一緒に来るか？　何かこなさなきゃならない用事はあるか？」

ドムは目をすがめるようにして、郵便箱に取りつけられた新聞用の筒型ホルダーのなかをのぞいた。

その隙に、ジョニーはサンバイザーのリモコンを取って、ポケットに入れた。

ドムは、雨樋の掃除のチラシと保障を充実させる高齢者向け医療保険制度(メディケア)商品のチラシを取りだした。

「ない。バーベキューを買ってくる」彼はそう言うと、ジョニーが助手席から降りるまで睨んでいた。

「おい、ファスナーを閉めてくれ」ドムが命じた。ジョニーがファスナーを閉めてやったとたん、ドムは走り去り、ショッピングモールに通じるゲートに向かった。

サンシティの誰もが、少なくともブルーライラック通りの誰もが、高価な厚地カーテンや通常のカーテン、プランテーション・シャッター、ブラインドを購入して日光を遮っていた。閉ざされた長方形の窓が小さな通りを見つめている。この暑いなか、ジョニー以外は誰も表に出ていない。ちょっとした危険を冒せるだろうか？

彼は盗んだガレージドアのリモコンを押した。バーベキューを買いにいくのは十分程度ですむ用事だろうが、十分というのは長いものだ。いまならドムの家に忍び込み、現金の詰まった靴箱を探せると考えただけで、ジョニーは興奮し、スリルを覚えた。

ところが、開いたのはドムの家のガレージドアではなかった。コグランド夫妻の家だったのだ。

ジョニーはそのままコグランド家のガレージにはいり、リモコンを押してドアを閉めた。なかにはいると、家のなかは不気味なほど空っぽで、不気味なほど清潔だった。まるで錬鉄製の壁飾りすらないモデルルームのように。ジョニーは何も見つけられなかった。食べ物もなし、DVDもなし、服もなし、薬もなし、靴箱もなし、現金もなし。

リビングの側面の壁にある窓を調べた。サンシティの住居の窓はすべて二枚のガラスを上げ下げするダブルハング窓で、窓の桟の両端にひとつずつ、ロックを開け閉めする掛け金がついている。実際に窓を動かしてみないと、ロックされているかどうか見極めるのは難しい。ふたつの掛け金のつまみが同じ側——左なら左、右なら右——にきていれば、きちんとロックされているように見える。たとえ同じ側にきていなくても、きちんとロックされているように見える。つまみがまったく目立たないからだ。

ジョニーはソファから一番遠い場所にある窓のロックを開けた。おそらくそこに座って窓のロックに疑いの目を向ける人はいないだろう。彼はガラス窓を引きあげると、別の掛け金をはずして網戸を芝生に落とし、窓からそっと抜けだした。そして外から窓を閉め、網戸を家に持ちかえった。このあたりは松の花粉がひどく、窓を開けると息が詰まるので、いずれにせよ網戸を使う人はいない。コグランド夫妻は一回につき十分しか在宅しないのだから、網戸が一枚なくなっていても気づかないだろう。とはいえ、コグランド夫妻が実在するのかさえ、ジョニーには確信が持てなかった。川辺で過ごしていたときには、ウィルソンの話にさして注意を払っていなかったが、どうも受け渡しはさまざまな人間が行なっているような気がした。

翌日、ジョニーはまたドムに声をかけた。そのときのドムは、ゴルフカートのファスナーを完全に閉めており、くすねたガレージドアのリモコンをサンバイザーにそっと戻すことは不可能だった。そこでジョニーは言った。「よう、昨日、あんたが出かけたあと側溝でこれを見つけたんだ。まちがいなくあんたのだと思う。試してみるか？」

ドムの目がサンバイザーをちらりと見た。「ああ、おれのだ。こっちに寄越せ」

そんなわけで、隣人の親切として片がついたのだった。

ジョニーはコグランド家に出入りし、今後の不法侵入のための巧妙な手段まで整えた己の度胸を誇っていたが、残念なことに、その勇気——というより、おそらく愚かさ——を再び示すことはなかった。真夜中にあの窓を通ってなかにはいるという無謀な計画が、大きく立ちはだかった。やってみようかと考えては、やめておこうと考え直した。ある眠れない夜に、煙草を吸いながら、向かいのテラスハウスのまわりをぶらつき、自分専用の窓まで行ったが、窓から侵入する気にはなれなかった。

時間が経つにつれ、ジョニーはその計画がどんなものだったのかさえ思いだせなくなった。あの家に現金の詰まった靴箱があって盗むことができると本気で期待していたのか？

そのとおり。

しかし、来る月も来る月も、臆病なのか賢明なのか、ジョニーは何もしなかった。

いまは、トランクの中身を処分することが急務だ。マリファナをやっていることがバレたところで、誰が気にするだろう？　それも七十代の男がふかしているかどうかなど？　だが、麻薬の売人のためにアヘンを保管していたと判明すれば——警察は気にするだろう。逮捕されたら、子どもたちがどんな反応をするのか想像もつかない。二度と孫に会えなくなるのは確実だ。それに刑務所はすばらしい老人ホームとは訳がちがう。ジョニーは刑務所のリアリティ番組を見まくっていた。彼は刑務所で生き残ることはできない。初日に殺られるだろう。

23

マナーモードにしていたクレミーの携帯電話には留守番電話のメッセージやショートメールが大量に届いていた。

デクスター・リヴァー高校の校長は電話をくれて、メッセージを残していた。『ヘレン！　ニュースを見たよ。きみがブルーライラック通りに住んでることは知ってる。大丈夫かい？　何か手伝えることはあるかい？　ミンディとわたしはいますぐそちらに迎えにいけるよ。うちにはゲストルームがあるから』

クレミーは思わず泣きだしていた。

ラテン語クラスで一番優秀なクレミーのお気に入りの生徒、ジミー・ミッチェル（六月に卒業したばかりで、今秋からデューク大学に進学予定だ）の母親からの留守電メッセージもあった。『ミズ・スティーブンス、ジミーが夏のアルバイト先から電話をかけてきました。ニュースになってたそうです。先生のお住まいの通りで殺人事件があったんですね。息子はわたしたちにそちらまでうかがって先生の無事を確かめてほしいと言ってます。必要なことがあればお知らせくださいね。なんでも言ってください、ミズ・スティーブンス。主人がすぐに車でお迎えにあがりますから』

高校のマーチングバンドの先生からのメッセージもあった。仕事と生徒たちをこよなく愛する朗らかな男性教師で、七十代になってもまだ教職を続けるヘレンの気持ちを完全に理解してくれる数少ない教員のひとりだった。なぜなら彼自身も似たような気持ちを抱いていて、マーチングバンドの指導を絶対にやめたくないと思っているからだ。『ヘレン、殺人事件だって？』マーヴィンの声がした。『ほんとうに？　それが五十年も連れ添うべきじゃなかった夫婦の話で、きみにはなんの関係もなく、怖い思いもしなかったことを願ってる。折り返し電話して、ぼくを安心させてほしい。または折り返し電話して、ぼくをきみの騎兵隊に任命してほしい』

クレミーはデクスター・リヴァー高校の関係者がいっせいに、このブルーライラック通りにやってくる様子を思いえがいた。とはいえ、クレミーが呼ばなければ、誰も来ることはない。来てほしいと頼みたかった。しかし、まずはボロバスクを追い払わなければならない。あるいは、ボロバスクのことは忘れて、マーヴィンに電話をかけて、クラブハウスまで迎えに来てもらったほうがいいだろうか。

ブルーライラック通りの野次馬の背後に立つクレミーの手のなかで、携帯電話が鳴った。いまは電話に出られる状況ではないと思いだすまえに、彼女は「もしもし」と電話に出ていた。ジョイスからだった。「ヘレン、わたしのところに、ベティ・アンとシャーリーとロイスとイーディスから電話があったわ！　あなた大丈夫？　どうして電話してくれなかったの？　心配でたまらなかったんだから！　無事なの？」

ロイスとイーディスはカナスタの友だちで、どちらも二、三キロ離れたポッドに住んでいる。どうやらサンシティじゅうの人たちが、この通りで何が起こったのかを知っているようだ。「わたしは大丈夫よ、ジョイス。ただ震えてるだけ」

「ねえ、ほんとなの？　ドムがウィルソンを殺したって？」

「警察がそう突きとめたわけではないと思うの」クレミーは言った。「ただ、ご近所ではそうじゃないかと言われてるわ。だって、ほかに誰もいないでしょう？」

「何があったのか想像もつかないわ」と言ってから、ジョイスは何があったのかについて滑稽な仮説を並べたてた。それから続けた。「わたし、まだコロンビアにもたどり着いてないの。ほんの八十キロ行ったところで、何か食べようと思って立ち寄ったんだけど、何も食べられなかったの。わたしがよ！　このジョイスが！　食べられないだなんて！　ジョニーのことでピリピリしちゃって、いまはウィルソンのことで動揺しちゃってる。たぶん家に戻って対処すべきなのかもしれない。そうだヘレン、あの美男子(ドリームボート)はあなたの又甥なの？」

　それはクレミーが答えられる話題ではなかった。もっと興味を引く話題で、ジョイスの気をそらさなければならない。「ジョイス、ジョニーはなぜ家にはいれないのか、わからなかったの。あなたが鍵を変えたと気づかなかったみたい。鍵が壊れたか何かと思ったらしくて、あなたに連絡がつかないとわかると、自分の責任だと思って行動に出たの。鍵屋さんを呼んだのよ。もちろん、彼はそういう人だわ。あなたはジョニーを追いだしたかったのよね、でも彼はまた戻ってきてしまったの」

　ジョイスがあまりにも長いあいだ黙っていたので、クレミーは電話が切れてしまったのかと思った。愛用の携帯電話を手放すつもりはないけれど、ときどき、つながりの確固たる証拠である電話のコードが恋しくなる。電線を通していないのに、どうやって声が伝わるのだろう？　いまは人生のあらゆることが謎に包まれている。

「ヘレン」ジョイスがささやいた。「わたし怖いの。ジョニーがやったんじゃないかって」

「やったって何を？」クレミーは尋ねた。まだ鍵のことを考えていた。

「ウィルソンを殺したんじゃないかって」

「ええっ？　まさかそんな、ジョイス。ドムに決まってるわ。つまり、そうじゃないなら、なぜドムは姿を消したの？　きっとドムはそんなつもりじゃなかったのよ。あるいは、ウィルソンは銃で撃たれただけでは死ぬわけないと思っていたのかも」クレミーは心にもないことを口にした。もちろん誰かに向けて銃を撃つときには、相手が死ぬかもしれないとわかっているものだ。だからこそ、銃を撃つのだから。ドムはウィルソンを殺すつもりだったのだ。そう思ったのは、ほんの一瞬だったとしても。

クレミーの目が、ブルーライラック通りに並んだ、すてきな玄関ポーチに向けられる。小さな装飾や旗、プランター。虚偽広告のようなものね。彼女は思った。実際にはすてきな通りではなく、怖いところだと明らかになったのだ。

「ジョニーは不眠症なの」だしぬけに、ジョイスが言った。「煙草も吸うの。わたしは知らないふりをしているけど。ときどき、夜中の一時とか二時とかに、ブロックをぐるっとまわって、煙草を吸ってる。煙草でないこともある。マリファナを吸うことも。とくに不眠症にはそっちのほうがよく効くから」

ウィルソン、ボロバスク、ロイとマーシャ、ドム——彼らはみんなつながっている、ドラッグで。ボロバスクが大陸を横断してくるほどの現金を生むドラッグ。そして、今度はジョニーまで。

クレミー自身が必要としているのは、現金ではなく、愛だ。わずかな年金、わずかな社会保障給付金、両親のわずかな遺産、そして非常勤講師のわずかな給与——それで無理なく請求書を支払うことができた。旅行熱に浮かされてもおらず、クルーズやツアーも必要なく、死ぬまでにやっておきたいバケツリストもない。高級時計や最新ファッション、有名ワインやすばらしい車にも興味がない。もし突然巨額の現金を手に入れたとしても、買い物リストは思い浮かばないだろう。自分たちの世代——サンシティ世代——になると、人は無欲になるようにクレミーには思えた。この年になると、身に沁みてわかっているからだ。所有することは楽しいが、重要なのは健康だということを。銀行口座は必要だが、孫に気にかけてもらえるほうがずっとしあわせだということを。

しかし、ウィルソンは若く、若者たちはこうした真実を知らない。そしてドムは孤独なわびしい生活に閉じ込められていた。おそらく、募った欲求不満が引き鉄を引かせたのだろう。

「ウィルソンはジョニーの仕入れ先だった」ジョイスが言った。「ジョニーが現金のためにウィルソンを殺したかもしれないと思ってるの。ドラッグには大量の現金が関わってる。取引は全部現金なのよ、実際。恋人の当座預金口座からお金をくすねるような男……そういう男には、ほかにどんなことができると思う？」ジョイスは尋ねた。まるでそれが修辞法ではなく、完全にありうることであるかのように。

ジョイスが一緒に暮らしている男性の話なのに！一緒に食事をして、寝て、ボウリングをして、冗談を言い合った人なのに！彼が殺人者でもあるという説を、ジョイスはなんと軽々しく口にするのか。

クレミーはジョニーが盗みをするとは思わなかったし、もちろん誰かを殺すとも思わなかったが、ときおり少しマリファナを吸っているという話は信じることができた。ジョイスがそんな作り話をする必要がないからだ。とはいえ、クレミーの人生はすべて作り話なのだから、誰かがちょっとした嘘をついたからと言って、クレミーに難癖をつける資格があるだろうか？

「でも、そもそもどうしてジョニーが誰かを撃とうとするの、ジョイス？それにどこで銃を手に入れるの？」

「あらやだ、ヘレン。子どもみたいなこと言わないで。わたしたちは銃を持ってる。みんな持ってるわよ」

みんな？クレミーは驚いた。一緒にカードゲームをしたり、隣りに並んでラインダンスをしたり、すてきな陶器を作ったりする女性たちが？水中エアロビクスやビーズをしたり、ガーデニングクラブに所属したりしている女性たちが？　みんな銃を持ってるの？
「ふたりで射撃場に行くのが好きで、ときどき行ってたのよ」ジョイスは温かく懐かしむような声で言った。たったいまジョニーを殺人者扱いしたことなどなかったかのように。「いい射撃場があってね、あのすごくすてきな家具屋のすぐ近くに。ほら、わたしが新しいソファセットを買ったところ、あのとってもビーチっぽいやつね。すごくリラックスできる趣味なのよ」とジョイスは言った。最後の言葉は、おそらくソファではなく、射撃場のことを指すのだろう。

　クレミーは銃に反対しているわけではなく、銃がたしかに望みどおりの結果を達成できると身をもって知っている。ただ、ジョイスとジョニーが息抜きに射撃場に行っているとは想像したこともなかった。

「ふたりとも、コンシールドキャリー・ライセンスを持ってるの」ジョイスはつけ加えた。ここではみんなそうしてるわよ」

　コンシールドキャリー？　拳銃を入れたホルスターを足首につけたり、腋(わき)の下に提げたりして隠し持つ、あの物議を醸した携帯許可証のこと？　ジョイスが？

　クレミーは信じなかった。ジョイスはぽっちゃりしている。脂肪の段々にぴったり張りつくようなニットのトップスを好んで着ている。上半身にはホルスターを隠していない。また、何年もまえに捨てて、大きなサイズに交換すべきだったようなズボンを好んで穿くから、下半身にもホルスターを隠していない。もしジョイスが銃を持っているとすれば、ハンドバッグのなかだ。

　そう思いついたとたん、クレミーは腑に落ちた。ジョイスのゴルフカートのシートに一緒に座っているとき、ときどきジョイスのハンドバッグをどかすことがあるが、驚くほど重かった。アイパッド、アイフォン、ミネラルウォーターのボトル、スナック菓子、そして大量の鍵をぶらさげたキーホルダーの重さだろうと思っていた。

そうした雑多な持ち物の奥底に、銃がはいっていたのか？

バッグに拳銃をいれて持ち歩くことは合理的なのだろうか？　それだと、実際には身に着けていることにはならないのに。バッグを置いたときに、持ち去られるかもしれないし、必要なときに手が届かないかもしれない。バッグの奥底で行方不明になったら、バッグのなかを漁って、犠牲になる予定の相手にポケットティッシュや、スマート機器や、充電器を渡していき、最後にようやく奥底の銃を見つけるようなことにもなりかねない。

一方、ジョニーはというと、どんなに暑い日でも彼が短パンを穿いているところを、クレミーは見たことがない。いつでも、たいていはカーキ色の長ズボンを穿いているから、実際に、足首にホルスターをつけているのかもしれない。サンシティのどこでそんなものをつけるのだろう？　蹄鉄投げで？　五〇年代のダンスサークルで？　ポッドの会合で？

クレミーは自分専用の武器を隠し持っている。キーホルダーにつけた細長い折りたたみ式ナイフだ。力の弱い指でも、短い爪でも、すぐに刃を出せるナイフを見つけるまで、いくつも買って試さなければならなかった。そのナイフには、爪で刃をこじ開けるための細い溝はついていない。小さなボタンを押すだけで、刃が飛びでてくる仕組みだ。刃の長さは五センチで、この小さなナイフで何ができるのか、クレミーにはわからない。たしかにラドヤード・クリークにつかまれたとき、ナイフに手を伸ばすことも使うこともできなかった。それでも、もう何十年もこのナイフを持っている。ときどき、錆びついたりしていないかを確認した。銃にくらべれば、とても無邪気な武器に思えた。ナイフならリンゴの皮を剝いたり、芯を取ったりもできる。

銃はずっと用途が限られている。

「ジョニーが夜中の二時に出かけたとき」ジョイスが言った。「たまにわたしも起きだして、何をやっているのか見てたことがあるの。ブルーライラック通りの中央にある花壇の島をまわり込んだと思ったら、次の瞬間には消えちゃうのよ。どこに行ったの？　一時期は、マーシャ・コグランドと浮気しているのかと思ったけど、コグランド夫妻は全然いないからありえない。だとしたら、ジョニーはどこに消えたの？」

クレミーはマーシャとロイとドムとジョニーが夜中の二時に集合して、秘密のドアを通って、食べ物も座り心地のいい椅子もない家に集まって、暗闇のなかでマリファナを分け合っているところを想像した。

誰もそんなこと気にしないわ！　ただ中庭に座って、吸いたいものを吸えばいいじゃない！

「わたし、これから家に戻るわ」ジョイスがきっぱりと言った。「待っててね、ヘレン。ふたりで一緒になんとかしましょう」彼女は電話を切った。

それはよい知らせではなかった。

クレミーはボロバスクを追いださなければならない。もしジョイスがクレミーの車に美男子が乗っていたと保安官に話して、もし保安官が家にやってきたら、そのときもしボロバスクがクレミーの家にいたら、ボロバスクは真っ先に彼女の別の名前と人生を暴露するだろう。それを避けるために、クレミーにはまだやれることがある。ボロバスクにもう一度逃げるチャンスを与えれば、きっとそれに飛びつくにちがいない。

パトカーのライトが回転する。近所の人たちが行ったり来たりする。カロライナの青い空が突然、半分雲で覆われる。パールグレーと白と雪花石膏色を重ねたような、クレミーが水彩画で描こうとしてもめったにうまく表現できない色彩の、美しい雲だ。遠方では雲が黒くなり、まるでほんとうに水を含んでいるかのように見える。これは雨が降るかもしれない。

ジョイスは物事を大袈裟に言うのが好きだ。聞いていて楽しめることばかりとはいえ、話の半分が創作ということもしょっちゅうだ。電話では八十キロ進んだと言っていたが、そこまで行っていない可能性もある。すぐ近くの道で、スナック菓子をむしゃむしゃ食べながら、ジョニーとこのまま付き合うべきか、追いだすべきか、悩んでいるのかもしれない。ジョイスは同伴する男がいることを楽しんでいた。ジョニーと一緒に颯爽と歩いては、彼女が独身女性以上の価値があることを世間に知らしめていた。

しかし、ジョニーが殺人犯の可能性があるという部分は作り話のはずだ。おそらく事件に関与したいがために、そんな説をでっちあげたのだろう。とはいえ、クレミーとジョニーがドムの家をチェックしたとき、彼が通りを渡って近づいてきたのが、彼女に——ヘレン・スティーブンスに——ドムの家の車庫に立ち入らせないためだったとしたら？　彼が自分で死体をこしらえたので、車庫に死体があることをすでに知っていたのだとしたら？

ばかげている。ドムがウィルソンを殺して逃げた。以上。

クレミーは野次馬のあいだを縫って、ブルーライラック通りを横切り、自宅まえの歩道に向かった。

「ミズ・スティーブンス？」誰かの声がした。

「ヘレン？」

「奥さん？」

ハンサムな若者たちが、マイクをまるでリードにつないだ小さな金属製の犬のように突きだして近づいてくる。入場料がわりとでもいうように歯を見せた満面の笑みを浮かべて。「ヘレン、少しお話をうかがえますか？」

「隣りで殺人事件が起こりましたが、いまのお気持ちは？」

「遺体の身元確認をしたんですか？　感想は？」

クレミーは急いで自宅のポーチにあがり、玄関の鍵を開けてなかにはいると、ドアを閉めた。

エアコンの効いた室内はものすごく冷たく感じられた。いつも思うのだが、氷河と熱帯を行ったり来たりして、よく病気にならないものだ。

ほんの一瞬、マイクを向けられただけで、クレミーは泣きだしそうだった。本気で攻勢をかけられたとき、どうやって対処するのか？ 二重生活を送っていたんですか？ 自分の存在を全部偽（いつわ）ってたんですか？ 亡くなった子どもの身元を盗んだんですか？ ヘレンは存在しないんですか？

ボロがユーティリティルームから姿を現した。「オーケー。あんたはおれの金を持ってない」彼は言った。声の高さがさっきまでよりも少し高い。まばたきが多すぎる。不安に駆られているのか、何かに気を取られているのか、あるいは両方か。「これがレンタカーのキーだ」彼は言った。「車をそこのショッピングモールのウェンディーズまで移動させてくれ。警察がいなくなったあと、今夜出ていく」

「いいえ、すぐに出ていってもらわないと。食料品を持ってきた近所の人が、今朝、助手席に乗っているあなたを見ていたの。彼女はここを離れるところだったから、心配していなかったけれど、この騒ぎで戻ってくることになったのよ。彼女はきっと保安官に話すわ。あなたには出ていってもらわないと。わたしのカメラをあげる。それとこのノートと先の尖った鉛筆を持っていって。メディア関係者のように見えるわ。すぐに溶け込めるはず。その髭剃りが必要な感じは、とてもトレンディだし。裏の引き戸から出て、ぐるっとまわって記者やカメラマンと一緒に立ってから、ここを離れて。ゴルフ場の駐車場はそれほど遠くない。たぶん五百メートルもないわ。五分で着く」

「いや、レンタカーを取ってきてくれ。今夜、警察がいなくなったら、また隣りの家に忍び込む」

「警察が施錠するわよ」

「あんたが鍵を持ってるだろ」ボロは言った。「それを使う。車を取ってこい」

「わたしはあなたの車には乗らない。自分でやってちょうだい」

「なら、保安官にあんたが何者かを知らせる」

　この偉そうで、ハンサムすぎる駄々っ子にはもううんざりだった。クレミーはラテン語の教師の顔をして――また今日も、宿題の不規則動詞の活用を覚えてこなかったの？――ボロを見た。「わたしは保安官を恐れてないわ。保安官を恐れているのはあなたでしょうが」

　ボロバスクはポケットからスイス・アーミーナイフを取りだし、ドライバーではなく、刃を引きだすと、手首をまわした。ナイフがきらりと光る。彼はそれを見て笑みを浮かべた。まるで飼い犬のヨークシャーテリアを見つめるように。「誰もあんたのことは探しにきやしない」彼はクレミーに言った。ナイフから目を離さずに。「あんたが死んだら、発見されるのはウィルソンよりも時間がかかるだろう」そしてクレミーの手首をつかむと、指できつく締めつけた。痛みを感じたとき、昔のパニックが頭皮からつま先まで、クレミーに襲いかかった。視界がぼやけた。ボロバスクはにやりと笑った。クレミーは気づいた――実際には、これが初めての大勝負（ロデオ）だということに。なぜなら、ボロバスクは怠惰なラテン語クラスの生徒ではなかったからだ。ラドヤード・クリークでもなかった。ボロバスクは娯楽を求めているわけではない。自分の金を探しているのだ。

「これからはおれのやりかたに従ってもらおう」ボロバスクはささやいた。

　あのとき、ラドヤード・クリークも同じことを言った。殺される直前に。〝これからはわたしのやりかたに従ってもらおう〟

そう言って、笑みを浮かべた。ピクニックテーブルにさりげなく腰をもたせかけ、両手の指の腹を合わせて。恐れるという感情を、あの男は一度も感じたことがなかった。

24

ジョイスはすでにベティ・アン、シャーリー、イレイン、リンダ、ジョーン、アイリーンと話した。実際には話したというより、彼女たちが一方的にしゃべっていたのだが。みんな興奮を抑えきれずにいた。誰も死んだ男のことを知らないし、その男を殺したドムは、礼儀知らずで、臭くて、めったに姿を見せない世捨て人にすぎない。ジョイスの女友だちは誰ひとりとして、ウィルソンが死ぬときに実際に起こった物理的恐怖について語らなかった。金属の円筒が若い男の体を貫き、体内で爆発したという恐怖。ひとりの若者の人生が終わったことに、誰もとくに興味を持っていないように見えた。みんなが興味を示しているのは、その死を取り巻く興奮だ。

ジョイスは古代ギリシアや古代ローマを舞台にした小説が好きなのだが、この状況はローマの円形闘技場に似ているような気がした。女友だちはコロッセオで叫んでいる群衆で、暴力的な死から楽しみを得ている。あるいは、そこまでひどくなくても、彼女たちにとってはただテレビを見ているようなもので、警察や科学捜査班や追跡やドラッグや検死を扱うテレビドラマと大差ないのだろう。

気丈さと冷静さを保っていられるヘレンは、なんと幸運なことか。長年のひとり暮らしのおかげで、そんな強さが育まれたのだろう。ジョイスはひとり暮らしに耐えることができない。やっぱりジョニーを家に居させることにしようかと、半ば考えはじめている。ヘレンを見習ったほうがいいのかもしれない。ヘレンは暴力的なテレビ番組はおろか、暴力的なニュースすら見ない。きっと人は無知の状態でいるほうがしあわせなのだ。

シャーリーからまた電話がかかってきた。「警察があなたと話したいそうよ、ジョイス」

「わたしと？」

「警察はみんなから話を聞いてるのよ。真向かいに住んでるあなたなら、ウィルソンの車の車種を知らないかと期待してるみたい。ジョニーは特定できなかったの。彼はもっと車に詳しい人だと思ってたけど。突っ立ったまま、『ええと、白い車だったな』なんて言ってたわよ」

ジョイスは体が震えるのを感じた。ジョニーがそんなことを言うはずがない。彼なら車種、年式、ボディカラーの名前（白などと言うはずもなく、アイボリーやウィンターといった塗料の名前をあげるだろう）、エンジンの仕様まで知っているはずだ。

シャーリーは続けた。「わたしたち、警察はドムがウィルソンの車で逃走したと考えてるんじゃないかと思ってるの。でね、知ってる？　コグランド夫妻の家はトラップハウスだったたって噂があるの！」

「それは何？」ジョイスは尋ねた。まるで何百もの刑事ドラマを見たことなどないかのように。

「麻薬取引の中継地点よ。あなたの家の通りに。あなたの家の斜め向かいに！　その二軒隣りに住む気の毒なヘレンは、すっかりぼろぼろになってる。ウィッグもつけ忘れてて。ひどい状態よ」シャーリーは得意げに言った。

ジョイスは言ってやりたかった。あなただって同じでしょうが。髪をそんな情けない色に染めてるくせに、ケチで怠惰で頻繁に染め直さないから、いつも二色になってる失敗作の髪のくせに。

「あの三番目の家に、不審な人が出入りしてるのを見かけたことある？」シャーリーが尋ねた。

「誰ひとり出入りしてないわ。それにウィルソンがどんな車に乗ってたかなんて、わたしが知るわけないじゃない。4ドアと2ドアの区別だってろくにつかないのに」

「警察は家のなかの指紋を採取してる」シャーリーは言った。「その、わたしたちはそう思ってる。つまり、実際には何も見えないけど、普通はそういうものだと推測してるってこと。それにね、造園作業員の人から聞いたんだけど、コグランド家の窓のひとつに鍵がかかってなくて、網戸がなくなってたそうなの。警察はその写真を撮っていたんですって。さらにさらに、警察がコグランド家を調べたら、裏の引き戸にも鍵がかかってなかったそうなの。ってことは、あの家の横や裏で、ずっと人の出入りがあったかもしれないのよ、ジョイス、あなたの家からは見えないようなところで。実際、あの家はどこの家からもほとんど目につかない。もう言葉もないくらいぼう然としちゃって怖くてたまらない」シャーリーはうれしそうに言ってから、「ホワイトリリーに住んでいて、ほんとうによかったわ」

とつけ加えた。よりよい住民は賢明にも別のクルドサックを選んだのだとほのめかすように。

ジョイスのなかから思考が飛びだす。まるで突然、新薬を飲んだか、LSDを試したかのように、意味をなさない気のふれたような思考が飛びたちはじめる。彼女は次に何をすべきなのか、考えることができない――何がするべき義務で、何が選べる選択肢なのか。

オハイオから引っ越したとき、バーバラはクレミーに電話番号も住所も教えなかった。ふたりを強姦した男は超能力を持ち、クレミーの手紙から情報を吸い取りかねないとバーバラには思えたからだ。しかし、両親気付で届いたクレミーの最新の取り乱した手紙を読んだあと、バーバラはかつてのルームメイトに電話をかけた。クレミーは、ビリーを奪おうとする悪夢のようなラドヤード・クリークのたくらみについて、スタン・ブーンがクレミーを軽蔑し、ビリーへの脅威を真剣に受け止めようとしないことについて、詳細に語った。

「あなたの助けが必要なの」クレミーは言った。「ラドヤード・クリークが強姦魔だと証明しなくてはならない。そうすれば、あの男が養子縁組を壊すことは許可されないはず。わたしと一緒に警察に言って、わたしと一緒に証言してほしい」

バーバラは文字通り悲鳴をあげた。「無理！　ありえない！　クレミー、わたしたちは当時だって警察に行かなかった。いまから行くなんてとんでもない。あとになって誰かに傷つけられたなんて主張できないわよ。証拠もないのに。あのときも証拠はなかったし、何も言わなかったし、目撃者もいないんだもの。わたしは人生に波風立てたくない。そのまま放っておきなさいよ。あなたはブーン夫妻にちゃんと警告した。それは、彼らがなんとかすべき問題よ。でも、きっと何も厄介なことは起こらないわ。起こるはずがない。彼らは法律に則（のっと）ってビリーを養子にしたのよ。ビリーはブーン夫妻の息子だし、いままでもずっとそうだったのよ、クレミー。誰も養子縁組を取り消したりできないわ！」

「取り消されることもあると聞いたわ」

「ただの都市伝説。下水道にいるワニと同じ」バーバラはぴしゃりと言った。

クレミーは黙り込んだ。

「ごめん。ばかげた比較だった。でもね、あの男がビリーを奪うことはできない。どんな裁判所だって、養父母の味方につくはずよ。だいたい、どうやって実の父親だと証明するの？　あの男にできることはひとつだけ、あなたを泥沼に引きずり込むことよ。あいつは喜んでそうするはず。もしあいつの主張が裁判や示談に持ち込まれたら、あなたにとって恐ろしいことになるわよ。想像してごらんなさい。あの恐ろしい笑み、あの冷笑を浮かべたラドヤード・クリークを。きっとあの男は楽しんで、あなたはみじめになって、ビリーは生物学上の父親の名前を知ることになる。ビリーはこれから先ずっとそのことを考えるだろうし、大きくなったら、その人のことを知りたいと思うかもしれない。ぼくのほんとうのお父さん、なんて言って会いたがるかもしれない。そんな存在がいることを、絶対にビリーに知られちゃだめよ、クレミー！」

スタン・ブーンはまず警察に行くことを考えた。ロータリークラブのおかげで、警察署長とは面識があった。しかし、養子縁組の話を打ち明けることには利点がひとつもなかった。彼の妻は、友人にも家族にも、そのうしろ暗い事実を絶対に知られないように、ひた隠しにしてきた。

スタン・ブーンはあの男が——あの少女を暴行したとされるときに——監督を務めていたとされる高校に電話をかけた。すると高校の事務員は言った。「あら、そうですわ、彼はここで四、五年監督をしてました。すばらしい業績を残して、それから別のところへ移りました。おそらくニューヨーク州かどこかだと思います」

公立図書館には、コネティカット州の新聞がマイクロフィルムで特別に保存されていた。息子が生まれた年の、バスケットボールシーズンのスポーツ欄をスクロールしていくと、スタンのオフィスに乗り込んできた、にやにや笑う図体のばかでかい男が、勝利チームの横に立っている写真がすぐに見つかった。

その男がスタンの手からビリーを文字通りひったくり、車で走り去る——そんな場面がスタンの目に浮かんだ。そうなったら、スタンはラドヤード・クリークを誘拐で告訴するだろう。しかし、もしこの養育権争いが、たんに〝落としものは拾い得〟——ブーン夫妻に九分の勝ち目があるのは、実際にビリーを育ててきたからにすぎない——という状況だと判明し、あの男が実の父親だと証明できたとしたら？　とはいえ、どうやってそれを証明するのか？　生みの母親を利用するしかないだろう。あの見るからに感じの悪い卑劣な男は、おそらく何らかの見返りを求めているはずだ。

さらに、もし生みの母親が息子は自分が引き取るべきだと主張したら？　三つ巴の争いに突入したとしたら？　スタンも妻もそんな醜聞には耐えられない。そして善良で愉快なといとしいビリー、スタンの愛するビリーは、破壊されてしまうだろう。

クレミーはスタン・ブーンに自宅の電話番号を教えていた。名前は、どちらの名前も告げていなかったが。電話線の向こうからスタンの声が聞こえたとき、ラドヤード・クリークはもうビリーを奪ってしまったのだと思った。彼女は嗚咽をこらえた。

「あの男がまた電話してきた。ビリーに会いたがっている」

クレミーはほっとして脱力した。ビリーはまだ無事なのだ。「彼は危険です」彼女は言った。「ビリーをあの人のまえに連れていってはいけません」

「彼はビリーではなく、金を取るにちがいない」スタン・ブーンが言った。

それは楽観すぎる妄想だ。クレミーは慎重に言葉を選んだ。「わたしの直感では、お金は関係ありません。彼が欲しいのは息子です。取引はできません。永遠に要求をはねつけるしかありません。生みの母親と話したら、父親は別の人間だと言っていると伝えたらどうでしょう」

「ということは、きみはいろんな男と寝ていた（スリープ・アラウンド）わけだ」スタンは不快そうに言った。

クレミーの人格に対する中傷はすでに始まっていた。彼女の味方であるべき唯一の男から。「彼はいつどこで会いたいと言ってきたんですか？」クレミーは〝あちこちで眠る（スリープ・アラウンド）〟とはどういう意味だろうと考えながら尋ねた。眠りは、暴力的な強姦と一番かけ離れているものなのに。

「オールドライムにあるハイウェイ・ピクニックエリアに」スタンは言った。「ビリーを連れていくことになっている」

クレミーはそのあたりの海岸沿いで育った。ラドヤード・クリークが選んだ場所もよく知っていた。幹線道路に面しているが、見た目よりもずっと孤立した場所だ。「これは勝つか負けるかの問題なんです、ミスター・ブーン。自分の息子を持てないことは、彼にとって敗者と同じこと。それにしても、ピクニックエリアでこっそり会うように頼むなんて、おかしいです。子どもを取り戻す合理的な方法は、弁護士と裁判所を通すことのはず。直接会ってあざけったり、ひったくったりするなんて、正気の沙汰じゃない。どんなまずいことが起こるかわかりません」

「同感だ。だからこそ、彼は金を受け取るだろうと思う。金が目当てだろうと思うんだ。わたしはすでにできるかぎりの金を現金で用意した」

「いいえ、いくら与えても彼が満足することはありません。彼が欲しがっているのはビリーなんです」

「これで終わりにしなければならない。彼には会うと約束した。週末に三連休を取るらしい。金曜は彼の高校の出勤日だが、部活動を休んで、ここまで車で来ることになっている」

「奥さまはどうお考えなんですか？」クレミーは尋ねた。

「妻は何も知らない。今後も知らせるつもりはない。わたしの役目は彼女を守り、ビリーを守ることだ。あの男を殺すことも辞さない」

クレミーはアクロンにいた。病気休暇を取り、ピクニックエリアに行くこともできる。どうしてそんなことをしようとするの？ 彼女は自分に問いかけた。これはこのふたりの男性の問題ではないの？ これに関わって、わたしに何か得することでもある？

実際には、一番利害関係が深いのはクレミーだった。これは彼女の息子に関わることなのだから。

彼女はまたバーバラに電話をかけた。ほかに電話する相手がいなかったからだ。誰かと話して、混乱した考えをぶつける必要があった。

「もう何日もずっとそのことばっかり考えてた」バーバラが言った。「スタン・ブーンは正しいわ。たしかに、誰かがなんとかしてあの男を止めなければならない。でもだからって、わたしとあなたが警察に出向いて、こんな被害にあったと訴えても意味がないわ。警察に行けるのはスタン・ブーンだけだし、そうすべきなんだけど、彼は自分の息子を養子だと認めるくらいなら、凶悪な強姦魔のごろつきに全財産を渡すほうがいいんだわ。養子を取ることの何がそんなにまずいことなのか、わたしにはわからない。正直に言えばいいじゃない」

「子どもの血筋が疑われるから」クレミーは沈んだ声で言った。「この場合、ほんとうのことだわ。小さなあの子は半分、ラドヤード・クリークの血を引いている」

　ふたりは黙り込み、その事実の恐ろしさを嚙みしめた。生まれか育ちかという論争があるけれど、どうかブーン家の養育が、ビリーがラドヤード・クリークから受け継いだ資質に勝利しますように。クレミーは祈った。

　バーバラは深い息を吸った。「たぶん、たぶんだけど、わたしとあなたがふたりで、そのピクニックエリアに行って、ラドヤード・クリークに立ち向かえば、ふたりであの男を辱めることができるかもしれない」

「まあ、バーバラ！　わたしと一緒に行ってくれるの？　ほんとうにそうしてくれるの？」

「するかもしれない。いま考えてるところ」

　ふたりはやる気をみなぎらせ、長いあいだ相談し、計画を練った。

　ふたりは勇気と誇りを感じた。そのとき、彼女たちは考えもしていなかった。ラドヤード・クリークもまた、彼の戦利品たちが彼と再会するために着飾って現れたのを見て、誇りを感じることになろうとは。その小さなふたりの女が、彼――ほかでもない、ラドヤード・クリーク――が狙った獲物を手に入れるのを阻止できると本気で思っていると知ったとき、腹がよじれるほど滑稽に思うことになろうとは。


サンシティで、雷雨が突然降りだした（ザ・サンダーストーム・ブローク）。

雷雨が空を壊した（ザ・サンダーストーム・ブローク）――クレミーは昔からこの慣用句が大好きだった。古代の神が金槌を振りあげて雲を打ち砕くところを彷彿（ほうふつ）とさせるからだ。空は真っ暗になり、街灯が点灯する。大きな雷鳴が轟いたあと、豪雨の歓待が始まる。周囲が見えなくなるほどのモンスーンは、通常は数分しか続かないが、その威力たるや恐ろしいほどだ。雨は灼けた粘土質の土壌を流れ、低地を浸水させ、そしておそらく芝生や庭を充分に潤すまえに止んでしまうことだろう。

クレミーは出かける気力を削がれて、玄関のドアを開けたまま立ちつくしていた。

人々は背中を丸めて——まるでそうすれば髪を濡らさずにすむとでもいうように——車や家々に駆け込んだ。彼らがスマートフォンの天気予報アプリをタップして、雨雲レーダーをチェックしたところ、いつものように竜巻注意報が出ていた。雹（ひょう）が降っている地域もあるようだ。

クレミーは傘を開き、土砂降りのなかをピンクカメリア通りに停めた車まで必死に歩いた。

そのままコスタリカに行くこともできたが、ペギーの結婚式に行く気にはなれなかったし、保安官になぜ国外に脱出したのかと疑われるのは絶対に避けたかった。

フロリダに行って、出生時の名字、マーリーに戻り、自分のマンションで暮らせば、誰にも見つからないだろう。とはいえ、ボロバスクにはここを突きとめられていたが。もちろん、ベントレーが手を貸したからこそではある。ベントレーはクレミーが生まれたとき別の姓だったことは知りもしない。ずっとレイクフィールドだと思っているはずだ。またマーリーの名に戻ることは可能だが、ばかげている。それにフロリダで何をするつもりなのか？　いつまでそこにいるのか？

勇気を出して、指を見つめる。ことが起こったときには、じっくり調べていなかった。傷口に巻いた布巾が血まみれになっている。途轍（とてつ）もなく痛い。ボロバスクはクレミーの人差し指の腹を骨まで露出するほど真横にざっくり切っていた。救急病院に行って、うっかりナイフで切ってしまったと言えば、縫ってもらえるだろう。

わたしの指を切ったところで、何かを達成できるわけでもないのに。クレミーは思った。ボロバスクはクレミーを従わせるために、彼女の傷つけられたくないという恐怖を利用していた。しかし、もう二度と傷つけられたくないという恐怖から、従わなくなるとは考えなかったのか？　彼は車を近くまで移動させろと命じたが、こうして無事に家の外に出たいま、言われたとおりにする理由があるだろうか？　クレミーにとってはふたつの身元の秘密を守ることが重要だから、彼の手中に戻ってくると考えたのか？

指を切ったのは、たんに楽しむためだったのかもしれない。レイプに似ている。クレミーは思った。実際、ボロバスクはラドヤード・クリークと多くの共通点がある。彼もまたものすごくハンサムで、クレミーよりもずっと大きな男であり、絶対に反撃できない小柄な犠牲者を選んでいる。

あの親切な保安官にすべてを打ち明けなさい。クレミーは自分に言い聞かせた。

しかし、彼女が警察官に何かを――ましてやすべてを――話すときはけっして来ないだろう。

クレミーは車のエンジンをかけた。エアコンの風が心地よい。

実際のところ、身動きが取れなくなっているのはボロバスクのほうだ。クレミーは思った。わたしが彼の車の鍵を持っているのだから。もちろん彼は歩いて出ていくことは可能だし、空港まで行って飛行機で逃げることもできるだろう。でも、あの放置されたレンタカーはいずれ彼を痛い目に遭わせることになる。いや、ならないかもしれない。おそらく何をするにも本名は使っていないだろうから。わたしと同じように。あるいはドムと同じように。

彼女は車のギアを入れ、ピンクカメリア通りをそろそろと進みはじめた。

ああ！　指が痛い。脈打つたびに、またナイフで刺されているかのようだ。

ジョイスの家のキッチンで、ジョニーはジョイスが緊急用に保管しているヘレンの家の合鍵を手に取った。赤いビロードの細紐につながれた鍵には、ソーダ水のプルタブほどの大きさの識別用荷札もついている。そこにはジョイスの小さな文字で、ヘレンと書かれていた。

ジョニーは悪天候が好きで、いつもひそかに竜巻が通ってくれないかと願っていた。ブルーライラック通りを見たところ、どうやら風は斜めに吹きつけているようだ。ドムのガレージのなかで身を寄せ合っていた警察が、犯罪現場の保全のためにガレージドアを降ろしていた。警察はもう通りを見ることができない。野次馬でごった返していたクルドサックは、いまは空っぽになっている。

ジョニー・マーシュは通りを渡り、ヘレン・スティーブンスの玄関の鍵を開けると、なかにはいった。

ボロが探していたのは、スーツケースほどの大きさの紙幣の束だ。だから、ラテン語教師の家を探すのは、たとえばひと握りのダイヤモンドを探すよりも簡単だった。

二、三冊、本のページをパラパラとめくってみたものの、一冊の本に隠せるのはせいぜい百ドル札一枚にすぎない。彼が探しているのは千枚単位の百ドル札である。

屋根裏の階段はウォークインクローゼットのなかにあり、明らかにほとんど使われていなかった。ボロバスクはタンスをずらして階段を降ろした。屋根裏の温度は摂氏五十度近くあるにちがいない。床材は張られておらず、隠す場所はおろか、何かを置く場所もない。屋根裏には、クリスマスの飾りを入れた段ボール箱ひとつすら置かれていなかった。

地下室はなかった。

収納クローゼットのなかの、数個のスーツケースのファスナーを開けて調べた。空っぽだ。リネンをしまった戸棚から、きちんと畳まれたシーツの山をどかした。奥には何もない。

クリスマスのオーナメントの箱を見つけたので、テープをはがしてみた。〝毛織物〟と書かれた箱のテープもはがした。なかには書かれたとおりのものがはいっていた。

狭いオフィスには、学校関係のものしかなかった。彼女はほんとうにまだ教職にあり、担当教科はほんとうにラテン語だった。ファイルの引き出しには、授業計画書、古代世界の戦争地図、コピーして使う用紙の原本以外、何もはいっていなかった。

ボロバスクは現金を見つけるために、老婆が提案した脱出計画を見送ったのだが、彼女は肝心の金を持っていなかった。彼は刻々と怒りを募らせた。グラフが拡大するように。脇腹が外側に膨らみ、心臓の鼓動が速まる。それから老婆が戻ってきた。毅然として自信をみなぎらせていたので、それを止めてやった。いま、彼女はボロのレンタカーをゲートの向こうの駐車場まで移動させているところだ。ゲートの暗証番号は、明らかに何も覚えられない哀れな老人たちのために設定されたもので、１２３４だった。

裏から逃げだすまでに、まだ時間がある。外を歩きまわることに不安はなかった。彼はテレビレポーターのふりをするという老婆のアイデアを気に入っていた。

グーグルで〝ウィルソン・スペサンテ〟を検索したが、何も出てこなかった。ウィルソンはちょうどフェイスブック世代なので、フェイスブックでも検索してみたところ、実に興味深いことが起こった。

ふだんは単語のスペルを勝手に決めようとする予測変換プログラムを嫌っていたが、今回はなかなか示唆に富んだ提案をした。フェイスブックは〝スペサンテ〟という名前の人物を見つけられず、代案として

〝ペサンテ〟を候補に挙げたのだ。〝ペサンテ〟という姓を持つ人々は百人ほどしかおらず、そのなかにウィルソンという名を持つ人物はいなかった。ただし、マーニーとレイという夫婦がいたのだ。マーシャとロイに実によく似た名前だ。

この夫妻は三番目の家の居住者なのか？

ウィルソンは夫妻の息子か孫なのだろうか？

そのペサンテ夫妻のページは、友人リストに追加されないかぎり、何も見ることができなかった。彼らがボロの考えているとおりの人物ならば、ボロを友だち登録することはないだろう。

ドカンと音が鳴り、ボロはぎょっとした。震動がテラスハウスの土台まで伝わる。ただの雷だ。メディアの人々が車に飛び乗っている。人々は濡れることを嫌う。その顕著な嫌がりかたを見ていると、空から降る水を恐れるのは、飢えを恐れるのと同じで、原始的な本能にちがいないと思えてくる。誰もがサルのように背中を丸めて首をすくめ、同じ体勢をしている。まるでそうすれば濡れずにすみ、恐ろしい運命を避けられるとでもいうように。

警察すら撤退していた。

雷雨はあっというまに過ぎ去る。ボロはこの機を逃さずに、いますぐここから出なければならない。

裏庭に出ようと、リビングの引き戸を開けた瞬間、ヘレン・スティーブンスの家の玄関の鍵がかちゃりとまわされた。

ベントレーの隣りのスペースにいる同僚の女が、間仕切りのパーティションに顎を乗せた。

「あなたの大叔母さんって、シャーロットのサンシティに住んでるんじゃなかったっけ？」

「そうだよ」ベントレーは答えた。いったいいつその話をしたのかさっぱり覚えていなかったが。

「殺人事件があったみたいよ。想像できる？　八十になって、よろよろ歩いてドミノで遊んでて、どっちが勝ったか争って誰かを殺しちゃうのよ？」

ベントレーはショックを受けた。ショックを受けないことを人生の第一目標に掲げている彼にとっては、ショックを受けたこと自体がショックでもあった。クレミー大叔母さんは結局、ベントレーのせいで麻薬の売人と出くわしてしまい、殺されてしまったのか？

「〈シャーロット・オブザーバー〉紙のサイトで、ニュース速報のトップ記事になってるよ。わたし、昔、あのあたりに住んでたから、アプリを入れてるの。毎日十二秒くらいかけて見出しだけ読んでる」シャーロットを人生の十二秒の枠に追いやってクスクス笑うと、同僚は携帯を手渡した。

ベントレーは記事をクリックした。現場にいる少なくとも三人以上の記者が、数分前に書いたものだった。そこまで報道する価値のある事件のはずはなかった。しかも、厳密にはシャーロットとは別の州で起こった殺人事件なのに。しかし、サンシティについて〝住民の多くが白人で、裕福で、ゲートで区切られた飛び地のような場所であり、誰もそんな事件が起ころうとは想像しなかった〟と書かれているのを読み、ベントレーは思った。なるほど、だからここぞとばかりに嫌味をいえる愉快な機会に記者たちが飛びついたというわけか。

殺人はブルーライラック通りで起こっていた。ライラックって青いものだっけ？　ベントレーは思った。そんなのライラックじゃないだろう？　薄紫色こそがライラックの、なんていうか、特徴なんじゃないの？

ベントレーの心拍数が二倍に跳ねあがる。あのインターネットの書き込みは正しかったのだろうか？　クレミー大叔母さんは麻薬売人とその金のあいだに立たされてしまったのか、それもぼくのせいで？

しかし、彼がほっと胸を撫でおろしたことに、殺人の被害者は男だった。

ベントレーは言った。「わあ、ひどいね。大叔母さんに電話して確認してみるよ。でも何千人も住んでるからなあ。まだこの事件を知らないかも」
同僚は笑った。「たぶん、ラミーキューブかスクラブルで遊んでるところなんじゃない」
ベントレーはクレミー大叔母さんにメッセージを送った。『ブルーライラック通りで殺人事件があったといま知ったよ。大叔母さんはそこに住んでるの？　あの麻薬売人は荷物を取りにきた？　いいかい、大叔母さんがどこか別の場所に行ったことは知ってるけど、無事だと知らせてほしい。ほんとに真剣に心配してる。それからコスタリカに行くといい。ホテル代はママが出すから』
ベントレーは指示を与えていい気分になった。彼は生まれながらのリーダーなのだ。問題は、クレミー大叔母さんが生まれながらのリードされるタイプではないことだった。

雨が猛烈に降りしきっていた。ワイパーの速度をあげても、フロントガラスの向こうが見えないほどだ。クレミーは滝のように激しく打ちつける水しぶきから目をそらし、救いを求めて横に視線を向けた。ピンクカメリア通りのテラスハウスのあいだから、ブルーライラック通りが見える。クレミーの家の玄関、キャンバス地の小さな椅子、ポーチを縁取るノックアウトローズ。その眺めに、無防備にさらされているような、気味の悪さを覚えた。まるでここに住んでいるあいだずっと、ピンクカメリア通りの住民から監視され、出入りをチェックされ、記録されていたかのような。

ふいにジョニー・マーシュが現れ、クレミーのポーチの小さな階段をのぼり、玄関の錠に鍵を差し込み、ドアノブをまわし、彼女の家のなかにはいった。

ジョニーはボロバスクを知っているの？　クレミーは驚愕した。ボロバスクはジョニーを待っていた？

わたしの家にはナイフを好んで使う麻薬売人だけでなく、合鍵を持つわたしの二倍の大きさの隣人までいるというの？

ジョイスの推測は正しかったということ？　ジョニーがボロの現金を盗み、その過程でウィルソンを殺すことになった？　その現金が、いまジョイスの家にあるの？　だからジョニーはジョイスの家に無理やりはいらなければならなかったの？

でも、どうしてわたしの家にはいるのかしら？　ボロバスクに現金のありかを教えるため？　関係正常化のため？　たぶん北朝鮮流の関係正常化の方法で？　互いに殺し合う？

こんなにも老いを感じることはめったになかった。

クレミーの思考はバラバラのまま、融合を拒んでいた。

ベントレーからメッセージが届いた。若者はメールを送れば、それで何かを達成したと考えている。彼らにとっては、コミュニケーションがすべてなのだ。行動については、どうでもいい、といったところだ。ベントレーはまちがいなく、ボールを打ってクレミーのコートに入れたから、もうゲームは終わったと感じていることだろう。

クレミーはいつもどおり、すべて問題ないから心配の必要はないと虚偽の返事を送った。するとベントレーはたった一文字だけ送り返してきた。K。彼女はグーグルで検索し、Kとは、OKと入力するのが面倒なときに使う文字だと知った。

またジョイスから着信があり、クレミーは電話に出た。面倒が増えるだけだろうが、おそらく緊急にちがいないと思ったからだ。

「ヘレン」ジョイスはきっぱり言った。議論は受けつけないとでもいうように。「わたし、Uターンしたの。あなたはそこにひとりで居てはだめ。わたしはあなたの親友なんだし、あなたのそばにいなくちゃ。わたしの家に泊まって。そうすればお互いに心強いもの。ジョニーと鍵のことは、まだどうするのかわからないけど。きっと三回目の鍵の交換かな」ジョイスは笑ったが、クレミーは笑わなかった。ジョイスを家に戻らせるわけにはいかない。クレミーは思った。どういうわけか、ボロバスクとジョニーは共謀しているのだもの。

しかし、ジョニーがウィルソンを殺したのなら、なぜドムは逃げたのだろう？　ドムの生い立ちは一筋縄ではいかないほどこじれていて、逃亡しか選択肢がなかったのか？

ジョイスはまだ話しつづけている。ペチャクチャペチャクチャと。クレミーにはほとんどついていけない、延々とつづく無終止文。友だちは、とジョイスは言う。一緒にいなければならない。クレミーの推測が一部でも当たっているのなら、ジョイスはあらゆる友だちの助けが必要になるだろう。クレミーは言った。「近くまで来たら電話をして、ジョイス。どこで落ち合うか決めましょう。あなたの家では会わないほうがいいわ」

「そのとおりね。殺人犯がジョニーだろうとドムだろうと、ハイウェイを降りた見知らぬ人だろうと、家で会うのはよくないわ」

〝ハイウェイを降りた見知らぬ人〟——カントリーソングの歌詞のように聞こえる。クレミーは五十年前のハイウェイ・ピクニックエリアを思い浮かべた。あの殺人にも多すぎる人間が関わっていた。実際にラドヤード・クリークを殺したのは誰なのか？　いまだに判断しきれないほどに。

ジョイスは半分歌うように言った。「大渋滞。じゃあね、ヘレン」

「またね、ジョイス」クレミーはささやいたが、電話はすでに切られていた。手のなかの携帯電話が再び鳴る。保安官からだった。ストレスだわ。クレミーは思った。お医者さまはいつもストレスをためない生活をしなさいと言うけれど、具体的にどうすればいいのかしら？　ストレスは持ち物ではないし、棚に置いたり、買い足すのを控えたりすればすむものでもない。ストレスは自力で勝手に向こうからやってくるのだ。「もしもし？」

「ミズ・スティーブンス？」保安官が言った。「大丈夫ですか？」

「いいえ、大丈夫じゃありません。動揺が激しくて」

「いまはご自宅に？」

「いいえ、家にはいたくなくて。近すぎるから」

「ウェンディーズで会えませんか？　テラスハウスのすぐ裏手にあります」保安官は言った。まるで何年もそのテラスハウスに住んでいるのにクレミーがそのことに気づいていないかのように。

「ウェンディーズでいいです」クレミーは言った。そう言うしかなかった。

「十分後に？」

「二十分後で」クレミーは引き延ばした。レンタカーの件を済ませて、そのあと薬局に行って、切り傷をふさぐ特大のバンドエイドを買わなければならない。二十分あれば、薬局のトイレでバンドエイドを指に巻くこともできる。

保安官は何について話したがっているのだろう？　クレミーが話したくない内容以外に？　クレミーは自分の処刑が刻々と近づいているような気がした。

彼女はラドヤード・クリークのことを考えた。

彼の死は処刑だったのか？

だとしたら、誰が行なったのか？

25

クレミーはレンタカーの横に車を停めた。血がにじんでいないほうの手とブラウスの袖口を使ってキーホルダーを拭い、指紋を消した。ブラウスを手袋がわりにして、レンタカーのドアを開け、運転席の床にキーを置くと、肘でドアを閉めた。キーの置き忘れを知らせる警告音は鳴らなかった。たぶんドアをロックしようとしなかったからだろう。

自分の車に戻って、ショッピングモールまで――ギフトショップ、宅配業者、大型スーパー、ネイルサロンを通りすぎて――運転し、薬局のまえに駐車した。雨の勢いはまだ衰えていなかった。クレミーは傘をさして薬局にはいり、大きなサイズのバンドエイドをひと箱と、使い捨て携帯電話を買った。薬局のトイレで、ディスペンサーのぬるぬるしたせっけんで指を洗い、ハンドドライヤーの強力な熱風に当てて乾かしてから、一枚目のバンドエイドでしっかり巻き、さらに二枚目、三枚目と重ねて巻いた。彼女の指はビスケットのようになった。もし保安官から尋ねられたら、ベーグルをカットするときに自分で切ってしまったと言おう。

クレミーはたいてい密封されたパッケージを開けるのには苦労するし、そしてきまって、説明書の解読に苦労する。今回、携帯電話のパッケージは簡単に開けることができたものの、すぐにトラブルが発生した。その小さな携帯電話は充電しなければ使えなかったのだ。

保安官がウェンディーズで待っているから、充電のために家に戻るわけにもいかない。彼女は車を数百メートル走らせ、ウェンディーズにはいり、充電プラグのある席に座った。

ところで、携帯電話を最初に充電するにはどれくらいの時間がかかるのだろう？

クレミーはソワソワしながら、ウェンディーズの大きな窓から雨を見つめた。

ヘレンの家の小さな玄関ホールでは、ジョニー・マーシュが豪雨でずぶ濡れになったまま、光沢のある硬材の床に置かれたウェルカムマットの上に立っていた。何が彼をここに来させたのか？　本気でヘレンの家を捜索するつもりなのか？　その考えがいかにばかげているかを差し置いても、いまの状態ではあちこちに足跡を残すことになる。それにどこを探すつもりなのか？　何を探そうというのか？

彼は恥ずかしさと情けなさを感じた。

実のところ、彼は金を探すために来たのではなかった。ただ何かが起こるのを期待していただけだ。ほかのみんなは、サンシティでの暮らしに満足しているように見える。彼らのささやかなスケジュールに組み込まれているのは、ボッチャやゴルフ、ポーカーや蹄鉄投げ、アルバへのクルーズやドリーウッドへのバス旅行、孫の子守、延々と続く外食だ。もはや料理を好んでする妻はひとりもいない。彼女たちは半世紀も料理をしてきて、もうやり切ってしまったのだ。

ジョニーはこの年になって、長いあいだ送ってきたありきたりで慎重な人生が、自分の唯一の人生となるという事実と向き合わざるをえなくなった。まあ、結婚しているあいだに何度か浮気はしたし、いまもしている。だが、それは冒険とはいわない。ただの日常だ。彼は際立つことをしたことがなかった。クレイジーなこともワイルドなことも記憶に残ることも何ひとつ。一年後か十年後か、そのうち死ぬことになるというときになって、彼は後悔に囚われていた。おれは懸命に生きたことがない。勇気を振りしぼったこともない。危険を冒したこともない。

ゴルフカートに乗ったウィルソンの死体を見たとき、ジョニーは仰天してショックを受けた。最初に考えたのは保身だった。ある種の麻薬戦争にちがいないこの状況から逃げだそう。ウィルソンから預かったものをガレージから運びだそう。ヘレンに何も勘づかれないように。ジョイスにも何も勘づかれないように。いまとなっては、彼が一番ショックを受けているのは、911に通報しなかったことだった。たとえウィルソンが助からないことは目に見えていたとしても、あの哀れな若者が腐るまで放置される謂れはなかったはずだ。

ジョニーの罪悪感が燃えあがった。死んだ人間を無視する？　また別の家に忍び込む？　いったいおれは何を考えているのか？

ジョイスの金をくすねたとき、何を考えていた？　ただの遊びだった。ウィルソンと大麻をふかすのと同じように。手持ち無沙汰を紛らわすための遊び。

遅かれ早かれ、ジョイスはばかげたほど潤沢な当座預金口座から金が消えていることに気づき、誰の仕業か知ることになる。それはジョニーにもわかっていた。ジョイスが彼を裏切ることはないだろうということも。彼女はジョニーと同じくらい社会的、家族的な人格を大切にしている。彼以上かもしれない。警察に駆け込むことはないだろう。

彼は申し分のない家を持っている。ときには、そこで暮らすこともあった。だが、ひとり暮らしはどうしても好きになれない。また別の恋人を探すことを考えただけで疲れてしまう。

ジョイスはヘソを曲げないかぎりは愉快な人間だ。ごくたまに、手間暇かけようと思ったときには料理も上手だった。一緒にいて楽しい相手だ。ベッドではやや意欲的だ。とはいえ、ジョニーはバイアグラを使いだすまでたいていできなかった。ジョイスは抱き合うだけでかまわないようだった。これが自然の摂理というものか。ジョニーはそう思った。すべての男は活力を失い、すべての女はそれを乗り越える。

玄関のドアの上半分から差し込む光以外は、ヘレンの家は暗く、カーテンはすべて閉められ、明かりも点灯していない。その状態では、金色の壁に明るい絵が掛けられていることはわからない。洞窟のようだ。ジョニーは自分を落ち着かせようと息を止めた。その静寂のなかで、ほかの誰かの息遣いが聞こえた。

彼は固まった。

するとまた息を吸う音がした。わざと大きな音を立てて、まるで会話のように。

ヘレンのはずはない。彼女は車で出ていった。

ジョニーはゆっくりと振り返った。まるですばやく振り返ったら事態がさらに悪化するとでも思っているかのように。

クレミーはウェンディーズの席に座り、駐車場を仕切る細長い芝生の島と、高速道路への連絡道路を見つめていた。すると、ジョイスの車が大型スーパーの駐車場にはいっていくところが目にはいった。クレミーは仰天した。ジョイスはもう戻ってきたの？　電話で話したときには、まだ近くにはいなかったはずなのに。それとも、最初からどこにも行っていなかったの？　このあたりでウロウロして、ジョニーの反応か何かをうかがっていたのかしら？

しかし、ジョイスは迫真の演技をするためだけに冷蔵庫を空っぽにしたりはしないだろう。本気で出かけるつもりだったのだ。ジョニーが家に戻ったという脅威のせいか、殺人事件の興奮か、それともヘレンを救出するためか、ともかくジョイスはUターンしたのだ。それにしても、殺人犯ではないかと疑っている金をくすねた恋人とこれから対決するというのに、そのまえに食料品を買っておこうと考えるとは、ジョイスはなんと効率的かつ恐るべき人なのだろう。

クレミーのテーブルに男が腰をおろしたとき、彼女は思わず小さな悲鳴をあげた。

「申し訳ない」保安官が言った。「驚かすつもりはなかったんです、ミズ・スティーブンス」彼はいつものやさしい笑みを浮かべている。

「あなたの車を見かけなかったわ」クレミーはかぼそい声で言った。充電中の電話が彼女のものであることに、保安官が気づくとはかぎらない。壁の細長い棚の上に置かれ、並んだコンセントに差し込まれていたから。たとえ彼女のものだと気づいたとしても、不審に思うことはないはずだ。携帯電話の充電は、コーヒーの注文と同じくらい妥当な行動だ。いまはほとんどの人がスマートフォンを持っているとはいえ、彼女の世代ではまだ多くの人が折りたたみ式携帯電話を持ちつづけている。とはいえ、保安官がクレミーの二台のスマートフォンを目撃していれば別だけれども。彼がリビングにいるときに、携帯電話を取りだしただろうか？　どうして有用なことをちっとも覚えていられないのだろう？

「パトカーが見えなかったのは、歩いてきたからですよ」保安官は言った。

「その、ただ、まだすごく動揺していて」

「もちろん、そうでしょうとも。わたしもよくなかった、声もかけずに近づいてしまって。来ることはわかっていると思っていたもので」保安官は薄手のレインジャケットを着ていたが、髪はずぶ濡れだった。おそらくズボンも靴もそうだろう。冷房が猛烈に効いたウェンディーズの店内にいれば、髪はすぐに乾くだろうが、足はそうもいかない。クレミーの濡れた足は冷え切って痛いほどだった。

「コーヒーがいいですか？　フロスティにします？」彼は尋ねた。

「まあ、お心遣いをありがとう！　フロスティをお願いするわ。チョコレートで」クレミーはもう何年もフロスティを飲んでいなかった。保安官が戻ってきて、手渡されたカップの縁を舐めると、その泡の濃厚なコクに気持ちが安らいでいくようだった。どうしてずっと四六時中、これを飲んでいなかったのかしら。そう思ったとき、クレミーの目から涙がこぼれ落ちた。自分のティッシュは血まみれの指に使い切っていたので、保安官が持ってきたナプキンの束から一枚、ナプキンを手に取った。

「それだけ動揺しているのだから、ひとりにはならないほうがいいです」保安官は言った。「わたしがご自宅までお送りするというのはどうです？　そうすればお互いに、あなたの家が安全だと確認できる。一泊分の荷物を詰めたら、ご友人のところに泊まるか、バランタインまで車で行ってホテルに泊まるというのは？」

彼はクレミーを慰めようとする南部紳士か、はたまた、彼女の家にはいって調べまわりたい警官か。なぜなら、クレミーの家が空っぽで安全だと証明するためには、彼はすべての部屋とクローゼットを、そしてもちろんガレージを、チェックしたいはずだからだ。

ボロバスクがいる家を。ジョニーがなにげなくはいった家を。

ボロバスクにはウィルソンを殺すことはできなかった。

ジョニーにはできた。

彼女はジョニーの隠して携帯する銃（コンシールドキャリー）のことを考えた。あのゴルフカートのなかでウィルソンを射殺するには、ジョニーは身を屈め、どんな形であれ足首につけたホルスターをはずし、銃を取りだし、どんな種類であれ安全装置を解除して、上体を起こし、狙いをつけ、撃たなければならない。それを見たら、ウィルソンは笑うことだろう。さっさとジョニーの武装を解除しているか、カートから彼を押しだしているはずだ。

クレミーはジョニーがボロバスクの金を奪うために隣人を撃つとは思えなかった。銃の携帯許可証は身を守るために取るのであって、人を襲うためではない。それにもし逮捕されてしまったら？　彼女たちの年代の人々の一番の望みは、健康を維持することだが、二番目は良き市民、良き家庭人としての実績を維持することだ。クレミーはそう信じている。

密告されるのを恐れて人を殺そうとするものだろうか？　マリファナを使ったことをウィルソンが公表するのを阻止するために？　しかし、相手は麻薬の売人だ。いったい誰に話すというのか？　彼らが保安官に通報するわけがない。

もし恐怖で頭が真っ白になり、追い詰められたと感じたら、そのときは撃つことも考えられる。擁護できない悲惨な意味での自己防衛のために。つまり、犯人は自分の評判を守るために殺したのかもしれない。

とはいえ、ジョニーにウィルソンを撃つ理由がないとしたら、ドムにはもっとないことになる。ウィルソンはドムの命綱だった。ドムを医者に連れていくのも彼だったし、おそらくドムの親戚だから、病院のカルテにはウィルソンの住所と電話番号が記されているだろう。保安官もそのことを考えたはずだ。すでにファイルを入手したのかもしれない。裁判所命令が必要でないかぎり。きっと必要なのだろう。

クレミーは目のまえの男のことを〝保安官〟だと思っているが、本名はちゃんと知っていた。ベイ・ベネット。彼は職業と完全に融合している。つまり、クレミーにとっては味方ではなく、危険な存在だということだ。

ジョイスと一緒に彼女の家に泊まることはできない。ジョイスは家の鍵を持っていないのだから。クレミーは思った。かといって、ジョイスにジョニーから鍵をもらってほしいとも思えない。ジョニーとボロバスクが、ある種のチームだとわかったからには。

ジョニーとボロバスクという組み合わせは、クレミーにはどうにも不可解だった。ジョニーは悪人ではなく、ただ鬱陶しいだけの人だ。邪悪さが鬱陶しさから生まれるのでないかぎり。たとえば、誰かが鬱陶しく振る舞い、別の誰かが過剰に反応したりすることで。

駐車場の奥、ジョイスの車のなかで、彼女が奇妙に不自然な体勢を取っていることにクレミーは気づいた。後部座席に両膝をつき、身を乗り出して、何かをうしろの荷室スペースに押し込んでいるように見える。もし土砂降りの雨でなかったら、彼女は外に出てハッチバックドアを開けていただろう。そのほうがずっとやりやすかったはずだ。

「友だちが泊めてくれると言ってるんです」クレミーは保安官に言った。デクスター・リヴァー高校の友人たちに返信するのを忘れていたことに気づく。三人からの誘い。彼女はマーヴィンの誘いを受けるつもりでいる。彼はとてもいい人だ。

心ならずも、クレミーは不変の問いに思いわずらっていた。彼は結婚しているのかしら？　彼が運命の人なの？　わたしたちは恋に落ちる？

指がズキズキと痛んだ。なぜ薬局で鎮痛剤を買わなかったのだろう？

クレミーはジョニーが関与しているというシナリオを却下した。ウィルソンを殺したのはドムだ。家族の悲しい諍い、内輪揉め、災難。おそらく――かならずしもそうとは限らないけれど――ボロバスクの金をめぐってのことだろう。いまは大きな買い物はもとより、ちょっとした買い物ですら現金を使うことは難しい。ドムが百ドル札で暮らしていくことは、簡単なことではないはずだ。

「さて、ミズ・スティーブンス、殺人はドミニク・スペサンテのゴルフカートのなかで起こり、そのゴルフカートは彼のガレージにあった。つまり、ドムが撃ったと思われる。そうですね？」

保安官の抑揚から、世間話をしているわけではないこと、これが穏やかな口調の尋問であることが伝わってきた。「わたし、完全にぼろぼろになってしまって」クレミーは言った。ほんとうのことだ。まるで頭と思考がどこかに漂い、見えないところに消えてしまったかのようだ。「さっき、ウィッグをつけていないところを見られてしまったから。髪がないとまともに考えられないんです」

彼は笑みを浮かべた。「わかります。でも、いまはちゃんとつけている。大きな巻き毛の、きれいな赤茶色の髪。すてきですよ」

「すてきに見えるはずないわ。泣いていたから、長いあいだ。少なくとも、長いと思えるあいだ。ドムのことが心配でしかたないの。ウィルソンも気の毒でしかたない。あんなに若かったのに。どこかにいるウィルソンのお母さんとお父さんは、きっと悲嘆にくれるわ」

駐車場では、ジョイスが車から降りようとしていた。巨大なゴルフ用の傘を空に向かって広げ、その乾いた傘布の下に立ちあがる。

「スペサンテ家の親族を探してるんですが、見つからないんです」保安官が言った。

結局、ジョイスはスーパーには行かなかった。傘で頭から肩まですっぽり隠れた彼女は、サンシティのゲートに向かった。おそらくシャーリーかベティ・アンがここに駐車するように指示したのだ。ジョイスのことだから、ポッドの女性全員（誰もがクレミーよりもおしゃべりでゴシップ好きだ）と片っ端から話をして、いまブルーライラックは大混雑で車は進入できないと説明を受けたのだろう。

「ドムのことで動揺しているのはあなただけですね」保安官は言った。

クレミーの目がぼやけ、涙があふれた。「彼はいい人ではなかったわ。でも、誰であっても、誰かを殺したりしてほしくない。終わることがないんだもの、死というのは」五十年前の彼女は、誰かが誰かを殺すことを気にしなかったけれども。ただ誰にも捕まってほしくないと思っただけだ。いまでもそう思っている。

保安官は口をつけていないコーヒーをかき混ぜた。ただ間を置くためだけの動作だった。「わたしは相当な数の殺人事件を扱ってきました」彼は言った。「大半の殺人犯は、立ち止まって考えることをしなかった人たちです。映画やテレビドラマとはちがって、計画性がない。怒りや恐怖に駆られ、衝動的に暴力を振るう。殺してしまってから、さてどうしようとなる。死体はどうすればいい？　何を処分すればいい？　何を隠せばいい？　何を言えばいい？　どこへ行けばいい？　犯人が殺害後の準備を整えていた殺人事件には一度もお目にかかったことがない。人の命を奪うことは非常に恐ろしいことです。自分がしでかしたことを目の当たりにしたとき、犯人はあてもなく車を走らせたり、家に帰ったり、酔いつぶれたりする。家に帰るというのは一番多い選択肢です。事件前には計画を立てていないし、事件後にも立てられない。たとえ自宅が安全とはほど遠い場所であっても、そこを安全だと感じる。事件が起こり、彼らが勝手につまずき、それをわたしたちが見つける」

保安官は〝彼〟または〝彼女〟という代名詞を避け、現在単数としての使用も容認されている〝彼ら〟という代名詞を使った。犯人の性別を限定しないために。

保安官が代名詞を注意深く使用しているのは、わたしが犯人だと考えているせいなのかしら？　クレミーは訝った。彼はわたしを見て、ウィルソンを殺したかもしれないと考えているの？　それとも、わたしが五十年前の殺人の波動を発しているせい？

ジョイスは駐車場の水たまりを避けて歩いている。上等なサンダルを台無しにしたくないようだ。クレミーは感心した。殺人のことを考えていても、ジョイスは靴にまで気がまわるのだ。

「ところで、ご近所のジョイスは、あれこれと目を光らせるのが好きなかただそうですね。彼女に電話をしてもらって、あなたの電話で少し話をさせてもらえませんか？」

その話を鵜呑みにするほど、クレミーは耄碌していない。保安官はすでにジョイスの携帯番号を知っている。すでに電話をかけたが、ジョイスが電話に出なかったのだろう。発信者がヘレン・スティーブンスであれば、ジョイスが電話に出るだろうと思ったのか、あるいはクレミーの携帯電話を手に入れたいのか、どちらかだ。

「ジョイスはガルヴェストンに向かってるわ」クレミーは言った。厳密には嘘ではない。今朝ジョイスはクレミーにそう言ったのだから。

「あのふたりに何があったんです？　今日それぞれが錠前を交換していた」

ということは、保安官は誰かからジョイスが今朝早くに錠前を交換した話を聞き、そのあと、今度はジョニーが錠前を交換したのを目撃したのだ。一時間前に。それとも何時間もまえに？　それとも、ついさっきのこと？　こんな調子では、クレミーは証人としてまったく役に立たないだろう。「ほとんど滑稽ですらあるわね？　サンシティの住民はみんなどこかしら滑稽なんでしょうね、シニアモーメントが重なるときには」

保安官は否定しなかった。「ジョイスに電話をかけてもらえませんか？」

ジョイスの姿がゲートの向こうに消えた。

クレミーは絆創膏を巻いた手を膝にのせたまま、もう一方の手でサンシティ用の電話をテーブルに置いた。画面をタップして点灯し、連絡先をタップし、スクロールしてジョイスの名前を出し、またタップすると、携帯電話を耳に当てた。

「ヘレン」すぐにジョイスが出た。「大丈夫？」

「ええ、ジョイス。わたしは大丈夫よ。いまウェンディーズに来ていて保安官と一緒なの。保安官があなたと話したいんですって」
「いま渋滞中なの、ハニー。またね」
保安官と話すことは、クレミーの優先リストにも載ってはいない。しかし、ジョイスはこの事件に関与したくて戻ってきたのだ。家に帰るよりも、急いでここに来てクレミーの車に乗っていた美男子（ドリームボート）の話をするほうがいいはずなのに。だいたい家に帰ろうにも、錠前が交換されて、はいれないことはクレミーから聞いていて知っているはずなのに。

クレミーは彼女の家で、家宅侵入者（ボロバスク）と親しくしているジョニーの姿を思い浮かべた。ジョイスもそこに関与していたのだろうか？　まさかそんなことはありえない。

保安官はさらに質問をしたが、クレミーは答えることはおろか、聞くことすらできなかった。保安官の電話が鳴って、彼は顔をしかめ、同時にうれしそうな顔をした。「もう戻らなければなりません。ご自宅までお送りしますか？」

クレミーはひとりになりたくて仕方がなかった。
「ご親切に。でももう少しここにいて、フロスティを飲んでいくわ。せっかく買っていただいたんだもの」

26

ラドヤード・クリークの死後、クレミーは両親や兄や義姉を訪ねて頻繁に帰郷した。やがて兄夫婦に小さな姪、ペギーが生まれると溺愛した。ビリーに会いたくてたまらなかったが、スタンとは二度と会わないと約束をしていた。数年後、彼女がその約束を破り、ビリーをひと目見たいと車で訪ねてみたとき、ブーン一家はすでに引っ越していた。もう一度、彼らの居場所を探そうとする気にはなれなかった。

その時点での賢明な選択は、クレメンタイン・レイクフィールドに戻って、困難な二重生活に終止符を打つことだった。ストーカーが殺されたことで、ヘレンの名前を盗む理由もなくなったのだから。オハイオ州立大学にはいり直し、単位を取りおえ、きちんと学位を取得する。

ところが、その頃には世界はラテン語に対する関心を失っていた。全米の学校は、ラテン語をカリキュラムからはずした。クレミーが学位を取得する頃には——クレメンタイン・レイクフィールドとしては教職の経歴がなく、教育実習をしなければならないので、少なくとも一年はかかると思われた——ほぼまちがいなく、ラテン語の仕事に就くことはできないだろう。

だから、彼女はヘレン・スティーブンスとしてオハイオに残った。

クレミーが再び家族を見つけたのは、フェイスブックが発明されたあとのことだった。ごく初期——まだ人々がフェイスブックが何なのかほとんど知らなかった頃——に、彼女の生徒たちが、ミス・スティーブンスを説得し、フェイスブックのアカウントを取らせた。クレミーはひと文字も投稿せず、写真の一枚も載せなかったけれど、子どもたちから友だちを見つける方法を教わった。〝ウィリアム・エイムズ・ブーン〟(ビリーはウィリアムの愛称)と入力してみると、成長した息子とその妻、子どもたちのすてきな写真が出てきた。彼は出身高校と出身大学、現在の勤務先、居住している町の名前まで細かく経歴を記入していた。

彼はクレミーの友だち申請を受理した。彼女が誰なのかと不思議に思うことすらなかったようだ。いまはそんなことはありえないが、フェイスブックが始まった頃には、人々はプライバシーが失われることを恐れていなかった。ただ、友だちの数が多いことに喜びを感じていたのだ。

ウィリアム・A・ブーンは早い段階で熱意を失い、ほとんど投稿しなくなったが、彼のふたりの子どもたち(クレミーは彼らとも友だちになった)は四六時中、投稿していた。インスタグラムを発見すると、そこでもそのふたり——ケルシーとマック——をフォローした。彼らが投稿した写真、動画、キャプションから、クレミーは家族について驚くほど多くを学んだ。一家がシャーロットに移り住むと、クレミーはすぐに退職し、シャーロットのすぐ南にある、暖かくフレンドリーなシニアタウン、サンシティに引っ越したのだった。

もしブーン一家がこのことを知ったとしたら? クレミーは想像した。素性の知れない女がフェイスブックで長年友だちだったことを。教会の信者席からじっと彼らを見つめていたことを。一度はレストランにまでついてきたことを。そんなことが可能なのは、子どもたちが実質的に、ほぼあらゆることを投稿しているからだ。ケルシーはインスタグラムに夕食の写真を載せるのが好きで、クレミーは彼らが外食したときに何を注文したかまで知っていた。

保安官もサンシティのゲートを通って消えたとき、クレミーは新しい使い捨て携帯電話を持ってウェンディーズを出た。外はまだ暑かった。傘をさして、自分の車に向かう。

今日は土曜日。クレミーは思った。明日は教会の日だ。

人々は好んで毎週同じ列に座るから、ブーン一家が聖救世主教会のどの列に座るのか、クレミーにはいつもわかっている。彼らのすぐうしろに座ってみようか。そうすれば実の息子であるビリーが、振り返って笑顔で握手し、「あなたに平安がありますように」と言ってくれるだろう。そうしたら、クレミーはついに平安を見つけられるかもしれない。

だめ。彼女は悲しく考えた。平安を見つける方法は、これをやめることよ。二度とあの教会には行かないこと。フェイスブックとインスタグラムでケルシーとマックをフォローするのをやめること。

きっぱりと。

涙のたまったクレミーの目が、ジョイスのライムグリーン色のスポーティな小型車に留まった。うしろの荷室スペースに花が詰まっているのが見える。冷蔵庫を空にしてまで入念に準備をしてテキサスに旅立った人が、なぜ腕一杯の生花を買うのだろう？

クレミーはジョイスの車に近づいた。

まちがいなく白内障の手術をしたほうがよさそうね。クレミーは思った。生花に見えたものは、ジョイスが前回のクルーズ旅行のために新調した旅行カバンの二点セットだった。そのヴェラ・ブラッドリーのセットには、黒地におなじみの鮮やかな花が描かれている。どうしたらこの花が本物に見えるのか、クレミーにはさっぱりわからない。三つ目は、明るいピンクのハードタイプのスーツケース（おそらくヴェラ・ブラッドリーではないだろう）。四つ目は、ほかのものに押しつぶされて見えないが、小さな使い古された紺色のダッフルバッグだ。ジョニーが持っていそうなバッグで、ジョイスならば、ごみ箱とはいかなくても、すぐさまリサイクルショップに持ち込みそうな代物だ。

クレミーは雨に濡れて滑りやすいアスファルトの上を急いで歩き、サンシティのゲートまで行くと、暗証番号を入力した。スローモーションのように、ゆっくりと歩行者用ゲートが開いた。この五分ほどのあいだに三回目の開閉だ。クレミーは小さな丘をくだりながら、きっといまごろジョイスが、玄関のドアの錠前と格闘しているだろうと思った。しかし、クレミーの目にはいったのは、ドムの玄関からなかにはいる保安官の背中と、ジョイスのドライブウェイに停まっているジョニーの白いトヨタ・アバロンだった。ガレージのドアは開いていた。ジョイスは自分の車からリモコンを持ってきて、ガレージから家のなかにはいったにちがいない。クレミーはガレージの奥まで行き、ユーティリティルームのドアを試した。驚いたことに、殺人のあった日だというのに、ジョイスは鍵をかけていなかった。そこでクレミーは「ごめんください！」と呼びかけながら、なかにはいった。

「バスルームにいるの！」ジョイスの声がした。

ジョイスはハンドバッグをキッチンカウンターに無造作に置いていた。コマドリの卵のような薄い青色の、かわいらしいエナメル革のバッグで、小さなAのような形をしていて、華奢な持ち手がついている。彼女がふだん使っているハンドバッグの半分のサイズもない。こんな小さなバッグには、ジョイスのキンドル（つねに持ち歩いている）は絶対にはいっていない。それからジョイスの――

――銃も。クレミーは思った。ジョイスは銃を持っていない。

隠して携帯する銃（コンシールドキャリー）の許可証を持つほど護身に気を配っている女性なら、数百キロの旅行に出るときにも銃を携帯するだろう。おそらくジョイスは車に残してきたのだ。シートの下に。しかし、彼女は自宅のある通りで殺人事件があったことを知っている。いまこそ武装すべきときではないのか？　それともテキサスに出かけるときに銃を荷物に詰めるのを忘れたのだろうか？　結局のところ、ジョイスが出発したときには、誰も殺人のことは知らなかった。ジョイスはジョニーのことで取り乱していて、まともに考えられなかったのかもしれない。

とはいえ、ハンドバッグを変えるときには、ベッドの上に全部中身を空けて、それから移し替えるものだ。ベッドカバーの上に転がるリボルバー（または、ジョイスがどんな銃を持っているのであれ、とにかくその銃）に気づかないわけがなく、忘れることなどありえない。

トイレの水が流れる音がした。

クレミーはキッチンの横長の浅い引き出しを開けた。ジョイスとジョニーがこまごました雑貨をしまっている引き出しだ。リップクリーム、ペーパークリップ、マジックペン、クリップ留めサングラス、窓拭き業者の名刺、巻き尺。そこから、ジョイスの車のスペアキーを取ると、急いでガレージから外に出て、ブルーライラック通りを渡り、ゲートを抜けて、駐車場に戻った。雨に助けられた。人々は、警察も含めて、ほとんど外が見えない住居のなかにいた。彼女は自分の車に乗り込むと、ウェンディーズの駐車場をぐるっとまわり、ジョイスの車の横に停めた。

雨のなか傘もささずに外に出ると、栗毛のウィッグはポリエステルのように水をはじいた。ジョイスのスペアキーで、クレミーはハッチバックドアを開けた。ジョイスは背が高くて力があり、なんでも簡単に動かせるし、なんでも手が届く。クレミーにとって、三つのスーツケースをどかすのはひと苦労だった。結局、後部座席に乗り込んで、ダッフルバッグを引っ張りださなければならなかった。ジョイスがやっていたように。クレミーはダッフルバックを後部座席に置き、上部にある唯一の太いファスナーを開けた。

百ドル札の札束。

ダッフルバッグを前後に揺すって、札束を動かした。なかにはお金以外は何もはいっていない。バッグは予想していたよりもずっと重かった。それはつまり、彼女が推測していたよりも多額の金だということだ。クレミーはダッフルバッグを自分の車の助手席に積み込み、ジョイスのライムグリーンの車に鍵をかけた。誰かに見られていないか、あたりを見まわすことはしなかった。あたりまえのことをしているだけのように振る舞えば、周囲の人々もあたりまえのことをしているだけだろうと思うものだ。それにスーパーの駐車場では、誰もがバッグを持ったり動かしたりしている。

人生は選択の連続だ。クレミーは過去に多くの悪い選択をしてきた。次の選択について、もっとゆっくり考える時間があればいいのに。数分ではなく、数日、数週間は欲しかった。いま一番望んでいることは何か？　クレミーは考えた。それはボロバスクを人生から追いだすことだ。どうすればそれができるか？　彼女が取りにきたお金を渡すことだ。

彼女は車でサンシティに戻ってゴルフ場の駐車場まで行き、鍵のかかっていないレンタカーの横に車を停めた。ダッフルバッグをレンタカーの助手席の床に移すと、自分の車に戻って運転席に座った。オートロックがかかった小さく安全な空間に。クレミーは涙を流していた。車の冷房が彼女の体を骨の髄まで冷やした。

彼女は現代人らしく、携帯電話に逃げ込んだ。片手を使って、グーグルの世界に没入する。それだけでまるで何かを成しとげたように感じられた。百万ドル分の百ドル札の重さは、インターネットによれば、約十キログラム。

クレミーはいつも一袋二・五キロの砂糖を買っている。あのダッフルバッグはまちがいなく三袋分の重さはある。四袋かもしれない。となると、なぜボロバスクがあれだけ熱心に探したのかも説明がつく。どうやってウィルソンが百万ドルを盗んだのかは不明だが、それはクレミーの問題ではない。それについては、いまとなっては、ウィルソンの問題でもない。

それがどうやってジョイスの手に渡ったのかについては、あとで考えよう。クレミーは家族用の携帯電話の履歴を見て、ボロバスクの携帯番号を確認すると、使い捨て携帯電話でテキストメッセージを作成した。新しい折りたたみ式携帯電話は、番号ボタンを使ってアルファベットを入力するという、いささか古風な文字入力方法だったが、最終的に必要なメッセージを完成することができた。**『レンタカーの助手席に現金あり』**

そのメッセージを送信し、クレミーは匿名で送ることができたことに満足した。送信者は誰であってもおかしくない。ドムでもコグランド夫妻でもジョイスでもジョニーでも。しかし、ヒューンという小さな送信音が鳴ったとき、そのメンバーのなかで、レンタカーのことを知っているのは自分しかいないことに気づいた。ボロバスクがクレミーからのメッセージだとわからないはずはない。結局のところ、彼女には悪知恵を働かせることなど無理だったのだ。安心できる場所を求めて、あてもなくあちこちを駆けずりまわり——まさに保安官が言ったように——勝手によろめいて馬脚を現す老婆でしかなかった。

クレミーはボロバスクが即座に行動を起こしてくれるよう祈った。

車でゴルフ場の駐車場を出て、マリーゴールド通りを走り、今度はホワイトリリー通りの角で曲がり、クルドサックの奥まで進んで駐車した。ゲートからショッピングモールに出て、二キロ近い道のりをずっと歩いていくのでないかぎり、ボロバスクはかならずクレミーの目のまえにある通りか、庭を横切るはずだ。

次に、自分のスマートフォンで、ボロバスクが利用した空港のレンタカー会社の番号を調べ、それから使い捨て携帯電話から電話をかけた。「もうすぐ返却されるそちらのレンタカー、ヴァージニア州のナンバープレートのダークレッドのセダンには、麻薬と麻薬資金が詰まっている。警察を呼んで」クレミーは相手が何か言うまえに通話を終了した。もう一件グーグル検索をして、もう一本電話をかけて、同様のメッセージを空港警備員にも伝えた。

使い捨て携帯電話の利用価値はなくなった。それが実際に価値をもたらしたのだとして。彼女が実際に面倒な文字入力以外の何かを達成できたのだとして。ボロバスクが車に向かうところを見かけたらすぐに、その電話と驚くほどの量の包装材を処分するつもりだった。

ヘレン・スティーブンスの家のなかは暗く、ジョニーにはあまり見えなかったが、若い男が立っていることはわかった。スタイリッシュなサングラスをかけ、帽子を目深にかぶり、黒いジャケットを着ている。まるで映画から飛びでてきたような男だ。ひと言も口を利かず、微動だにしない。

警官か？　麻薬売人か？　殺人犯か？

「やあ」ジョニーはのんびりした声を出そうとした。「向かいに住んでる者なんだが、ヘレンの様子を見にきたんだ」笑みを浮かべようとしたが、口角は思うようにあがらなかった。

「どうしてベルを鳴らさなかった？　ノックもしないで？」男の声はやわらかだった。まるでジョニーを窒息させることができる真綿のように。

「おれたちはみんな親しくてね。互いの家をしょっちゅう行き来してるんだよ」

「彼女が怖がるとは思わなかったのか？　誰かが無言ではいってきて、歩きまわったりしたら？　隣りの家で殺人事件があったときに？」

「考えてなかったよ」ジョニーは両手を広げて肩をすくめ、玄関のほうへ一歩踏みだした。

男がジョニーの行く手をふさいだ。男はジョニーほど体が大きくはなかったが、若さゆえのしなやかな強さを持ち合わせている。調子のいい日にすら、もはやジョニーには持ちえない強さを。しかも今日は調子がいい日ではなかった。ジョニーは、ときどき強烈に覚える若さへの嫉妬を感じた。それから愚かさも。長年、狩猟や射撃をしてきたというのに、いざというときに身を守るものがないとは。銃はガレージの床に置いたブーツのなかにある。

どうせ使えやしなかったさ。彼は思った。この男はおそらく覆面警官だろう。

「彼女が家にいないことは知ってたはずだ。そうでなきゃ、ドアを開けたときに声をかけただろう」

「そのとおりだ」ジョニーはすばらしい考えを思いついた。「ここで誰かが動きまわっているのが見えたのさ。家には誰もいないはずなのに。きみはここで何をやってるんだい?」

「この壁の反対側には警察がいる。どうして警察に確認してもらわなかった?」

「混乱したんだよ。たくさん薬を飲んでいるものでね。早期アルツハイマーの薬も。アリセプトを飲むと、頭のネジがゆるみはじめるんだ」ジョニーはアリセプトを飲んでいないし、記憶障害もない。つまり、あとで対処しなければならない嘘をさらに重ねたことになる。ほんとうに早期アルツハイマーを発症したのかもしれない。ジョニーはふと思った。そうでなければ、どうして殺人事件の捜査の真っ只中に、通りを渡って隣人の家に忍び込んだりするだろうか?

「あんたも売人なんだな」若い男が言った。「あんたとウィルソンとドムとヘレン」

ジョニーの直感は正しかった。ヘレンが鍵なのだ。いやはや驚きだ。「いや、おれはちがう。おれはただ、ウィルソンから頼まれたものを預かってただけだ。それは車に移した。きみに渡すよ」一緒に外の通りに出たら、大声で警察を呼ぼう。ジョニーは考えた。実際、警察も通りにいるだろう。いや、雨が降っているからいないか。

ジョニーはじりじりとドアに近づいた。この男はおれを傷つけたりしない。そう自分に言い聞かせる。できっこない。なぜなら、この男の言うとおり、壁の向こうには警官がいるからだ。ジョニーはもう一歩踏みだしたが、濡れた靴をウェルカムマットの端に引っかけて、よろめいた。

高齢者および彼らの長期的な健康維持に対するいかなるアドバイスでも、敷物は使うべきではないと強調している。なぜなら転倒は高齢者の最大の敵であり、敷物がその原因となることが多いからだ。ジョニーは一度も転んだことがなく、自分のバランス感覚とソフトボールができる運動能力を誇っていた。いま転倒しているのは――ジョニーは思った――考えることが多すぎたせいにちがいない。彼は自分の体を支えるために両手を突きだし、家宅侵入者の脚に向かって倒れ込んだ。

このあたりに住む人々は誰もが哀れに年老いて、何ひとつ昔のようにはできなくなっていたが、目のまえの男が突進してきたとき、ボロはそんなことを考えもしなかった。飛びのきながら、とっさにナイフを出し、老人の腕と胸を切りつけた。前腕の皮膚はぱっくりと開いて肉が見え、老いた胸には浅い切り傷が走った。

傷にショックを受けた老人が腕を振りあげた。血しぶきが弧を描いて小さな玄関ホールに、それからボロの服と壁に飛び散った。

ボロは即座に理解した。この老人を切りつけたのは過去最悪のミスだということを。この血だらけの場所から立ち去ることはできない。たったいま、ボロは自分を深刻な事態に追い込んだ。隣りの警官たちはただジタバタしているわけではない。状況が見えないために、このブロックを行ったり来たりして、ひょっこり何かに出くわすのを待っているのだ。ひょっこりこの家にはいれば、警察はその何かをつかむことになるだろう。

このじいさんはおれの金を持ってない。ボロは思った。もし持っていれば、いまごろ家に閉じこもって札束を数えていたはずだ。こいつはラテン語教師が金を持っているんじゃないかと思って、ここに探しに来た。だが、あのばあさんは金を持ってない。二番目と三番目の家にもない。

ボロは老婆が与えたチャンスを生かすべきだった。彼女の車で脱出するか、テレビレポーターのあいだに紛れ込むか、裏のゲートから駐車場に向かうかすべきだった。しかし、彼は狡猾に立ちまわり、まちがいなくドムという男が持ち去ったはずの現金を探しつづけた。そこらじゅうに血を噴きだしているこの男は、探すべき金があることを知っている。ということは、彼もこの件に関わっているということだ。ボロはブルーライラック通りの九軒の家のうち四軒がグルだという事実を把握していなかった。ここは実質的に麻薬カルテルだったのだ。

ボロは男のポケットのひとつから携帯電話を、別のポケットから大きな鍵束を取りだした。すごい数の鍵を持っている。なんだこれは？　ボロは思った。こいつはクルドサックのどの家にもはいれるように準備していたのか？

男は自分を抱きかかえるようにして止血していたが、血は傷口からたえまなく流れつづけている。ひざまずいたまま、まるで喉を掻き切られた動物の生贄（いけにえ）のように——実際に切られたのは胸だったが——男はボロを見あげた。「おれは抗凝血剤を飲んでる」男は乱暴に言った。「血が固まらないんだ！　タオルか何か取ってくれ。救急車を呼んでくれ」

27

ウィルソンがドラッグを取引してることは知ってた。ジョニーは思った。危険な世界だとわかってた。それなのに逃げだすこともドアを閉めることもせず、おれは興奮して大喜びで犯罪に近づいた。でも、犯罪とはこういうものなんだ。

ヘレン・スティーブンスの趣味のいい小さな家で、ナイフで切りつけられ、血を流して、ウィルソンを殺した犯人のまえでひざまずいている。まったくありえないようなことが現実に起こっていた。

「あんたはどの家に住んでる?」男が尋ねた。まるで家に住むことが犯罪であるかのように。

ジョニーは傷口を強く握りしめていて、指さすことができない。そこで背筋を伸ばし、ヘレンの玄関ドアのガラス窓から外を見て、ジョイスの家のほうを頭で示した。が、とたんに困惑する。ガレージのドアが開いているのだ。ちゃんと閉めたはずなのに? ガレージでウィルソンの私物を回収したときにドアを閉めたはずなのに? ここに来るときは、玄関から出てきたのに? ガレージから出てドアを開けっ放しにしたなんてことは、ありえないのに? 彼のトヨタ・アバロンは――トランクにウィルソンの私物を隠してある――まだドライブウェイに停まっている。車はロックしただろうか? もちろん、それも思いだせなかった。

「誰かと一緒に住んでるのか?」

「妻と」ジョニーは答えた。ジョイスとの関係を説明するよりも簡単だったからだ。どちらにしても、その関係はもう終わっていたのだが。

車のボディ全体に、三十センチほどの高さの『SHERIFF（保安官）』というデカールを張りつけたパトカーが、彼らの限られた視界のなかをゆっくりと進んでいく。ジョニーは保安官がいなくなって安心すべきなのか、絶望すべきなのかわからなかった。

それから、驚いたことに、ガレージの奥、ユーティリティルームのドアが開き、ジョイスが顔を出して、通りを眺めた。「彼女が家にいる」ジョニーは仰天して言った。どうしてジョイスが家にいるんだ？　車はどこにある？　そろそろコロンビアの南あたりに（それともアトランタあたりまでか？）たどり着いてる頃じゃないのか？

彼女はジョニーに二通のメールを送ってきた。一通目は怒りに満ち、小切手帳のことと、彼を追いだす決意が書かれていた。もう一通は、その少しあとに届き、これからガルヴェストンに行って、落ち着くまで妹のところに泊まるという内容だった。そんな彼女がここにいる。おれがガレージを片付けていたとき、ジョイスは家にいたのだろうか？　ジョニーは訝った。思いもよらないような場所から、スパイよろしくおれを見ていたのか？

「どうして家にいたら驚くんだ？」男が尋ねた。

「ガルヴェストンに行ったんだ。その、そうだと思ってた」

「それで？」

ジョニーは激しく身を震わせた。ジョイスを守らなければならないような気がした。だが、何から守るのか？　ジョイスの決断がこの男にとって、ウィルソンを殺した犯人にとって、いったいどんな意味があるというんだ？

ジョニーは前腕の傷の縁を押さえ、血を封じ込めようとした。「彼女は妹を訪ねることにした」ささやくような声が出た。まるで弱り切って、もう普通には話せないかのように。「でも、結局ここにいる。おれが寂しがると思ったのか、それともヘレンを助けないといけないと思ったのか。隣りで殺人があったから」

膝が痛んだ。もし立ってもいいと言われても、立ちあがるのに難儀することだろう。ここでどういう結果になるにしても、おれはもう破滅だ。むしろ、この男にもう一度切りつけられたほうがいいのかもしれない。そうしたらおれは被害者になり、なんの罪もない。もし何かで有罪になっても、死んでしまえば恥辱や服役で苦しむこともない。

男がジョニーの顔にナイフを突き立てた。ジョニーはズボンに大便を漏らしてしまうのではないかと恐れた。

「彼女はいつ車で出かけると決めた？」男が鋭く尋ねた。まるでそれが重要であるかのように。まるでジョイスが何かと関係しているかのように。

「ええと。昨日の夜、だと思う。メールが来たのは、えっと、今朝だったはず」

「あんたには何も話してなかったのか？」

「話してない」

「あれは彼女の車か？　白いアバロンは？」

「いや、あれはおれの車だ。彼女の車は見当たらない」

「どこに置いてあると思う？」

ジョイスは運動が嫌いだ。必要がなければ一歩たりとも歩こうとしない。障がい者用ステッカーを手に入れて、店のすぐ横に駐車できる日を待ち望んでいる。そんな彼女がどこかから歩いてきた。シャーリーの家か、ベティ・アンの家から？　「たぶん、角を曲がったところに駐車しなきゃならなかったんだろう。ほかの人と同じように」

彼らは雨の通りの向こうを見つめた。空っぽのガレージを。ジョイスを。太っているジョイスは、奇妙なほど攻撃的な顔つきをしたまま、室内に引っ込んでドアを閉めたものの、ガレージのドアは開けたままだった。

ジョイスはなんの心配もしていない。ジョニーは思った。そうでなければ、ガレージのドアをおろして、さらに身を守る行動をとるはずだ。彼女はおれが近くにいることを知っている。車があるから。ガレージのドアを開けているのは、おれを待ってるからだ。小切手帳について話をするつもりだ。和解しようとしているか、または、おれを殺そうとしている。

「ところが突然、昨日の夜、彼女はテキサスに行く必要ができた」男がゆっくりと言った。真剣な顔で考えてから言った。「いいか、おれはジェイソンだ。記者のジェイソン。これから、あんたたちはおれのインタビューを受ける。あんたの家のリビングに座って、奥さんも交えておしゃべりをする」

この男がジョイスに偽のインタビューをしたい理由がなんであれ、ジョニーには見当もつかない。いま考えてみれば、ジョイスが戻ってきたのは、向かいの家で起こった刺激的な殺人事件を、見逃す気にはなれなかったからだろう。おれの死も刺激的だろうか。ジョニーは思った。いや、ちがうな。ただの愚かな死にすぎない。

男の携帯電話がかすかに振動する音が聞こえる。彼はちらりと画面に目をやり、顔をしかめたかと思うと、半笑いになり、やがて考え込むような顔をした。もはやこれまでか。ジョニーは思った。この男には行くべき場所、会うべき人があって、おれが邪魔になる。ついに殺されるときが来た。

男はヘレンのキッチンにはいり、ヘレンのオーブンの横長のドアハンドルにきちんと掛けられた、パリッとアイロンを当ててある布巾を取ると、それをジョニーに差しだした。ジョニーは腕の傷口から手を放すのに苦労し、傷口を布巾で巻こうとするのにさらに苦労した。前腕を横切る傷痕は深くなく、何針か縫えばふさがりそうだ。ただ問題は傷ではなく、このままでは血が固まらないことだ。じゃあ、どうすれば固まるんだったか？　ある種の解毒剤として、血液凝固剤を投与する？　それとも延々と輸血して、流れでるよりも早く、血を流し込む？

ジョニーは布巾の両端を片手で持つと、ぎゅっと引っ張って、傷口を押さえつけた。胸に走る傷痕は、手当のしようがなかったが、深刻なものではない。ほとんどはシャツの生地が切れただけで、一ヵ所だけ、太ってだらしなく肉がたるんだ胸のあたりを、ナイフがとらえていた。もし抗凝血剤を飲んでいなければ、特大のバンドエイドを貼るだけで問題なかっただろう。

この男はどうやってここにはいり込んだのか？　実はヘレンが——本人は否定していたが——ドムに合鍵を渡していたとか？　ドムもこの男もしょっちゅうヘレンの家に忍び込んでいたとしたら？　ヘレンもそのことを知っていたのか？　それとも知らなかった？

ヘレンがすやすやと眠っているあいだに、ナイフを持ったやくざ者がこっそり彼女の家に出入りしているさまを、ジョニーは思い浮かべた。

この家に来たときには——十分前か、はたまた遥か昔か——ジョニーはヘレンがこの騒動に一枚嚙んでいると考えていた。だからこそ、ここに来て、彼女が隠している金を探そうとした。しかし、ここでひざまずいていると、彼女がドムはもちろんのこと、この男と関わっているとはとても思えない。少なくとも、麻薬の売人は布巾にアイロンをかけるどころか、畳むことすらしないはずだ。そもそも布巾など持っていないだろう。

もしこの男がウィルソンを殺したのだとしたら、ドムはどこにいる？　ジョニーは思った。あいつも死んだのか？　ふたつ目の遺体があるのか？　だから警察がずっと慌ただしくしているのか？　別の場所で別の殺人事件を捜査しているから？

ヘレンの家にいた男はいつのまにか別人のようになっていた。ノートと鉛筆とアイパッドを持ち、首からカメラを粋にぶらさげている。サングラスを持ちあげて額の上にかけていた。普通に見えるだけでなく、ハンサムに見えた。そして若い。二十か、二十五か。ウィルソンは何歳だったのか？　脂肪の層が年齢を曖昧にしていたが、ウィルソンも二十五歳くらいだったのだろうとジョニーは思った。

ナイフは影も形もない。

「立て」若い男が言った。

ジョニーは布巾から手を放すしかなかった。壁を這うようにして体を起こし、立ちあがった。壁の塗料に血まみれの手形がついた。

「ドアを開けろ」男は命じた。

ジョニーはヘレンの玄関のドアを開けた。この男を家に連れ帰るわけにはいかない。家にはジョイスがいる。通りの真ん中で立ち止まるんだ。助けてくれと叫べ。まだドムの家には警官が残ってるはずだ。

ジョニーはまた腕を布巾で押さえつけた。血が滴りおちたが、歩道に跡が残ることはないだろう。雨が洗い流すはずだ。とはいえ、雨は小降りになりはじめていた。空の大部分がいきなり青になっている。じきに嵐は止み、みんな外に出てくるだろう。警察が助けてくれるはずだ。ジョニーは思った。ヘレンを助けようと思って家にはいったと説明しよう。

男はジョニーの肘をつかんだ。ジョニーはいまにも失神しそうだったので、ちょうどよかった。ふたりは小さな川のように水が流れる側溝を踏み越えた。

長年の日焼けで薄くなった皮膚にナイフの尖端を押し当てられていたので、ジョニーは道の真ん中で立ち止まりそこねた。若者はジョニーをアバロンまで連れていくと、小声で言った。「運転しろ」それからドアを開けた。ジョニーは運転席に腰をおろした。ああ、よかった。家にははいらないのか。ジョイスは安全だ。

男は若者にしかできないすばやさで、助手席に乗り込むと言った。「エンジンをかけろ。車を出せ」

ジョニーがスタートボタンを押すと、エンジンがかかった。男がジョニーのスマートキーを持っており、キーが近くにさえあればエンジンがかかる仕組みだからだ。誘拐犯の手にあることなど、エンジンには知りようもない。ジョニーはドライブウェイからバックで車を出し、路上駐車する車両を避けながら進んだ。血まみれの手のなかでハンドルが滑った。

「これから空港に向かう」男が言った。「おれを降ろしたら、医者に行けばいい」

おれを生かして帰すつもりなのか？　ジョニーは訝った。おいおい、おれをそこまで信じられるわけがないだろう？　病院に行くまえに、空港警察に駆け込まないとどうしてわかる？　どうせおれは殺される。何か回避する方法を考えなければ。だがいまは、怖くてたまらなくて、ぼんくら頭になってる。

ジョニーの車は、一台のメディアのバンを通りすぎ、雨が小降りになってさっそく外に出てきた人々を通りすぎた。路上に駐車した何台もの車から、自宅の玄関先から、外をのぞく大勢の野次馬も通りすぎた。さらに保安官の車も通りすぎたが、誰も出てこなかった。

車両がひしめくあたりを過ぎたところで、男が言った。「ゴルフ場にはいれ」

若者はジョニーに指示して、車を無地の臙脂色のセダンの横に停めさせると、魅惑的な笑みを浮かべた。「おれの金はあの車のなかにある。山分けしようぜ、相棒。おれはおまえを買収する」男は身を乗りだし、アバロンのエンジンを切ってから、外に出た。

ジョニーは車のエンジンを再始動させようかと考えた。スマートキーは若者のポケットにあるとはいえ、充分近い位置にあるから、再始動は可能だ。だが、目のまえには別の車が駐車していて前方には進めない。バックしようとすると、開けたままの助手席のドアが隣りのセダンにぶつかるだろう。血を流しつづける状態で、計画を練ることはできなかった。ジョニーの目算では、さほど出血したわけではなさそうだったが。カップ一杯もないだろう。献血をしたら、カップ一杯は取られるんじゃないか？　一パイントだったたか？

一パイントはどれくらいの量だ？　どっちにしても、献血後に出されるのはクッキー一枚とオレンジジュース一杯だけだ。カップ一杯分の血液を失っても、死にはしない。

若者は臙脂の車からダッフルバッグを降ろすと、すぐにアバロンに戻り、そのバッグを運転席と助手席のあいだのセンターコンソールにドスンと置いた。「開けろ」若者が命じた。

ジョニーはハンドルと布巾から手を放した。

「まず、ズボンで手を拭け」

ジョニーはカーキのズボンで右手の血をぬぐった。全部拭き取れたわけではなかったが。ファスナーは太く、ふたつのつまみが真ん中にきていた。彼は片方のつまみを手前に引っ張った。バッグのなかに、百ドル札が山のように積みあげられている。ジョニーはあんぐりと口を開けた。たまに小切手を現金化するときに百ドル札をもらうことがあったが、彼は百ドル札が好きではなかった。五十ドル札でもあまり好きではない。二十ドル札のほうが使い勝手がいいし、そもそもいつもカードを使っている。

「一番上の札束を取れ」若者が言った。

ジョニーは手に取った。

「札束の山のなかに破った新聞紙が詰まっていないか知りたい」若者は言った。「バッグを揺らせ」

ジョニーは揺らした。一番下まで、全部百ドル札だった。すごい。

これは誰の金なんだ？　ドムのか？　ウィルソンのか？　こんな大金がどうしてこの車にある？　全部でいくらなんだ？　ジョニーは知的に掛け算する余力がなかった。

手がかりを求めて、ナイフの男を見た。いったい何が起こってる？

何が起こっていたかというと、ナイフボーイが携帯電話でジョニーの様子を撮影していた。彼は携帯電話をジョニーに向け、再生してみせた。画面のなかで、ジョニーが熱心にダッフルバッグのファスナーを開け、なかに手をいれ、札束をひとつ取りだし、バッグを揺らし、うなずき、トロフィーのように札束を持ちあげたところが映しだされた。少し笑みすら浮かべている。

「そんなわけで」若者は言った。「これであんたは有罪になる。その金をあんたにやるが、覚えておけ。おれはいつでもその気になれば、あんたを刑務所送りにできる。さあ、車を出せ。空港に行くんだ」

ジョニーは521号線を北上した。

赤信号で停まり、青信号で進み、I-485号線に合流した。州間高速道路は渋滞してのろのろとしか進まなかった。この男を降ろしたら、町の反対側にある緊急治療施設に行こう。ジョニーは思った。

医者はなんであれ必要な薬を出し、腕の傷口を縫ってくれるだろう。怪我の理由を訊かれたら、狩猟用ナイフでふざけてたとか、芝居をしてたとかなんとか、ばかな真似をしてたとか、適当に言うとしよう。

そのあと自分の家まで車で行って、それから……

いや、まずはあちこちのファストフード店のごみ箱をまわって、ドラッグを少しずつ捨てなければならない。家に帰るのはそのあとだ。

それとも、ナイフボーイを降ろしたあと、警察に行くこともできる。殺人犯に誘拐されたと言えばいい。相手はナイフを持っていた。この金を持っていけと強要された。

しかし、ナイフボーイが捕まったら——飛行機に乗ってしまえば簡単だ、警察はどこであれ、着陸した先で待っていればいいのだから——さっきの動画を見せるはずだ。ジョニーも加担していたと言って。その動画はナイフボーイが正しいことを証明するだろう。共謀者ジョニーは満足げな顔で映っているし、さらに札束にも、ウィルソンのドラッグの容器にも、ジョニーの指紋がべったりとついているのだから。

28

バーバラ・ファーマーは銃を持参した。

最初はハンドバッグにいれていたが、手が届きにくいし、とっさに取りだせないかもしれないと考えた。そこでズボンのポケットに移したが、収まりが悪くて不快だったので、シャツとウエストバンドのあいだに押し込んだ。シャツの裾を出して着るという流行はまだ始まっておらず、シャツで隠すという発想がなかったので、銃はむき出しのままだった。そこでカーディガンを羽織って隠すことにした。彼女は不安で吐きそうだった。射撃場や狩猟のときに武装するのは平気だが、人間と話をするときにはそうはいかない。

本気であの男を撃つつもりなの？　バーバラは自問した。

わたしは裁判と陪審と法的な罰則を尊ぶ文明人のはずでしょう？

勇気を出そうと銃を撫でてみたとき、バーバラは熱く、暗く、震えるような興奮を覚えている自分に気づいてゾッとした。ラドヤード・クリークが犠牲者を襲う直前もこんな気持ちだったのだろうか？

バーバラとクレミー、そしてラドヤード・クリークが、海岸線を走る二車線道路の脇にある小さなピクニックエリアに集まったのは、夕暮れどきだった。その季節の影は長くやわらかで、ほどなく夜の帳をおろそうとしていた。陽が沈み、薄暗くなるなか、ラドヤード・クリークは笑っていた。

それが、バーバラが一番覚えていることだ。バーバラとクレミーを見て、あの男が笑っていたこと。楽しんでいたこと。招待客と冗談を交わすパーティに来てしまったような、奇妙でちぐはぐな感覚。

それから彼女たちが身構える暇もないほどすばやく、ラドヤード・クリークはクレミーに襲いかかり、凄まじい力で彼女の衣服を引き裂いた。ふたりは悲鳴をあげた。彼女たちは敵を甘く見ていた。圧倒的な成功を目論んでいたその夜、クレミーはまったくの無力だった。

銃口を人間の肉体に向けて撃つとき、どれほど自分の銃を恐ろしく感じるものなのか。バーバラは理解していなかった。彼女の両手は震えた。ラドヤード・クリークに狙いを定めることすらできなかった。彼がクレミーを抱え込んでいたからだ。

クレミーは唯一残された防御策を取った。身を低くして、体の重さを使って、少なくとも一部だけでもラドヤード・クリークの魔の手から逃れようとした。クレミーがうしろに倒れるようにして身を沈め、彼の胸がはっきりと見えた瞬間、バーバラは発砲した。

弾丸(たま)は完全にはずれた。

バーバラは銃をまじまじと見つめた。どうしてはずれてしまったのだろう？　するとラドヤード・クリークが、まだ笑みを浮かべたまま、クレミーを放りだし、バーバラに向かってきた。

後年、バーバラは、二メートル以内の近接戦において、五十パーセントが致命的な一発をはずすという記事を読むことになる。なんと半分の確率だ！　八メートル以内の武装戦では七十パーセントが完全にはずすという。射撃訓練でいくら腕がよくても、実際の戦闘で確実に仕留められるわけではないのだ。

二発目を撃とうとするバーバラを見て、ラドヤード・クリークはただ撃たれるような真似はしなかった。バスケットボールのコートでプレーする選手のように、ひらりと左に飛びのいた。バーバラはどこに狙いを定めればいいのかわからなかった。ラドヤード・クリークはにんまりと笑みを浮かべた。ハロウィンのジャック・オ・ランタンのように大きく歯を見せて、興奮を露わにした満面の笑みを。まるで犠牲者となるのは彼ではなく、バーバラであるかのように。

バーバラは二発目を発砲した。今度はラドヤード・クリークに当たったが、それでも彼の動きは止められず、バーバラは押し倒された。

あんなに練習してきたのに。バーバラは思った。現実ではなんの役にも立たないなんて。

そのとき、現実が瞬く間に変化した。ラドヤード・クリークの背後からスタン・ブーンが現れ、木製の柄のついた炭火焼用の鉄製の焼き網を、彼の頭蓋骨に叩きつけたのだ。

頭蓋骨が砕ける音を、バーバラはたしかに耳にした。

自分がやったことに恐れをなし、スタンは焼き網を暗がりに放り投げた。

バーバラ、スタン、クレミーの三人は、ラドヤード・クリークを囲んで見おろした。月は雲に隠れ、星は輝きをひそめた。バーバラは涙ぐみ、スタンは何事かをつぶやき、クレミーは喘いでいた。意識を失ったラドヤード・クリークは、銃創と潰れた頭部から血を流している。

三人は口裏を合わせて、ラドヤード・クリークの死を正当防衛として——それは事実だった——申告することもできた。

しかし、スタンはどうしてもこの件に関与したくなかった。息子のビリーに、実の父親がどれほど恐ろしい人間なのかを、養父がどれほど暴力的になれるのかを知られたくなかった。さらに法が三人を無罪と見なすともかぎらない。この事件を謀略と判断し、三人に殺人罪の有罪判決を出す可能性が濃厚だった。

バーバラは自分がレイプされたことも、ましてや男を撃ったことも、家族やまだ見ぬ未来の夫や子どもたちに知られたくなかった。

闇が急速に深まり、地面に横たわる男の姿は、覆いかぶさるようにして見おろす三人の目にすら、ほとんど見えなくなった。彼はピクニックテーブルのあいだの塚にすぎない。あるいは岩か、低木か。朝になるまで誰にも見つからないだろう。朝になっても気づかれないかもしれない。ピクニックエリアに朝食を食べにくる人などいないだろうから。

「ふたりはもう行って」クレミーは言った。「わたしが後始末をしておくから」

ラドヤード・クリークの胸はまだ動いているのか？

バーバラがささやいた。「指紋が残ってるわ」

「あなたの銃にしかついてない」クレミーは言った。「それは持ちかえって。どこか別の州で、いつか別のときに処分して。焼き網は、わたしが探して処分します、ミスター・ブーン。さあ行って！　ここにいるところを見られたら、ラドヤード・クリークがあなたたちを破滅させてしまう。たとえ死んだあとでも」

バーバラはガタガタと震えていた。「でも……でも、あなたはどうなるの？」

「何も。わたしがこの男と関係があったと知る人は誰もいない。行って、バーバラ。いますぐ。いつ、別の車がやってこないともかぎらない」

バーバラは逃げた。

スタン・ブーンは逃げなかった。「きみはほんとうに勇敢だ」彼はクレミーに言った。「あんな態度を取ってしまって恥ずかしい。申し訳ない」

そんな会話をしている暇はなかった。クレミーは彼を砂利の小道に向かって押しだした。「早く車で帰って。あなたの息子のためにも、わたしのためにも、ここを離れて」

「きみに報いを受けさせるわけにはいかない」

「誰も報いを受けたりしない。わたしも焼き網を見つけたら、すぐにここを出る。あなたの仕事は、わたしの息子を育てることよ」

スタンは砂利道を小走りで進み、どこであれ車を隠してある場所に向かった。

ラドヤード・クリークが小さな音を立てた。彼はまだ生きていた。

クレミーはすでに彼から何歩も離れたところにいた。あたりは暗く、かろうじてラドヤード・クリークの姿が判別できる程度だった。ましてや、小さな木の取っ手のついた小さな黒い焼き網が見えるはずもない。彼女は芝生の上に靴底を走らせて、前後左右に動かしたが、焼き網は見つからなかった。ピクニックテーブルの下で手と膝をつき、ぐるりと這ってまわったが、やはり見つからなかった。

クレミーは先ほどの乱闘の様子を思い浮かべた。四人が入り乱れて攻撃し、発砲し、かわし、投げつけた様子を。それからもっと大きな円のなかを探しはじめた。芝や砂利の上で靴を滑らせた。そうするうちに監督の車にぶつかって、押し戻された。

月が出て、その銀色の冴え冴えとした光が、ほのかに影を投げかけ、捜索の邪魔をした。いつなんどき、睦み合うカップルや、巡回中のパトカーや、仮眠を欲する運転手が現れないともかぎらなかった。焼き網は森の奥、十五メートル先まで飛んだかもしれない。クレミーは思った。警察なら見つけられるだろうけれど、わたしには無理だわ。

彼女は自分に言い聞かせた。スタンの指紋は木製の柄にも、油がこびりついた金網にも残らないはず。このバーベキューコーナーの焼き網は、一度も磨かれたことがないのだから。

クレミーはラドヤード・クリークに触れなかった。脈も取らなかった。レンタカーまで走って、公衆電話まで行き、オペレーターに救急車を要請することもしなかった。彼の呼吸が止まったことを確認してから、レンタカーまで歩いて戻った。車が道路を通りすぎるときは、道路脇の木々のそばや草むらにしゃがんで身を潜めた。クレミーはレンタカーを、営業時間を終えた薄汚れた自動車修理工場に停めていた。もう一台車が増えても目立たない場所に。北に向かって車を走らせ、いくつか町を過ぎ、空港まであと半分ほどの距離まで来たところで、モーテルに宿泊した。夜間の受付を通ることなく、駐車場から直接部屋にはいるタイプのモーテルだった。彼女はヘレン・スティーブンスのクレジットカードを使った。コネティカット州にクレメンタイン・レイクフィールドの痕跡はなかった。

それから数年後。小学生になった姪のペギーのお気に入りのボードゲームは『クルード』だった。ペギーは飽きることなく、その推理ゲームで遊んだ。犯人はマスタード大佐か、プラム教授か？ 犯行場所は図書館か撞球（ビリヤード）の部屋か？ 凶器は縄かろうそく立てか？

クレミーはペギーと一緒に『クルード』で遊びながら、あの銀色の月光と、木々の暗がりの死体を思いだした。

凶器は何だったのか？ 焼き網か弾丸か？

誰が殺人を犯したのか？

銃を持った女か？

焼き網を持った父親か？

それとも、彼が死ぬのを待っていたクレミーか？

クレミーはホワイトリリー通りに停めた車に座っていた。エンジンをかけ、エアコンを強風にしたまま、テラスハウスのあいだをじっと見つめて、芝生や歩道のあたり一帯に目を光らせる。ボロバスクは車がないので、車には注意を払っていなかったが、ジョニーがアバロンを運転し、ポッドから出ていくところがちらりと見えた。

助手席に誰かが乗っている。ボロバスクにちがいない。いや、実はジョイスということもありうる。三人全員かもしれない！

あのジョニーが――大きくて、威張りちらして、蹄鉄投げとポーカーに興じるジョニーが――ドムやウィルソンやコグランド夫妻のパートナーだったとは信じられない。しかし、それ以上に信じられないのは、ボロバスクの現金がジョイスの車にあったことだ。

車の荷室スペースに積んだ覚えのないダッフルバッグがあると気づいたとき、ジョイスは中身を改めたはずだ。それはつい先ほど、スーパーの駐車場でのことだったのか？　それともすでに中身を知っていたのか？　どちらにせよ確実にいえるのは、いまのジョイスは知っているということだ。そしてドムは？　ドムがその行動を指示していたのか？　ジョイスはもちろんのこと、ドムが何かを仕切っているところなど、クレミーには想像もつかなかった。

となると……テキサスは？　姉妹の再会のため？　それとも現金を安全な場所に運ぶため？　そのどちらかだとしたら、なぜ戻ってきたのか？

クレミーは、ドムの臭くて汚くて侘しい老人の棲み処のことを考えた。あの家はコグランド夫妻の家のように、清潔に保たれてもいないし、掃除されているわけでもなかった。ドムは自分の指紋がスイッチやカウンターにつきまくっていても気にした様子はない。歯ブラシや携帯電話の充電器すら持たずに、ただ行方をくらませた。

自力でなのか連れ去られたのかは不明だが、そこまで大急ぎで家を出ていながら、現金を持って出たわけでもない。では、なぜそんなに急いでいたのか？　ウィルソンを殺してしまったから、逃げられるうちに逃げると決めたとしか考えられない。

ジョニーとジョイスは、ボロバスクの現金には関係していたが、ウィルソンの死とはなんの関係もない。いずれにしても、彼らは出ていった。ボロバスクがクレミーのメッセージを受け取って、現金がレンタカーにあると知り、仲間を連れて回収に向かったからだ。

豪雨はぴたりと止んだ。まるで天気の神々が退屈し、扉をバタンと閉めてしまったかのように。太陽がギラギラと輝き、水たまりは蒸発しはじめ、空がカロライナブルーになる。ワープスピードで、レポーターが再び姿を現し、近所の人々は外に飛びだし、野次馬が戻ってきた。配達は終了し、配管工やケーブルテレビの修理工が約束の時間にやってきた。犬の散歩に出かける人々もいた。造園作業員は次のポッドに移動した。

クレミーはジョイスの車のスペアキーと使い捨て携帯電話を処分したかった。病院に行きたかった。指がひどく痛んだ。一刻も早く、開いた傷口を縫い合わせてほしかった。お願い、お願い、わたしの皮膚に針を突き刺して。

彼女はスカートのポケットから家族用のスマートフォンとサンシティ用のスマートフォンを取りだしてハンドバッグに移し、使い捨て携帯電話とジョイスの車のスペアキーをそのままポケットに残した。これからどうすればいいのか。思いあぐねて車の窓にもたれかかったとたん、細長い鼻の孔と二重顎が目に飛び込んできた。クレミーは悲鳴をあげた。

ベティ・アンが笑いながら、車の窓を叩いていた。その横にはシャーリーも立っている。クレミーはボタンを押して、パワーウィンドウをさげた。恐ろしい暑さだった。まるで肌にアイロンを当てられているようだ。

「本気で驚かせちゃったわね、ヘレン」ベティ・アンは誇らしげに言い、それから大きな厚手の紙皿に載せてラップをかけたコーヒータイム用のケーキを見せた。「わたしの自慢のプラムケーキよ。ジョイスの家にはいるためのチケットなの。焼きたてのケーキを持ってきた女性を追い返す人はいないわ。とくにジョイスはありえない。彼女、わたしの焼くケーキに目がなくて、わが家で主催するカナスタ大会が大好きなくらいなんだから。さあ、一緒に行きましょ。シャーリーと詳しい話を聞きにいくところなの。ジョイスが戻ってきて、ジョニーが車で出ていくのを見たわ。彼はずっと状況を監視してたから、きっとジョイスも全部知ってるはずよ」

親愛なる友人が実は何も知らなくて、当事者ではなく傍観者にすぎなければいいのに。クレミーはまだそう願っていた。「よりにもよって今日という日に、ベティ・アン、休憩がてらオーブンをつけてケーキを焼いたというの？」

「うちの冷凍庫にはいつもデザートが常備されてるの。外はすごく暑いから、歩いてるうちに解凍されるわ。さ、行きましょ」

「事件のことは保安官に任せたほうがいいんじゃない？」

「保安官はどこかに行っちゃったわよ」シャーリーがそっけなく言った。「ここの警察はそれが主な仕事みたいね」彼女はクレミーを外に連れだそうと、車のドアを開けた。

「行くのはやめましょうよ」クレミーは言った。「あのふたり、何か揉めていたんでしょう。だからふたりとも錠前を交換したんだわ。そっとしておきましょうよ」

シャーリーは顔を輝かせた。「わたしたち、そっちの件も詳しく知りたいのよ」

ジョイスの家は鍵がかかっているはずだ。三人とも出かけたのだから。一方で、ジョイスがまだ家にいたなら、彼女は麻薬売人三人組の一員ではないことになる。それにベティ・アンとシャーリーがジョイスを質問攻めにしているあいだに、こっそりスペアキーを引き出しに戻すこともできる。鍵を戻して、口実を作って、家に帰って、家じゅうのドアの鍵をかける。そうすればこれが終わるわ——クレミーは思った——これというのがどんなものであれ。そして未解決事件について考えることができる。昔の人生と現実の人生と未来の人生について。今後、どれだけ多くのものが破壊されることになるのか？　捜査再開はわたしの人生にどれほど大きな影響を及ぼすのか？　今回の事件でわたしはどれほど多くの恐ろしいミスを犯したのか？　そしてどんな実刑判決を受けることになるのか？　じっくりと考える。

または昼寝をする。

クレミーは車のエンジンを切り、イグニッションからキーを抜きとると、ポケットのなかに――使い捨て携帯電話とジョイスのスペアキーと一緒に――入れた。それから、よたよたと運転席から降りた。背の低い人間が自分にぴったりな車を購入するのは至難の業だ。ハンドバッグは車に残し、慎重に鍵をかけた。まるで車をロックすることが、この重大な局面になんらかの影響を与えるとでもいうように。ベティ・アンとシャーリーが先に立って庭を歩き、テラスハウスの側面をぐるりとまわって、ジョイスの前庭に出た。彼女の家のガレージのドアはまだ開いたままだった。ベティ・アンはパンサーズのフリル付きのゴルフカートの横を通りすぎ、奥のドアをノックすると、返事も待たずに開けた。「ジョイス！　わたしよ。プラムケーキを焼いたの！　コーヒーを飲みましょ。わたしたちも全部話すから、あなたも全部話して」

ベティ・アンとシャーリーは、朝食コーナーのカエデ材の椅子の背棒(スピンドル)にピンクの紐で結びつけられた、ピンクの格子柄のふかふかのクッションにドスンと座った。

ジョイスはまるで彼女たちと一度も会ったことがないかのように、戸惑った顔をした。

「わたしがコーヒーを淹れるわ」シャーリーがあたりまえのように言った。誰もが誰の家のどこに何があるのかを知りつくしている。ジョイスの使っているコーヒーメーカーは〈ミスター・コーヒー〉で、コーヒーの粉と砂糖は、彼女が陶芸教室で作った釉薬にムラのある蓋付きの瓶にはいっている。シャーリーがポット一杯のコーヒーを準備しているあいだに、ベティ・アンはコーヒーケーキをテーブルに置き、デザート用のフォークを探した。ジョイスは赤いゼラニウムと緑の葉が描かれたきれいなデザート用の紙皿を渡した。

「ナプキンもね」ベティ・アンはジョイスに催促した。

ジョイスは床から天井まで棚のある細長いパントリーのドアを開けた。おそろいのカクテルナプキンのパックを見つけ、小さな丸テーブルに置くと、どっかりと腰をおろした。クレミーに背を向けて。ベティ・アンはジョイスの隣りに座り、シャーリーはベティ・アンの向かい側に座った。

「ジョニーを追いだしたの？」シャーリーが一番の獲物に飛びかかった。

クレミーはそろそろとキッチンカウンターの奥にまわり込み、引き出しを開け、車のキーをそっと戻した。テーブルで残っているのは角の席だけで、そこに座ってしまうと、三人の太った友人たちの体に囲まれて出られなくなる。あの席には座れない。クレミーは思った。どこにも座りたくない。ここから出ていきたい。

クレミーは保安官の言葉を思いだした。殺人を犯した人は、どうしていいかわからずパニックになると彼は言った。わたしはウィルソンを殺してもいないのに、パニックになっている。

とはいえ、ラドヤード・クリークの殺人事件のあとは、クレミーやバーバラやスタンがパニックになっていたとしても、誰にも気づかれなかったわけだが。翌週、クレミーの母親の毎週の手紙がアクロンに届いた。殺人事件についての新聞の大きな切り抜きが同封されていた。『信じられる？』と母親は書いていた。『奥さんとは疎遠になっていたけれど、お悔やみの手紙は書いたの。あなたも書いたらどうかしら。監督が家にきたとき、いつも喜んでいたじゃない』それから監督の妻の住所が書き添えられていた。

クレミーの母親は続報の記事も郵送してきたが、あまり多くはなかった。一九六〇年代にはいって、社会は崩壊しはじめた。人種差別、ベトナム戦争、エスタブリッシュメント、抑圧的な衣服、軍隊、予備役将校訓練団、ヘアスタイル、古い性道徳観、女性の役割などに対する抗議活動が始まった。大学生たちはいたるところで波風を立て、場合によっては立てそこねていた。高校バスケ部の監督の死への関心は、当初からほとんど手がかりもなく追加情報もない状況では、ごく限られたものだった。

　ジョイスがジョニーの話はしたくないと断ると、シャーリーは次の話題に移った。「もう保安官とは話した？　ここの警察は絶対、殺人事件の捜査ってものをわかってないんだと思うわ。わたしたちがここで危険にさらされてるのに、ただ微笑んで、うなずいて、ドムを知ってるかって訊くだけなんだもの」

　ベティ・アンはコーヒーケーキをカットして、四角いピースを紙皿に移した。

「ほんの少しだけにして」シャーリーは厳しい声で言った。「まだダイエット中なの」

　ベティ・アンのご自慢のプラムケーキは、生のプラムを使っているというふれ込みだが、生のプラムなんてめったに手にはいるものでもないし、実際は缶詰プラムケーキなのではないかとジョイスは思ったが、そんなことはどうでもいいことだ。クスクス笑って噂話に花を咲かせる友人たちに囲まれているのはとても心地よかった。ジョイスに希望を与えてくれた。

　ヘレンはようやく席についたものの、フォークに手こずっていた。

「その指、どうしたの？」ジョイスは、バンドエイドでぐるぐる巻きにされた指を見て尋ねた。

「缶の蓋で切ってしまったの。注意しなさいって自分に言い聞かせてるそばから、注意しそびれてしまうのよね」

　女たちはそれぞれの不注意体験をしゃべりはじめた。

シャーリーが立ちあがり、ジョイスの背後の狭い場所を無理やり通って、キッチンにはいり、ごみ箱が置いてあるキャビネットの下の扉を開けた。ごみ箱は満杯だった。シャーリーは潰したナプキンと紙皿を捨ててから、赤いビニールの紐を引っ張ってごみ袋の口を縛ると、袋を取りだした。ジョイスは、もうこれ以上、何かをやりとげられることは一生ないという気分だったので、ほかの誰かがごみを出してくれてほっとした。

シャーリーはユーティリティルームに行き、ガレージのドアを開けて、満杯のごみ袋をガレージのごみバケツに放り込んだ。「ところで、あなたの車はどこにあるの、ジョイス?」シャーリーはキッチンに戻りながら尋ねた。

「みんなメッセージに書いてたでしょ。車では誰もポッドに出入りできないって。だから諦めたの。スーパーのそばに停めてきた」

シャーリーが茶化した。「えっ、スーパーから歩いてきたの? あなたが?」

「でしょ? このわたしが、歩いたの!」

「あとでまたガルヴェストンに行くの?」ベティ・アンが尋ねた。

「すぐにじゃないけどね。ヘレンとわたしは今夜ホテルに泊まるの。たぶんバランタイン・リゾートにでも。どう思う、ヘレン? すばらしいホテル、ルームサービスのディナー、そして楽しい仲間。すてきだと思わない?」

しかし、彼女の親友は首を横に振った。「ありがとう、ジョイス。でも、とてもうれしいことがあって。デクスター・リヴァー高校の友だちが、家に泊めてくれるって言ってくれたの」

ヘレンはこんなときにわたしを見捨てるっていうの? ジョイスは思った。今夜ひとりで過ごすなんて耐えられない。ヘレンを説得して付き合わせよう。きっと楽しめるはずだ。

携帯電話が鳴りだす。ジョイスの知らないピロピロという電子音だ。彼女たちは互いの着信音を知っていたから、妙なことだった。驚いて、あちこちを見まわす。するとヘレンが引きつった顔をして膝を見つめている。まるで小さな生き物が彼女の膝に飛び乗ったかのように。

シャーリーが言った。「着信音を変えたの？」

ヘレンはまるでみんなが突然、中国語を話しはじめたとでもいうように、困惑した顔をした。ヘレンは、ジョイスの知るかぎりもっとも理路整然とした人物なのに。

「オフにしてよ」ベティ・アンがイライラして言った。

ヘレンは何もしなかった。ただ、みるみるうちにしぼみ、顔から背骨にかけて老け込んでいった。電話は四、五回鳴ってから止まった。

「これぞラテン語教師ね」シャーリーが言った。「古代に生きてる。携帯の電源も切れないんだから」

「何がすごいって、そんな人が着信音を変える方法を見つけたってことよ」ベティ・アンが言った。

ジョイスは自分自身もぐっと老け込み、しぼんでいくような気がした。「ケーキを持っておしゃべりしに来てくれてありがとう」彼女はそう言って立ちあがった。「ほら、ベティ・アン、ケーキの残りは次回のためにとっておいて。わたしはもう荷造りして、荷物も車のなかなの。ヘレンが一泊分の荷物を取りにいったら、わたしたち、出発するから」

「デクスター・リヴァーも、もはやこれまでね」シャーリーはクスクス笑いながら、クレミーに声をかけた。

ジョイスが一味に加担していませんように、ジョニーとボロバスクだけがぐるでありますように。クレミーはまだそう祈っていた。とはいえ、その祈りが叶えられるかどうか、試すことはできない。ジョイスの車に乗り込んで、彼女と一緒に出かけるリスクを冒すわけにはいかない。シャーリーとベティ・アンと一緒にここに来てしまうなんて、なんと愚かだったのだろう。クレミーは思った。ジョイスを置いて、ふたりと一緒に帰らなくては。ジョイスがふたりをガレージへのドアまで見送っているあいだ、クレミーは朝食コーナーの角で身動きが取れずにいた。椅子をどかして、ようやく追いついたときには、ベティ・アンとシャーリーはガレージから出るところだった。クレミーの出口はジョイスの大きなお尻でふさがれていた。

「ジョイス」クレミーは音節をほとんど発することができない。なぜこんなにもおびえているのか、わからなかった。「デクスター・リヴァーの友だちがもうすぐ来るのよ。もう行かなくてはならないの。あとで話しましょう、ね？」

ジョイスは振り向いてクレミーを見おろした。クレミーは友人とくらべてどれだけ自分が小さいのかを、また感じずにはいられなかった。それは心強い差ではなかった。虚勢を張りつづけなさい。クレミーは自分に言い聞かせた。「ジョイス、わたしはほんとうに行かなくてはならないの。コーヒーをありがとう」クレミーはほとんどスペースのない場所に一歩を踏みだした。ジョイスが道を譲って通らせてくれることを期待して。しかし、ジョイスは動かなかった。顔をしかめて、クレミーのスカートのポケットを見おろした。ポケットのふくらみはいつもよりも控えめだ。クレミーのアイフォンよりもずっと小さい、十九ドル九十九セントの使い捨て携帯電話しかはいっていない。

すると、ジョイスがとんでもない行動に出た。クレミーのポケットに手を突っ込んで、それをつかんだのだ。

ジョイスの巨大な手のひらの上に、小さな黒い携帯電話が玩具のように載っていた。「これは何のため？」

「実験中なの」クレミーは言った。「ほら、節約できないかと思って。まだ電源を切る方法すらわかっていないけれど。だからさっき絶望していたのよ」クレミーはまた横を通りすぎようとした。

ジョイスは携帯電話を開いた。「誰かがメッセージを残してるわよ」彼女はゆっくり言った。

「ありがとう」クレミーは電話を取ろうと手を差しだしたが、ジョイスは無視した。そして親指の長く硬い爪で――今週はキラキラした朱色に小さな銀の模様が描かれている――メッセージの再生ボタンを押した。クレミーは最初の音節でボロバスクの声だと気づいた。彼の気取った声が言った。『金をどうも』それから、ボロバスクがあざけるように笑いだすと、クレミーはあとずさりして振り返り、玄関のドアに向かって走った。

玄関のドアは鍵がかかっていた。クレミーは内鍵をまわしてドアノブをつかんだ。が、ジョイスが追いつき、太く長い指でクレミーの手首をつかもうとした。ジョイスにつかまれたら、もう逃げることはできない。ラドヤード・クリークにつかまれたら逃げることができなかったように。

クレミーはあのハイウェイ・ピクニックエリアを思いだした。ラドヤード・クリークがどれほど恐れることを知らなかったか、最初の銃声が響くまでどんなふうに笑っていたのか。最初の銃声のあとですら、それがはずれたからと笑っていた。小柄なふたりの女を相手にするのに忙しく、背後に別の武器を持った第三者がいるかもしれないとは考えられなかったのだ。

しかし、ここブルーライラック通りでは、クレミーにはいくらでもチャンスがあった。車で逃げるか、近寄らずにいるか、助けを求めるか、真実を話すか。わたしはそれをしなかった。クレミーは思った。ジョイスに友だちでいてほしかった。自分の手ですべて丸く収めたかった。シャーリーとベティ・アンにふたりだけで行ってと言うこともできたのに、そうしなかった。

わたしもただの女友だちのひとりで、ジョイスもただの女友だちのひとりで、プラムケーキを食べるただの近所の仲間だというふりをした。そうではないとわかっていたのに。ジョイスと彼女のお金のあいだに、自分が割り込んだことはわかっていたのに。

ああ、ジョイス！　あなたとジョニーは何をしたの？

ジョイスは空いているほうの手で携帯電話を動かし、またクリックした。クレミーはなんのためのクリックなのか理解した。ジョイスはメールをチェックしているのだ。クレミーが送ったのは一通だけだ。『レンタカーの助手席に現金あり』ジョイスは大声で読みあげると、携帯電話を部屋の奥に投げ捨てた。それは壁に激突し、磨かれた堅木の床に落ちた。ジョイスはクレミーの両肩をつかむと、玄関のドアからリビングとキッチンを仕切る高いカウンターまでクレミーの体を押しつづけ、クレミーがそれ以上あとずさりできなくなると、カウンターの縁に叩きつけた。「友だちだったのに！」ジョイスは叫んだ。「あなたを信じてたのに！」

友だち。信じる。なんて美しい言葉だろう。結局のところ、わたしは友だちにはなれない。クレミーは思った。誰がわたしを信頼しようとするだろう？　嘘と作り話で塗り固めたわたしを。

クレミーは抵抗をやめ、床に座り込もうとしたが、クレミーがいくら全体重をかけたところで、ジョイスには無意味だった。ジョイスは絶叫しはじめた。もはやジョイスはいなかった。ただ怒りだけがガスのように膨張していた。次にカウンターに叩きつけられたら、クレミーの背骨は折れてしまうだろう。

クレミーは体を左にそむけ、右にそむけたが、ほとんど意味がなかった。ジョイスは再びクレミーをカウンターに叩きつけた。いまやクレミーも悲鳴をあげていた。ジョイスはクレミーの両腕をつかんで揺さぶった。クレミーの腕はいまにも関節からはずれそうになる。

腕はあとで治すことができるが、もしジョイスの両手がずりあがったら、喉を締めつけられてしまう。

クレミーはもうひとつのポケットに指を伸ばし、キーホルダーをつかんだ。自分専用のコンシールドキャリー――五センチのナイフ――を開き、唯一手が届く場所、ジョイスの腹の脂肪の層に突き刺した。

すでに叫んでいたジョイスは、それ以上大声で叫ぶことができなかった。彼女の両手から力が抜けた。悲鳴が止んだ。ジョイスは腹を凝視する。傷口から血が噴きでていた。「わたしを刺した」ジョイスはささやくように言った。心底ショックを受けていた。「あなた、ナイフでわたしを刺した！」ジョイスは傷口を手当しようと、クレミーを放りだした。クレミーは床にぶつかって倒れ込んだ。到底起きあがれそうにもなかった。起きあがりたいのかどうかも。

わたしは親友をナイフで刺してしまった。

29

ジョイスはキッチンカウンターに寄りかかり、泣きじゃくっていた。

クレミーは床に倒れて――朝食カウンターで体は半分隠れている――泣きじゃくっていた。片手を伸ばし、ジョイスが壁に投げつけた使い捨て携帯電話をつかむと、ポケットに戻した。

ジョイスのポリエステルニットのトップスは血を吸収しなかった。彼女は分厚い綿のパンサーズの布巾をひっつかむと、お腹に強く押しつけた。「よくもわたしを傷つけたりできたわね、ヘレン？」彼女は震える声で尋ねた。まるでクレミーを花崗岩のカウンターに骨が折れそうなほど強く叩きつけたことなど記憶にないかのように。

　ガレージとつながるユーティリティルームのドアが勢いよく開き、バンと洗濯機にぶつかった。「ヘレン！」男が叫んだ。「ヘレン、ここにいるのか？」ドタドタと足音がして、キッチンに近づいてきた。

　保安官かしら？　クレミーは保安官でありますようにと祈った。でも、保安官はクレミーのことをヘレンとは呼ばない。ミズ・スティーブンスと呼ぶだろう。

　クレミーは動けなかった。床にうずくまり、膝を抱えるようにして痛みをこらえていた。

「あなた、誰？」ジョイスがぼう然とした声で尋ねた。怒りは消えている。

「ヘレンの友だちです」デクスター・リヴァーのマーチングバンド顧問の教師が言った。「大丈夫ですか、マダム。恐ろしいことが起こったんです。ヘレンの家の歩道に血痕があって。通りを渡って、お宅のドライブウェイまで続いてました。ヘレンはここにいますか？　ヘレンがどこにいるか知ってますか？」

「マーヴィン」クレミーはささやくような声で言った。「わたしはここよ」誰の血が通りについていたのかしら？　クレミーは思った。わたしの指から流れた血でないことはたしかよ。

　マーヴィンは彼女のそばにひざまずくと、肋骨あたりに両手を添えて、彼女を床に座らせた。「どこを怪我したんだ？　話してくれ、ヘレン」

　同じガレージのドアから、警察がなだれ込んできた。

「ぼくが911に電話したんです」彼はふたりの女に向かって言った。まるで大袈裟な対応を詫びるかのように。「警察車両があったから、警察がいるのはわかっていたけど、どこにも見当たらなかったし、ここで誰かの悲鳴が聞こえたもので。きみの悲鳴だったのかい、ヘレン？　何があったのか話してほしい」彼はヘレンの体を持ちあげて立たせ、埃を払うと、彼女にキスをした。

それは安堵のキスだった。ああ、よかった、通りを血まみれにしてたのは彼女の血じゃなかったんだ——というキスだ。

誰かがクレメンタイン・レイクフィールドにキスをしたのは何年ぶりだろうか？　彼女は彼の胸に頭を預け、その温もりと心遣いを感じた。わたしを救うために、わざわざここまで運転してきてくれたなんて。ああ、マーヴィン。

警察は、文字通り部屋を埋めつくしていた。ほとんどがカーキ色のズボンに茶色のシャツを着ていて、一部、灰色のパンツと淡青色のシャツの人もいた。全員が物々しいベルトをつけており、武器やら電話やらスタンガンやら何やらを差し込んでいる。

マーヴィンが彼女の体をそっと揺らした。「大丈夫」彼はささやいた。「もう大丈夫だから」マーヴィンの身長はたぶん百七十五センチ前後で、背の高い人ではない。しかし、クレミーにとっては、自分を案じて守ってくれる巨人のような存在に思えた。

「わたしに触らないで」ジョイスが泣きながら言った。「みんなここから出ていって」

警察を家から追いだそうとした。

マーヴィンはクレミーを大型のソファまで連れていった。厳密にはソファではなく、リクライニングチェアを二台つなげたもので、カップホルダーやフリップトレイがついており、まるで飛行機のファーストクラスの座席のようになっている。彼はそこに座ると、クレミーを自分の膝のうえに載せた。クレミーは思った。また薄毛をさらしてしまった。わたしのウィッグはどこ？　たぶん体を揺さぶられたときに取れてしまったんだわ。きっと床のどこかに落ちているはず。学校では誰も薄毛のわたしを見たことがなかったのに。でも、マーヴィンなら見られてもかまわない。

保安官が蜂蜜のように甘い声で言った。「ジョイス・タワー・ビッグス。あなたには黙秘権があります。

あなたが話すことはすべて、法廷であなたに不利に働く可能性があります」彼の心地よいゆったりとした口調では、まるで隣人にかける言葉のように聞こえた。

「やめて」ジョイスは言った。「ほんとにやめてちょうだい。わたしは何も関係ない」彼女の声はクレミーに怒鳴りつづけたせいで、かすれていた。

「あなたは弁護士と話す権利があります」保安官は穏やかに言った。「それから、尋問に弁護士を同席させる権利もあります」

わたしも尋問されるんだわ。クレミーは悟った。この事件がどんなものであれ、わたしも巻き込まれる。わたしのふたつの人生は尋問という場に投げだされ、取り調べられることになる。

空港に向かったボロバスクとジョニーはどうなるのだろう？　たとえボロバスクがクレミーのふたつの名前を警察に言わなかったとしても、彼の携帯電話を押収し、通話記録を調べれば、彼がクレミーに電話をかけたこと、彼女が彼にメールを送ったことはわかる。クレミーはジョイスほど深入りしていなかった。指の怪我はボロバスクがナイフを使って従わせたという証拠になる。しかし、クレミーの車の助手席にはまだツリードラゴンが載ったままなのだ。

クレミーは姪のペギーが離島の結婚式で驚くところを想像した。「わたしの退屈で、ちっとも人生を楽しんだことのない叔母さんが！　麻薬取引と殺人に関わってたなんて！　軽い刑で済めばいいんだけれど」などと言って。

保安官はやさしい口調のままで続けた。「鮮明な映像があるんです、ミズ・ビッグス。サウスカロライナの田舎は、都会の人の目には何もないように見えるかもしれませんが、実際には、そんなことはめったにありません。あなたが車を停めた小川の土手には、釣り人がいました」

クレミーは困惑した。田舎の小川のそばで撮影されたものが、どうして問題になるのか？　ジョイスは絶対に車で田舎を走ろうとしなかった。ホラー映画『脱出』が南部の田舎の真実だと信じていて、田舎の森からは殺人鬼が飛びでてくると思っていたから。

たぶんほんとうに出てきたのかもしれない。クレミーは思った。

ジョイスはクレミーを叩きつけていたカウンターに背を当てて立っていた。両手でタオルを握りしめ、体に押しつけている。奇妙な姿勢だが、警察は傷口を保護しているとは考えていないだろう。クレミーは思った。ジョイスはただ頭がおかしくなっているようにしか見えない。いまは実際にそうなのかもしれない。ふだんのジョイスはまともで愉快な女性よね？　一緒にいたら楽しくて？　カードゲームが得意で？　その気になれば料理上手で？　買い物上手で運転もうまくて？　そして、いい友だちだった？

「その映像は」保安官は言った。「今朝撮られたもので、撮影時刻が記録されています。あなたがガルヴェストンに行く途中、小川に銃を捨てたときの」

ということは、ジョイスのコンシールドキャリーはそこに消えたのだ。人里離れた小川で永遠に失われるはずだった。しかし、そこは人里離れてはいなかったし、銃は失われてもいなかった。ブルーライラック通りの住民が、警察は何もしていないと考えていたとき、彼らは小川を歩いて、凶器を回収していたのだ。

ジョイス。

凶器。

クレミーはマーヴィンのシャツに顔をつけて涙を流した。そんなはずはないわ。彼女は自分に言い聞かせた。ジョイスはウィルソンを殺してなんかいない。絶対にそんなことをするはずがない。

彼女はウェンディーズでコーヒーをかき混ぜていた保安官を思いだした。あのとき彼は言っていた。『犯人はあてもなく車を走らせたり、家に帰ったり、酔いつぶれたりする。家に帰るというのは一番多い選択肢です。事件前には計画を立てていないし、事件後にも立てられない。たとえ自宅が安全とはほど遠い場所であっても、そこを安全だと感じる』

「われわれは銃を回収しました」保安官が言った。

ジョイスはタオルを落とし、血まみれの手を頬に押しあてた。「ジョニーがやったの」彼女はささやくように言った。「彼を愛してるから。かばわなくちゃならなかったの」

クレミーは疲れ切り、この悪夢のさまざまなピースの辻褄を合わせることができなかった。錠前の交換やガラスのリグはどうなったのか？　ドムは？　コグランド夫妻は？　なぜジョニーはボロバスクを知っていたのか？　ボロバスクはサンシティを知らなかったのに？

しかし、マーヴィン・キャンドラーの温かい腕のなかで安心しながら、クレミーは自分が辻褄を合わせる必要はないのだと悟った。それは警察の仕事なのだから。

ジョイスはうまく呼吸ができなかった。空気は体から漏れつづけていた。警察には見せていないけれども、血が漏れつづけるのを感じているように。

ジョイスに黙秘権があるとは、なんと興味深いことか。彼女は沈黙した経験がない。沈黙とは彼女が一度も参加したことのない活動だ。

数カ月前、ジョイスはジョニーのマリファナの出所は、ウィルソンだろうと見当をつけていた。彼は麻薬の運び屋ではないかとなんとなく思った。シニアタウンにドラッグを運び込むなんて滑稽に思えたけれども。ジョイスはどうすればいいのかわからなかったが、とくに気にしていなかった。ジョニーがマリファナを吸いたいならば、それでいい。

先日、ウィルソンが駐車場のゲートから徒歩でブルーライラック通りにはいるところを見かけた。彼の車はドムのドライブウェイには停まっていなかった。ウィルソンは片手に持ったリモコンでドムのガレージドアを開けた。もう一方の手には、ダッフルバッグを持っていた。彼が玄関からではなく、ガレージからはいるのは奇妙に思えたし、ドライブウェイに車を停めずに、スーパーの駐車場に車を停めてきたらしいのも、さらに奇妙に思えた。ガレージのドアが完全に閉まる直前に、ウィルソンが内部のドア——ジョイスはそんなドアがあることをまったく知らなかった——を通り抜けるところが見えた。ウィルソンはドムの家にはいらずに、ドムのガレージを通って、コグランド夫妻の家にはいったのだ。あまりに突拍子もない行動で、ジョイスは考えがまとまらなかった。

数分後、ドムのガレージのドアが再び開いた。ウィルソンとドムのふたりが、ドムのゴルフカートに乗って出てきた。ウィルソンはあのダッフルバッグを持っていなかった。

ジョイスはコグランド家のリビングの窓のことを知っていた。彼女の家のガレージの壁に、ジョニーが網戸を立てかけていたからだ。ジョイスは彼にそのことを尋ねはしなかったが。そこで、ドムとウィルソンがゲートの向こうに姿を消すのを見届けると、彼女は三番目の家の側面にまわった。誰にも見られるはずはないと確信していた。

ダッフルバッグは衣類をいれるものだが、ウィルソンは着替えが必要なほど長く滞在したことは一度もない。麻薬の売人というのは、ほかにどんなものをダッフルバッグにいれるものなのか？

ジョイスはコグランド家のリビングの窓を持ちあげ、身をかがめると、慎重になかにはいった。なんて不気味な場所なのだろう。ほとんど物はなく、生活感がまったくなく、奇妙なほど清潔だ。まるでこの家では使い捨てモップで床を拭く以外の活動は一切なされていないかのようだった。ダッフルバッグはキッチンカウンターの上に置かれていた。ジョイスはきっと麻薬がはいっているのだろうと思って（現物はテレビドラマでしか見たことがなかったが）ファスナーを開けた。するとバッグのなかには百ドル札が詰まっていた。わんさか。ぎゅう詰めで。

ジョイスはバッグを持っていくことにした。せいぜいカナスタの手札を配るとき程度にしか考えなかった。バッグを持ったまま窓から抜けだし、家に帰った。わたしは百万ドルを持ってるんだわ。彼女はクスクス笑った。現金のドル札で。〝お向かいさん宝くじ〟に見事当選したようなものね。

彼女は自分がやりとげたこと、ウィルソンの大事なドラッグマネーを奪ったことに、おおいに満足していた。しかも誰にも知られることなく。窓を通って百万長者になったのだ。それはジョイスにとって過去最大のクレイジーな冒険であり、秘密だった。わたしは百万長者よ！　そのことが頭から離れず、ニヤニヤが止まらず、ヘレンに話せたらいいのにと思った。

ジョニーは夕方のポーカーゲームに参加するために出かけていて、数時間は戻ってこない。ジョイスはテレビでも見ようかと思ったが、興奮しすぎて、百ドル札の山のことを考える以外、何もできなかった。ダッフルバッグをクローゼットの奥に仕舞い込むと、いっそうニヤニヤが止まらなくなった。

玄関がノックされたとき、彼女は何も考えずにドアを開けた。そこにはウィルソンが立っていた。彼は魅力的な笑みを見せた。まさかウィルソンがそんな笑みを浮かべられようとは、ジョイスは想像もしたことがなかった。「やあ、あのさ、ジョイス。ギフトショップでプレゼントを選ぶのを手伝ってほしいんだけど。一緒にどうかな？　センスのいい買い物上手な友だちが必要なんだ」

ジョイスはショッピングが大好きで、とくにお題を与えられて選ぶのが好きだった。ゲートの奥にあるショッピングモールのギフトショップには、ジュエリー、樹木を刈り込んだオブジェ（トピアリー）、白い柵の素材で作られた壁掛け時計など、楽しい商品がたくさん並んでいる。

「ぜひ行きたいわ」ジョイスは言った。買い物上手として認められたことがうれしくて、まさかこの誘いに裏があるかもしれないとは考えもしなかったし、自分が金を奪った男のことをみじんも不安に思わなかった。ハンドバッグを手に取ると、ウィルソンと一緒に歩いてドムのガレージに行き、ドムのゴルフカートに乗り込んだ。

ところが、ウィルソンはガレージからバックして外に出るかわりに言った。「あのさ、ジョイス。金を返してほしいんだ」

彼女は息を呑んだ。どうしてウィルソンが知ってるの？　彼は家にいなかった。誰も家にいなかった。目撃者はいないのに。「なんの話をしてるの、ウィルソン？」

「ジョイス、ジョイス。三番目の家には隠しカメラを仕込んであるんだよ。あんた、窓からはいっただろう。まえにも忍び込んだことがあるはずだ」ウィルソンは言った。「鍵を開けたままにしたってことはさ。おれはチェックもしないし、気づきもしない大馬鹿野郎だが、いまはもう知ってる」彼は小さな金属の何かを差しだした。カメラではないが、おそらくカメラの重要なデジタル部品なのだろう。ジョイスは思った。フラッシュドライブというんだったかしら？　それともUSBメモリ？

秘密が暴露されてしまうという、目もくらむような恐怖が巨大に膨れあがり、ジョイスに迫った。彼女の姿を捉えたビデオ。窓から侵入しているところを。他人のお金を盗んでいるところを。子どもたちに知られてしまう。離婚した夫にも。孫たちにも。ジョニーがちょこちょこと百ドルずつ盗んでいたのとはわけがちがう。

もしわたしが窃盗で逮捕されたら、子どもたちはどんな反応をするだろう？　味方になってくれるだろうか？　そもそも会いにきてくれるだろうか？

翌日になってようやくジョイスは気づいた――ウィルソンは誰にもそのビデオを見せることはできなかったはずだ。警察はもちろんのこと。だいたい警察になんと言うのか？　彼女はおれのドラッグマネーを盗んだんです、とでも？

しかし、そのときの彼女は、あの小さなビデオのことしか考えられなかった。あれさえ手に入れてしまえば、誰ひとり何ひとつ証明することはできない。とにかく、あれをウィルソンから奪わなければ。簡単なことだ。現金は返すけれども、そのまえにまずはビデオを渡してもらうのだ。「ごめんなさい」ジョイスは涙を見せて言った。彼女は涙を流すような女ではなかったが。「欲張りだったたわ。家に戻りましょう。ダッフルバッグを取ってくるから。何も持ちだしてないの。全部ちゃんとあるわ」

「まずは話が先だ。あの窓はいつから使いはじめた？」彼は小さな金属片をシャツのポケットに入れた。ウィルソンはビデオを渡す気はないんだわ。ジョイスは気づいた。お金を取り戻し、わたしがしたことの証拠も永遠に手元に残しておくつもりなのだ。

「お願いだから、ガレージのドアを閉めて」ジョイスは言った。「ヘレンか誰かに見られたくないの」

「あんたが心配すべきはビデオのことで、外野のことじゃないだろ」ウィルソンが言った。「ビデオを見てるあいだじゅう、笑いが止まらなかったよ。あんたはすげえデブで、ひいひい言いながら窓を通ってた。とくにダッフルバッグを持って出るときなんて、どうやって出たらいいのかわからなくなっててさ。ぶっとい脚を一本出して、もう一本出してみたけど通れなくて、結局、まずバッグを芝生に放り投げてから、風船みたいに体をぐしゃっと潰しながら出てたよな」ウィルソンは楽しんでいた。「ビデオってのはさ、実に偉大な証拠だよ。そのうえ、その人間のありのままの姿を映しだすときてるんだ、ジョイス。がめつさ、肥満体、ぎこちない動き！」

彼はダッシュボードから突きでているカップホルダーから、ガレージドアのリモコンを手に取ると、ジョイスに頼まれたとおり、ガレージドアを閉めた。ジョイスはハンドバッグのなかに手を入れると、銃をつかみ、取りだし、引き鉄を引いた。

狙いを定めたわけではない。角度も考えなかった。ただ撃った。弾丸はウィルソンの下腹に命中した。彼は死んでいなかった。死んだようにさえ見えなかった。ただ穴が開いただけだった。彼はその穴を見つめ、それから彼女を見た。彼女はまた撃った。もっと上のほうを。それだけだった。

ガレージドアが閉まる騒音で、最初の銃声はかき消されたかもしれないが、二発目はそうはいかなかっただろう。とはいえ、ここはドムのガレージで、ドムは耳が遠くて、どんな音だろうと聞こえない。たぶんテレビを大音量でつけていて、機関銃の音がしても聞こえなかっただろう。

ウィルソンの体が傾きはじめた。ジョイスは彼のポケットからビデオの何かを取りだすと、ゴルフカートからなんとか降りた。その直後、彼は助手席の床に頭から突っ込み、身をよじるようにして倒れ込んだ。ファスナーが開いたままのビニールカバーの壁に囲まれて、ウィルソンの姿は見えなくなった。

あちこち触ってしまったわ。ジョイスはUSBメモリを銃と一緒にバッグに仕舞いながら思った。指紋が残ってる。でも、わたしは隣人なわけだし。もちろん、ドムのゴルフカートに触ったことがある。この件は、ドムが疑われることになるだろう。彼の家族だし、彼の問題よ。たぶん以前にも、こういうことの後始末をしたことがあるはず。

ジョイスは急いでコグランド夫妻の家に行き、窓から外に出た。自分が実際に肥満で優雅な動きをしていない点は目をつむろうとしながら。その後、どうにか自宅に戻った。ダッフルバッグはクローゼットの奥に無事に残っていた。ジョニーは当座預金口座には手をつけたが、ジョイスの所持品に手を触れたことはない。彼女がクローゼットに何を保管していようがまったく気にしなかったし、嗅ぎまわったこともない。

キッチンに戻ると、通りに面した窓からドムのガレージのドアが真正面に見えて、ジョイスは震えはじめた。あのドアの奥に死体がある。わたしは人を殺した。

ショックがじわじわと這い込んできた。あの魅惑的で吐き気を催す感染症ドキュメンタリー番組『モンスターズ・インサイド・ミー』に出てくる病気のひとつのように。ただし、ジョイスのなかのモンスターは、熱帯の寄生虫ではない。ジョイス自身だった。

あれは正当防衛だったのよ。彼女は頭のなかで叫んだ。まるで世間に向かって主張するように。ほかにどんな選択肢があったというの？

警察に通報しようか。彼女は思案した。「仕方がなかったんです。彼が襲いかかってきたから。どこか恐ろしいところまで運転していけと言われたんです。川まで。あのままだと、わたしは殺されて、川に投げ捨てられていたわ」とでも言おうか？

でも、クローゼットの奥のダッフルバッグのことはどう説明すればいい？

ウィルソンは死んだ。わたしが殺した。

恐怖のあまり、体に震えが走った。ジョイスは自分がそんなことをする人間だという考えを拒絶した。そんなことをするはずがない。そんなことはやっていない。これは悪夢か、何かの発作のようなものだ。

彼女の思考は崩壊し、血圧が急上昇した。犯行現場を見つめていると、やがてドムのガレージドアがまた開きはじめた。彼女は猛烈な恐怖におののきながら、上昇するドアを凝視した。ウィルソンは生きていたの？　運転席に戻ったの？　自分で運転して救急病院に行くところなの？　それとも警察に？

しかし、運転していたのはドムだった。ゴルフカートのビニールカバーのファスナーは閉められていたが、ガレージの床には死体はない。つまり、ウィルソンはまだゴルフカートのなかにいるはずだ。死んだ状態で。それなのに、ドムは運転してる！　ドムはバックして通りに出ると、ゲートに向かった。彼はジョイスの家には目を向けなかった。

もしわたしがウィルソンを殺したと知っていれば、ドムはここに来てわたしを撃とうとするはず。ジョイスは思った。ドムは誰の仕業か知らないんだわ。たぶんコグランド夫妻の家にいた誰かがやったと思ってるのよ。助かった。

でも、ウィルソンの体にはふたつの穴が開いている。わたしが開けた穴が。

彼女はそれを信じることを拒否した。とはいえ、何かしなければならない。隠蔽するために。どうやって？　ドムはどこに行ったの？　ウィルソンをどうするつもり？　それを知らなければならない。

ジョイスはどこへ行くにも歩くことはめったにないが、徒歩でドムのあとを追った。ゲートで暗証番号を打ち込み、急いで駐車場に行く。彼女はまだハンドバッグを持っていた。どこかに置くのが怖かった。使用済みの武器が逃げだすのではないかと心配だった。このハンドバッグはもう二度と使うことはできない。

ほとんどの駐車場は、細長い芝生の島で区切られ、病院用や銀行用など、それぞれ分けられている。そのそばに、決まった店舗やオフィス専用ではない、かなり大きな駐車場がひとつあった。新たな商業施設を待っている駐車場だ。施設はほどなく建設されることだろう。ここは異様な熱心さで開発されつづけている。

月曜に森を拓き、火曜に赤土を削り、水曜にはビルが建つ。

ドムはどこにでもあるような白いセダンのそばにゴルフカートを寄せると、カートを降りて、運転席のカバーのファスナーを閉め、セダンに乗り換えて走り去った。彼は警察にも医者にも行かなかった。死体にも関心がなかった。ただウィルソンのものにちがいない車まで移動する手段が必要だったのだ。

ジョイスはすばらしいアイデアを思いついた。遺体をドムのガレージで朽ちさせよう。ドムはおそらく戻ってこないだろうから。わたしなら絶対に戻らない。もし親戚が撃たれたりしたら、わたしなら絶対に戻らない。そして遺体が発見されるときには——いつになるかはわからないが、ずっと発見されないかもしれない、だいたい誰があの家にはいろうとするだろう？——わたしは銃を処分しているはずだし……わたしの指紋がカートに残っていたとして、なんの問題があるだろう？　わたしは隣人だ。もちろん、ときどきドムのカートに座ったこともある。ウィルソンをドムの家に隠したほうが、今夜遅くに保安官事務所の誰かが放置されたゴルフカートをチェックして発見されるよりもずっといい。

あのとき、ゴルフカートと死体を駐車場に置いたままにしておきさえすれば……。警察はドムの行方を追っていただろう。死体の乗ったカートで出発するのを厭わないほど、明らかに慌てて逃げだしていたのだから。

しかし、ジョイスはそうはしなかった。運転席側のファスナーを開けて、死体の横に体を押し込んだ。まるで死体などないようなふりをして。その死体を作りだしたのが自分ではないようなふりをして。彼女はイグニッションに差し込まれたままの小さなキーをまわして、ブルーライラック通りに戻った。ドムのガレージにさっとはいり、死体を放置して、また頼みの綱の窓から出るつもりだった。

ところが、ドムの家のまわりに先客がいた。ドライブウェイの手前で宅配業者のトラックが、奥でケーブル会社のトラックがアイドリングしていた。運転手はそれぞれ運転席に座って、電子記録のデバイスを見つめていた。そこで彼女はハッタリをかけるべきだった。そのまま乗り入れて、ドムのリモコンでガレージのドアを開けるべきだった。ごくあたりまえの行動だから、ふたりとも顔をあげることすらなかっただろう。しかし、彼女はパニックになってしまった。バッグのなかを探って、あんな恐ろしいことをした恐ろしい銃の存在を感じながら、リモコンを見つけると、自分の家のガレージドアを開けた。ジョイスの車は、さっき片付けるのが面倒でドライブウェイに停めたままだったので、パンサーズのゴルフカートの横には、死体用のスペースが空いていた。

ところが、今度はジョニーをどうするかという問題が発生した。彼はドライブウェイにアバロンを止めて、ガレージから家に帰ってくる。絶対にジョニーにガレージのなかを見られるわけにはいかない。彼女は歩きまわり、息を切らし、ようやく計画をひねり出した。やがてジョニーがブルーライラック通りに戻ってきたとき、ジョイスは玄関から出迎えて呼びかけた。「あなたが帰ってくるのが待ちきれなかったわ！　アイスクリームサンデーを食べたいの。チョコレートソースはもう温めてあるのよ」

ジョニーはチョコレートサンデーに目がないのだ。

彼は玄関ポーチにやってきて、ジョイスとふたりで玄関から家にはいった。それまで一度もそんなことをしたことはなかったが、彼はとくに奇妙には思わなかったようだ。アイスクリームを食べたあと、ジョイスは何度もジョニーを抱きしめて、彼がどれほどすばらしいかを伝えた。彼を家から追いだすために、すでに鍵師に翌朝の鍵の交換を依頼済みだったけれども。

その夜、ジョニーは深夜にテレビで見たい映画をやるからといって、ちっとも寝ようとせず、ジョイスは気が変になりそうだった。結局、寝室はいつまでたってもテレビがついたままで、先に眠りこけたのは彼女のほうだった。

朝、彼女が家事をしてユーティリティルームをふさいでいるあいだに、ジョニーは玄関のドアから蹄鉄投げに出かけた。さて。ゴルフカートをドムのガレージに無事に戻すにはどうすればいい？

ジョイスとヘレンはトランプゲームに出かける予定だった。ジョイスはヘレンに五分前を知らせる電話をかけた。しかし、ヘレンは出かける準備にいつも十分かかる。そのうえ、ジョイスからはヘレンの家のバスルームの明かりが見える。ヘレンはバスルームにはいるといつも電気をつけ、出るときにはいつも電気を消すのだ。隣人のすぐそばに住むことは、過度に情報を与えることになるが、今日はそれがありがたかった。

ヘレンのバスルームの明かりがつくと、ジョイスはドムのゴルフカートを彼のガレージに戻し、カートから降りた。そしてゆっくりと下降するガレージドアが完全に閉まるまえに、通りを半分渡っていた。それから自分のゴルフカートに乗って、ヘレンを迎えに行った。舞いあがるような気分だった。ジョイスの計画はいかにスマートで、いかにスムーズに実行（エクセキュート）されたことか。

処刑（エクセキュート）される……。いま自宅のキッチンで、ジョイスは思う。目のまえでは、カーキと茶色の制服を着た警官たちの姿がぼんやり動いている。

死刑制度があるのはどの州だろう？　サウスカロライナ州にはあるのか？　彼らはジョイスを処刑するのだろうか？　警察はビデオを持っているし、銃も持っている。そのふたつはどうすることもできない。でも、USBメモリは持っていない。ジョイスが森に捨てたからだ。

ジョイスが盗んだという証拠はない。

もちろん、現金をのぞいて。

現金は誰かに取られてしまったけれども。ヘレンと関係のある誰かに。ヘレンの使い捨て携帯電話にメッセージを残した誰かに。使い捨て携帯電話を使うのは誰？　麻薬の売人だ。まさかあのヘレンが？

ヘレンはどうやってダッフルバッグを手に入れたのか？　ジョイスが車をロックするのを忘れたのか？　最近、しょっちゅう物忘れをしている。五分後には鍵をかけたか、何かを閉めたか、まったく確信が持てなくなるのだ。

助手席に乗っていたハンサムな男だろうか？　若いツバメの？　それともあの青年が、ヘレンの又甥？　それとも、あの美男子(ドリームボート)はドム・ジュニアか、ドム・ジュニアの息子だったのだろうか？

いま、部屋じゅうの酸素を制服警官が吸いつくそうとするなかで、ジョイスは思った。ウィルソンを殺すべきじゃなかった。笑ってやればよかった。お金を持っていたのはわたしだ。ほんとうはわたしのほうが優位な立場だったのに。

もう二度と笑うことはないだろう——そんな恐怖を感じた。しかし、そう感じる一方で、ジョイスのなかに笑いが湧きおこった。自分の無思慮な殺人行為に、シャンパンで乾杯するような笑いが。

やり直しはきかない。ジョイスは人の命を奪ったのだ。それはいま、彼女という存在の総計を示している。他人の命を奪うこと。

ジョイスが家に戻ってきたのは、ガルヴェストンまで運転するのはもうたくさんだったからだ。すべてがもうたくさんだった。彼女は自分のキッチンと自分の寝室、そしてなんであれ次にやってくるものを鍵をかけて締めだすことのできる、自分のドアが欲しかった。

でも、警察はジョイスを取り囲んでいた。ここで、彼女の家のなかで。親友に刺された傷を体につけた彼女を。

州間高速道路I‐485号線は渋滞していて、遅々として進まなかった。ジョニーの腕は血がにじんでいた。胸も血がにじんでいた。膝は血まみれだった。

この男は銃を持っていない。ジョニーは思った。ナイフを持っている。おれはもう安全だと言っているが、安全なわけがない。一度ナイフを使ったのだ。きっとまた使うだろう。

それにたとえこの男がおれを解放したとして、おれがどこかの救急科まで行ったら、コンピュータにはおれの過去の病歴がすべて出てくる。匿名で傷口を縫ってもらうわけにはいかない。おれの傷は周知の事実となる。

ウィルソンを殺したのはこの男だ。ほかには誰も候補がいない。まあ、ドムがいるが、ドムはただ逃走しただけだろう。文字通り、走って逃げたわけではない。ドムは片方の足をもう片方の足のまえに押しだすことすら満足にできないような男だ。とはいえ、ドムはどうにかしてサンシティを出て、永遠におさらばしたらしい。

そしておれは、おれは永遠に何をすることになる？

あの札束ひとつと仲良しこよしか？

この男はおれを殺すはずだ。屁とも思わないだろう。口ではなんと言おうと、自分の金を分け与えたりするわけがない。この男は空港に行くのにおれの車が必要なだけで、おれが必要なわけじゃない。

中央の車線は時速約十五キロまで減速している。左の車線は時速約三十キロ、そしていま、右端の車線は完全に止まっている。

携帯電話はナイフボーイが持っているから、ジョニーは911に電話することはできない。

だが、I‐485号線の上下線を走る車に乗る全員が携帯電話を持っている。

ジョニーは運転をやめ、ドアを開けた。ナイフボーイが手を伸ばしたが、フロントシートは幅広く、ふたりのあいだにはダッフルバッグが置かれていた。ジョニーは車の流れに身を投じた。左車線の車が荒々しくクラクションを鳴らした。アバロンはまっすぐ進みつづけ、前方の車に衝突した。ジョニーは血まみれで立ちあがり、両手を振った。

警察がブヨのように群がってきた。ジョイスは彼らを追い払いつづける。

ジョイスの人生が目のまえで、背後で揺らいだ。彼女は考えようとする——自分とは何なのか、自分の人生にどんな意味があるのか、なぜずっと生きてきたのか、これ以上生きるべきなのかどうか。

すでに何時間も過ぎたようにジョイスには感じられた。警察が待っている。この小さな家は誰かほかの人のものに、一度も会うことのない買い手のものになり、彼女の大切なアクセサリーは全部いつものリサイクルショップに運び込まれることになるだろう。彼女は朝食用のテーブルを見つめた。ピンクの格子柄のクッションカバーを、赤いリンゴの秋用のカバーに、トナカイのついたクリスマス用のカバーに取り替えることはもうない。

ジョイスは次になんと言うか決めていたわけではなかった。ただ口から出てきた。「ジョニーはなんの関係もないわ。わたしがウィルソンを撃ったの」

アーチが言った。「最近は、飛行機で移動するのは退屈だよね？　だけど、リゾートまでのドライブは悪くない。向こうについたら太陽を浴びて、パーティの準備をしよう」

「パーティのやりかたを習ったことは一度もないの」

「じゃあ、いまがそのときだ」アーチは笑みを浮かべて、クレミーを見おろした。

三人が大きくて快適なバンに座っているあいだに、運転手はバンをペギーの選んだリゾートまで走らせた。

「もうメッセージは見た？」ペギーが尋ねた。

「いいえ。まだ携帯電話は機内モードのままなの」

「まあ、それなら、わたしの携帯で読んで」ペギーは彼女の携帯をクレミーの手に押し込んだ。画面には、いつものようにペギーがネットサーフィンをして飛びついたニュースの見出しが表示されていた。ラドヤード・クリークに関する記事だった。

クレミーは心臓が止まるかと思った。

30

クレミーの飛行機はコスタリカに到着した。ペギーが迎えにきていて、手を振っている。「クレミー叔母さん！」彼女の姪はうれしそうに甲高い声で叫んだ。「こちらはアーチ、わたしの愛するアーチよ。実はね、アーチとわたしで、叔母さんが来てくれるかどうか賭けてたの。わたしは言ったわ。『来てくれるわ、アーチ。叔母さんはわたしを愛してくれてるもの』って」

アーチはペギーよりもクレミーの年齢に近いようだったが、自分の花嫁となる女を見て誇らしそうに微笑んでいた。わたしは一度も愛されていない。クレミーの目が涙でツンとした。

ジョイスが逮捕されたあと、マーヴィンはクレミーを彼の家に連れて帰り、ゲストルームに落ち着かせた。お気に入りの生徒、ジミーの両親はキャセロールとサラダを、校長夫妻はアイスクリームを持って、マーヴィンの家にやってきた。マーヴィンは言った。「しばらくここにいてほしい。きみはブルーライラック通りからしばらく離れていたほうがいいし、ここに一緒にいてくれたら、ぼくもうれしいから」それからみんなでトランプゲームをした。ヘレンの気を紛らわすために。実際、クレミーの気は紛れた。六人というのは、トランプゲームをプレーするには難しい人数で、集中しなければならなかったからだ。マーヴィンは彼女の手をそっと叩いた。

それはクレミーに希望を与えた。マーヴィンが彼女の最愛の人になりそうだからでも、人生の最後の最後で、突然、真実の愛を見つけられそうだからでもなく、クレミーには良き友人たちが、気にかけてくれる人々がいるからだった。さらに、彼女の人生が——どちらの人生も——暴かれる恐れがないからでもあった。というのも警察は（いまのところ）ジョイスとボロバスクの対処に忙しく、ジョニーやクレミーのことまで手がまわっていなかったからだ。クレミーについては、年齢と脆弱性が彼女の責任を免除しているようだった。警察はクレミーがボロバスクに言われたとおりに行動したことは、きわめて合理的だと判断した。気の毒なジョニーは、クレミーの家に誰かがいるのを見かけて通りを渡り、ヒーローになろうとして、逆にボロバスクに切りつけられたと説明していた。しかし、最終的に、州間高速道路の真ん中で交通を止めた彼は、ヒーローになったのだった。

とはいえ、いずれは、クレミーの行動の詳細も明らかにされるにちがいない。ガラスのリグに関する一連の流れは暴かれるだろう。彼女が不法侵入したことも、ベントレーの投稿も。しかし、それ以上のことが起こることは考えていなかった。

ところがいま、コネティカット州から、完全な暴露が届いた。未解決事件はこれから注目の的となるのだ。

「読めそうにもないわ」クレミーは言った。悪夢のような出来事にすっかり疲れ切って。

「文字が小さいからね」アーチが同意した。クレミーの手からペギーの携帯電話を取ると、画面をさっと撫でた。文字が大きくなった。クレミーは感嘆した。わたしの携帯電話でも同じことができるの？　もしかして、いままでも文字を大きくできたのに、それを知らなかったの？

文字のサイズが大きくなっても、クレミーが電話を受け取らないので、アーチが大きな声で記事を読んだ。彼の読む文章はどれもクレミーのよく知る内容だった——次の一文を読みあげるまでは。「『警察は、この再捜査がラドヤード・クリークのDNAと血液型に関係していることを明らかにした』」

クレミーは身構えた。

「『ラドヤード・クリークは』」アーチは先をつづけた。「『五十年以上前の二件のレイプ事件の容疑者だった。そのうちの一件は被害者の死亡につながった。今回の再捜査はそちらの事件だが、警察は半世紀経ったいまでも、被害者の名前を公表していない。元バスケットボール部の監督は、ずっとレイプ殺人事件の第一容疑者だったが、証拠が不充分だった。ラドヤード・クリークが殺害されると、警察は死亡した人間を追及できないため、強姦殺人の捜査は打ち切られた。しかし、現在七十代の被害者の妹が、昔の殺人事件では意味をなさなかったDNAの証拠の有効性をテレビ番組で見て、警察に再捜査を依頼した。驚くべきことに、ラドヤード・クリーク自身の殺害事件の現場で押収された証拠が、匿名の強姦殺人事件の被害者の証拠と同様に、現在も保管されていた。そのDNAが決定打となった。ラドヤード・クリークは、昔死亡した十代の少女の強姦犯であり、したがって、殺人犯でもあると推定された』」

やがてクレミーの意識はドムへと移った。彼の居場所はたやすく突きとめられた。前庭の芝生に転がった郵便物を拾いあげたとき、クレミーはサル・ペサンテという名前だけでなく、サル・ペサンテの住所も見ていたのだ。パソコンで調べると、サル・ペサンテが固定電話を持っていることがすぐにわかった。捨てる暇もひとりになるタイミングもなく、ずっと持ちつづけていた使い捨て携帯電話で、クレミーはその番号に電話をかけ、サルと話せるかと尋ねた。「ええ、少し待って」と電話に出た女は言った。それを聞いて、クレミーは電話を切った。ドムに言うべきことは何もなかった。ただ彼が無事に逃げられたことを知りたかっただけだ。

クレミーはジョイスのことを考えた。ジョイスはなんの理由もなく、取り返しのつかない恐ろしいことをした。保安官のことも考えた。保安官は、自分が扱ってきた殺人事件は、そんなふうに何も考えることなくなされたものだと話していた。

それから、マーヴィンのことを考えた。

「『クリーク自身の殺人事件を再捜査する予定はあるのかと尋ねられたとき』」アーチが続けた。「『警察は事件発生当初から捜査できる証拠がまったくなく、いまもないと答えた。指紋もなく、凶器もなく、何もない』」

「じゃあ、それで終わりってわけね」ペギーが言った。

「着いたら、わたしのウェディングドレスを見てね、クレミー叔母さん」

シャーロットでは、マックとケルシーのブーン兄妹が、DNA調査のために唾液のサンプルを採取するよう父親を説得していた。

ビリー・ブーンの当初の拒絶反応は過ぎ去り、ある種のやさしい気持ちに変化していた。もしどこかに母親や父親がいるとしたら？　彼のことを心配していたら？　彼に会いたがっていたとしたら？　彼が元気にやっていて、しあわせでいてほしいと願っていたら？　一歩を踏みだし、ドアを開くのが息子としての道義的責任だろうか？　それとも、そうしないことが道義的責任だろうか？

　彼は熱心な息子と娘と妻を見て、もし年老いた祖父母が実際に現れたら、彼らはどんな反応をするだろうと思った。白髪でよろよろと歩く老齢女性が、彼と再会するために、テレビカメラが回されているどこかのステージによろめきながら現れたら？

　いや、そこにカメラはないだろう。彼らはテレビ番組のためにやっているのではない。

　ビリーの生みの母親は、おそらく彼よりも十五歳か二十歳くらい年上だろうから、よろよろ歩いているわけではないかもしれない。

　再会場所には誰もいないかもしれない。

　そこには喜びがあるかもしれない。

　ビリーは彼が愛してやまない、幸運にも手にいれることのできた家族を見つめた。彼はその実の母親に恩義があった。彼はこれから知り合うかもしれない、そして愛するかもしれない親の可能性を考え、それからうなずいた。

謝辞

ケリー・ダゴスティーノとアンナ・ミシェルスに感謝します。とってもワクワクする時間を過ごせました！

訳者あとがき

『いとしのクレメンタイン』という曲をご存知だろうか？

Oh my darling, oh my darling　（オーマイダーリン、オーマイダーリン）
Oh my darling, Clementine　（いとしの、クレメンタイン）
Thou art lost and gone forever　（きみは永遠に失われた）
Dreadful sorry, Clementine　（ひどく悲しいよ、クレメンタイン）

日本では『雪山讃歌』として知られているので、きっとメロディにはなじみがある方も多いだろう。『雪山讃歌』は勇ましい山男の歌だが、原曲のアメリカ民謡『いとしのクレメンタイン』は、ゴールドラッシュに沸くアメリカ西部を舞台に、鉱山労働者の娘、クレメンタインの悲劇を、恋人の男性目線で歌っている。映画『荒野の決闘』（原題 My Darling Clementine）の主題歌にもなった有名な曲だ。

バラード調の穏やかなメロディから受ける印象に反して、歌詞の内容はあまり穏やかではない。そのクレメンタインの恋人というのが、彼女が川で溺れかかったとき、泳げないという理由で助けようともせず、彼女が沈んでいくのをただ見ていたという、ある種のトンデモ男なのだ。さらに彼女を失って悲しいと嘆いていたわりに、やがてクレメンタインの妹と恋仲になり、クレメンタインのことは忘れてしまう。悲哀を通り越して、なんともやるせない結末となっている。

そんな哀れなクレメンタインと同じ名前を持つ、本書の主人公クレメンタイン・レイクフィールドは、シニアタウンに暮らす七十代の独身女性だ。

クレメンタインことクレミーは、身長百四十七センチ。とても小柄で、体格では小学三年生にも敵わないほどだが、長い教員生活を経て、定年後の現在も非常勤でラテン語を教えている。ラテン語と生徒たち、そして教職を心から愛する、根っからの教師である。お堅くて生真面目と評判で、家の六つの本棚には本がぎっしりと並び、家じゅうのリネンにはきちんとアイロンがけがなされている。

クレミーは、米国サウスカロライナ州のシニアタウン〝サンシティ〟の小さな袋小路(クルドサック)にある、三軒が連なるテラスハウスで暮らしている。近隣の住民たちと、トランプゲームや陶芸、アメリカンフットボールチームの応援などを通じて積極的に交流し、半隠居ライフを満喫中だ。隣人たちからは担当教科のラテン語同様、〝生きた化石〟とほのめかされることもあるものの、なかなかどうして。文明の利器、スマートフォンを肌身離さず持ち歩き、姪の子どもたちとメッセンジャーアプリで連絡を取り、ニュースを読み、ワードゲームで遊び、SNSのチェックも日々欠かさないという、充実したデジタルライフを送っている。

物語は、暑い夏のある朝、クレミーが頭を悩ませているところから始まる。毎日ショートメールで安否確認をしている隣人の独居男性ドムから、その日にかぎってメールが来なかったのだ。彼女から電話してもメールしても、なしのつぶて。

合鍵を預かっているので、すぐにでも様子を見に行くべきなのだが、どうにも気が進まない。なにしろそのドムというのが、一切近所付き合いをせず、テレビばかり見ている無愛想な偏屈男。身だしなみも家のなか（は見たことないがまちがいなく）も清潔とは言いがたく、好ましくないにおいがするという、あまり積極的に関わりたくないタイプだからだ。

とはいえ、〝良き隣人〟を自認するクレミーとしては、見て見ぬふりをするわけにもいかない。重い腰をあげ、サウスカロライナの真夏の熱気のなかに出て、隣家の玄関のベルを鳴らすのだが――ここで読者は、クレミーが〝ヘレン〟と名乗っていることに気づく。

そんなシーンで始まる『かくて彼女はヘレンとなった』の著者、キャロライン・B・クーニーは、一九四七年生まれの七十五歳。三人の子どもと四人の孫がいて、クレメンタインと同じように、コネティカット州の海岸沿いで育ち、現在はサウスカロライナ州のシニアタウンに住んでいる。

著者は、長年ヤングアダルト小説を執筆してきたベテラン作家だ。サスペンス、ミステリ、ロマンスと幅広いジャンルを手がけ、九十冊以上の著書を数カ国語で出版し、累計一千五百万部以上売り上げた。押しも押されもせぬ、世界的ベストセラー作家といえるだろう。

なかでも、*The Face on the Milk Carton* は三百万部以上の大ベストセラーとなり、テレビドラマ化もされた。十五歳の主人公、ジェイニー・ジョンソンが、牛乳パックに印刷された行方不明の子どもの目撃情報を募る写真を見て、それが幼い頃の自分だと気づく。〝じゃあ、いまの両親はいったい誰なの？〟という問いから、彼女のごく平凡な世界が揺らぎはじめる——というスリリングなストーリー。残念ながら邦訳は出ていないが、現在第五作まで刊行されている人気シリーズとなっている。

原書の巻末に添付された著者インタビューによると、著者はヤングアダルト小説が大好きで、学校訪問なども積極的に行なっていた——「図書館や中学校を訪問することは、アメリカを観察するすばらしい方法よ」——のだが、ある日、七十五作品以上もヤングアダルト小説を執筆してきたことに気づいて、もう充分書いたから、今度は大人向けの小説も書いてみたいと思った。そこで、山ほど読んできたミステリ小説に挑戦してみることにしたそうだ。

クレミーの物語を書こうと思ったきっかけは、〝名前〟だという。

「名前には惹かれるものがあるわ。これまでも、出生時とは別の名前で生きている女の子の話をいくつか書いたことがある。たとえば *The Face on the Milk Carton* シリーズのジェイニーの場合は、複雑な誘拐事件という経緯があった。では、もし大人になってから、別人として生きることを慎重に選択したとしたら？　どうしてそんなことをしたの？　どうしてそれを延々と続けているの？　どうやってそれを成しとげるの？　別人の名前を名乗ったら、その人は別人になるのかしら？」

そんな問いかけから、本作品が生みだされた。

クレミーと同様、一九五〇年代に育った著者は、「古代エジプトか古代ギリシアの時代ほど隔世の感のある」、「わたしよりも年下の世代にとっては信じがたいような当時の風習」をふんだんに盛り込んでいる。詳細については本書をお読みいただきたいが、一九五〇年代には当時にしか起こりえない事件が起こり、二〇一〇年代には現代にしか起こりえない事件が起こる。そのふたつが交互に語られるプロットは、読者を惹きつける大きな牽引力となっている。

また、この作品に独自性を与えている斬新な舞台、〝サンシティ〟は、米国各地に実在するシニアタウンのブランドである。シニアタウンとは、敷地全体が高齢者向け住居となっている高級住宅地を指す。作品内のサンシティ同様、ゴルフ場やテニスコートなどさまざまなスポーツ施設、文化施設などが併設され、森があり、川が流れ、メインのクラブハウスは、(トランプゲームをはじめとする)さまざまな活動の拠点となっている。

著者自身もクレミーと同じサウスカロライナ州のサンシティに住み、すばらしい時間を過ごしているが、暮らすうちにその特異さに気づいたという。

「自分がそれまでどんな人生を過ごしてきたかを誰も知らないという、奇妙な匿名性を持っている、驚きあふれる独特な場所なの。住民はすべてを話すこともできるし、何も話さないこともできる。近所付き合いやいろんな活動やフェイスブックの投稿を通じて、実質的に他人から丸見えの生活を送ることもできるし、他人からまったく見えない生活を送ることもできる。だからクレミーや隣人たちには、その両方の生活を同時に送らせることにしようと決めたのよ」

かくて、シニアタウンという平穏な場所で、不穏な事件が発生するに至ったというわけだ。

本書の魅力は、フーダニット・ミステリとしての面白さに加えて、なんといってもヤングアダルト小説執筆で培われた、テンポの良さと読みやすさだろう。事件の内容はけっして軽いわけではないが、皮肉と茶目っ気がないまぜになった語り口と、メリハリの利いた展開のおかげで、気軽に楽しく読める一冊に仕上がっている。読者のみなさまにも、真夏のシニアタウンで起こった事件を、クレミーと一緒に体験し、また結末後、彼女の人生がどんなふうに展開していくのかを、空想して楽しんでいただければうれしく思う。

本書を翻訳するにあたり、早川書房の井戸本幹也氏ならびに根本佳祐氏、外部編集の内山暁子氏、校閲課の方々に大変お世話になった。また私事ながら、本書校正中に母が急逝し、編集部のみなさまから温かいご配慮を賜ったことに、この場をお借りして心より御礼申しあげたい。クレメンタインと同じ七十代だった亡き母は、翻訳の勉強や仕事をずっと応援しつづけてくれ、本書の刊行もとても楽しみにしていた。いまごろ、空の上で喜んでくれているといいのだが。

二〇二二年八月

HAYAKAWA POCKET MYSTERY BOOKS No. 1983

不二淑子（ふじよしこ）

英米文学翻訳家

訳書

『災厄の馬』グレッグ・ブキャナン

『毒花を抱く女』ルイース・ボイイエ・アブ・イェンナス

『名探偵の密室』クリス・マクジョージ

『15時17分、パリ行き』アンソニー・サドラー他（共訳）

（以上早川書房刊）

この本の型は、縦18.4センチ、横10.6センチのポケット・ブック判です。

〔かくて彼女（かのじょ）はヘレンとなった〕

2022年9月10日印刷　　2022年9月15日発行

著者	キャロライン・B・クーニー
訳者	不二淑子
発行者	早川浩
印刷所	星野精版印刷株式会社
表紙印刷	株式会社文化カラー印刷
製本所	株式会社川島製本所

発行所 株式会社 早川書房

東京都千代田区神田多町2－2

電話 03-3252-3111

振替 00160-3-47799

https://www.hayakawa-online.co.jp

（乱丁・落丁本は小社制作部宛お送り下さい
送料小社負担にてお取りかえいたします）

ISBN978-4-15-001983-9 C0297

Printed and bound in Japan

ハヤカワ・ミステリ〈話題作〉

1973
ゲストリスト
ルーシー・フォーリー
唐木田みゆき訳

孤島でのセレブリティの結婚式で起きた事件。一体誰が殺し、誰が殺されたのか？　巧みに構成された現代版「嵐の孤島」ミステリ。

1974
死まで139歩
ポール・アルテ
平岡　敦訳

靴に埋め尽くされた異様な屋敷。その密室に突然死体が出現した！　ツイスト博士が謎を追う異形の本格ミステリ。解説／法月綸太郎

1975
塩の湿地に消えゆく前に
ケイトリン・マレン
国弘喜美代訳

他人の思いが視える少女が視た凄惨な事件を告げるビジョン。彼女は被害者を救おうとするが、彼女自身も事件に巻き込まれてしまう。

1976
阿片窟の死
アビール・ムカジー
田村義進訳

一九二一年の独立気運高まる英領インド。阿片窟から消えた死体の謎をウィンダム警部とバネルジー部長刑事が追う！　シリーズ第三弾

1977
災厄の馬
グレッグ・ブキャナン
不二淑子訳

小さな町の農場で、十六頭の馬が惨殺されているのが見つかる。奇怪な事件はやがて町じゅうをパニックに陥れる事態へと発展し……